KB054647

돈황과 중서교통사

손수신 지음

임진호 · 은풍리 공역

문현
MUN HYUN

중화민족과 서역의 민족들이 서로 오고 가며 교류하던 돈황敦煌은 고대 중국과 서역西域의 정치와 문화, 경제 등이 다양하게 교차하던 곳이었다.

'사주四主'라는 명칭은 지리에 대한 중국인의 인식이 확대된 결과이다. 코끼리를 타고 싸움을 하던 인도는 중국과 오랜 교류 역사를 지닌 나라이다.

문성공주文成公主가 티베트에 시집을 간 후 열리게 된 당唐·번蕃의 옛길古道은 당나라에서 토번과 인도로 통하던 지름길이었다.

저자 대서

　가부家父 손수신孫修身 선생은 1935년 6월 26일 중국 하남성 형양현滎陽縣의 농가에서 태어나 1955년 8월 중국 서북대학교 역사학부 고고학과에 입학해 학업을 마친후 난주蘭州 서북민족대학교에서 교편을 잡으셨습니다. 이후 1962년부터 감숙성 장액시張掖市 임택현臨澤縣 수리국水利局에서 잠시 근무하시다가 그 다음 해에 둔황문화재연구소(현 돈황연구원)로 자리를 옮겨 석굴 고고학과 불교미술 연구에 35년 간 종사하셨습니다. 돈황문화재연구소 보호保護팀(현 돈황연구원 석굴보호연구소)의 팀장을 역임하신 부친께서는 1982년 둔황연구원의 보조 연구원研究員, 1988년 부副연구원, 1993년 연구원으로 승진하셨으며, 후에 다시 서북대학교와 난주대학교의 겸임교수 및 석·박사과정 지도교수로 초빙되어 교편을 잡으셨습니다.

　부친께서는 비록 가난한 집안에서 태어나 자라셨지만, 어릴 때부터 학업에 뜻을 두셨습니다. 그러나 마을에 초등학교가 없어 먹을 식량(건량)을 어깨에 메고 왕복 20km나 되는 천왕사天王寺 초등학교까지 가서 기숙사 생활을 하며 어렵게 공부를 하셨습니다. 후에 대학에 입학해 수학하실 때는 다행히 함양에 계신 고모님으로부터 등록금과 생활비를 지원받아 학업을 마치실 수 있었습니다. 대학을 졸업하신 후 대학 강의와 행정관리에 잠시 종사하시다가 당시 생활여건이 지금으로서는 상상하지 못할 정도로 열악했던 돈황에 들어가셔서 35년 동안 돈황학 연구와 발전, 그리고 돈황의 문화재 보호사업에 한평생을 공헌하셨습니다. 부친께서는 수십 년을 하루같이 석굴조사와 문헌자료의 수집, 그리고 정리에 헌신하시며 '돈황의 살아 있는 사전'이라 불리실 정도로 역사와 지리, 고고학, 문헌, 민족, 종교, 예술, 중서 불교 교류 등의 관련 연구 분야에 지대한 공헌을 하셨습니다. 1979년 이후 부친께서는 중국과 외국 간행물에 700여만 자, 그리고 90여 편의 논문을 발표하셨으며, 『왕현책 사적 구침鉤沉』과 『둔황석굴 전집全集·불교 동전東傳 고사화집』, 『둔황과 중서 교통 연구』 등의 서적을 출간하셨습니다.

부친께서는 일찍부터 돈황불교예술의 불교 사적화史跡畵 연구 가치에 주목하시고, 이와 관련된 많은 연구를 진행하셨습니다. 특히 유살가劉薩訶에 관한 사적화 연구는 불교학계에 적지 않은 영향을 주었을 뿐만 아니라, 지금도 많은 학자들이 이를 인용하고 있습니다. 일찍이 부친께서는 유살가의 사료 조사를 위해 지프와 말을 타고 감숙성 무위武威 지역의 깊은 산속까지 들어가 답사를 진행하시며 상세한 조사기록을 남기셨으나, 안타깝게도 출판비용 등 여러 가지 원인으로 인해 아직까지 세상에 내놓지 못하고 있습니다.

일찍이 초기에 부친께서 진행하셨던 불교의 동전東傳 사적화 연구가 중서 문화교류에 관한 사전 조사차원이었다고 한다면, 『왕현책 사적 구침』과 『둔황과 중서 교통 연구』 등은 그 연구 성과물이라고 할 수 있습니다. 이 외에 돈황 장경동藏經洞의 필사본을 바탕으로 다른 판본들과 금석명문, 그리고 석굴 안에 전해져 오는 『불설보부모은중경佛說報父母恩重經』 등과의 비교 연구를 통해 불교의 중국 현지화 기원과 발전, 그리고 그 변화과정을 탐구하신 것 역시 불교예술연구에 대한 부친의 중요한 연구성과 가운데 하나라고 할 수 있습니다.

돈황지역은 예로부터 여러 민족이 잡거해 온 지역으로서 다양한 민족이 돈황의 막고굴 개착과 직접적으로 관련되어 있습니다. 그래서 부친께서는 돈황 귀의군歸義軍 정권을 비롯한 감주甘州 회홀回鶻왕국과 중원中原왕조간의 교통 연구를 주요 연구 목표로 삼고 「과주瓜州 조씨曹氏 연표 보정補正」과 「과주와 사주沙州의 조씨와 둔황 막고굴 연구」, 그리고 「장회심張懷深 사망의 재의再議」, 「과주 조씨 세보世譜와 관련된 몇 가지의 문제들」, 「오대五代시기 감주 회홀과 중원간의 교통」, 「둔황유서 P.2992호 권卷에 보이는 과주와 감주 회홀 칸의 문서[回鶻可汗狀]에 관한 문제 논의」, 「오대시기 감주 회홀 칸의 세계世系 고증」 등의 논문을 발표해 기존 학자들의 오류를 바로 잡는 동시에 새로운 논거를 제시하셨습니다. 이러한 연구 성과들 역시 돈황의 역사와 감주 회홀왕국의 역사 연구에 관한 대표작으로 꼽을 만합니다. 하지만 안타깝게도 부친께서는 『감주회홀사甘州回鶻史』에 대한 연구를 제대로 완성하지 못하시고, 갑자기 세상을 떠나시고 말았습니다.

부친께서는 생전에 돈황 연구 성과를 인정받으시어 1939년 일본의 도쿄예술대학 히라야마 이쿠오平山郁夫 총장으로부터 객원교수로 특채되셨을뿐만 아니라, 또한 여러 차례 국제학술회의에 참석해 많은 연구자들부터연구 성과에 대해 호평을 받으셨습니다.

어려서부터 부친의 영향을 받은 필자도 1994년 일본의 고베대학神戸大學에 입학하여 유명한 도노하시 아키호百橋明穗 교수로부터 불교미술연구를수학하였습니다. 마침 2000년 고베대학에 오신 부친과 귀국 후 불교예술연구에 관한 논의를 드렸으나 부친께서 귀국하신 후 갑자기 뇌출혈로 세상을 떠나시게 되었습니다. 필자는 2002년 『문수보살文殊菩薩 도상학圖像學

연구』로 박사학위를 취득하고 귀국해 현재 동양미술사 연구에 주력하고 있습니다.

　이제 『돈황과 중서 교통 연구』의 한글판 출간을 앞두고 한국에서 이 책의 출판이 부친의 연구 성과에 대한 공감과 긍정적 평가라는 생각에 한없이 기쁜 마음이 앞섭니다. 한국 초당대학교 임진호 교수와 중국 옌타이직업대학煙臺職業學院의 은풍리 선생께 감사드리며, 돈황 삼위산三危山 아래 월아천月牙泉 옆에 안장되어 계신 부친께서도 이 희소식을 듣게 되시면 반드시 기쁘게 미소 지으실 것이라고 믿습니다.

2021년 3월 1일
중국 평정산대학교平頂山學院에서
손효강孫曉崗

역자 서문

　이 책은 손수신孫修身 선생이 일찍이 35년간 돈황문화재연구소에 재직하면서 성취한 연구 성과를 토대로 저술된 서적 가운데 하나이다. 손수신 선생은 이 책에서 돈황 지역의 역사와 지리, 고고학, 문헌, 종교, 예술, 동서 문화의 교류 등에 이르는 방대한 자료를 수집하여 고대 돈황 지역을 중심으로 전개되었던 동서 교통로의 변화와 발전에 관한 연구와 분석을 체계적으로 서술하였다. 또한 실크로드 명칭에 관한 유래와 그 의미로부터 출발하여 하서河西 문화권의 형성과 사주四主에 대한 호칭, 그리고 인도를 비롯한 주변국과의 문화, 불교 예술의 교류와 영향 등에 이르기까지 그 주요 특징을 잘 설명하고 있어 당시 중국의 주변국과는 물론 돈황을 중심으로 전개되었던 서역 국가들과의 교류와 관계를 이해하는데 있어 매우 중요한 참고적 가치를 지니고 있다고 하겠다.

　저자 손수신 선생은 1935년 하남성 형양현滎陽縣의 한 가난한 농가에서 출생하여 어렵게 학업을 마치고 돈황학의 연구와 발전, 그리고 보호 사업에 일평생을 헌신한 돈황학의 대표적인 학자라고 할 수 있다. 그가 남긴 관련 주요 연구 성과로는 오랜 기간 돈황 지역의 역사와 석굴 벽화를 연구하면서 성취한 「막고굴 불교사적 고사화 소개莫高窟佛敎史迹故事畵介紹」, 「장건 출사서역도를 통해 본 불교의 동진從張騫出使西域圖談佛敎的東漸」, 「막고굴 불교사적화 내용 고석莫高窟佛教史迹書內容考釋」등 90여 편의 학술 논문과 『돈황삼계사敦煌三界寺』를 비롯한 『왕현책 사적 구침王玄策事迹钩沉』, 『돈황석굴 전집敦煌石窟全集·불교동전고사화집佛教東傳传故事書卷』 등의 저서를 남겼다.

우리에게도 익숙한 돈황은 중국 감숙성 주천酒泉에 위치하고 있는 오아시스 도시로서, 북경에서 1,850km, 서울에서 서쪽으로 2,800km 떨어져 있다. 돈황은 기원전 2세기 무렵 한 무제 때 건설된 실크로드상의 주요 도시 가운데 하나로서, 일찍이 한나라 무제는 흉노와의 전쟁을 승리로 이끌기 위해 두 차례에 걸쳐 장건張騫을 사자로 파견하여 서역의 교통로를 개척하였는데, 이때 장건이 개척한 동서 교통로가 바로 오늘날 우리가 말하는 "실크로드"이다.

"타오르는 횃불", 혹은 "크고 번성하다"는 뜻을 지닌 돈황은 불교가 중국에 유입된 후 당시 중국인들에게 "서방" 정토로 가는 가장 중요한 관문이라는 점에서 크게 주목을 받았다. 한나라 이후 중국에서 서역으로 나가는 거의 유일한 통로로서 고대 실크로드를 따라 오가는 행인들이 휴식을 취할 수 있는 중국 내 마지막 장소였던 것이다. 그래서 당시 "들어가면 다시는 나올 수 없다"는 타클라마칸 사막을 건너고자 했던 순례자, 상인, 군인들은 정신적 불안과 육체적 두려움에서 벗어나고자 돈황에 석굴을 조성하기 시작하였다고 하는데, 이 지역에 석굴을 처음 조성하게 된 경위는 전진前秦 건원 2년(366년) 낙준樂僔이라는 서역의 승려가 삼위산三危山 위에 빛나는 금빛 광채를 보고 이곳을 성소로 여겨 처음 막고굴을 개착했다고 한다. 물론 그 배경에는 위에서 언급한 바와 같이 실크로드의 중요한 중간 기착지였던 돈황에 불법을 구하기 위해 천축국(인도)을 오간 구법승과 교역품을 싣고 다니던 상인들이 있었기 때문이다. 이들은 자신의 안전한 여행과 목적 달성을 기원하기 위해 석굴을 조성해 부처님께 봉헌하였으며, 이렇게 조성된 석굴이 마침내 돈황예술로 꽃 피우게 된 것이다.

막고굴은 돈황시에서 동남쪽으로 25km 떨어져 있는 계곡을 끼고 1,600여 미터에 이르는 절벽에 마치 벌집처럼 펼쳐져 있다. 현존하는 석굴은 모두 492개이며, 석굴 벽화 전체면적이 4만 5천여 ㎢에 이르러 중앙아시아에서 가장 큰 석굴사원으로 알려져 있다. 특히 돈황은 지리적으로 한서 4군(무위, 장액, 주천, 돈황) 가운데 가장 서쪽에 위치하고 있어 오랜 전란에 시달려야만 했던 지역이다. 그러나 이러한 전란과 사막의 거친 바람에도 불구하고 4세기부터 14세기까지 천여 년 동안 10개의 왕조를 거쳐 창작된 이 벽화들은 천여 년 이상 그 원형이 그대로 보존되어 오고 있어 그 자체만으로도 기적에 가까운 일이 아닐 수 없다.

현재 막고굴에는 오호십육국五胡十六國 시대(304~439) 7개, 북위北魏 시대(386~534) 11개, 서위西魏 시대(535~556) 11개, 북주北周 시대(557~581) 12개, 수나라 시대(581~618) 79개, 당나라 초기 40개, 당나라 전성기 81개, 당나라 중기 46개, 당나라 말기 60개, 시기 구분이 모호한 당나라 시대 5개, 오대五代 시대(907~979) 5개, 송나라 시대(960~1277) 34개, 서하西夏 시대(1032~1277) 64개, 원나라 시대(1271~1368) 9~13개, 시대를 알 수 없는 굴 10개 등 모두 492개 석굴이 현존하고 있으며, 이 가운데 당나라 때 조성된 석굴이 232개로 가장 많은 수를 차지하고 있다.

한편, 한나라 때 강족(羌族)의 침입을 막기 위해 쌓은 돈황 북쪽의 관문은 옥문관玉門關이라고 불렀는데, 이는 당시 수도였던 장안으로 보내는 옥玉이 드나들었다고 해서 붙여진 명칭이다. 또한 그 남쪽에도 양관陽關이 설치되어 있어 당시 옥문관과 함께 서역을 오가는 행인들의 주요 관문이자 교통의 요충지로서 중요한 역할을 했다는 사실에 비추어 볼 때, 동서 교통사에서 돈황과 막고굴이 차지하는 역사적 가치와 그 의미를 충분히 되짚어 볼 수 있을 것이다.

끝으로 이 책을 번역하여 출판하기까지 많은 분들의 도움이 있었다. 우선 번역의 고됨을 마다하지 않고 처음부터 끝까지 함께한 은풍리殷風利 교수와 이 책의 번역을 흔쾌히 허락해준 손수신 선생의 자제 손효강孫曉崗 선생께 진심으로 감사의 말씀을 전한다. 아울러 책이 무사히 출간될 수 있도록 물심양면 도움을 주신 문현출판사의 한신규 사장님께도 감사의 말씀을 드린다. 이 책을 번역하면서 오랜 역사만큼이나 지역의 표기, 명칭의 변경, 어휘의 의미변화 등으로 인해 원저의 뜻을 충분하게 전하지 못했다는 아쉬움이 남는다. 이 책을 보시는 모든 분의 따뜻한 충고와 기탄없는 지적을 기대한다.

2023년 3월
동학골 학사재에서
임 진 호

차 례

서 문

    돈황은 중국 서북쪽의 하서회랑河西回廊 서단에 위치하고 있으며, 이 지역은 원래 강족羌族과 융족戎族 등 소수민족들이 거주하던 곳이었다. 진한秦漢 시기에 이르러 흉노족이 돈황 지역에 살고 있던 대월지大月氏를 내쫓고 그 땅을 점령하면서 한나라 서북쪽 국경을 크게 위협하게 되었다.

    서한西漢 무제武帝 때 한나라 왕조는 국력이 크게 신장하여 풍족한 국고와 막강한 군사력을 갖추게 되었다. 이에 무제는 조부 시기부터 이어 오던 흉노와의 화친정책和親政策에서 벗어나 적극적인 공세 정책을 추진하기 시작하였다. 그 결과 세 차례에 걸친 흉노와의 전쟁에서 커다란 승리를 거둠으로써 마침내 흉노는 쇠락의 길로 접어들게 되었다.

    돈황의 역사에 가장 큰 영향을 끼친 전쟁은 한나라 무제 원수元狩 2년(BC.121년)에 일어난 흉노와의 싸움이었다. 곽거병霍去病은 무제의 명을 받아 군대를 이끌고 하서河西 지역을 공격해 흉노 군을 물리치고 승리를 거둔 후 하서회랑에 무위武威, 주천酒泉, 장액張掖, 돈황敦煌 등 4개의 군郡을 설치한 다음 진나라 때 축성된 장성長城을 돈황 지역까지 연결해 호족胡族과 강족羌族의 왕래를 차단하였다. 이후 돈황은 중국의 영토 가운데 일부분이 되었다.

    한나라의 무제는 흉노와의 전쟁에서 승리를 위해 장건張騫을 두 차례에 걸쳐 서역西域에 사자로 파견함으로써 중국과 서역 간에 서로 왕래할 수 있는 교통로가 개척되었는데, 이때 장건이 개척한 이 동서교통로東西交通路가 바로 오늘날 우리가 말하는 "실크로드"이며, 이후 돈황은 "실크로드"에서 중요한 역할을 담당하게 되었다.

실크로드가 개통된 이후 불교가 이 길을 통해 중국에 전해지게 되었는데, 당시 중국의 관문 역할을 하던 돈황이 불교와 가장 먼저 만나게 된 것은 어쩌면 지극히 당연한 일이었다고 볼 수 있다. 더욱이 불경이 한자로 번역되고 수용되는 과정 속에서 불교의 교리가 중국의 전통사상과 자연스럽게 융합되었을 뿐만 아니라, 또한 중국 본토에 광범위하게 보급되고 전파됨에 따라 중국인들의 의식 속에 깊이 자리 잡게 되었다. 그동안 신비 속에 모습을 감추고 있던 돈황의 막고굴莫高窟이 마침내 우리 눈앞에 그 모습을 드러냄으로써 당시 불교 예술의 정수를 엿볼 수 있는 새로운 기회가 열리게 된 것이다.

현존하는 돈황의 비명碑銘과 문헌의 기록 등을 통해 살펴보면, 전진前秦 건원建元 2년(366년) 낙준樂僔이라는 서역 승려가 삼위산三危山의 금빛 광채가 마치 천불千佛처럼 빛나는 것을 보고 이곳을 성소聖所로 여겨 그곳에 굴을 파고 수련에 정진하였다고 하며, 후에 법량法良 선사 역시 이곳에 굴을 파고 정진하게 되면서 마침내 막고굴의 역사에 그 서막이 열리게 되었던 것이다. 이후 북위北魏를 시작으로 서위西魏, 북주北周, 수隋, 당唐, 오대십국五代十國, 송宋, 서하西夏, 원元나라 등의 역대 왕조가 천년이라는 세월을 거치며 세계적인 불교 유산을 이곳에 남겨 오늘에 이르고 있다.

돈황의 막고굴은 삼위산 명사산鳴沙山 중간에 위치한 협곡에 자리하고 있다. 남북의 길이가 1,016m로 이곳에 현존하는 동굴은 모두 492개이며, 벽화는 45,000㎡에 이른다. 그리고 2,000여 개의 채색 불상 가운데 당송시대 불교 예술의 정수를 보여주고 있는 채색 처마는 수많은 사람들의 눈

길을 사로잡고 있다. 더욱이 오늘날 수많은 세계의 학자와 전문가들이 돈황 막고굴을 연구하고 있을 뿐만 아니라, 하나의 독립된 새로운 학문 영역으로 발전시켜 각 나라에서 돈황을 연구하는 전문 연구기관을 설립하고 운영한다는 사실에 비춰볼 때, 돈황학이 우리 인류에게 끼친 영향이 얼마나 큰지 충분히 짐작해 볼 수 있다.

지금의 돈황학이 과거에 비해 눈부실 만큼 많은 성과를 거두었다는 것은 누구도 부인할 수 없는 사실이지만, 외람되게도 돈황학이 아직까지 돈황의 불교예술과 문헌 연구에서 크게 벗어나지 못하고 초보적 연구 단계에 머물러 있어 구체적인 사건이나 그와 관련된 내용에 대한 심층적 연구가 매우 부족하다는 점을 지적하지 않을 수 없다.

본서의 편찬은 돈황에 남겨진 유물이 우리에게 제공해 주는 정보를 통해 돈황이 고대 동서교통로와 문화교류에 있어서 어떠한 작용을 해 왔는지, 이에 대한 논의를 시도해 보고자 하는 의도에서 출발하였다. 하지만 이러한 시도는 새로운 문제에 대한 접근이라고 할 수 있기 때문에 간혹 문장 중간에 필자의 생각이나 관점을 밝혀 그 진의를 파악하는 동시에 필요한 부분에 대해서는 반드시 고증을 통해 증명해 나갈 계획이다.

본서의 요점에 대해서는 이미 앞에서 밝힌 바와 같이, 돈황은 고대 동서교통로에 있어서 주요 관문이자, 동서로 통하는 여러 교통로를 총괄하던 요충지였다. 예를 들면, 우전도于闐道와 귀자도龜玆道는 당과 토번의 왕래에 직접적인 관련이 있으며, 또한 토번이 돈황 지역을 통치하던 시기에는 배荏梨를 토번에 진상하기 위해 오고 가던 주요 교통로로 이용되기도 하였다.

필자는 본서를 편찬하는 과정에서 전인들의 연구 성과를 토대로 역사적 사실에 근거해 새로운 견해를 제시하고자 하였다. 예를 들면, 당나라 황제의 명을 받고 인도에 파견된 사자, 불법을 구하기 위해 인도를 여행한 현조玄照법사의 행로 등등의 노선에 대한 새로운 고증과 논의를 통해 그들이 고대 실크로드를 지나 계빈도罽賓道와 토번의 서남쪽 "사향麝香의 길"을 경유했다는 사실을 증명하였다. 사향 길은 사람들에게 널리 알려져 있는 네팔 지역을 잇는 니파라尼婆羅 길과 서로 연결돼 있어 이 길을 통해 인도의 마가다(Magadha) 왕국에 도달할 수 있었다. 이러한 필자의 견해는 당나라와 토번을 잇는 당·번고도를 통해 인도에 도착했다는 기존의 전통적 주장과는 완전히 다른 것이라고 할 수 있다. 더욱이 이러한 결론을 역사적 문헌이나 기록을 통해 증명한 것이 아니라, 그동안 돈황 막고굴에 숨겨져 있던 불교예술 작품을 통해서 입증했다는 점에서 더 중요한 의미와 가치를 지니고 있다고 하겠다. 이와 같은 필자의 시도는 돈황 자료를 활용해 역사를 연구하는 우리의 새로운 시도라고 할 수 있다. 하지만 새롭게 시작한 연구이다 보니 분명 많은 오류를 범할 수밖에 없다는 점도 피할 수 없는 사실이다. 따라서 독자 여러분의 아낌없는 지도와 가르침을 청하는 바이다.

이 책 가운데 일부 내용은 유영승劉迎勝 교수와 장운張雲 선생의 견해를 인용하였는데, 이는 다른 사람의 연구 성과를 표절했다는 의심을 피하기 위해 특별히 여기에 설명을 남겨놓는 바이며, 이와 동시에 이 자리를 빌어 두 분께 감사의 말을 전하고자 한다.

돈황연구원敦煌研究院 문헌연구소
1999년 5월 18일
중국 난주蘭州에서 손수신孫修身

제1장

실크로드 명칭의 유래와 의미

실크로드(Silk Road)라는 말은 1877년에 독일의 지리학자 리히트호펜 (Ferdinand Freiherr von Richthofen)이 지은 『중국』 제1권(총 5권)에서 처음 사용한 단어에서 유래한다. 그는 이 책에서 중국으로부터 서역(중앙아시아)까지 낙타 상인들이 다니던 길을 실크로드라고 불렀으며, 그 후 1910년 독일의 역사학자 알베르트 헤르만(Albert Herrmann)이 저술한 『중국과 시리아의 고대 실크로드(Die alten Seidenstrassen zwischen China und Syrien)』에서 이 개념을 다시 이란과 이라크, 시리아까지 확대하여 해석하였다. 그가 실크로드라고 명명하고 이 명칭을 사용한 것은 고대 중국과 서역의 문화적 · 경제적 교류에 대해 인정한 것이며, 고대의 중국과 서역을 잇는 실크로드의 중요성을 강조한 것이라고 볼 수 있다. 그런데 여기서 주의해야 할 점은 리히트호펜과 헤르만이 언급한 실크로드는 다만 중국과 서역을 오고 가는 협의적 의미의 육상 실크로드만을 가리킨다는 사실이다. 오늘날 사람들은 습관적으로 중국과 서쪽 지역을 잇는 모든 교통로를 실크로드라는 이름으로 부르다 보니, '서남西南 실크로드', '해상 실크로드', '초원草原 실크로드', '토번 실크로드' 등등의 여러 가지 명칭이 생겨나기도 하였다. 그래서 이러한 개념을 구체적으로 해석하고 설명하기 위해 얼마 전 절강인

민출판사에서 『실크로드 문화 시리즈』라는 책을 출판하였는데, 이 시리즈에서는 『사막』, 『초원』, 『해상』, 『서남』, 『토번』 등으로 권을 나누어 자세히 소개하였다. 이 역시 넓은 의미에서 실크로드를 해석한 것이라고 볼 수 있다.

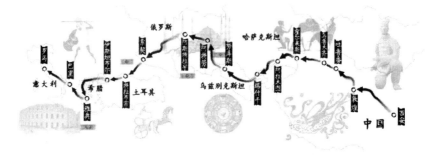

〈그림 1〉 고대 실크로드

여기서 왜 실크로드 혹은 비단길이라고 부르게 되었는지 그 이유를 설명함에 앞서 먼저 실크(비단)에 대한 설명으로부터 접근해야 하지 않을까 싶다. 주지하다시피 누에를 치는 양잠養蠶 기술이나 명주실을 만드는 직사織絲 방법은 모두 중국에서 처음 발명되어 전파된 것이라고 알려져 있다. 중국의 문자 기록에 의하면, 양잠 기술을 발명한 사람은 황제黃帝의 정비正妃였던 나조螺祖 부인까지 거슬러 올라간다. 나조 부인이 어느 지역에서 태어났으며, 또한 어떤 부족部族 사람이었는지에 관해 『대재사기大載祀記·제계편帝系篇』에서는 "황제는 서릉씨西陵氏의 딸을 얻어 나조씨라고 부른다. 나조씨는 청양靑陽과 창의昌意를 낳았는데, 청양은 저수泜水로 옮기고, 창의는 약수若水로 옮겼다. 창의는 촉산씨蜀山氏와 결혼하여 아들 창의복昌意濮을 낳았고, 창의복은 전욱顓頊을 낳았다."고 기록해 놓았으며, 『산해경山海經·해내경海內經』 편에서는 "황제는 나조를 맞이하여 창의를 낳았다. 창의는 약수로 옮겨 한류韓流를 낳았다. 한류는 촉蜀나라 여자 아녀阿女를 맞이하여

전욱을 낳았다."는 기록을 남겨 놓았다. 이외에도 『여씨춘추呂氏春秋·고악편古樂篇』과 『사기史記·오제본기五帝本紀』중에도 이와 유사한 내용의 기록이 전해오고 있다.

그렇다면 촉蜀나라는 언제부터 생긴 나라인가? 『화양국지華陽國誌·촉지蜀誌』에 "촉나라는 인황人皇으로부터 시작되었으며, 파巴나라와 같은 지역에 있다."고 기록되어 있다. 그런데 여기서 우리가 주목할 만한 점은 『한서漢書·지리지地理誌』에서 전욱이 거주했다고 하는 '약수'가 바로 현재 중국의 사천성 감자甘孜 아롱강雅礱江 지역이라는 사실이다. 이러한 기록을 참고해 볼 때, 촉산씨蜀山氏가 황제와 같은 시기에 존재했던 부족部族이었으며, 또한 황제 부족 역시 그 시기에 민산岷山 지역에서 활동했다는 사실을 엿볼 수 있다. 그렇기 때문에 『사기』를 비롯한 『삼왕세가三王世家』, 『사기색인史記索引』, 『호양국지華陽國誌』등의 사서에서는 모두 전욱을 황제의 후예라고 말하고 있다.

아주 먼 옛날 이웃 부족과 피차간의 친연親緣관계나 혈연관계를 유지하기 위하여 서로 혼인하는 현상이 보편적이었던 까닭에, 아마도 황제의 비妃인 나조가 촉산씨의 딸이라는 전설이 생겨났을지도 모를 일이다. 그리고 촉나라를 개국한 초대 임금의 이름이 잠총씨蠶叢氏라고 전해져 오는데, 여기서 '촉蜀'자는 원래 '야생 누에'라는 의미를 가지고 있다. 그래서 허신許愼은 『설문해자說文解字』에서 '촉은 뽕나무 안에 있는 누에'라고 해석해 놓았다. 예로부터 촉나라 사람들이 직물을 잘 짜는 것으로 세상에 널리 알려져 있었다는 점을 고려해 볼 때, 진한秦漢 시기에 이미 촉포蜀布와 비단이 멀리까지 전파되었을 것으로 추측해 볼 수 있다. 또한 잠총씨 시대에 이미 잠시蠶市라는 초기 형태의 거래시장이 있었다는 전설을 근거로 판단해 볼 때, 촉나라가 바로 누에를 치고 실크를 생산했던 본고장이며, 또한 촉나라 출신의 나조가 누에를 친 창시자로 받들어지는 것을 이해하지 못하는 것은 아니나, 합리적으로 생각해보면 나조가 어떤 구체적인 사람이라기보다는 양잠업을 시작하고 종사한 어떤 부족이나 혹은 부락의 명칭으로 보는 것이 보다 타당하다고 볼 수 있다. 더욱이 신화와 전설이 만들어지는 과정에서 등장시켜야 할 주인공이 필요했던 까닭에 오제五帝 가운데 하나인 황제의 비妃로서 나조의 이름을 등장시켰다고 볼 수 있다. 예부터 사람들은 전통적으로 어떤 한 부족이나 혹은 부락의 전체 구성원들이 만들어 낸 성과를 특정한 어떤 한 개인의 이름에 기탁해 불러온 것이 오랜 관습이었다. 그렇기 때문에 사람들이 가공해 만든 나조는 신화적 인물에 지나지 않으며, 실존했던 인물은 아니었을 것으로 생각된다. 후에 양잠업에 종사하는 사람들에 의해 마두낭랑馬頭娘娘으로 추앙되면서, 그녀는 전설 속에서 마수인신馬首人身으로 등장하는데, 이는 아마도 말馬을 토템 (totemic animal)으로 숭배했던 촉나라의 어느 부족이 만든 신화적 인물이었다고 볼 수 있다.

양잠 기술이 발명된 구체적인 시기에 대해서는 정확한 역사적 기록이 없어 규정하기는 쉽지 않지만 "서릉西陵씨가 누에 농사蠶稼를 권장하고, 친히 누에치기를 시작하였다."는 말을 통해 인류가 유목사회에서 농경사회로 전환되는 시기, 즉 대략 BC. 2000년경으로 추측해 볼 수 있을 것이다.

최근 수십 년 동안 중국의 고고학이 발달하고 출토되는 실물들이 점차 많아지면서, 앞에서 제기한 추측을 뒷받침할 만한 유력한 증거들이 쏟아져 나오기 시작하였다. 절강성 호주시湖州市 오흥구吳興區 전산양錢山漾에서 발견된 신석기시대 유적지를 발굴하는 과정에서 명주 끈과 명주실, 그리고 찢어진 얇은 비단 등의 실크 직물이 발견되었는데, 과학적으로도 이러한 유물이 누에 실크로 만들어진 직물이었다는 사실이 증명되고 있다. 이러한 사실들은 신석기시대의 선조들이 이미 누에치기와 실크 직물을 만들 수 있는 기술을 보유하고 있었다는 사실을 입증해 주는 것이며, 황제의 비인 나조가 양잠을 발명했다는 전설과도 일치하고 있음을 알 수 있다.

중국은 갑골문자를 사용한 은殷나라로 접어들면서 새로운 역사적 단계로 발전하기 시작하였다. 출토된 갑골 복사卜辭를 통해, 은나라 때 이미 뽕나무와 사백絲帛이 있었다는 사실을 알 수 있으며[1], 실 '사絲'자가 금문金文, 즉 모공정毛公鼎이나 품부반品父盤 등의 명문銘文에서도 한 가닥 명주실로 묶은 형태의 사絲자가 발견되고 있다. 1972년 감숙성甘肅省의 문물고고연구소가 하서회랑 가욕관시嘉峪關市에 위치한 고대의 무덤 군群을 발굴하였는데, 이때 처음에는 한나라 무덤 군으로 판명되었다가 후에 다시 위진魏晉 시기의 무덤 군으로 판명된 무덤 군에서 비단뿐만 아니라, 뽕나무에 날아드는 새를 쫓는 소년의 모습이 그려진 '동자구조호상도童子驅鳥護桑圖'와 뽕잎을 따는 모습이 그려진 '채상도採桑圖'가 새겨진 화상전畵像磚(brick-relief), 그리고 실을 짜는 소사繰絲 도구를 비롯해 누에고치, 명주실, 비단 등과 같이 실크와 관련된 내용이 그려진 화상전이 발견되었다. 이와 같은 유물은 바로 양잠과 실크 방직업이 그 당시 사회에서 이미 중요한 부업副業으로 성장했다는 사실을 객관적으로 입증해 준다고 볼 수 있으며, 더욱이 이미 세상에 널리 알려진 한대의 마왕퇴馬王堆에서도 실크 직물이 대량으로 발굴되어 이를 뒷받침해 주고 있다. 이외에도 신강新疆 위구르 자치구 우루무치 어아구魚兒溝 무덤 속에서 전국시기에 해당하는 봉황무늬를 수놓은 자수품과 마름모 무늬의 비단 조각이 발견되었으며, 중국의 소소현昭蘇縣 목찰특木札特에서 한나라 시대에 제작된 것으로 보이는 누에고치 모양의 주전자가 출토되었다는 사실이다. 하지만 이보다 더 우리의 눈길을 끄는 것은 파초현巴楚縣 탁고자살래托庫孜薩來 유적지에서 누에고치 실물實物과 실크 실물이 발견되었다는 점이다.

---

[1] 郭沫若, 『中國古代社會研究』, 商務印書館, 1954년 판, 233쪽.

따라서 위에서 언급한 유물을 근거로 하여 중국에서 오제五帝시기에 이미 양잠업뿐만 아니라 실크 방직업이 시작되었다는 사실을 어느 정도 짐작해 볼 수 있다. 그러므로 나조가 누에를 쳤다고 하는 시기는 중국에서 야생 누에를 집에서 막 치기 시작했던 시기였으며, 또한 이 때에 양잠 기술 역시 발명되었다고 볼 수 있다. 그래서 은나라 시기에 이르러 양잠업이 일반 가정의 주요 생산 수단으로 등장하게 되면서 실크 방직업 또한 발달하게 되었고, 또한 당시 사람들, 특히 지배계층에게 실크는 없어서는 안 될 중요한 물품으로 자리 잡게 되었던 것이다. 그래서 일찍이 『진서晉書·식화지食貨誌』 편에도 "궁중에서 능단과 비단으로 좌석을 만들었다."는 기록이 남아 있다. 이처럼 중국인들은 아주 먼 옛날부터 누에를 칠 줄 알았으며, 또한 상당히 발달된 실크 방직 기술을 가지고 있어 실크 제품이 사람들의 일상생활에서 중요한 부분을 차지하였을 뿐만 아니라, 또한 지배층의 사치품으로서도 그 중요성이 크게 부각되었었다는 사실을 엿볼 수 있다.

고대에 오랜 인류의 역사 속에서 등장한 새로운 기술이나 발명은 일찍이 지배계층에 의해 국가의 귀중한 자산으로 여겨져 다른 나라에 함부로 전해주지 않았는데, 이러한 상황은 지금도 마찬가지이다. 양잠 기술이나 실크 방직 기술이 중국에 처음 등장했을 때 중국의 지배계층 역시 독점적인 지위를 유지하기 위해 갖은 노력을 다 기울였지만 결국 이러한 노력은 실패로 끝나고 말았다.

일찍이 역대 중국의 통치자들이 양잠 기술과 실크 방직 기술의 해외 유출을 엄격하게 법령으로 금지했지만, 현재 세계 여러 나라에서 출토되고 있는 문물이나 문헌 기록을 통해 실크 제품이 포상품褒賞品이나 혹은 상품으로 다른 나라에 보내졌다는 사실을 어렵지 않게 발견할 수 있다. 화려하면서도 아름다운 문양, 그리고 부드러운 질감의 비단은 여러 나라 사람들을 매료시켰다. 하지만 비싼 가격으로 인해 일반 사람들의 접근이 쉽지 않았던 까닭에 수많은 외국 사람들은 이 실크 방직 기술을 얻기 위해 갖은 수단과 방법을 다 동원하였는데, 이러한 내용이 이야기나 전설로 꾸며져 중국이나 외국 문헌에 실리게 되면서 관련 내용을 어렵지 않게 찾아볼 수 있게 된 것이다.

누에씨가 동쪽에서 전해졌다고 하는 이야기는 당나라의 승려 현장玄奘이 지은 『대당서역기』에서 처음 등장하였다. 구살단나瞿薩旦那국에서 7, 8개월 동안 살다 귀국한 현장은 불교와 관련된 우전于闐의 명승고적과 풍속을 기록으로 남겨 놓았는데, 그 가운데 '잠종동래蠶種東來'와 관련된 내용이 보인다. "왕성王城 동남쪽 약 4킬로미터 떨어진 곳에 마사가람麻射伽藍이 있는데, 이 나라 선왕의 비妃가 세운 것이다. 처음에 이 나라에서는 뽕나무와 누에를 알지 못했다. 그런데 동국東國에 있다는 말을 듣고 사자를 보내 구하고자 하였으나 동국의 임금이 주지 않았을 뿐만 아니라 관문까지 막아버렸다. 그러자 구살단나 왕은 선물을 보내는 한편 예를 갖추어 공주와의 결혼을 청하자 이에 동국의 임금은 이웃 나라를 위로한다는 생각으로 청혼을 허락하였다. 공주를 왕비로 맞이하기 위해 찾아온 구살단나의 사자가 공주에게 '우리나라는 비단이 없으니, 누에를 갖고 와서 스스로 옷을 만들어 입으시오.'라는 왕의 말을 전하였다. 공주가 이 말을 듣고 나서 뽕나무와 누에씨를 얻어 몰래 모자 단 속에 집어넣고 감추었다. 관문을 지키던 병사들이 모든 짐은 다 조사 했지만 감히 공주의 모자는 조사하지 못하였다. 이렇게 관문을 통과한 공주는 구살단나국에 이르러 마사승가람에 뽕나무와 누에씨를 보관해 두었다가 그 이듬해 땅에 뽕나무를 심고 누에를 키우기 시작하였다. 왕비가 된 공주는 금령禁令을 돌에 새겨 세우고 누에를 죽이지 못하게 하니 감히 아무도 이를 어기지 못하였다. 이어서 잠종누에씨를 위해 이곳에 가람을 지었다. 현재 이곳에 남아 있는 마른 뽕나무 몇 그루가 공주가 처음 심었던 뽕나무라고 한다. 그래서 이 나라에서는 누에를 죽이지 않으며, 누에씨를 도둑질해 실을 얻은 자는 그다음 해에 누에씨를 얻지 못하였다."고 전한다.

또한 『신당서新唐書·서역전상西域傳上』 221권에도 "우전국은 처음에 뽕나무와 누에가 없어 이웃 나라에 부탁했으나 주지 않았다. 그 왕이 청혼을 하여 허락을 얻었다. 이에 왕비를 맞이하기 위해 사람을 파견해 '나라에 비단이 없으니 누에를 가지고 와서 스스로 옷을 만드시오.'라고 전하였다. 공주가 이 말을 듣고 누에를 몰래 모자 단 속에 넣었으나 관문을 지키는 사람이 감히 조사하지 못했다. 이로부터 비로소 누에씨를 가질 수 있게 되었다. 왕비는 누에를 죽이지 못하게 하는 금령禁令을 돌에 새겨 놓았다. 후에 나방에서 누에고치를 얻어 실을 뽑을 수 있게 되었다."고 하는 이야기가 수록되어 있다.

위에서 언급한 한문 문헌 자료 이외에 돈황의 막고굴 장경동藏經洞에서 출토된 『우전국사于闐國史』(프랑스인 폴 펠리오(Paul Pelliot)에 의해 프랑스로 가져감)에도 이와 유사한 내용이 한문으로 기재되어 있다. 그 내용은 "비사야사야毗闍耶闍耶 국왕이 중국의 철날하哲捏霞 공주를 취하여 왕비로 삼고자 하였다. 공주가 누에씨를 우전국에 가지고 갈 생각으로 마사麻射라는 곳에서 누에를 키웠다. 중국의 대신大臣이 공주의 생각을 간파하고 국왕에게 '누에가 독사로 변할 것입니다'라고 아뢰자 국왕은 그의 참언을 믿고 잠실蠶室을 불태워 버렸다. 그 와중에 공주는 누에를 일부 몰래 빼내 명주실을 뽑은 다음 옷을 만들어 몸 위에 걸쳤다. 공주가 후에 자세한 상황을 국왕에게 말하였더니 국왕이 그 말을 듣고 몹시 후회하였다."고 한다. 이상의 내용은 한문과 티베트 문헌 중에서 외국에 전파된 중국의 양잠과 방직 기술에 관한 내용을 검색해 발췌한 이야기로서, 기록된 이야기의 주요 내용은 서로 별반 차이가 나지 않으나 구체적인 줄거리에서 조금 차이를 보이고 있다.
예를 들어, 한
문 중에서는 공
주의 성명을 명
확하게 밝히고
있지 않으나,
티베트 문헌 자
료에서는 저니
예샤라고 공주
의 이름을 명확

〈그림 2〉 돈황敦煌 막고굴 莫高窟

하게 밝히고 있으며, 또한 한문 중에는 구체적인 이야기의 줄거리가 보이
지 않으나, 티베트 문헌에서는 이야기의 줄거리가 생동감 있게 구체적으
로 묘사되어 있다. 한문과 티베트 문헌 자료에 대한 비교를 통해 우리가
보다 분명하게 알 수 있는 점은 이 이야기가 중국에서 발생하여 후에 개
조를 거쳐 티베트(당시의 토번)에 전해졌다는 사실이다.

　대체 누에씨가 언제 우전국에 전해졌는지에 대해서는 사서의 관련 자
료가 부족해 구체적인 시기를 밝히기는 매우 어려운 상황이다. 『사기·대
원열전大宛列傳』 권123 중에 "대원에서 서쪽 안식安息에 이르기까지 비록 지
역마다 언어는 달랐지만, 풍속이 비슷해 서로 의사소통이 가능하였다.
…… 이 지역에는 명주실이나 칠漆이 없으며, 철전鐵錢을 알지 못했다."는
기록이 보인다. 이에 대해 중국 북경대학교의 계선림季羨林 교수는 "서역
현지에서 직조한 실크가 없었다는 것이지 실크가 아예 없었다는 의미는
아니다. 실크로드를 통해 중국에서 전해진 실크가 있었다."[2]고 주장했는
데, 이러한 그의 견해는 사실에 부합되는 매우 객관적인 주장이라고 할

---

2) 季羨林, 『中印文化關係史論文集』, 三聯書店出版社, 1982년 판, 55쪽.

수 있다. 사실상 서방의 수많은 국가의 통치자들 역시 명주실로 직조한 비단을 자신들의 생활에서 없어서는 안 될 필수품으로 여겼으며, 심지어 그들 국가의 법전, 즉 『마누법전摩奴法典』과 같은 경우처럼 견직물 관리에 관한 조항이 명시되어 있을 정도였다. 이와 같은 설명은 이들 지역에도 이미 견직품이 존재하고 있었지만, 생산할 수 없었던 당시 현지의 상황을 반영한 것이라고 하겠다. 현지의 견직물은 모두 중국에서 수입한 것으로, 지금의 신장 우루무치 어아구魚兒溝에서는 춘추시대 고묘古墓에서 춘추전국 시대의 자수刺繡와 능문綾文이 있는 비단이 발견되기도 하였다. 이것은 춘 추전국시대에 이미 견직물이 서역의 여러 나라에 전파되었다는 사실을 입증해 주는 것이며, 또한 장건張騫이 서역에 출사出使하기 이전까지는 서 역에 양잠 기술이나 방직 기술이 전파되지 않았다는 사실을 말해주는 것 이다. 다시 말해서 상잠桑蠶 기술이 서역에 전파된 시기가 장건의 서역 이 후라는 사실이다.

제2장

실크로드 개통과 하서河西문화권 형성

실크로드는 중국과 서역 사이에서 어느덧 천여 년의 세월이 훌쩍 지나가 버렸다. 그러나 진정한 의미의 실크로드 개척과 형성은 장건의 서역 출사 이후에 이루어졌다고 볼 수 있다.

장건張騫(?~BC. 114)은 한나라 무제 시기의 인물로서 한중漢中에서 태어났다. 관직은 대행大行에 이르렀으며, 후에 박망후博望侯에 봉해졌다. 한나라 무제는 서역의 대월지大月氏와 연합해 흉노의 침입을 반격하기 위해 장건을 서역에 사신으로 파견하였다. 장건은 건원建元 2년(BC. 139년) 사절단을 이끌고 장안을 떠나 파미르고원을 넘어 대원大宛을 비롯한 강거康居, 대월지, 대하大夏 등의 여러 나라를 거쳤으나 중간에 흉노에게 포로로 잡혀 11년 동안 포로 생활을 하다 가까스로 도망쳐 원삭元朔 3년(BC. 126년) 서한의 수도였던 장안으로 귀환하였다. 그는 비록 이번 출사에서 대월지와 연합해 흉노에 반격하는 임무를 달성하지는 못했지만, 오히려 서역의 여러 나라에 대한 상황을 비교적 상세하게 이해할 수 있는 중요한 기회가 되었다.

흉노는 원래 고대 중국의 북방 지역에서 활동하던 주요 민족 가운데 하나로 일명 오랑캐胡라고 일컫기도 했는데, 중국의 사서 중에는 이와 관련된 여러 가지 명칭이 보인다. 예를 들어, '귀방鬼方', '혼이混夷', '험윤獫狁',

〈그림 3〉 흉노匈奴

'산융山戎' 등이며, 진한秦漢시대에는 "흉노匈奴라고 일컬었다. 그들은 중국 사막의 남북에 걸쳐 유목遊牧 생활을 하며 말타기와 활쏘기에 능하였다. 진시황은 6국을 통일해 강력한 봉건 국가를 건립하고 나서 몽염蒙恬이 이끄는 32만 명의 군사로 흉노를 공격해 하투河套 남쪽 지역을 수복하였으며, 그 이듬해 다시 황하를 넘어 흉노가 차지하고 있던 고궐高闕과 음산陰山, 북가北假 등의 지역을 탈취하였다. 흉노의 두만선우頭曼單于는 진나라의 압력을 받고 결국 하투 지역과 통치 중심지였던 두만성頭曼城을 포기하고 북쪽으로 700여 리나 퇴각하고 말았다. 진은 흉노가 물러간 지역에 강을 요새로 삼아 44개의 군현郡縣을 설치하였으며, 내지의 주민을 하투 지역으로 이주시켜 둔전을 개발하고 농업 생산을 장려하였다. 또한 진은 기존의 진秦, 조趙, 연燕 등이 축성한 장성을 연결하여 변방의 방어력을 공고히 하였다. 진의 장성은 서쪽의 임조臨洮에서 시작하여 황하를 따라 북쪽의 하투 지역까지 1만 리에 달하였다. 이어서 몽염은 32만 명의 군사와 함께 상군上郡에 진을 구축하고 흉노의 남침을 방어하였다. 그러나 진나라가 멸망하고 중국 내 상황이 혼란스러운 틈을 타 흉노가 장성을 넘어 일찍이 몽염이 점령했던 하투와 음산 등의 광대한 지역을 탈환하였다. 그리고 흉노는 음산에 활과 화살을 제작하는 기지를 설치하였다. 모돈冒頓이 그의 부친을 죽이고 선우單于 자리를 탈취한 후 흉노의 세력은 점차 강성해져 수많은 흉노 부족을 정복하는 동시에 먼저 이웃하고 있던 동호족東胡族을 격파하고 서쪽으로 나아가 대월지도 격파하고 그 땅을 점령하였다. 그리고 남쪽으로는 누번樓煩, 백양白羊을 정복하였으며, 북쪽으로는 혼유渾庾, 굴사屈射, 정령丁零, 격곤鬲昆 등의 부족을 정복하여 남쪽의 음산에서 북쪽의 바이칼호貝加爾湖(Lake Baikal)에 이르기까지, 그리고 동쪽으로는 요하遼河, 서쪽으로는 파미르고원에 이르는 대제국을 건설하였다.

대제국을 건설한 흉노는 정권을 건립하고 나자 중원 왕조에 지속적인 침략과 전쟁을 도발하였다. 특히 흉노는 초나라와 한나라의 전쟁으로 중원이 혼란스러운 틈을 타 연대燕代, 지금의 하북성 북부를 침략해 한나라 군대와 하투 이남의 장색障塞에서 대치하였으며, 또한 조나朝那(지금의 감숙성 평량시平涼市), 부시膚施(지금의 섬서성 유림시楡林市) 등의 지역까지 침입해 약탈을 일삼았다.

서한 왕조가 건립된 후 흉노의 침략에 직면한 고조 유방劉邦은 군사를 보내 이들의 침략에 맞섰다. 사료에 의하면, BC. 200년 한 고조가 군대를 직접

〈그림 4〉 옥문관玉門關

인솔하고 전쟁에 나가 흉노와 맞섰으나 불행하게도 실패로 끝나고 평성平城(지금의 산서성 대동시大同市 동쪽)에 포위되었다가 후에 진평陳平의 계책으로 간신히 벗어날 수 있었다고 한다. 이후 한나라와 흉노 양측은 화친和親 맹약을 맺었는데, 흉노는 이 맹약을 통해 매년 한나라로부터 막대한 양의 서絮, 증繒, 주酒, 미米 등을 얻을 수 있었다. 그러나 흉노는 이에 만족하

지 않고 여전히 한나라의 변방을 침략해 어지럽히고 무고한 백성들을 죽이거나 인질로 잡아 갔다. 하지만 한 왕조 건립 초기에는 흉노에 대항할 만한 국력을 갖추지 못해 오직 참을 수밖에 없는 상황에 처해 있었다.

서한이 건국되고 70년이 지나는 사이에 흉노의 세력은 역사에서 이른 바 "흉노에게는 활에 능숙한 군사만 해도 30만 명이다."라고 일컬어질 만큼 강대해졌으며, 더욱이 흉노의 지배층은 자신들의 탐욕을 채우기 위해 한나라의 변경을 빈번하게 침략하였다. BC. 201년~BC. 133년 사이에 흉노의 기병이 연이어 남침해 사람과 가축을 비롯한 재물을 약탈하고 농장을 짓밟음에 따라 한나라의 광활한 북쪽 지역이 모두 흉노의 위협 아래 놓이게 되었다. 이 수십 년 동안 서한의 왕조는 군대를 양성하는 동시에 군량을 축적하였는데, 특히 "문경지치文景之治" 후에 서한의 국력은 놀라울 정도로 크게 신장되었다. 그 결과 BC. 140년 무제 유철劉徹이 황제로 즉위할 무렵에는 이미 흉노를 반격할 만한 여건이 마련되어 있었다. 흉노에 항거하기 위해 무제는 위청衛靑과 곽거병霍去病을 대장군으로 삼았다. 문헌에 의하면, 서한 왕조는 흉노와 세 번의 전쟁을 치렀는데, 첫 번째는 무제 원삭元朔 2년(BC. 127년)의 하남 하투河套 이남 전쟁, 두 번째는 무제 원수元狩 2년(BC. 121년)의 하서河西 전쟁, 그리고 세 번째는 무제 원수 4년(BC. 119년)의 막북漠北 전쟁이었다. 이 세 차례에 걸친 전쟁에서 한나라 군대가 커다란 승리를 거두자, 하서회랑河西廻廊에 있던 흉노의 혼야왕渾邪王이 4만여 명의 흉노족을 이끌고 서한 왕조에 귀순하였으며, 선우單于와 좌현왕左賢王은 멀리 도망쳐 버렸다. 서한 왕조는 하서회랑을 점령한 후 그곳에 무위武威, 주천酒泉, 장액張掖, 돈황 등 이른바 하서사군河西四郡을 설치하였는데, 이러한 조치는 후에 서한 왕조가 서역의 여러 나라와 교역하는 데 있어 매우 유리하게 작용하였다.

서한 왕조는 하서회랑 지역의 안정된 통치를 위하여 일련의 관리 정책을 실시하였다. 첫 번째는 효율적 관리를 위한 행정 관리 기구인 4군을 설치해 통치하였다. 두 번째는 하서회랑의 안전을 유지하고 보호하기 위해 무제는 우선 진나라 시기에 쌓은 장성을 서쪽, 지금의 감숙성 난주시 영등현永登縣까지 연결한 다음 다시 주천을 거쳐 돈황시 관리 지역까지 연결하고, 그곳에 서역으로 통하는 옥문관玉門關과 양관陽關이라는 두 개의 관문을 세웠다. 그리고 장성을 따라 각 지역에 봉수대烽燧臺를 세우고 낮과 밤에 서로 연락할 수 있는 통신 신호 체계를 구축하여 낮에 적이 쳐들어오면 연기를 피워 신호를 보내고, 밤에는 불을 피워 적이 침입해 오는 방향과 병력의 수를 파악할 수 있도록 함으로써 적의 침입을 효율적으로 방어할 수 있도록 하였다. 그리고 각 봉수대는 도위都尉의 관활 아래 두고 봉수대에 충분한 물자 공급을 위한 창고를 새로 짓고, 관리 체계를 하나로 통일시켰다. 돈황의 서쪽 지역에 위치한 대방반성大方盤城과 하창성河倉城에는 당시 양식과 군용물자를 비축해 두는 창고가 있었다. 일찍이 감숙성의 주천 지역에 위치한 액제납기額濟納旗 거연居延에서 『색상봉화품약塞上烽火品約』이라는 유물이 발견되었는데, 이를 통해 당시 군용물자의 지급 규정과 관리 방법 등의 내용을 이해할 수 있어 매우 높은 학술적 가치를 지니고 있다.

중국의 역사 문헌 중에서 이른바 "흉노의 오른 팔을 끊었다", 즉 오랑캐(흉노)와 강족羌族의 연계를 끊었다고 하는 기록이 보이는데, 처음에는 이 말의 의미를 이해하기 쉽지 않았으나 근래 들어 고고학자들의 노력으로 지금의 감숙甘肅 소북肅北 몽고족蒙古族 자치현 지역에서 남쪽 장성의 유적이 발견됨으로써 이 문제가 해결되었다. 특히 이 장성이 돈황시 서쪽과 이어져 하서회랑을 둘러싼 호형弧形 형태의 울타리가 형성되어 있다는 사실을 고려해 볼 때, 흉노와 강족 간의 연계를 끊기 위해 이 장성이 축성되었다는 사실을 충분히 추측해 볼 수 있다.

이와 같은 하서회랑에 대한 서한 왕조의 방어는 흉노 부족의 이주를 야기시켰고, 이로 인해 하서 지역의 인구도 일시에 급격하게 줄어들었다. 이에 무제는 하서회랑의 방어를 더

〈그림 5〉 함곡관函谷關

욱 공고히 하기 위해 함곡관函谷關 동쪽 지역의 가난한 백성들이나 혹은 범죄자들을 이곳에 이주시키는 이민정책을 실시하고, 이들에게 둔전과 개간을 통해 농업의 발전을 장려하였다. 현재 거연이나 돈황 등의 지역에서 출토되고 있는 한대의 서간書簡을 통해서도 당시 형양滎陽, 회양淮陽 등의 지역에서 이곳에 수많은 사람들이 이주해 왔다는 사실을 엿볼 수 있다.

하서회랑은 비록 비가 많이 내리지 않는 곳이지만 기련산祁連山의 만년설이 녹은 풍부한 물이 지하에 저장되어 있어 결코 수자원이 부족한 지역은 아니었다. 게다가 중원 지역의 선진 농업기술이 전래 되면서 하서 지역의 농업은 비약적인 발전을 이루어 이주자들과 주둔군의 생활에 필요한 물자를 충족시켜 주었다. 이로 인해 하서 지역은 중국 고대사에서 유명한 식량 기지로 이름을 남기게 되었다. 그래서 후에 중원 지역에 기근이나 재난이 발생할 때면 하서 지역에서 곡식을 대량으로 거둬 재난 지역을 지원하기도 하였다. 거연에서 발견된 한나라 때 서간의 간문簡文에는 이와 관련된 내용이 구체적으로 묘사되어 있어 당나라 때까지 이와 같은 상황이 이어졌다는 사실을 알 수 있다. 『태평광기太平廣記』에서도 "하주河州의 돈황도敦煌道는 매년 둔전을 통해 식량을 충당하고 남은 곡식은 영주靈州로 운반하여 황하黃河를 이용해 태원太原의 창고에 비축해 두었다가 관중

關中에 흉년이 들면 백성을 구휼했다."는 내용이 보인다. 특히 당나라 말기 장의조張議潮가 귀의군歸義軍을 이끌고 하서회랑을 점령하고 있던 토번을 축출하고 나자 이 지역의 농업 생산은 더욱 급속하게 발전하였는데, 이와 관련된 내용이 돈황의 문서에 "가래가 구름처럼 많다", "남자는 쟁기질을 하고, 여자는 베를 짠다."는 등의 내용이 기록되어 있다. 또한 당 희종僖宗 때 역시 중원에 기근이 들자 하서 귀의군 절도사歸義軍節度使로 있던 장회심張淮深이 비축해 두었던 곡식을 중원에 대량으로 보내 재난을 극복할 수 있도록 했다는 기록도 보인다.

이주민이 대량으로 정착하면서 중원의 발전된 생산 기술과 함께 중원의 선진화된 문화가 전해져 하서회랑 지역의 생산과 문화 발전을 크게 촉진시켜주었다. 예를 들어, 당시 제남濟南에서 이주해 온 최불의崔不意는 타지역의 이주민들에게 농사짓는 법을 가르치며 부지런히 농사를 지어 현지의 농업 발전에 커다란 영향을 끼쳤으며, 후에 이 지역에 현縣을 설치하고 이름을 효곡현效穀縣이라 칭하였는데, 특히 한 무제 때 조과趙過가 제창한 대전법代田法을 우선적으로 시행하여 커다란 효과를 거두었다고 한다.

일찍이 한나라 때부터 문화적 소양과 지식이 비교적 높은 관리들이 하서 지역에 유배되었다. 예를 들어, 여태자戾太子 사건에 연루되었던 수

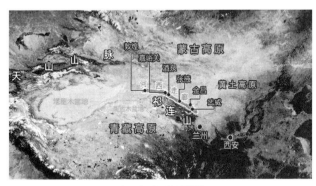

〈그림 6〉 하서회랑

많은 관리들이 하서 지역에 정착하게 되면서 중원의 발달된 한문화가 전파되는 계기가 되었으며, 또한 이들이 현지의 명문 귀족이나 혹은 일가를

이루게 되면서 하서 지역의 문화를 선도해 나가는 역할을 하였다. 지금도 돈황 지역에서 큰 집단을 이루며 살고 있는 적씨翟氏는 한대 재상을 지냈던 적방진翟方進의 후예들이다. 이들은 한대부터 수隋, 당唐, 오대五代, 송宋 등을 거치며 1천여 년 동안 대를 이어 이곳에 살고 있다. 당대 초기인 정관貞觀 16년(A.D. 642년)부터 조성되기 시작해 완성된 돈황의 제200호 막고굴은 바로 적씨翟氏의 가묘家廟를 모신 굴로 알려져 있는데, 굴속의 벽화가 뛰어나 세상 사람들의 찬사를 많이 받고 있다. 하지만 이보다 우리의 시선을 더 끄는 점은 이 굴이 만당晚唐과 오대, 그리고 송나라를 거쳐 여러 차례 보수가 진행되었는데도 그 성씨가 바뀌지 않았다는 사실이다. 남쪽 벽에 있는 작은 감실龕室에서 만당 시기의 묵서墨書『검가보檢家譜』가 발견되었는데, 묵서의 서문 한쪽에 "북주北周 대성大成 원년(579년) 적천翟遷이 막고굴에 감실을 만들고 불상을 세웠다."는 글귀가 보인다. 일찍이 적천은 돈황의 사창참군司倉參軍을 역임하였으며, 그의 아들 적통翟通은 향공鄕貢의 신분으로 명경明經 과에 합격해 조정에서 조의랑朝議郎 및 행돈황군박사行敦煌郡博士의 관직을 제수받았다고 한다. 후에 제130호 굴인 남대상南大像과 제96호 굴인 북대상北大像 사이에 제220호 굴을 조성하였는데, 정관 16년(642년)에 시작해 용삭 2년(662년)에 완성되었으니 적어도 20년에 걸쳐 완공되었음을 알 수 있다. 또한 "9대 증손 절도節度 □□□수수군참모□□□수隨軍參謀 겸 시어사侍御史 적봉달翟奉達이 가보家寶를 점검하였다."는 내용이 기록되어 있다. 이 내용을 토대로 살펴볼 때, 이 굴이 개인적으로 사용되었으며, 적씨가 현지에서 대대로 대성大姓을 이루며 오랫동안 번성해 왔다는 사실을 짐작하게 해 준다. 또한 돈황의 자료를 통해 이 집안이 현지에서 대대로 일력日曆을 제작하는 일을 담당했다는 사실도 엿볼 수 있다.

농서隴西 지역에서 명망 있는 집안이었던 돈황 이씨李氏는 북주北周 시기에 정치적 원인으로 키르기스스탄 쇄엽성碎葉城 지역에 유배되었다가, 당나라 초기 사면된 후에 돈황으로 이주하게 되면서 현지에서 이름난 대가족을 이루게 되었다고 한다. 곽말약郭沫若 선생의 고증에 의하면, 당대 시인으로 이름을 떨쳤던 이태백李太白이 바로 이 집안사람이라고 한다. 돈황 이씨는 당나라 때 현지에서 크게 명성을 떨쳤으며, 돈황의 막고굴 332호굴을 조성하고 『성력비聖歷碑』를 세웠는데, 이 『성력비』는 막고굴의 조성 연대를 연구하는데 중요한 사료적 가치를 지니고 있다. 또한 148호 굴 역시 성당盛唐 시기에 이 이씨 집안에 의해 조성되었으며, 전실前室에 세워져 있는 『이부중수굴공덕비李府重修窟功德碑』는 석질이 단단하고 투명해 "투량비透亮碑"라고 불리고 있다. 다행히도 비명碑銘은 마모되지 않고 완전하게 보존되어 있어 우리에게 귀중한 사료를 제공해 주고 있으며, 또한 비문 중에는 그 집안 선조들에 관한 상황이 기록되어 있어 그 세계世系가 서량西涼 무소왕武昭王 이고李暠까지 거슬러 올라간다는 사실을 알 수 있다. 그러나 돈황 이씨에 관한 필자의 연구에 의하면, 농서 이씨는 억지로 꾸며낸 이야기이고 실제로는 이릉李陵의 후예로 보여진다.

남북조 시기 중원은 잦은 전쟁으로 사회가 혼란스러웠던 반면에 하서회랑 지역은 전량前涼과 후량後涼, 남량南涼, 북량北涼, 서량西涼 등 이른바 오량五涼 정권이 지배하고 있었다. 비록 이를 정권 간에 분쟁이 있었다고는 하지만, 중원 지역과 비교해 볼 때 상대적으로 그 피해가 적었던 까닭에 당시 중원에 거주하던 수많은 인사들이 하서회랑 지역으로 이주하게 되었다. 역사서에 의하면, 전한前漢 때 수만 호에 이르는 중원의 이주민들이 하서회랑으로 이주했다는 기록이 보이는데, 이것이 바로 하서 지역 역사에 등장하는 두 번째 대이민大移民 활동이다. 이들 역시 처음에 이주했던 이주민들과 마찬가지로 중원의 선진문화를 하서 지역에 유입시키는 계기가 되었으며, 하서 지역 정권을 장악함으로써 통치자들 역시 중원의 문화를 보호하고 이용하는데 많은 노력을 기울였다. 예를 들어, 서량왕西涼王

이고李暠가 통치하던 시기에는 유가의 오경을 과거시험 과목으로 지정해 관리를 등용하였으며, 또한 전쟁 등의 여러 가지 원인으로 중원 지역의 경전들이 훼손되었을 때도 하서회랑 지역에는 수많은 중국의 고대 전적이 잘 보전되어 있어 뛰어난 학식을 갖춘 유능한 인사들을 배출하였는데, 그 중에서도 사람들이 말하는 돈황의 "오룡五龍"이 바로 대표적인 예라고 할 수 있다.

곽우郭瑀의 자는 원유元瑜이고 지금의 감숙성 돈황 사람이다. 그는 어려서 장액張掖의 곽하郭荷에게 수학해 학문을 전수받았으며, 문장과 논변에 능했다고 한다. 그는 만년에 장액의 임송군臨松郡에 은거하며 저술과 제자 양성에 전념하였는데, 그가 남긴 저서로는 『춘추묵설春秋墨說』과 『효경착위孝經錯緯』 등이 있다. 그에게 가르침을 받은 학생이 1천여 명에 이를 정도로 그의 이름이 세상에 널리 알려져 있었다.

〈그림 7〉 막고굴 제435호 굴 서쪽 벽 중앙에 위치한 백의불白衣佛 북위北魏

유병劉昞의 자는 연명延明이며, 돈황 사람이다. 대유학자였던 곽우郭瑀의 사위이자 수제자이고, 일찍이 주천酒泉에 은거하며 강의와 저술에 전념하였는데, 그에게 가르침을 받는 자가 원근에 수백여 명에 달했다고 한다. 유병은 서량西涼, 북량北涼, 그리고 북위北魏 3조朝에 걸쳐 황제의 극진한 대접을 받았다. 유병은 서량西涼에서 교육을 주관하는 유림제조儒林祭酒, 중랑中郎, 호군護軍 등의 직위를 역임하였다. 특히 서량왕 이고李暠가 그를 중용하였는데, 삼국시대 촉의 제갈량이 유비로부터 받은 총애에 비견될 정도로 매우 극진한 대접을 받았다고 한다. 서량이 북량의 저거씨沮渠氏에게 멸망하자 유병은 다시 북량에 입조하게 되었다. 이때 저거몽손沮渠蒙遜은 그를 비서랑秘書郞에 임명하고 역사를 고증해 저술하는 임무를 관장하도록 하는 한편, 서원西苑 가운데 "육침관陸沉觀"을 세워 학부學府로 삼고 교수와 학생들이 사용할 수 있도록 제공하였다. 저거몽손이 세상을 떠나고 그의 아들 저거무건沮渠茂虔 역시 유병을 존중해 나라의 국사國師로 삼고 문무백관으로 하여금 그의 강의를 듣도록 하였다. 북량 시기에 그가 저술한 『돈황실록敦煌實錄』 10권과 『양서凉書』 10권은 전형적인 하서문화를 대표하는 작품으로, 남조 유송劉宋에게 헌상되었을 정도였다고 하니 유병의 영향력이 얼마나 컸는지 충분히 짐작해 볼 수 있다. A.D. 5세기 초 북위가 하서의 북량 정권을 멸망시키자 고희에 접어든 유병이 다시 북위에 입조하게 되었는데, 북위 조정에서는 그에게 낙평왕樂平王 탁발비拓跋丕조의 종사중랑從事中郞이라는 관직을 내렸다. 유병은 북위 정권과 문물제도에 대해 많은 공헌을 하였으며, 후에 양주凉州에서 병이 들어 세상을 떠났다. 그가 세상을 떠난 후에 북위의 효명제孝明帝 정광正光 3년(A.D. 522년) 태보太保 최광주崔光奏가 "돈황의 유병은 양성凉城에서 큰 공을 세웠으며, 그가 남긴 문장이 매우 뛰어나 족히 볼만합니다. ……주청하옵건데, 그의 덕이 끊어지지 않도록 계승하여 후세를 교화할 수 있도록 함이 좋을 것 같사옵니다."(『위서魏書·유병전劉昞傳』)라는 말을 남겼는데, 그에 대한 이러한 논평 역시 실제 상황에 부합되는 내용이다. 유병이 일생 동안 남긴 저서로는 『약기略記』 84권 130편을 비롯해 『양서凉書』 10권, 『돈황실록敦煌實錄』 20권, 『방언方言』 2권, 『정공당명靖恭堂銘』 1권, 『주역주周易注』, 『한자주韓子注』, 『인물지人物志』, 『황석공삼략黃石公三略』 등이 있으며, 그 가운데 『약기略記』, 『양서凉書』, 『돈황실록敦煌實錄』 등은 각기 다른 체제를 갖추고 있어 눈여겨볼 만하다. 특히 『돈황실록』은 중국 최초의 실록 성격을 지닌 사서로서 중국사학사 연구에 중요한 가치를 지니고 있다. 이 책을 통해 유병의 학문적 깊이를 엿볼 수 있을 뿐만 아니라, 남북조 시기 돈황은 물론 전국적으로 유명했던 대유大儒이자 대학자로서의 그의 면모를 충분히 살펴볼 수 있다.

송섬宋纖의 자는 영애令艾이며, 돈황 효곡效谷 사람이다. 그는 동진 시기의 저명한 경학자이자 교육자로서 절개와 덕이 높아 당시 많은 사람들로부터 존경을 받았다. 심지어 전량前涼의 돈황 태수 양선화楊宣畫의 경우는 그의 화상을 벽에 걸어놓고 공양하며 "하석河石으로 베개를 삼고, 하류河流로 양치질을 하며, 몸을 드러내지 않고 명예도 구하지 않았다."고 칭송하였다. 주천의 태수 마급馬岌 역시 예의를 갖추어 만나기를 청하였으나 그는 높은 누각에 앉아 거절했다고 한다. 이에 마급이 물러가면서 "명성은 들었으나 얼굴을 직접 보지 못하고, 덕을 우러러 사모하건만 그 형체를 볼 수 없으니 나는 비로소 선생이 사람 가운데 용龍이라는 사실을 알았다."고 탄식하며, 석벽 위에 "단애백장丹崖百丈, 청벽가심靑壁可尋. 실이인하實邇人遐, 실노아심實勞我心."이라는 시를 적어놓고 돌아갔다고 한다. 그 후에도 장조수張祚數가 사람을 보내 초빙하고자 하였으나 거절하고 가지 않았으며, 보내온 재물도 받지 않고 돌려보냈다고 한다. 송섬은 배움에 부지런하여 많은 저서를 남겼는데, 『논어주論語注』와 『시송詩頌』 등이 수십만 자에 달하며, 그의 제자가 3천여 명에 이르렀는데, 이는 그가 당시 석학대유碩學大儒였다는 사실을 반증해 주는 좋은 예라고 하겠다.

송요宋繇는 자가 체업體業이고 돈황 사람이다. 그의 아버지 송료宋僚는 전량前涼 장현정張玄靚의 용양장군龍驤將軍과 무흥태수武興太守를 역임하였다. 송요는 어려서 일찍 부친이 세상을 떠나 비록 집안은 가난했으나 큰 뜻을 품고 있었다. 후에 장언張彦을 따라 주천에 가서 스승을 찾아 학문을 익혔는데, 밤낮을 가리지 않고 촌음을 아끼며 열심히 공부해 경經·사史·자子·집集에 두루 능통했다고 한다. 후량後涼 여광呂光이 양주涼州에 웅거할 때 송요의 관직은 낭중郎中에 이르렀다. 후에 북량北涼의 단업段業에게 의탁해 산기상시散騎常侍를 역임하였다가 다시 돈황 태수 이고李暠에게 의탁하며 그를 도와 패업을 달성하고 서량西涼 정권을 건립하였다. 송요는 옥문玉門과 양관陽關 등지에서 둔전屯田을 일구고 곡식을 비축해 서량 정권이 영토를 개척하는데 커다란 공을 세웠다. 후에 이고의 병이 위중해짐에 따라 그는 탁고托孤의 명을 받았다. A.D. 420년 북량의 저거몽손이 주천을 공략해 서량 정권을 멸망시킨 후, "내가 비록 전쟁을 하지 않고 이흠李歆의 땅을 얻어 기쁘기는 하지만, 이보다 더 기쁜 일은 송요를 얻은 일"이라고 자신의 심경을 밝히고, 송요를 북량의 상서이부랑중尙書吏部郎中에 제수하여 관리 선발의 중임을 맡겼다. 저거몽손이 임종할 때 그의 아들 저거목건沮渠牧犍을 송요에게 부탁하며 보좌를 부탁하였고, 목건은 그를 좌승상에 임명하였다. 후에 송요가 목건의 명령을 받고 목건의 여동생 흥평興平 공주를 모시고 북위에 갔는데, 북위의 세조 탁발도拓跋燾가 그를 하서왕 우승상에 봉하고 청수공淸水公이라는 작위를 내리는 동시에 안원장군安遠將軍으로 추증하였다. 북위가 북량을 멸망시킨 후 송요는 저거목건을 따라 북위의 수도 평성平城으로 가서 그곳에서 세상을 떠났다. 송요는 독서를 좋아하고 인재를 좋아해 찾아오는 유생들을 직접 밖에 나가 맞이하였다고 한다. 정무를 처리할 때도 송요는 옳고 그름과 공과 사를 분명히 하였으며, 비록 그가 높은 관직에 있었지만, 집안에 금이나 은이 하나도 없을 정도로 청빈하였다고 한다. A.D. 420년 북량의 저거몽손이 서량을 멸망시킬 때 송요의 침실에서 발견된 것은 오직 수천 권의 서책과 수십 곡斛의 소금, 그리고 쌀뿐이었다고 하니, 그가 얼마나 청빈한 삶을 살았는지 충분히 짐작해 볼 수 있다.

돈황의 오룡五龍 중에서 마지막 한 사람이 바로 감인闞駰이다. 그의 자는 원음元陰이며, 역시 돈황 사람으로 16국 시기의 유명한 역사 지리학자였다. 조부 감경闞倞과 부친 감구闞玖 역시 당시 하서회랑에서 저명한 학자로 이름이 높았다. 감인은 어려서 경전에 통달하여 한번 보고 능히 말할 수 있어 사람들이 그를 "숙유宿儒"라고 일컬었다고 한다. 그는 저거몽손의 북량 정권에서 비서고과낭중祕書考課郎中을 지냈다. A.D 439년 북위가 북량을 멸망시키고 하서회랑을 점거하자 감인은 북위의 낙평왕 탁발비拓跋丕로부터 종사중랑從事中郎이라는 관직을 제수받았다. 낙평왕이 세상을 떠난 후 그는 북위의 수도 평성平城으로 이주하였는데, 허기와 추위를 면하기 어려울 정도로 집이 심히 가난하여 결국 거리를 누비다 허기와 추위로 인해 세상을 떠났다고 한다. 그는 『역전易傳』에 주소注疏를 달고 『십삼주지十三州誌』 등을 편찬하였는데, 이 중에서 『십삼주지』는 『후한서·군국지郡國誌』의 뒤를 이어 세상에 등장한 역사 지리서라고 평가할 수 있다. 이 책에는 하류河流와 산천, 지명과 물산物産 등을 자세하게 고증해 기록하는 한편, 전인들의 오류를 바로잡아 놓았기 때문에 학술적으로도 가치가 매우 높아 학자들의 관심과 주목을 받았다.

돈황 오룡 이외에도 색수索綏와 조비趙歐, 색습索襲, 색정索靖 등과 같은 돈황 출신의 유명한 학자들이 있었다.

색수索綏의 자는 사애士艾이며 돈황 사람으로, 16국 시기의 유명한 학자였다. 일찍이 부친 색집索戢은 진晉나라의 사도司徒를 역임하였다. 어려서 집안이 가난하였으나 배우기를 좋아해 전량前涼 때 효렴孝廉에 합격하였으며, 후에 모친이 세상을 떠나자 사직하였다. 후에 또다시 수재秀才에 합격하여 유림제주儒林祭酒가 되었고, 전량前涼 장준張駿 시기에 수집내외대사搜集內外大事를 역임하였다. 그는 『양춘추涼春秋』 5권을 비롯해 『육이송六夷頌』, 『부명전符命傳』 등 10여 편의 문장을 남겼으며, 그는 후에 저술의 공功으로 평락후平樂侯에 봉해졌다.

조비趙歐는 돈황 사람으로 16국 시기의 유명한 천문학자이자 역사학자였으며, 북량의 태사령太史令을 역임하였다. 저서로는 『칠요력수산경七曜曆數算經』을 비롯해 『하서갑인지력河西甲寅之曆』, 『음양력서陰陽曆書』 등이 있는데, 대부분 천문에 관련된 내용을 다루고 있다. 영국의 조셉 니덤(Joseph Needham)이 펴낸 『중국의 과학과 문명』에서는 조비를 중국 고대의 과학자 가운데 한사람으로 소개하였다.

색습索襲의 자는 위조偉祖이며, 돈황 사람으로서 16국 시기의 저명한 학자였다. 색습은 항상 문을 닫아걸고 공부하여 세상과 왕래가 없었다고 한다. 색습은 음양술陰陽術에 정통하였으며, 천문과 지리에 관한 책을 수십 편 남겼다.

색정索靖(A.D. 230~A.D. 303)의 자는 유안幼安이며 돈황 사람으로, 서진西晉 시기의 유명한 서예가였다. 대대로 관료를 지낸 집안에서 태어났으며, 부친 색담索湛은 일찍이 북지北地 태수를 역임하였다. 색정索靖은 서진西晉의 부마도위駙馬都尉, 안문도위雁門都尉, 주천 태수 등의 관직을 역임하였다. A.D. 303년 하간왕河間王 사마옹司馬顒이 군대를 일으켜 낙양을 침범하자 색정이 유격장군에 임명되어 진秦, 옹雍, 량凉 등 3주의 병사를 이끌고 토벌에 나섰으나 불행히도 전투 중에 부상당해 향년 65세로 사망하였다. 사후 색정은 "사공司空"으로 추증되어 안낙정후安樂亭侯에 봉해졌다. 색정은 담력과 식견이 뛰어나 사람들이 그를 "일군지량逸群之量"을 갖고 있다고 일컬었다. 색정은 일찍이 동향인 범충犯衷, 장감張甝, 색개索玠, 색영索永 등과 함께 태학太學에 들어가 공부하였으며, 이들 다섯 사람 모두 재주가 뛰어나 당시의 많은 사람들이 그들을 흠모했으나 안타깝게도 나머지 네 사람 모두 일찍 세상을 떠나고 말았다. 색정은 경사에 능통했을 뿐만 아니라 문학과 서법에도 조예가 깊어 당시 사림士林에서 이름 높았던 부현傅玄, 장화張華 등으로부터 높은 평가를 받았다. 색정은 동한 시대 유명한 서법가 장지張芝 누나의 외손으로, 서법 측면에서 장지의 영향을 크게 받아 초서에 능했는데, 그중에서도 장초章草와 예서隸書로부터 초서화 된 서체에 뛰어나 당시에 이름을 크게 떨쳤다. 진晉의 무제 사마염司馬炎이 그를 또 다른 서법의 대가인 위관衛瓘과 함께 대각臺閣의 관직에 제수하였다. 당시 위관은 중서령中書令이었고, 색정은 상서랑尙書郞이었다. 서법 측면에서 볼 때, 그들은 각기 서로 다른 풍격을 갖추고 있어 당시 사람들이 그들을 "일대 이묘一臺二妙"라고 칭송하였다. 즉 두 사람 모두 동한 시대의 서법가 장지와 매우 밀접한 사승師承 관계에 있었다는 사실을 시사한 것으로, 위관은 백영伯英, 장지의 힘筋을 얻었고, 색정은 백영의 몸肉을 얻었다고 평가하였다. 색정의 서법은 농담이 적당하고 기세가 웅후하며 고풍스러워 한대 예서隸書의 풍격을 갖추고 있을 뿐만 아니라, 또한 전절轉折이 금초今草와 같아 고대 서법사古代書法史에서 비교적 높은 명성을 얻었다. 양梁 무제 소연蕭衍은 그의 자서字書에 대해 "마치 회오리바람이 갑자기 불고 새가 놀라 날아가는 것 같다飄風忽擧, 鷙鳥乍飛."고 평가하였으며, 황산곡黃山谷 역시 "글은 짧으나 뜻이 깊어 진실로 미치지 못한다笺短意長, 誠不可及."고 평가하였다. 세상에 전해오는 그의 자서는 『출사송出師頌』, 『일의첩日儀帖』, 『급취편急就篇』 등이 있다. 색정이 서법을 논한 작품으로 『초서장草書狀』 1편이 있는데, 서법의 변화와 발전, 풍격, 기운氣韻, 용필用筆, 그리고 장법章法 등에 관한 내용을 전반적으로 논술해 놓았다. 문자는 비록 400여 자의 짧은 문장이지만, 언급하고 있는 범위는 포함되지 않은 내용이 없을 정도로 광범위하였다. 그는 "가어열마駕馭烈馬, 해수양파海水揚波."란 말로 초서의 웅혼하고 강건하면서도 소탈한 풍격을 묘사하는 동시에 "지초芝草", "포도葡萄", "당예棠棣" 등을 서법의 풍격에 비유하여 작품을 논평하였다. 또한 "현웅대거玄熊對居, 비연차지飛燕差池"라는 말로 서법이 추구하는 대칭, 평형, 의측敧側,

참차參次의 원칙을 설명하였다. 초서의 기법을 논하면서 그는 "해용반거駭龍反踞, 능어분미凌魚奮尾"라는 말로 강하고 힘있게 잡아야 한다는 운필법을 주장하였다. 그리고 붓을 움직일 때는 고반좌우顧盼左右해야 하고, 운필할 때는 조고전후照顧前後 해야 한다는 주장을 제기하였는데, 이러한 그의 견해는 지금도 서법을 익히는 사람들에게는 여전히 참고할 만한 가치를 충분히 가지고 있다.

이상의 열거한 인물들은 서진과 남북조 시기뿐만 아니라, 돈황 지역에서 학술적으로 중요한 업적과 성취를 남긴 인물 가운데 일부라고 할 수 있으며, 또한 이들을 통해 당시 하서 지역의 문화가 전반적으로 크게 발달했었다는 사실을 엿볼 수 있다. 반면에 이 시기 중원 지역은 빈번한 전쟁으로 인해 오히려 문화가 파괴되고 수많은 전적이 훼손된 상황에 직면해 있었다. 서진과 남북조 시기에 서량西涼과 북량北涼 등의 정권은 인재를 중시하고 전적 정리에 많은 노력을 기울여 곽우郭瑀, 유병劉昞 등과 같은 인재들이 배출될 수 있는 토대를 마련해 주었다. 그러므로 "오량五涼" 정권은 한문화의 보존과 하서문화 형성에 대해 모두 긍정적인 역할을 하였다고 평가할 수 있다.

앞에서 논의한 내용을 종합해 볼 때, 서한의 무제가 원수元狩 2년(A.D. 121년) 곽거병을 파견해 흉노를 공격하고 4군을 설치한 후 이민정책을 실시함에 따라 하서 지역의 문화가 신속하게 발전하게 되었으며, 또한 중원의 한문화 역시 이곳에서 꽃을 피우고 열매를 맺어 하서 사회에 깊숙이 뿌리 내리게 되었다고 할 수 있다. 어떤 사람은 하서 지역의 문화를 "양주涼州 문화"라고 칭하기도 하고, 또 어떤 사람은 "돈황의 문화"라고 일컫기도 한다. 심지어 어떤 사람은 "오량五涼 문화"라고도 하는데, 명칭을 어떻게 부르던 그에 대한 인식은 모두 일치한다고 할 수 있다. 즉 위진남북조 시기 하서 지역의 한문화가 이미 고도로 발전했었다는 점에 대해서는 모두 공통된 인식을 가지고 있었다.

곽거병이 흉노를 격파한 후 한나라 무제 원수 4년(119년)에 또다시 장건을 서역에 사신으로 파견하였는데, 이때는 흉노가 이미 패퇴한 상황이라 서방으로 가는 길이 열려 있었다. 무제는 수백 명으로 구성된 사절단을 파견해 많은 나라를 방문하도록 하였다. 장건은 오손烏孫에 이르러 자신의 부사副使를 대원, 강거, 대하, 안식 등지에 파견하였다. 장건이 오손에서 돌아와 세상을 떠난 후에, 그가 일찍이 각 지역에 파견했던 부사의 안내를 받은 각 지역의 사자들이 한나라의 수도 장안에 도착하였다. 장건은 서역에 두 번 출사하면서 중국과 서역 여러 나라의 연계를 강화시켜 주었을 뿐만 아니라, 여기서 한 걸음 더 나아가 서한의 왕조와 인도 여러 나라 간의 우호 관계를 증진시켜 주었던 까닭에 역사에서는 중·서 교통로를 개척한 장건의 공로를 크게 인정하고 있다. 장건 이후 중국은 서역을 비롯한 중앙아시아로 통하는 교통이 더욱 편리해져 매년 사자가 몇 번에서 많게는 수십 번을 왕래하며 서방의 물산과 문화가 지속적으로 중국에 유입되었다. 그중에서도 특히 불교의 전파는 문화 교류에 있어서 무엇보다 많은 사람들의 이목을 끄는 가장 중요한 사건이었다.

여기서 한 가지 의문점은 장건이 두 차례 서역에 출사한 역사적 사건과 불교가 서로 관련이 있을까? 하는 문제이다. 돈황 막고굴 중에서 당대 초기에 조성된 제323호 굴 북쪽 벽 서쪽 끝에 『장건출사서역도張騫出使域圖』가 그려져 있는데, 이 벽화는 발견 초기부터 국내외 학자들의 지대한 관심을 불러일으켰다. 물론 그 안에 언급된 관점과 견해는 서로 다르지만 이와 관련된 저서도 적지 않게 세상에 등장하게 되었다. 따라서 위에서 제기한 이와 같은 중요한 역사적 문제를 명확하게 파악하기 위해서 우선 벽화에 담긴 내용을 소개하고 이에 관한 토론을 진행해 보고자 한다.

이 벽화는 아래의 몇 가지 화면으로 구성되어 있다.

첫 번째 화면은 벽화 동쪽 위 모퉁이에 배치되어 있다. 그 화면에는 전당식殿堂式 건축물과 그 앞에 푸른 나무 몇 그루가 보이며, 중앙에는 사람들이 공손한 모습으로 계단을 올라 당堂에 들어가는 모습이 보인다. 그리고 계단 앞에는 제왕帝王이 신료들을 인솔하고 공손하게 참배하며 공양하는 모습이 보이고, 전당 중앙에는 불상이 안치되

〈그림 8〉 막고굴 제323호 굴 북쪽 벽에 위치한 장건출사서역도張騫出使西域圖 초당初唐

어 있다. 또한 전당 중앙에 위치한 난액欄額 위에는 편액이 하나 세워져 있는데, 그 위에 "감천궁甘泉宮"이라는 세 글자가 보인다. 이 글자는 곽거병이 하서 지역을 점령하고 흉노로부터 제천금인祭天金人이라는 전리품을 획득하여 보관했던 장소를 가리킨다. 그리고 계단 옆으로 방제비榜題碑가 하나 더 보이는데, 높이는 19cm, 넓이가 11.5cm로서 다갈색 바탕 위에 흰 분말로 쓴 4행의 글자가 보인다. 즉 "한무제漢武帝가 부중部衆을 이끌고 흉노를 토벌해 금인金人 둘을 얻었는데, 길이가 한 장이 넘어 감천궁에 안치되었다. 무제는 이를 대신大神으로 여겨 항상 참배하도록 하였다."는 내용이 보이는데, 이 제기題記가 바로 화면의 내용을 설명해 주고 있다.

『사기』의 「흉노열전匈奴列傳」과 「위장군표기열전衛將軍驃騎列傳」에도 이와 관련된 기록이 보인다. 이 일은 한 무제 원수 2년(BC.121년) 봄에 발생한 사건으로, 위에서 언급한 두 열전 가운데 곽거병이 흉노를 격파하고 하서 회랑을 점령한 다음 "휴도왕休屠王의 제천금인祭天金人을 얻었다."는 내용이

나온다. 하지만 방제榜題에 보이는 "감천궁에 안치해 놓았다.", "항상 참배하도록 하였다."는 등의 말은 열전에서 전혀 언급되지 않고 있다. 한편, 위수魏收가 편찬한 『위서魏書·석로지釋老志』 중에 한나라 무제가 흉노의 제천금인을 얻었다고 하는 기록이 보이는데, 이 기록이 방제의 내용과 가장 잘 일치하고 있다. 구체적으로 그 내용을 살펴보면, "한나라 무제가 원수 연간에 흉노를 토벌하기 위해 곽거병을 파견하였는데, 고란皐蘭과 연거延居를 거쳐 적을 물리치고 크게 승리하였다. 곤사왕昆邪王이 휴도왕休屠王을 죽이고, 그의 부족部族 5만 명을 이끌고 투항하였다. 흉노의 제천금인을 얻어 감천궁에 안치하였는데, 금인의 길이가 한 장丈이 넘었다. 제사는 지내지 않았으나 향을 피우고 예를 갖추도록 하였다. 이후로 불도佛道가 점차 전파되었다."고 기록되어 있다.

이외에 『역대삼보기歷代三寶記』, 『광홍명집廣弘明集』, 『불조통기佛祖統紀』 등에서도 무제가 얻은 제천금인에 관한 내용이 나오는데, 여기에서는 모두 곽거병이 얻은 금인金人을 불상으로 언급하고 있다. 그리고 한 무제가 금인에게 예를 올린 일에 대해 불상에 절을 했다고 표현하였다. 그래서 어떤 사람은 이러한 자료가 모두 『위서·석로지』에 기원을 두고 있으며, 또한 이로부터 불상이 제작되기 시작했다고 주장하였다.3)

우리는 위에서 언급한 여러 가지 문헌 자료를 통해 화면에 표현된 이야기가 전대에서 언급된 내용을 근거로 제작되었다는 사실을 알 수 있다. 비록 『위서魏書』가 뒤늦게 나왔다고는 하지만 승려의 면벽과 같은 이야기를 허구적으로 꾸며낼 필요가 없었기 때문에 이와 관련된 부분에 대해서는 후에 상세하게 논하도록 하겠다.

두 번째 화면은 벽화의 중앙 아래 동쪽에 배치되어 있는데, 제왕의 형상을 한 인물이 머리를 높이 쳐든 말을 타고 손을 들어 말을 하고 있고

---

3) 馬世長, 『莫高窟323窟佛教感應故事畵』, 敦煌研究試刊, 제1기, 81쪽.

그 좌우에 여덟 사람이 그를 둘러싸고 있다. 그중에서 노복처럼 보이는 사람은 일산日傘을 들고 있고, 나머지는 소매가 넓고 긴 포의袍衣를 입고 있는 모습이 대신들처럼 보인다. 그 가운데 어떤 사람은 허리를 굽혀 예를 취하고 있고, 또 어떤 사람은 마치 부탁하듯이 손을 들어 손가락을 치켜세우고 있다. 이 화면은 배웅하는 장면을 묘사한 것으로, 마치 인물의 외모와 정신이 살아 움직이는 듯 생동감 있게 묘사되어 있어 돈황 불교 예술 중에서도 가장 뛰어난 걸작으로 손꼽히고 있다. 이로 인해 국내외의 많은 사람들로부터 주목을 받고 있다. 또한 화면의 서쪽에도 소매가 넓고 긴 옷을 입은 사람이 몇 명 그려져 있는데, 그중 한 사람은 앞에서 무릎을 꿇고 조홀朝笏로 얼굴을 가린 채 말 위의 왕으로부터 명령을 듣고 있는 듯한 자세를 취하고 있다. 그리고 화면 정중앙에는 높이 26cm, 너비 10cm 의 방제패榜題牌가 하나 보이는데, "전한前漢 중종中宗, 한나라 선제宣帝의 묘호로 '중종中宗'은 '세종世宗'을 가리킨다. 금인을 얻었으나 이름을 알 수 없어 박망후博望侯 장건이 서역의 대하국에 이름을 묻기 위해 출발할 때"라고 기록되어 있다. 글자는 모두 3행으로 구성되어 있는데, 방제榜題를 통해 우리가 알 수 있는 점은 벽화에 출현하는 제왕이 바로 한 나라의 무제 유철劉彻이며, 화면의 동쪽 사절단 가운데 보이는 정사正使가 바로 장건이라는 사실이다. 그리고 방제 가운데 보이는 "박망후"라는 관직명은 서역에 파견되었던 장건의 이야기를 더욱 명확하게 뒷받침해 주고 있다.

앞에서 이미 언급한 바와 같이 한나라 무제 원수 3년(BC. 120년) 장건이 서역에 사절로 두 번째 파견되었다고 하는 이야기는 실제로 존재했던 역사적 사실이다. 이와 관련된 기록이 『사기·대원열전』에도 보이는데, 여기서는 다만 신독身毒(인도)만 언급되어 있을 뿐, 불교에 관한 기록은 보이지 않는다. 『후한서·서역전』에는 "불교가 신독(인도)에서 일어났다고 하나 한나라 방지方志에는 이와 관련된 내용이 보이지 않는다."고 기록되어 있으나, 후에 등장한 『위서·석로지』에는 "서역이 개척되고 나서 장건이 사절로 대하에 다녀왔다. 그 나라 옆에 신독국이 있는데, 일명 천축이라고 하며 부도교浮屠敎가 처음 시작되었다."는 내용이 보인다. 이 세 가지 서적의 내용을 놓고, 어떤 사람은 『사기·대원열전』의 기록을 근거로 불교가 장건의 서역 출사와 아무런 관련이 없다고 주장하기도 하지만, 필자가 당시 중국과 서역의 여러 나라, 그리고 인도의 불교 발전 상황과 최근 발견되는 고고학적 자료를 토대로 종합적으로 고려해 볼 때, 서역의 교통로가 장건에 의해 개척된 무제 시기 이후에 불교 역시 이 교통로를 따라 중국에 유입되었다는 사실을 어느 정도 짐작해 볼 수 있다. 일찍이 필자가 「장건출사서역도를 통해 본 불교의 동점東漸」이라는 문장을 『돈황학집간敦煌學輯刊』에 발표하였는데, 이 문장 가운데 필자의 관점이 상세하게 기술되어 있다.

세 번째 화면은 서쪽 측면 중앙에 배치되어 있는데, 여기에는 말을 탄 세 사람의 인물이 보인다. 한 사람은 앞서가고 그 뒤에 두 사람이 따라가며 손에 한절漢節을 들고 있는 모습이다. 방제패가 없어 정확한 내용을 자세하게 알 수는 없지만, 화면의 형상과 앞에서 언급한 화면의 방제 내용을 연계해 보면, 바로 두 번째 서역에 파견된 장건과 한나라의 사절단 모습을 묘사했다는 사실을 충분히 짐작해 볼 수 있다.

네 번째 화면은 서쪽 위 모퉁이에 배치되어 있어서 첫 번째 화면과 서로 대칭을 이루고 있다. 화면상에는 서역식의 성지城池와 불탑 모양의 건축물, 그리고 성문이 열려 있는 성城이 보인다. 두 명의 고승이 성문 측면에 서 있고, 그 앞에 멀리서 말을 탄 세 명의 한나라 사절단이 달려오고 있는 모습이 보이는데, 이 장면은 바로 대하에 도착하는 장건의 장면을 묘사한 것으로, 방제에 "대하에 □할 때"라는 글씨가 보인다. 『한서·장건전』에 기록된 문헌을 통해 알 수 있듯이 임무는 대월지와 연합해 흉노를 격파하는 일이었지만 대월지에서 돌아온 지 얼마 안 되어 세상을 떠났다. 그가 세상을 떠난 후에 그의 부사들이 각국의 사자들을 이끌고 장안으로 돌아왔다.

장건이 개척한 중·서 교통로에 대해 어떤 사람들은 "낙타의 길"로 부르기도 하고, 또 어떤 사람들은 "비단의 길"이라고 부르기도 한다. 하지만 중요한 것은 중국과 서역을 잇는 동서 교류 역사에서 매우 특별한 역할을 담당했던 동서교통로가 처음 개척되었다는 사실이다.

제3장

사주四主에 대한 호칭

아시아는 세계의 여러 대륙 중에서 인구가 가장 많을 뿐만 아니라, 문명 또한 가장 일찍 발달된 지역이라고 할 수 있다. 그래서 사람들이 말하는 "4대 문명의 발상지" 가운데 3개의 발상지가 모두 아시아에 위치하고 있다.

시간의 흐름에 따라 세계에 대한 중국인들의 인식 또한 점차 폭넓어지고 깊어졌다. 전한前漢 이전까지만 해도 세계에 대한 인식이 부족했던 중국인들은 중원中原만이 세상에서 가장 위대하고, 그 이외 지역은 모두 오랑캐들이 사는 땅이라고 생각하였다. 하지만 한나라 무제가 장건을 두 차례 서역에 파견해 동서 교통로를 개척하고 나서 세계에 대한 중국인들의 인식도 질적으로 크게 변화하기 시작하였다. 세상에 대한 지식의 축적과 인식의 발전에 따라 당대에 이르러 중국에 "사주四主"설이 새롭게 등장하였다. 일찍이 도선道宣이 편찬한 『속고승전續高僧傳·

〈그림 9〉 도선道宣의 『속고승전續高僧傳』

경대자은사석현장전京大慈恩寺釋玄奘傳』 권4에서 "섬부주贍部洲는 네 명의 왕
이 다스린다. 동쪽은 지나주脂那主라고 하며 인왕人王이 다스린다. 서쪽은
파사주波斯主라고 하며 보왕寶王이 다스린다. 남쪽은 인도주印度主라고 하며
상왕象王이 다스린다. 북쪽은 험윤주獫狁主라고 하며, 마왕馬王이 다스린다."
는 기록이 보이는데, 이와 같은 견해는 인도 불교사상의 영향을 받아 생
겨난 것이다. 인도의 역경사 가류타가迦留陀迦가 번역한 『불설십이경佛說十二
經』에서는 "염부제閻浮提에 열여섯 개의 큰 나라와 팔만사천 개의 역域이 있
으며, 여덟 명의 왕과 네 명의 천자天子가 다스린다. 동쪽은 진晉의 천자가
다스리며 백성들이 많다. 남쪽에는 천축국天竺國의 천자가 다스리며, 땅이
넓어 코끼리가 많다. 서쪽은 대진국大秦國의 천자가 다스리며, 땅이 풍요로
워 금은벽옥金銀碧玉이 많이 난다. 북쪽에는 월지국月氏國의 천자가 다스리는
데, 땅이 넓고 좋은 말馬이 많이 난다."고 기록해 놓았다.

불교를 수용한 중국 승려들의 눈에는 중국의 황제가 이제 더 이상 세계
에서 유일하고 지고지상한 존재가 아니었다. 적어도 그들의 눈에는 중국
의 황제 이외에 대진국의 천자, 월지국의 천자, 천축국의 천자인 세 명의
군주가 더 있었기 때문에 중국의 황제는 단지 동방을 다스리는 군주에 불
과하였다. 당시 상황에 대해 당대唐代 중국의 고승은 『대당서역기』에서
"남쪽의 인도는 날씨가 습하고 더워 코끼리가 살기에 적합하고, 서쪽의
보주寶主는 바다에 인접해 있어 보물이 많이 난다. 북쪽의 마주馬主는 춥고
풀이 많아 말을 기르기에 적당하며, 동쪽의 인주人主는 기후가 따뜻하여
사람이 많다."고 설명을 덧붙여 놓았다. 인도에서 중국에 전해진 "사주"설
역시 동진東晉 시기부터 당대에 이르는 300여 년 동안 지속적으로 변화가
일어났다. 당대 초기 고승 도선道宣은 『석가방지釋迦方志』에 섬부주贍部洲에서
는 "네 명의 왕이 통치한다."고 기록해 놓았다. 그 가운데 첫 번째 주主는
상주象主라고 일컫는 인도 왕이다. 이른바 "설산雪山 남쪽에서 남해南海에

이르며, 땅이 덥고 습해 코끼리가 살기에 적합하며, 상병象兵으로 나라를 다스린다. 풍속이 거칠고 강하며, 또한 배우기를 좋아해 남다른 문화를 꽃피웠다. 그 나라가 바로 인도이다." 두 번째 주主는 보주寶主라고 일컫는 호왕胡王이다. "설산의 서쪽에서 서해에 이르며, 이름을 보주寶主라고 한다. 땅이 서해에 접해 있어 진기한 보물이 많이 난다. 예의를 가볍게 여기고 물건을 중시한다. 이 나라가 바로 호국胡國이다." 여기서 '호국胡國'은 페르시아波斯와 대진大秦 등을 가리킨다. 세 번째 주主는 마주馬主라고 일컫는 돌궐왕突厥王이다. "설산의 북쪽에서 북해에 이르며, 땅이 추워 말이 자라기에 적합하여 명마가 많이 난다. 그 풍속은 흉폭하고 잔인하며, 또한 모의毛衣가 많이 난다. 그 나라가 바로 돌궐국이다." 네 번째 주主는 인주人主라고 일컫는 지나至那, 중국왕이다. "설산의 동쪽에서 동해에 이르며, 그 이름을 인주人主라고 일컫는다. 기후가 따뜻하고 온화하며 풍속이 인의를 잘 지키며 고향 떠나는 것을 좋아하지 않는다. 그 나라가 바로 지나국至那國, 즉 진단震旦이다. 위에서 열거한 사주四主는 각기 경계를 나누어 왕이 다스린다."고 설명해 놓았다.

앞에서 언급한 "사주"설에 대해 어떤 사람은 인도인이 섬부주가 — 인류가 거주하는 중심 지역이 설산에 있다 — 파미르고원 위에 건설되었다는 사실을 언급한 것이라고 주장하는데, 필자가 보기에 이것은 인도의 "사주"설이 중국인에 의해 발전되어 형성된 것으로, 중국인의 역사와 지리에 대한 지식이 확대된 결과라고 볼 수 있다. 즉 중국인들은 수많은 산맥으로 이루어진 파미르고원이 여러 개의 강수江水로 인해 아시아 대륙의 경계가 이루어졌다고 생각해 내세운 견해라고 볼 수 있다. 다만 위에서 언급한 견해와 다른 부분은 북주北主가 불지왕에서 돌궐왕 혹은 험윤주獫狁主로 바뀌었다는 점이다. 이 모든 내용이 중국의 역사적 사실에 근거해 제기된 주장이기 때문에 인도인이 주장했다고 보기에는 거리가 너무 멀다고 하겠다. 당시 세계에 대한 중국인들의 인식을 잘 반영한 저서로는 북위 때 역도원鄺道元이 저술한 『수경주水經注』를 꼽을 수 있다. 이 책은 중국의 수계水系를 비롯해 변경 지역의 강역은 물론 역외域外 지역의 수계와 지리적 상황에 대해서도 언급하였는데, 특히 남아시아 대륙과 인도지나 반도의 상황을 소

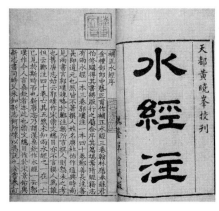

〈그림 10〉 역도원鄺道元의 『수경주水經注』

개하면서 인도의 갠지스 강과 그 하류 지역을 집중적으로 소개하고 있어 참고할 만한 가치를 지니고 있다. 당대唐代 중국인이 제작한 『서토오인지도西土五印之圖』는 인도지나 전체(동쪽 옥문관에서 북쪽의 쇄엽碎葉, 서쪽의 우즈베키스탄, 남쪽의 토번)를 비롯해 아시아대륙, 서해(아라비아 해), 스리랑카, 동남아시아(스리비자야, 참파), 중국 서남해 등의 지역을 포함하고 있다. 또 하나 더 주목할 점은 당대의 칙사 왕현책王玄策이 편찬한 『중천축국행기中天竺國行記』와 현장법사玄奘法師의 『대당서역기大唐西域記』, 그리고 『중천축국행기中天竺國行記』를 토대로 쓴 『서국지西國誌』에도 지도가 몇 장씩 포함되어 있다는 사실이며, 이 모든 것이 "사주"설의 형성에 중요한 토대가 되었다고 볼 수 있다. 이와 반대로 이 시기 세계에 대한 인도인들의 인식이 오히려 중국인들보다 부족한 상황이었다고 볼 수 있어, 비록 "사주" 설이 인도에서 인도인들에 의해 제창되었다고는 하지만, 그 내용의 발전은 당연히 중국에서 형성되었다고 하겠다.

제4장

코끼리 왕국象王國 인도印度

인도는 예전에 천축天竺이라고 일컬어졌으며, 동·서·남·북·중中 다섯 개의 지역으로 구분하였다. 인도는 땅이 넓고 사람이 많을 뿐만 아니라 중국과 마찬가지로 발달된 고대 문명을 가지고 있어 세계 4대 문명의 발상지 가운데 하나로 꼽는다. 특히 석가모니가 창립한 불교는 지금까지도 세계에서 가장 널리 유전되고 있으며, 신도의 수도 세계 3대 종교 가운데 가장 많은 수를 차지할 정도로 인류의 의식 형태에 커다란 영향을 끼치고 있는 종교로 자리 잡았는데, 중국 역시 이와 같은 상황이라고 할 수 있다.

지리적으로 인도와 중국은 히말라야 산을 경계로 3,000km나 되는 국경선을 마주하고 있으며, 오랜 세월 동안 전쟁이나 충돌보다 우호적인 왕래가 더 많았던 역사적 관계를 가지고 있다. 인도는 일찍이 도선道宣이 『속고승전』 제4권에서 언급한 코끼리 왕국象王國을 가리킨다. 인도는·코끼리가 많아 코끼리를 무기 삼아 정벌을 하거나 정권 유지에 활용했던 까닭에 코끼리 왕국으로 일컬어지기도 했다. 그래서 인도의 수많은 불교 역사 이야기나 역사 기록 중에서 코끼리 부대의 용맹한 위력을 살펴볼 수 있다. 예를 들어, 돈황 막고굴 중에서 북주北周 시기에 조성된 제428호 굴의 동쪽 벽 북단에 그려져 있는 『수달나태자시사백상須達拿太子施舍白象』은 바로 이러한 상황을 잘 보여준다. 벽화 고사에 의하면, 고대 인도 영토 내에 섭파국葉波國이라고 불리는 큰 나라가 있었다고 한다. 그 나라에는 국왕이 키우는 500마리의 코끼리가 있었는데, 그중에서도 백상왕白象王이라 불리는 수단연須檀延이 가장 유명하였다. 불

〈그림 11〉 막고굴 제428호 수달나태자須達拏太子 시사施舍 백상白象

경에서는 이 백상왕 수단연이 힘이 세고 싸움을 잘해 60마리의 코끼리를 대적할 수 있었다고 전한다. 수단연에 의지해 국력이 강성해지자 섭파국에서는 나라의 보배로 삼고 특별히 보호하기 위해 "백상白象의 우리에 들어가는 자는 그 자리에서 다리를 자르고, 백상白象을 잡아끄는 자는 그의 손을 자르며, 눈으로 보는 자는 그의 눈을 뽑는다."고 법으로 규정해 놓았다. 한편, 국왕에게는 수달나須達拏라는 태자가 있었는데, 지극히 효성스러워 섭파국 왕의 총애를 한 몸에 받았다고 한다. 섭파국 왕은 마음속에서 오직 그와 수단연만을 중요하게 여겼다. 평소 보시하는 것을 좋아했던 수달나 태자는 누군가 그에게 도움을 요청하면 거절하지 못하였다. 때마침 섭파국과 적대 관계에 있던 이웃나라는 어떻게 하면 자신들이 섭파국의 속국 처지에서 벗어날 수 있을까 호심탐탐 노리고 있었다. 그러던 어느 날 신하들을 모아 놓고 대책 회의를 여는데, 어떤 신하가 섭파국에는 백상왕 수단연이 있어 우리와 싸울 때마다 승리를 거두기 때문에 우리가 만일 수단연을 얻을 수만 있다면 충분히 섭파국을 이길 수 있다고 말하는 것이었다. 그런데 수단연을 어떻게 얻을 수 있단 말인가? 중신들이 한참 동안 서로 얼굴만 쳐다볼 뿐 아무런 계책도 세우지 못하고 있을 때 외도外

道가 섭파국의 태자 수달나가 보시를 좋아한다는 생각을 떠올리고, 자신이 이를 이용할 수 있다는 생각에 자리에서 곧바로 일어나 수단연을 얻어오겠다고 자원하고 나섰다. 그리고 외도는 7명의 동료와 함께 지팡이를 짚는 절름발이로 가장해 섭파국 도성을 향해 길을 떠났다. 도성 궁문 앞에 이르러 이들은 다리를 절름거리며 수달나 태자에게 코끼리를 보여 달라고 졸랐다. 그 모습을 본 태자는 그들의 요청을 들어주기 위해 코끼리 우리로 안내한 다음, 그들에게 타고 다닐 코끼리를 고르라고 하였다. 그들은 우리를 둘러보고 나서 이 코끼리들이 비록 모두 훌륭하기는 하지만 코끼리 한 마리가 여덟 사람을 태우기는 힘들 것이라고 말하면서 태자에게 수단연을 보시해 달라고 간청하였다. 태자는 이 말을 듣고 곤란한 생각이 들었지만, 사람들의 요청을 거절하지 않기로 한 자신의 맹세를 떠올리고 의연하게 나라의 보배인 수단연을 이 여덟 사람에게 주었다고 한다. 외도는 수단연을 얻은 후 기쁜 마음으로 돌아갔다고 하는데, 돈황 막고굴 제428호 굴의 동쪽 벽 북단에 보이는 화면이 바로 수달나 태자의 고사를 그린 것이다. 화면에 외도가 백상왕 수단연을 얻어 돌아가는 장면이 생동감 있게 그려져 있다. 이 고사를 통해 인도 사람들이 코끼리를 얼마나 중요하게 여겼는지 충분히 짐작해 볼 수 있다. 이외에도 인도 역사에는 코끼리 부대로 흉노를 격파하고 승리를 거둔 이야기와 계일왕戒日王이 코끼리 부대로 전국을 통일한 이야기가 널리 알려져 있다. 이러한 이유로 인해 인도를 코끼리 왕국으로 부르게 된 것이다.

　7세기의 인도는 당나라와 비교할 수 없을 정도로 국력이 미약했는데, 역사 기록에 의하면, 이때가 바로 마우카리(Maukhari) 왕조가 통치하던 시기였다고 한다.

　마우카리 왕조의 통치자는 자칭 사시史詩 중에서 언급되는 유명한 마주馬主 아스투아게스의 후손으로서 그의 선조는 아주 오래전에 마가다와 라지푸타나(Rajputana)에서 속국의 수령과 장군을 역임했다고 한다. 마우카리(Maukhari) 가족은 이사나바르만의 지도 아래 강력한 국가로 성장하였으며, 또한 이사나바르만은 인도 역사상 처음으로 "왕 중의 왕"으로 불린 인물이다. 이사나바르만 재위(554년) 시절의 문서에 의하면, 그가 일찍이 안드라(Andra)를 비롯해 수리아바르만과 가우다(Gauda) 왕국과의 전쟁에서 승리하였으며, 또한 굽타 왕조의 구마라 굽타와 서로 충돌했다는 사실을 알수 있다. 당시 구마라 굽타의 아들이 일찍이 마우카리 왕조를 격파한 코끼리 부대를 지휘했다고 하며, 이 코끼리 부대가 흉노의 공격을 방어할때 "흉노의 병사들을 하늘 높이 집어 던졌다."고 전한다. 마우카리 왕조는 이미 붕괴된 북인도 제국을 다시 일으켜 세우기 위해서는 침략자들과의 전쟁에서 반드시 승리해야만 하였다.

이사나바르만 왕 이후 마우카리 왕조는 살바 바르만(Salva varman), 아판다 바르만(Apanda varman), 그라하 바르만(Graha varman) 등의 통치를 받았다. 그라하 바르만은 아판다 바르만의 아들로 타네사르(Thanesar)의 푸슈야브후티(Pushyabhuti) 집안의 딸 라저스리(Rajyasri)를 아내로 삼았다. 그러나 이혼인은 마우카리 왕조를 구하지 못하고 '마로우의 사악한 군주'에 의해 멸망당하고 말았는데, 사람들은 이 마로우 군주가 바로 하르샤(Hārsha) 명문에서 말하고 있는 데바라고 여기고 있다. 그라하 바르만이 살해를 당하자 그의 손위 처남인 라저 바르다나(Rajya Vardhana)가 그를 대신하여 복수를 하였으나 오래가지 않아 라저 바르다나 본인도 가우다 왕인 샤샨카(Shashanka)에게 피살당하고 말았다.

하르샤는 또한 계일왕戒日王이라고도 일컬었는데, 그는 중국의 역사 문헌에 보이는 시라일다尸羅逸多왕을 가리킨다. 하르샤는 타네사르의 푸슈야브후티 집안에서 태어났으며, 그의 부친 이름은 폴라지 바르다나(Polaj Vardhana)이고, 형의 이름은 라저 바르다나이다. 그리고 누나 라저스리는 마우카리 왕조의 국왕 그라하 바르만에게 시집가서 그의 아내가 되었다. 그라하 바르만이 피살된 후 그의 형 라저 바르다나가 그를 대신해 복수하였는데, 이때 곡녀성曲女城의 정치가들은 그들의 귀족 영수領袖의 뜻에 따라 국왕의 자리를 라저 바르다나의 형제인 하르샤에게 넘겼다. 하르샤가 왕위를 계승한 후 굽타 왕조 시기와 같은 제국의 명성을 되찾기 위해 북인도의 모든 나라가 자신의 군주 지위를 승인하도록 하였으며, 그가 왕위에 오른 606년부터 기년紀年을 사용하기 시작하였다. 현장玄奘은 일찍이 하르샤가 왕위를 물려받고 싶지 않았다는 이야기를 기록해 놓았는데, 그 원인에 대해서는 사람마다 견해가 다르다.

하르샤는 왕위를 계승하고 나서 여러 가지 어려움에 처하게 되었다. 우선 마우카리 왕조 그라하 바르만의 아내 라저스리가 바로 그의 누나였기 때문에 그를 위험에서 구하는 일이 급선무였다. 그 다음은 살해당한 큰형 라저 바르다나의 복수를 하는 일이었다. 그리고 또 하나의 문제는 그가 이 두 나라의 요청에 의해 왕이 되었기 때문에, 그 두 나라에서 자신의 지위를 확고하게 자리잡는 것이었다.

이러한 상황을 해결하기 위해 하르샤는 몇 가지 조치를 취했는데, 그가 가장 먼저 취한 행동 가운데 하나는 인도를 통일하기 위해 오늘날 아삼주(Assam) 지역에 있던 야심가인 카마루파(Kāmarūpa) 국왕 바스카 바르만(Bhaskar Varman)과 연맹을 맺었다. 그리고 이어서 하르샤의 또 다른 동맹인 굽타 왕조의 후손 모타바 굽타(Motava gupta)의 협조 아래 마우카리 왕조 그라하 바르만의 황후로 있던 그의 누나 라저스리를 구출해 내는 동시에 귀족들에게 가우다(Gauda) 왕국을 점령하도록 명령을 내렸다. 전하는 바에 따르면, 하르샤는 6년 동안 인도의 거의 모든 나라와 전쟁을 치렀다고 하며, 성공적으로 자신의 지위를 확고히 다진 다음 641년 정식으로 왕을 칭하고, 6만 마리의 코끼리와 10만 명의 기병을 확충하였다고 한다.

하르샤와 그의 전쟁에 관한 내용은 한문 기록 중에서도 쉽게 찾아볼 수 있다. 『신당서新唐書·서역전·천축국天竺國』 권221에 "천축국은 중국에서 신독身毒, 혹은 마가다摩揭陀, 혹은 브라만婆羅門이라 부른다. …… 파미르 고원 남쪽에 위치하고 있으며, 그 넓이는 3만 리에 이르고, 동·서·남·북·중으로 나뉘어 있는데, 성읍城邑이 수백 개에 이른다. …… 무덕武德 연간(618~626년)에 나라가 혼란해져 시라일다尸羅逸多왕이 군대를 소집해 토벌에 나서자 코끼리는 안장을 풀지 못하고, 병사들도 갑옷을 벗지 못했으며, 천축국을 통일하여 모든 나라를 그의 속국으로 삼았다고 한다. 일찍이 현장이 그 나라에 이르자 시라일다가 현장을 불러 '나라에 성인聖人이 나와 『진왕파진악秦王破陣樂』을 지었다고 하는데, 그에 대해 말해 보시오,' 현장이 '태종께서 신무神武로 난을 평정하자 사방의 오랑캐들이 모두 복종하였고, 왕께서 이를 기뻐하여 동쪽을 보고 조회를 받겠다고 하셨습니다.'라고 대답하였다. 정관貞觀 15년(641년) 왕이라 자칭하는 마가다가 사신을 당나라에 보내 상소문을 올리자 이에 대한 답례로 태종도 운기위雲騎尉 양회경梁懷璥을 천축국에 사신으로 파견하였다. 시라일다가 놀라 신하들에게 물었다. '자고로 마가진단摩訶震旦에서 우리나라에 사신으로 온 사람이 있는가?' 하고 묻자 신하들이 모두 없다고 대답하였다. 오랑캐 말로 중국을 마가진단이라고 불렀다. 이에 밖에 사자를 파견해 조서에 절을 한 다음 머리 위로 받쳐 들고 입조하도록 하였다. 위위승衛尉丞 이의표李義表가 이를 조정에 알리자 대신들이 교외까지 나와 영접하였고, 도성 사람들이 길가에 늘어서 향을 피웠다. 이때 시라일다의 신하들이 동쪽을 바라보며 조서를 올렸다. 이어서 화주火珠, 울금鬱金, 향香, 보리수菩提樹 등을 진상하였다."고 기록되어 있다. 『당회요唐會要·천축국』 권100에도 이와 유사한 내용이 기술되어 있다. "천축은 중국에서 신독, 마가다 혹은 브라만이라 부르며, 땅은 파미르 고원 남쪽에 있다. 대월지에서 동남쪽으로 수천 킬로미터 떨어져 있는데, 땅이 3만 여리나 된다. 그 땅을 다섯 개로 나누어 다스리는데, 남천축은 남쪽 대해大海와 접해 있고, 북천축은 설산雪山과 접해 있어 사방이 산으로 둘러싸고 있으나, 남쪽에 계곡이 하나 있어 국문國門으로 통한다. 동천축은 동쪽 대해에 접해 있고 부남扶南과 연결되어 있는데, 그 중간에 작은 바다가 있다. 서천축은 계빈罽賓과 페르시아에 접해 있다. 중천축은 네 개의 천축 사이에 있다. 나라에는 왕이 있으며, 천축이라는 명칭으로 불린다. …… 무덕武德 연간(618~626년) 나라에 큰 혼란이 일어나 시라일다 왕이 군대를 소집해 토벌에 나서자 코끼리는 안장을 풀지 못하고 병사들은 갑옷을 벗지 못하였다. 6년이 지나자 네 개의 천축 왕이 모두 복종하였다. 정관 초년 중국의 사문(沙門, 출가하여 불도를 닦는 사람) 현장이 이곳에 도착하자 천축왕 시라일다가 그를 불러 자기가 듣기에 중국에 성인이 나와 『진왕파진악』을 지었다고 하는데, 그 진왕이 어떠한 인물인지 말해 보라고 하였다. 이에 현장은 성덕을 갖추었다고 대답하였다. 15년(641년)에 왕이라고 자칭하는 마기다가 사신을 파견해 조공을 바치자 황제가 운기위 양회경을 그 나라에 사신으로 파견하였다. 시라일다가 놀라 신하들에게 자고로 마가진단에서 우리나라에 사신으로 온 사람이 있었는가? 하고 묻자 아직까지 없었다고 대답하였다. 이에 사신을 파견해 양회경과 함께 입조하도록 하였다."고 기록되어 있다. 이외에 다른 문헌 중에도 이와 비슷한 내용이 기록되어 있으나 여기서는 더 이상 인용하지 않고자 한다. 이상의 두 가지 기록은 비록 문장에서 약간의 차이를 보이기는 하지만 전체 이야기의 내용이 서로 완전히 일치하고 있다는 사실을 알 수 있다. 위의 기록을 통해 우리는 다음과 같은 두 가지 측면을 보다 분명하게 이해할 수 있다. 첫 번째는 당 태종 정관 15년 시라일다가 고전 끝에 천축을 통일하고 마가다의 왕위에 올라 천축국의 최고 통치자가 되었다는 점이고, 두 번째는 정권을 공고히 하기 위해 시라일다 왕이 당시 아시아에서 가장 큰 영향력을 행사하고 있었던 당에 사절단을 파견함으로써 7세기 중국과 인도의 왕래가 정식으로 이루어지기 시작했다는 점이다.

당 태종 정관 22년(648년)을 전후해 인도 역사에서 정치적 식견을 갖추고 있던 시라일다 왕이 불행히도 세상을 떠나는 바람에 이제 막 시작된 중국과 인도 양국의 우호 관계도 잠시 끊기게 되었다. 시라일다 왕의 뒤를 이어 왕위에 오른 아라나순은 그동안 추진해왔던 당과의 우호 정책을 뒤집고 적으로 간주하는 정책을 추진하였다. 후에 왕현책王玄策이 토번과 니파라 등의 군대를 빌려 아라나순의 군대를 격파하고 그를 포로로 잡아 장안으로 압송하고 난 후, 그동안 끊어졌던 중국과 인도의 우호 관계가 비로소 다시 발전해나갈 수 있게 되었는데, 이에 관한 구체적인 상황은 뒤에서 다시 자세히 언급해 보도록 하겠다.

제5장

당唐과 인도 속국의 우의友誼

시라일다 왕이 통일한 인도에는 수많은 소국이 존재하고 있었으나, 현재 인도의 역사 문헌을 통해 파악할 수 있는 나라는 대략 16개 정도에 이른다. 이러한 나라들 중에서 많은 나라들이 독립된 주권을 가지고 당제국과 외교 관계를 맺고 우호적인 교류를 진행하였으며, 또한 어떤 나라는 중국과 인도로 통하는 교통 요지에 위치하고 있어 우리가 동·서 교통로를 연구할 때 반드시 우선적으로 소개해야 하는 나라라고 할 수 있다.

1절 당과 니파라의 우호적 왕래

이것은 중국과 인도의 교통, 그리고 문화 교류에 대해 연구하는 사람들이 일반적으로 주의를 기울여 연구해야 할 문제라고 볼 수 있다.

니파라尼波羅는 범어로 Napāla라고 표기하며, 속어로 Nevala라 부르기도 한다. 또한 니파라尼波羅, 니파라你波羅, 와팔랄瓦八剌 등의 명칭으로 번역되기도 하는데, 이 나라는 바로 지금의 네팔 왕국을 가리킨다. 니파라는 지금의 네팔 카트만두(Katmandu) 계곡에 위치하고 있었는데, 일찍이 현장법사는 『대당서역기·니파라국』 권7 중에서 중인도 안에 포함시켜 놓았다. 하지만 이는 잘못 표기한 것으로 후에 도선道宣이 『석가방지釋迦方志』에서 북인도로 교정해 놓았는데, 이것이 정확하다고 볼 수 있다.

역사적 문헌 기록에 따르면, 당대 초기의 니파라 국왕은 크샤트리야刹帝利 리차비(Licchavi)족으로서 이름을 암수 바르마(Amsu varma)라고 불렀다. 이 사람은 원래 네팔의 왕 타꾸리(Thakuri) 부족의 추장이자 리차비 왕조의 시바데바(Sivadeva) 왕의 신하였다. 대략 중국의 수隋나라 시기인 6세기 말엽 리차비 왕조가 아비라(Abhira)인들에 의해 전복되었으나 후에 암수 바르마의 도움을 받아 시바데바 왕이 나라를 되찾았다고 한다. 이후 암수 바르마는 시바데바 왕에게 중용되어 수상의 자리에 오르게 되었으며, 후에 점차 지위가 높아져 왕국의 실질적 통치권을 차지하게 되었으며, 시바데바 왕이 세상을 떠나자 암수 바르마가 스스로 왕위에 올라 왕이 되었다고 한다.

암수 바르마는 나라의 안녕을 위해 자신의 딸인 브루쿠티(Bhrkuti) 공주를 당시 북방을 차지하고 있던 토번국의 기종롱찬棄宗弄贊에게 시집을 보냈다. 그 시기는 당대의 문성공주가 토번에 들어갔던 정관 15년(641년) 보다 약간 이른 때이다. 암수 바르마가 세상을 떠난 시기에 대해서는 연구자마다 서로 다른 견해를 보이고 있다. 스미스(Smith)는 그가 642년(경정관 16년)에 세상을 떠났다고 하며, 렉미(Regmi)는 그의 재위 기간이 630년에서 640년이었다고 주장하였다. 그의 사인에 대해서는 일반적으로 그의 동생에 의해 살해되었다고 전하며, 그가 세상을 떠난 후에 그의 아들 나렌드라데바(Narendradeva)가 토번으로 도망쳤다가 후에 다시 돌아와 왕의 자리에 올랐다고 한다.

이 나라는 현재 중국의 서장西藏 자치구에 있는 히말라야 산을 사이에 두고 중국과 서로 이웃하고 있으며, 서장 자치구 아리지구阿里地區 길륭현吉

隆縣에 위치한 종객산구宗喀山口는 이 나라의 수도인 카트만두로 통한다. 그리고 카트만두 남쪽에 있는 소고산小孤山에는 마가다 왕국의 수도로 직접 통하는 도로가 있었다. 즉 마가다 왕국으로부터 니파라 카트만두 계곡을 거친 다음 종객산구를 넘어 토번의 수도인 라사(邏些 지금의 라싸)로 가는 도로를 일러 "니파라도尼波羅道"라고 부르는데, 이 길은 "당唐·번蕃 고도古道" 남단에 위치해 있다. 여기서 우리가 반드시 지적하고 넘어갈 점은 당대 초기, 즉 7세기 전반에 니파라국은 중국과 인도로 통하는 교통로에서 중요한 경유지였다고는 하지만 중국과 인도를 이어주는 교통로가 "당唐·번蕃 고도古道" 하나만 있었던 것은 아니었다는 사실이다. 이 점은 우리가 반드시 짚고 넘어가야 할 부분이다.

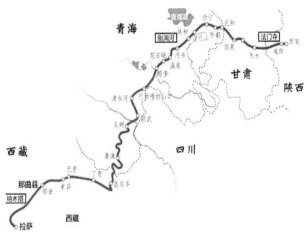

〈그림 12〉 당唐·번蕃의 고도古道

니파라국은 중국과 가까운 이웃으로서 오랫동안 중국과 긴밀한 우호 관계를 유지해 왔는데, 당대에 이르러서는 그 관계가 더욱더 긴밀해졌을 뿐만 아니라 문화적으로도 중국의 영향을 많이 받았다. 당대 초기 인도 유학을 다녀온 현장법사가 편찬한 『대당서역기』 권7에 이 나라가 소개되어 있으나, 연구자들의 일반적인 견해로는 현장이 실제로 니파라국에 다녀오지는 않았던 것으로 보고 있다. 후에 당제국의 칙사로 파견된 이의표 李義表와 왕현책王玄策이 인도에 갈 때 이 나라를 거쳐 지나갔으며, 돌아올 때도 이 나라를 거쳐 지나왔기 때문에 현지에 대한 상세한 기록이 남아 있다. 예를 들어, 왕현책이 편찬한 『서국행기西國行記』에서 이 나라의 불교 성지였던 수화지水火池, 유하油河, 소고산小孤山을 여러 차례 소개하는 동시에 관련 고사들을 함께 언급해 놓았다는 사실이다. 하지만 이 책은 이미 실전되어 전하지 않는다. 그나마 다행한 것은 도세道世가 편찬한 『법원주림法苑珠林』에 이와 관련된 내용이 대략적이나마 기록되어 있어 그 내용을 어느 정도 엿볼 수 있다는 점이다. 더욱이 돈황 막고굴에 이와 관련된 내용이 불교예술로 승화되어 표현된 화면은 더욱더 귀중하다고 하겠다. 독자 여러분의 이해를 돕기 위해 지금 그 일부를 발췌해 소개하고자 한다.

　당 태종 정관 17년(643년) 이의표와 왕현책 등은 황제의 칙명을 받고 브라만婆羅門 사절단을 그 나라까지 배웅하는 동시에 인도 마가다 왕국에 사신으로 파견되었는데, 이때 니파라를 거치며 불타의 성지인 수화지水火池를 관람하였다. 『구당서舊唐書·니파라국』 권198에 "정관 연간(627~649년) 위위승衛尉丞 이의표가 천축(인도)에 갈 때 그 나라를 거치게 되었는데, 나렌드라데바가 그를 보고 크게 기뻐하며 이의표와 함께 수화지를 관람하였다. 연못의 둘레는 20여 보步이며, 물이 항상 끓어올라 갑자기 쏟아지거나 돌과 쇠가 뜨겁게 달궈져도 물이 불거나 줄지 않았다. 연못에 물건을 던지면 즉시 화염이 일어나고 가마솥을 매달아 밥을 지으면 잠깐 사이에 익는다. 그 후 왕현책이 두 번째 천축에 사신으로 갔을 때 천축에 잡히게 되자 니파라국이 기병을 파견해 토번과 함께 천축을 공격하여 공을 세웠다."고 기록되어 있다. 도세는 『법원주림·감통편感通篇·성적부聖跡部』 권29에서 "『왕현책전王玄策傳』을 근거로 당 정관 17년(643년) 3월에 조서를 내려 조산대부행위위사승상호군朝散大夫行衛尉寺丞上護軍 이의표李義表를 정사로 삼고, 융주融州의 황수현령黃水縣令을 지낸 왕현책을 부사副使로 삼아 브라만 사절을 본국으로 호송하도록 하였다. 그해 12월 마가다 왕국에 이르러 성인의 자취를 살펴보기 위해 부처의 고향을 둘러보고 유적지를 참관하였다. 19년(645년) 정월 27일 왕사성王舍城에 도착하여 기사굴산耆闍崛山에 올라갔다. ……"고 기록하였고, 또한 "니파라에 도착하였는데, 이곳은 북인도에 속한다. 도성에서 동남쪽으로 멀지 않은 곳에 수화촌水火村이 있으며, 동쪽 1리쯤에는 아기파여阿耆波瀾 연못이 있다. 그 둘레는 20여 보이며, 가물거나 장마에도 물이 마르거나 넘치지 않는다. 연못에 불을 던지면 불길이 일어나 화염이 수척이나 치솟는다. 불 위에 물을 뿌리면 불길이 더 높게 치솟고, 흙을 던져도 역시 다 타버리고 만다. 던지는 것은 모두 타서 재가 된다. 물 위에 솥을 걸고 밥을 하면 바로 익는다."는 내용도 보인다. 그리고 『현덕전賢德傳』에서는 이 물속에 금궤가 있었는데, 옛날에 국왕이 와서 사람을 시켜 그것을 취하고자 하였다. 금궤가 진흙 속에서 모습을 보였으나 사람과 코끼리가 아무리 당겨도 움직이지 않았다. 야신夜神이 말하길, '금궤 안에는 자씨불慈氏佛, 미륵불의 관冠이 있습니다. 앞으로 미륵불이 탄생해 사용할 것이기 때문에 취할 수 없습니다. 화룡火龍이 보호하고 있기 때문입니다.'"라는 내용이 기록되어 있다. 위의 기록을 제외하고도 도선道宣이 편찬한 『석가방지釋迦方志』, 『신당서·서역전』, 『자치통감資治通鑒』 등의 문헌에서도 이와 유사한 내용이 기록되어 있는데, 여기서는 더 이상 소개하지 않고자 한다.

이상의 문헌 기록이 우리에게 분명하게 말해 주는 사실은 당 태종 정관 17년(643년) 이의표, 왕현책, 위재魏才, 송법지宋法智 등 22명의 사절단이 인도 마가다 왕국에 파견되었을 때 니파라를 거쳐 지나갔다는 사실이다.

이의표, 왕현책 등의 사절단이 여러 차례 인도에 파견됨에 따라 당제국의 영향력도 서역과 인도에 크게 확대되는 동시에 그들의 관심을 불러일으켰으며, 또한 이로 인해 서역과 인도의 여러 나라에서 당에 사절단을 파견해 공물을 진상하고 우호 관계를 맺는 계기가 되었다. 일찍이 니파라국의 사절단은 당제국에 파릉(波棱, 시금치), 자채(榨菜, 자차이), 혼제총(渾提葱, 양

파) 등과 같은 특산물을 진상하고 새로운 교류 관계를 맺고자 했는데, 이와 관련된 기록이 『당회요唐會要』에 보인다.

한편, 이의표, 왕현책 등이 인도에 사절단으로 파견되었다가 언제 돌아왔는지에 대해서는 사서에 명확한 기록이 보이지 않는다. 현재 문헌 기록상에는 칙사 역할을 담당했던 이의표가 당 태종에게 귀국 보고를 올릴 때 부사로 다녀왔던 왕현책의 모습이 현장에 등장하지 않으며, 또한 가지고 돌아온 서신과 문서 역시 번역하지 못하고 중서성에 바로 넘겼다는 점 등을 고려해 볼 때, 그들의 귀국 시기를 대략 정관 21년(647년)으로 추측해 볼 수 있다. 또한 『당회요·잡록雜錄』 권100의 기록을 참고해 보면, 정관 21년(647년) 3월 18일 여러 나라에서 공물을 진상했다는 기록이 보인다. 이때 서역의 마가다 왕국에서 진상한 석밀(石蜜, 슈크로스)을 보고 이를 귀히 여긴 당 태종이 사절단을 다시 마가다 왕국에 파견해 그 제조 방법을 구해 오도록 했다는 내용이 보인다. 『속고승전續高僧傳』 권4에 이와 관련된 내용이 상세하게 기록되어 있어 그 윤곽을 대략이나마 살펴볼 수 있다. 기록에 "사절단이 서역으로 돌아가려고 하자 왕현책 등 30여 명을 사절단과 함께 파견해, 그 나라에서 석밀 제조법을 구하게 하였다."는 내용이 보이는데, 이것이 바로 왕현책이 두 번째 칙령을 받고 인도에 사신으로 다녀오게 된 주요 이유였다. 따라서 그들의 출발 시기는 당연히 당 태종 정관 21년(647년) 3월 18일 이후의 일로 볼 수 있다. 또한 왕현책이 정관 22년(648년) 4월 마가다 왕국에 도착했다는 기록을 토대로, 그 여정을 9개월로 추산해 보면 왕현책의 출발 시기는 대략 당 태종 정관 21년(647년) 6월이나 7월 사이로 추측해 볼 수 있다. 역사 문헌에 기록된 내용을 토대로 살펴볼 때, 이때 왕현책은 임무를 수행하면서 여러 가지 곤란한 일을 당했다는 사실을 알 수 있다. 그가 인도에 도착했을 때 마가다의 국왕 시라일다가 후계자를 남기지 못하고 세상을 떠나는 바람에 아라나순에게 왕위를 찬탈 당했다는 소식을 들었다. 그런데 왕위를 찬탈한 아라나순은 그동안 당과 인도가 유지해 오던 우호적인 관계를 끊고 당을 적국으로 간주하여 사절단의 입국을 거절하는 동시에 군대를 파견해 여러 나라에서 당에 보내는 진상품을 약탈하기까지 하였다. 칙사 왕현책과 부사 장사인蔣師仁이 인솔하는 사절단은 겨우 30여 명에 불과했기 때문에 결국 그들에게 포로로 잡히는 신세가 되었으나, 후에 기회를 엿보던 왕현책과 장사인 등은 탈출에 성공해 토번 서쪽 국경 지역에 도착하여 각 나라에 지원을 요청하는 격문을 돌리는 한편, 토번과 니파라국의 군사적 지원을 받아 아라나순을 공격하였다. 공격을 감행한 지 3일 만에 아라나순과 왕비, 그리고 그 자식들을 포로로 사로잡았다. 이후 중단되었던 중국과 인도의 관계가 다시 회복되어 양국 간의 우호적 교류가 다시 이어지게 되었으니 칙사 왕현책의 공로가 얼마나 큰지 충분히 짐작해 볼 수 있다.

중국의 저명한 사학자 풍승균馮承鈞 선생은 왕현책을 일찍이 "출사장군出使將軍"에 비유하였는데, 그 비유가 매우 적절하다고 하겠다. 중국의 역사문헌 중에는 이 역사적 사건을 기록한 문헌자료가 많이 보인다. 그중에서 중요한 부분만 발췌하여 살펴보고자 한다.

『구당서·서융전·천축국전』 권198에는 다음과 같은 기록이 전한다.

"천축국은 한나라 시기 신독국 혹은 브라만 등으로 불렸다. 파미르고원 서북쪽에 위치하고 있으며, 그 둘레가 3만여 리이다. 다섯 개의 천축으로 나누어져 있으며, …… 정관 10년(636년) 사문沙門의 현장이 그 나라에 들러 범문梵文 경론經論 600여 부를 가지고 돌아왔다. 우솔부장사右率府長史 왕현책을 먼저 천축에 사신으로 파견하였으며, 네 곳의 천축국 왕이 모두 사자를 보내 조공을 바쳤다고 『당회요·잡록』 권100에 기록되어 있다. 마침 중천축국中天竺國 왕 시라일다가 세상을 떠나 나라가 혼란에 빠졌는데, 그의 신하였던 나복제那伏帝 아라나순(Arunashwa)이 왕위를 찬탈하고 호병胡兵

을 보내 왕현책의 입국을 가로막았다. 왕현책은 기병 30여 명으로 적과 맞서 싸웠으나 중과부적이라 포로로 잡히고, 여러 나라에서 진상한 공물을 모두 호병에게 약탈당하고 말았다. …… 왕현책과 부사 장사인은 토번과 니파라의 군대를 이끌고 중천축국의 성을 공격해 3일 만에 승리를 거두었는데, 참수한 자가 3,000여 명이고, 물에 빠져 죽은 자가 1만여 명에 이르렀으며, 아라나순은 성을 버리고 도망치다 장사인에게 사로잡혔다. 포로로 잡힌 남녀가 1만 2천여 명에 이르고, 우마牛馬가 3만여 필이나 되었다. 이에 천축이 중국을 두려워하게 되었으며, 아라나순을 사로잡아 귀환하였다. 정관 22년(648년) 장안에 이르자 태종이 크게 기뻐하며 유사有司에 명하여 종묘에 고하도록 하는 한편, 군신에게 '대저 사람의 귀와 눈은 소리와 색깔에 현혹되고, 입과 코는 냄새에 미혹되는데, 이것이 바로 덕을 그르치는 근원이다. 만약 브라만이 우리 사절단을 약탈하지 않았다면, 어찌 지금 포로로 잡혀 왔겠는가?'라고 말하였다"고 기록되어 있다. 『신당서·서역전·천축국』 권221에는 다음과 같이 기록되어 있다.

"천축국은 한대漢代의 신독국을 가리키는데, 혹은 마가다, 브라만이라고도 일컫는다. …… 파미르고원 남쪽에 위치하고 있으며, 그 땅의 넓이가 3만 리에 달하고, 동·서·남·북·중 모두 다섯 개의 천축으로 나누어져 있다. 성읍이 수백 개에 달하며 …… 무덕武德 연간에 나라가 어지러워지자 시라일다 왕이 군대를 소집해 토벌에 나섰는데, 코끼리는 안장을 풀지 못하고 병사들은 갑옷을 벗지 못하였다. 이후 네 개의 천축이 모두 그에게 굴복해 신하가 되었다. 당 현장이 그 나라에 도착하자 시라일다 왕이 현장을 불러 '나라에 성인이 나와 『진왕파진악秦王破陣樂』을 지었다고 하는데, 나와 그 사람을 견주어 보시오,'라고 말하였다. 태종이 신무神武로 난을 평정하자 사방의 오랑캐가 복종하였다고 현장이 말하자, 이 말을 들은 왕이 기뻐하며 '내가 동쪽을 바라보고 조회를 받겠다.'고 하였다. 정관 15년(641년)

마가다 왕이 사신을 파견해 서신을 올리자 황제가 운기위雲騎尉 양회경梁懷璥을 사신으로 파견해 위무하였다. 시라일다가 이 소식을 듣고 놀라 신하들에게 묻기를 '자고로 마가진단에서 사자로 온 적이 있었는가?' 모두 '없었습니다.'라고 대답하였다. 오랑캐의 말로 중국을 진단震旦이라고 불렀다. 이에 교외에 나가 영접하고 조서에 절을 하고 머리 위로 받쳐 들었으며, 다시 사신을 파견해 입조하도록 하였다. 위위승衛尉丞 이의표에게 조서를 내려 방문토록 하니, 대신들이 교외까지 나와 영접하였으며, 도읍 길가에 사람들이 늘어서 향을 피웠다. 시라일다는 군신을 인솔해 동쪽을 바라보며 조서를 받았다. 그는 다시 화주火珠, 울금鬱金, 보리수 등을 진상하였다. 정관 22년(648년)에 우위솔부장사右衛率府長史 왕현책을 정사로 삼고 장사인蔣師仁을 부사로 삼아 파견하였다. 그가 도착하기 전에 시라일다가 세상을 떠나 나라가 혼란에 빠지게 되자 시라일다의 신하였던 나복제 아라나순이 왕위를 찬탈하고 스스로 왕위에 올라 군대를 보내 왕현책의 입국을 저지하였다. 이때 기병 수십 명이 싸움에 패해 모두 죽임을 당하고, 여러 나라에서 진상한 진상품마저 빼앗기고 말았다. 왕현책은 간신히 토번 서쪽 국경으로 몸을 피한 다음 격문을 보내 이웃 나라의 군사를 모았다. 이에 토번이 1천여 명, 그리고 니파라가 7천여 명의 군사를 보내왔다. 왕현책은 군사를 둘로 나누어 차박茶鎛과 나성羅城을 공격해 3일 만에 승리를 거두었다. 이때 참수된 자가 3천여 명이고 물에 익사한 자가 1만여 명에 이르렀다. 아라나순은 나라를 버리고 도망친 후에 흩어진 군사를 다시 모아 그곳에 진을 쳤으나 장사인이 그를 사로잡고 포로 1천여 명을 참수하였다. 나머지 무리는 왕비와 그 자식을 호위해 건타위乾陀衛 강으로 도망쳐 저항했지만, 장사인이 이를 격파하고 왕비와 왕자를 비롯해 남녀 1만 2천여 명의 포로와 가축 3만 마리를 획득하고, 580개소의 성읍城邑을 점령하였다. 동천축왕 시구마尸鳩摩가 소와 말 3만 마리, 그리고 활, 칼, 보화로 장식한 영락瓔珞 등을 보내왔다. 가몰로국迦沒路國은 기이한 물건과 지도를 진상하는 한편, 중국에 노자 초상화를 청하였다. 왕현책이 아라나순을 장안으로 끌고 가 궁궐 아래에서 진상하였다(왕현책이 아라나순을 포획한 것은 사실이지만, 궁궐 아래에서 포로를 진상한 사람은 토번의 찬보贊普나 혹은 그의 신하였을 것으로 추측된다. 이에 관해서는 뒤에 가서 상세히 논하고자 한다). 유사有司가 종묘에 고하자 황제가 '대저 사람의 귀와 눈은 소리와 색깔에 매혹되고, 입과 코는 냄새에 미혹되는데, 이것이 바로 덕을 그르치는 근원이다. 만약 브라만이 겁 없이 우리 사절단을 약탈하지 않았다면, 어찌 지금 포로로 잡혀 왔겠는가?' 그리고 왕현책을 조산대부朝散大夫로 발탁하였다."

그리고 『자치통감·당기십오唐紀十五』 권199에 정관 22년(648년)는 다음과 같이 기록되어 있다.

"5월 경자庚子 일에 우위솔부장사右衛率府長史 왕현책이 나복제 아라나순을 공격해 대패시켰다. 당대 초기 중천축 왕 시라일다의 군사가 강해 네 개의 천축을 모두 복종시켰다. 왕현책이 사신으로 천축에 이르자 여러 나라에서 사신을 파견해 공물을 진상하였다. 시라일다가 사망하고 나라가 어지러워진 틈을 타 그의 신하였던 아라나순이 왕위를 찬탈하고 스스로 왕이 되어 군사를 보내 왕현책의 입국을 저지하였다. 30여 명에 불과했던 사절단은 중과부적으로 적에게 포로가 되었으며, 또한 여러 나라에서 진상한 공물도 모두 빼앗기고 말았다. 왕현책은 야밤을 틈타 탈출해 토번 서쪽 국경에 이른 다음 이웃나라에 격문을 보내 군사 지원을 요청하였다. 이때 토번이 군사 1천 2백 명을 보내왔으며, 니파라가 군사 7천 명을 보내왔다. 왕현책과 부장 장사인은 두 나라의 병사들을 이끌고 중천축의 차박茶鎛과 나성羅城을 공격해 3일 만에 크게 격파하고 3천여 명의 수급을 베었다. 이때 물에 빠져 죽은 자가 1만여 명에 이르렀다. 아라나순이 성을 버리고 도망치며 잔여 병력을 다시 규합하였으나 장사인이 이를 격파하고 아라나순을 사로잡았다. 나머지 적군이 왕비와 왕자를 호위하며 건타위강에서 저항하였으나 장사인이 공격해 궤멸시키고 왕비와 왕자를 비롯해 남녀 1만 2천여 명을 생포하였다. 이에 천축이 크게 혼란해져서 항복한 성읍과 부락이 무려 580여 개소나 되었다. 아라나순은 포로가 되어 당나라로 압송되었고, 왕현책이 조산대부朝散大夫에 임명되었다."

이상의 몇 가지 자료를 통해 분명하게 알 수 있는 점은 왕현책이 사절로서 두 번째 인도 마가다 왕국에 갈 때도 역시 이 니파라를 경유했다는 사실과 왕현책이 아라나순의 공격을 당했을 때도 군사 7천 명을 보내 도와주었다는 사실이다. 이러한 객관적 사료를 통해 당제국과 니파라국의 우의가 얼마나 깊었는지 충분히 짐작해 볼 수 있다.

왕현책이 두 번째 출사에서 돌아왔을 때는 당 태종이 이미 세상을 떠나고 고종高宗 이치李治가 황위를 물려받아 황제에 즉위한 상황이었다. 이로 인해 몇 년 동안 당제국과 인도 마가다 왕국의 교류는 잠시 중단되었다가 후에 당 고종 현경顯慶 2년(657년)에 양국의 교류가 다시 시작되었는데, 이때 왕현책이 사신으로 세 번째 인도에 파견되었다. 이 사절단이 출발한 시기에 대해서는 역사 문헌에 명확하게 기재되어 있다. 이번 출사 역시 왕현책은 니파라국을 경유하였는데, 그 경로에 대해서 도세가 『법원주림·미륵부彌勒部』 권16에 다음과 같이 분명하게 밝혀 놓았다. "왕현책 등이 서국西國에 가서 불가사佛袈裟를 전하였다. 니파라국 서남쪽에 파라도래촌頗羅度來村이 있는데, 그 동쪽에 수화지水火池라는 연못이 있다. 그 연못에 불빛을 비추면 마치 물속에서 화염이 치솟아 오르는 것처럼 보이는데, 만약 물로 불을 끄려고 하면 불꽃이 오히려 더욱 왕성하게 치솟아 오른다. 일찍이 사절단이 이곳에 솥을 걸고 밥을 지어 먹었다고 한다. 사절단이 국왕에게 이에 관해 물으니, 국왕이 '일찍이 이곳에서 떠오른 금궤를 지팡이로 찔러보고 사람을 시켜 꺼내려고 했으나, 금궤를 꺼내고자 하면 할수록 점점 깊이 가라앉아 꺼내지 못했소. 전하는 바에 따르면, 이 금궤에 미륵불이 도를 깨우칠 때 썼던 천관天冠이 담겨 있어 금화룡金火龍이 지키고 있다고 하오. 그리고 이 연못의 불은 바로 화룡火龍이 뿜어내는 불이라고 한다오.'"라고 대답하였다. 이외에도 도세의 『제경요집諸經要集』에 이와 동일한 내용이 기록되어 있는데, 여기서는 더 이상 인용하지 않고자 한다. 다만 우리가 주목할 만한 점은 돈황 막고굴 장경동藏經洞에서 발견된 유서遺書 『제불서상기諸佛瑞相記』 S2113A호에 "북천축 니파라국에 미륵의 관冠이 담긴 궤가 물속에 있는데, 어떤 사람이 그것을 꺼내려고 하자 물속에서 불꽃이 솟아 나왔다."는 내용이 수록되어 있다는 사실이다.

　게다가 돈황 막고굴에 이와 관련된 고사가 예술적으로 표현되어 있다.

이 고사화故事畫는 토번이 사주沙州를 통치하던 시기에 제작되었는데, 당시 돈황에서 유명한 음陰씨 가정嘉政이 돌아가신 부모님을 위해 조성한 막고굴 제231호에서 발견되었다. 화면도 크지 않고 아주 간단하게 미륵불상만을 그려 놓았는데, 몸에는 가사를 걸치고 머리에는 화관花冠을 쓰고 있다. 그리고 적라의 상반신에 한 손은

〈그림 13〉 막고굴 제98호 조의금曹議金이 조성한 공덕굴功德窟의 화면

손바닥을 젖혀 위를 향하고, 또 다른 한 손은 아래로 늘어뜨린 상태로 좌상에 단정히 앉아 있는 모습이다. 측면 방제榜題에 "업력자원견장래業力自遠牽將來, 업력자근견장거業力自近牽將去, 비산비석非山非石."이라는 글귀가 보인다. 또한 제231호 굴과 이웃하고 있는 굴속에서도 역시 이 고사화가 보인다. 화면은 위에서 언급한 미륵상 이외에 그 옆쪽 측면 모퉁이에 수면 위에 떠있는 궤와 사방에서 불꽃이 맹렬하게 타오르는 작은 화면이 하나 더 첨부되어 있다. 화면 안에는 호숫가에 두건과 긴 옷을 입고 허리띠를 맨 당나라 옷차림의 한 사람이 두 손을 합장하고 체관諦觀과 정례頂禮의 자세를 취하고 있는 모습이 보이며, 그 측면 방제에 "업력자원견장래業力自遠牽將來, 업력자근견장거業力自近牽將去, 비산非山, 비해非海, 비석非石."이라는 글귀가 선명하게 보인다. 방제에 보이는 문자가 전자와 조금 차이를 보이지만, 그 뜻과 내용이 완전히 일치하고 있어, 동일한 고사를 표현한 화면이라는 것을 알 수 있다. 화면상의 방제 내용이 난해하여 단숨에 고사의 내용이 무엇인지 파악하기는 쉽지 않았으나, 후에 만당晩唐에서 오대五代를 거쳐 송나라 때에 이르는 시기에 새로 조성되었거나 중수된 굴들을 조사하는 과정에서 이와 같은 양식이 당시에 보편적으로 활용되었다는 사실을 발견하게 되었다. 원래는 불감佛龕 속에 조성하던 것을 용도甬道 꼭대기 부분으로 옮겨 놓은 것이며, 화면 속의 미륵불상 역시 생략해 놓았다. 현재 이러한 양식의 화면 가운데 오대 귀의군歸義軍의 절도사였던 조의금曹議金이 조성한 "공덕굴功德窟"과 돈황 막고굴 제98호의 화면이 가장 잘 보존되어 있다.

화면에 보이는 양식이 당대 조성된 제237호 굴의 불감 속 형상과 거의 일치하며, 또한 벽화에 중천축(中'北'자의 오류) 니파라尼波羅, 유미륵두관거재수중有彌勒頭冠柜在水中, 유인래취有人來取, 수중화출水中火出."이라는 방제가 뚜렷하게 보이는데, 이 내용은 돈황 유서遺書 2113A호권 『제불서상기諸佛瑞相

記』에 보이는 내용과 완전히 일치한다. 이를 통해 화면상에 표현된 고사가 바로 중국의 칙사 왕현책이 교지를 받들고 인도 마가다 왕국에 사신으로 갈 때, 니파라국을 경유하며 수화지水火池를 관람했다고 하는 역사적 사실을 묘사한 것이라는 것을 분명하게 알 수 있다. 더욱이 이 화면은 당시의 역사적 상황을 재현해 놓았다는 점에서 매우 중요한 역사적 연구 가치를 지니고 있다. 이외에도 1990년 6월 지금의 서장 자치구 아리지구 길륭현 종객산구에서 발견된 『대당천축사출명大唐天竺使出銘』의 깨진 비석 역시 인도에 사신으로 파견된 왕현책이 나파라국을 거쳐 마가다 왕국에 도착했다는 사실을 분명하게 증명해 주고 있다. 또한 앞에서 두 차례 파견되었을 때와 마찬가지로 이번 방문에서도 왕현책이 니파라국에서 환대받았을 것이라는 점 역시 충분히 짐작해 볼 수 있다.

왕현책이 인도에 세 번째 사신으로 파견된 시기는 당 고종 용삭龍朔 원년(661년) 초봄이었으며, 인도에서 귀국할 때는 가필시국迦畢試國의 불정골佛頂骨을 가지고 돌아왔다. 장안에 돌아온 왕현책은 그동안 세 차례 다녀온 인도 마가다 왕국에 대한 견문록을 『서국행기』라는 책으로 정리해 편찬하였다. 이 책의 내용 중에는 "삼도지피三度至彼", "삼차三次", "삼회三回" 등과 같은 말이 자주 등장하는데, 이 말은 왕현책이 인도의 마가다 왕국을 세 차례 사신으로 다녀왔다는 사실을 가리킨다. 하지만 우리는 이러한 자료만을 가지고 왕현책이 인도 마가다 왕국에 다녀온 횟수와 그의 활동 역사를 뒷받침하는 근거로 삼을 수 없다는 점은 유의해야 할 것이다. 의정義淨이 저술한 『대당서역구법고승전大唐西域求法高僧傳』에 따르면, 왕현책이 세 번째 인도 마가다 왕국에 사신으로 파견되었을 때, 인도 암파라파국의 신자사信者寺에서 당나라의 고승 현조玄照를 만났다고 하며, 귀국 후 고종 이치李治에게 이 사실을 아뢰며 현조의 덕을 크게 칭찬하였더니, 고종이 고승현조를 찾아 귀국시키도록 왕현책을 다시 인도에 파견했다고 한다.

지난날 역사적 문헌에서 왕현책의 네 번째 인도 파견에 대한 기록이 보이지 않는다고 해서 대부분의 연구자들은 부정적인 태도를 보이거나 혹은 이를 의심하였다. 그러나 근래에 들어 이 사실을 긍정적으로 인정하는 연구자들이 적지 않게 등장하기 시작하였다. 예를 들어, 북경대학의 계선림季羨林, 난주대학의 육경부陸慶夫, 그리고 필자는 현조를 귀국시키기 위해 왕현책이 인도에 네 번째 파견되었다고 믿고 있다.

왕현책이 인도 마가다 왕국에 네 번째 파견된 시기에 대해서 역사 문헌 가운데 명확한 기록을 찾아보기는 어렵지만, 고종 용삭龍朔 3년(663년) 4월 내려진 『영승도치배부모조令僧道致拜父母詔』라는 조서에서 "지금 임금에게 절을 하지 않아도 된다고 하지만, 부모의 큰 은혜에 보답하기 위해 절을 하는 것이 마땅하지 않겠는가? 오늘 이후로 부모에게 마땅히 큰 절을 올려야 한다."(『전당문』 권20)고 하는 내용이 전해지자 승려와 불교 신자, 그리고 불교를 믿는 귀족층의 격렬한 반대에 부딪쳤다. 그들은 황후 무측천의 모친 영국부인 양씨楊氏를 등에 업고 고종 황제에게 압력을 넣어 『명유사의사문등치배군친칙命有司議沙門等致拜君親敕』(『전당문』 권40)이라는 조서를 내리게 하였다. 5월에 고종이 천여 명의 문무백관을 모아놓고 도당都堂에 앉아 논쟁을 벌이도록 하여 사문沙門 도선 등 300여 명이 경문과 전장前狀을 두고 논쟁을 벌였으나, 서로 의견이 분분하여 일치된 결론을 내리지 못하였다. 염립본閻立本, 이순풍李淳風, 여재呂才 등과 같이 황명을 따르는 자들도 있었으나, 이들보다 부처를 숭배하는 자들이 더 많았다. 당 고종은 형세가 불리해지자 같은 해 6월 다시 조서를 내려 승도치경사僧道致敬事를 중지시켰다. 왕현책 역시 일찍이 이 논쟁에 참여하여 『의사문불응배속장議沙門不應拜俗狀』이라는 문장을 지었다고 하는데, 그 내용은 다음과 같다.

왕원현책

원현책은 정관 12년(시기의 오류로, 응당 정관 22년, 648년임) 우위솔부장사右衛率府長史가 되었다. 서역에 출사하였을 때 중천축中天竺이 약탈을 자행하자 현책이 토번의 병사를 보내 격파하였다. 원삭 연간(661~663년) 관직이 좌효위장사左驍衛長史에 이르렀다.

『의사문불응배속장議沙門不應拜俗狀』

불교는 천축에서 일어나 흥성하였고, 신臣은 세 번 출사하면서 견문을 넓힐 수 있었습니다. 수두단왕輸頭檀王은 부처의 부친이고, 마하마야摩訶摩耶는 부처의 모친입니다. 승려 우파리優波離는 원래 왕실의 종이었으나 출가出家 후 부처와 같은 예우를 받았습니다. 또 그 나라의 승려는 신사神祠에 절을 하지 않고, 왕이나 부모에게도 절을 하지 않습니다. 오히려 반대로 왕과 부모가 승려에게 예를 갖춥니다. 이해가 되지 않아 승려에게 "이제 막 머리를 깎고 가사를 입은 아무것도 모르는 승려가 왕이나 부모로부터 절을 받는다는 것이 인지상정에 어긋나는 것이 아닙니까?"하고 물었습니다. 그러자 승려가 "처음 머리를 깎았다고는 하지만 부처님과 같은 모습이니 마궁魔宮을 뒤흔들 수 있는 능력을 가지고 있습니다. 비록 아는 것이 없다고 해도 어찌 진흙이나 나무만 못하겠습니까? 흙과 나무로 불상을 만들면 지식이 많거나 신분이 높은 사람이라도 경의를 표하지 않는 사람이 없지 않습니까? 그러므로 승려가 속세의 예절을 따르지 않는 것이 이미 명확하지 않습니까."라고 대답했습니다. 또 한 번은 신臣이 승려에게 "『유마경維摩經』에서 비구가 유마힐維摩詰 거사의 발에 절을 하였고, 『법화경法華經』에서도 승려가 승도僧徒에게 절을 한다고 하였습니다. 이처럼 두 경문에서도 속세의 예를 올린다고 분명히 밝혀져 있는데, 어째서 승려가 신분이 높은 사람에게 절을 하면 안 되는 것입니까?"라고 물었습니다. 그러자 승려가 "불교가 제정한 율경律經은 승려가 지켜야 하는 상규常規이고, 『유마경』에서 말하는 승려의 법도는 잠시 행한 곡례曲禮이며, 『법화경』의 대사大

±도 일시적으로 행한 행동입니다. 그런데 일시적인 행동을 가지고 어찌 항전恒典을 어지럽힐 수 있겠습니까?"고 되물었습니다. 저도 그렇게 생각됩니다. 신이 듣건데, 처가 죽으면 양동이를 들고 두드리며 시체를 돌며 노래를 부르는 것도 일시적인 행위인데, 어찌 상복喪服의 예를 대신할 수 있겠습니까? 신이 천축에서 천신상에 예를 올리자 그 모습을 본 왕이 웃으며 "당신은 우파새優婆塞인데 어찌 천신상에 예를 올리느냐"고 물었습니다. 신이 그 연유를 묻자 "우파새는 천신상에 예를 올리는 법이 없다."고 하면서 옛날에 가니색가왕迦膩色迦王이 부처님에게 오계를 받고 천신상에 예를 올리자 갑자기 천신상이 쓰러져 버렸다고 합니다. 후에 왕이 일천사日天祠를 찾아갔을 때, 예를 올리면 천신상이 쓰러질까 두려워서 천신을 섬기는 사람이 불상을 몰래 천신상의 정수리 위에 놓아두었다고 합니다. 왕이 절을 세 번 하고도 천신상이 쓰러지지 않자 괴이하게 여겨 조사하게 하였더니 천신의 관冠 안에 불상이 있는 것을 발견하였습니다. 왕은 크게 기뻐하며 부처님의 신덕神德에 감탄하면서 그들의 지혜를 칭찬하고 상으로 봉읍封邑을 하사하였는데, 오늘날까지 남아 있다고 합니다. ……

위에서 살펴본 왕현책의 상주문을 통해 우리는 그가 고종 용삭 3년(663년) 4월에 중국 내에 머물고 있었을 뿐만 아니라, 당 고종이 개최한 의사문배승조議沙門拜僧詔 변론에도 참가했다는 사실을 알 수 있다. 다시 말해서 현조玄照 법사를 귀국시키기 위해 네 번째 마가다 왕국에 파견되었던 시기는 분명 용삭龍朔 3년(663년) 후반의 어느 시기였다고 추측해 볼 수 있다. 왕현책의 네 번째 출국 임무에 대해서는 의정義淨이 지은 『대당서역구법고승전·현조전玄照傳』 권상에 기록되어 있어 그 대강을 엿볼 수 있다.

『대당서역구법고승전·현조전』을 통해 우리가 분명하게 알 수 있는 사실은 첫 번째로 현조 법사를 찾아가서 그를 귀국시키는 한편, 북천축에 가서 노가일다盧迦溢多라는 브라만 장생술사를 찾는 일이었다. 두 번째는 왕현책의 네 번째 출발 시기가 당 고종 용삭 3년(663년) 7월에서 8월 사이였다는 사실이다. 현조를 만난 시기는 당 고종 인덕麟德 원년(664년) 초여름이었다. 그리고 그다음 해 정월에 돌아왔다. 왕현책은 돌아와 당 고종을 알현하고 다시 노가일다를 찾기 위해 북인도에 파견되었으나 도중에 객사하였다. 세 번째는 왕현책은 인도 신자사信者寺에서 그의 조카 지홍율사智弘律師를 만나 함께 귀국 길에 올랐다는 점이다. 그는 니파라국을 경유하여 히말라야 산맥을 넘어 토번 영내에 이르렀는데, 그곳이 바로 지금의 서장 자치구 아리지구 길륭현이다. 왕현책 일행은 이곳에서 『대당천축사출명大唐天竺使出銘』이라는 명문을 새겨 비석을 세워 놓았는데, 1990년 6월 서장 자치구에서 유물을 조사할 때 발견되었다. 이 비석은 지역 내에서 현존하는 가장 이른 한문 비각碑刻으로서 『장경회맹비長慶會盟碑』 보다 100여 년이나 앞서고 있어 매우 중요한 역사학적 가치를 지니고 있다. 네 번째는 현조 법사가 황제의 명을 받들어 노가일다를 찾기 위해 출사했을 때 북인도에서 당의 칙사를 만났다고 했는데, 그들은 당연히 왕현책 등을 가리킨다고 볼 수 있다. 왕현책은 노가일다를 인도하여 당 고종 인덕 2년(665년) 9월 15일 이전에 귀국하였고, 그의 조카 지홍율사는 다른 원인으로 그들과 함께 당에 돌아오지 못하고 끝내 이국에서 생을 마감하게 되었던 것이다.

당제국과 니파라국의 교류사를 연구할 때 다음과 같은 자료 역시 매우 중요한 참고적 가치를 지닌다. 도세가 편찬한 『법원주림·성적부聖跡部』 권29에 니파라국의 수도 카트만두에 대한 기록이 보인다. "성城 남쪽 10여 리에 수려한 산이 있는데, 그 위에 사찰이 마치 운하雲霞처럼 이어져 있고, 소나무와 대나무가 무성하다. 수많은 물고기들이 사람들을 쫓아다니며 먹이를 얻어 먹는데, 만일 이 물고기를 사람이 잡아먹으면 그 집안은 망한다고 한다. 나라의 명으로 이 나라를 거쳐 왕래하였는데, 즉 동녀국東女國

은 토번과 인접해 있다."

위에서 언급한 도세와 도선의 기록을 비교해보면 전반부의 내용은 마치 양자가 모두 왕현책의 『서국행기』를 옮겨 놓은 듯 서로 완전히 일치하고 있다. 그 지역에 분명히 작은 산이 있고, 절과 승려도 있다. 또한 니파라국의 길을 통해 중인도의 마가다 왕국으로 갈 수도 있다. 당대 이래의 수많은 돈황 막고굴 중에서 작은 고산 위에 그려진 상서로운 관세음보살상을 볼 수 있는데, 이러한 점 역시 위의 기록들이 믿을 만하다는 사실을 증명해 준다고 하겠다. 하지만 후반부의 기록에서는 서로 차이를 보인다. 특히 도세가 언급한 "동녀국"은 니파라국의 도성 남쪽에 위치하고 있어 어떻게 생각해 봐도 해석할 방법이 없는데, 이것은 아마도 잘못된 기록이 아닌가 의심된다. 하지만 이와 유사한 기록이 도선의 『속고승전·현장법사전玄奘法師傳』 권4에서 보인다. 즉 "니파라국 …… 북쪽 경계에 동녀국이 있는데, 토번과 경계를 접하고 있다. 이번에 나라의 명으로 이곳을 경유해 오고 갔다. 이곳을 통해 가면 당과 천축의 거리가 1만여 리나 되는데, 자고로 돌아가면 길이 멀고 험하다."는 내용을 보면, 도선의 말이 정확하다는 사실을 알 수 있다. 도세의 말이 비록 문자상으로는 도선의 말과 유사해 보이지만 연결에 오류가 있어 사람들에게 부정확하다는 인상을 주었으며, 또한 "동녀국"이 니파라국 도성의 남쪽에 있다는 오해를 불러일으켰다고 볼 수 있다. 그러므로 여기서는 도선의 말이 옳다고 봐야 할 것이다. 오늘날의 어떤 이는 "동녀국"이 토번의 통치 아래 있던 소비蘇毗, 혹은 대양동국大羊同國과 같은 나라라고 주장하는 사람도 있다. 예를 들어, 장운 선생은 "내 생각에 이와 같은 주장은 타당성이 있어 보인다. 토번의 서남쪽은 정관 말년에 토번이 대양동국을 멸망시킨 후 이 나라와 서로 이웃하게 되었는데, 만일 이것이 잘못된 주장이 아니라면, 이것은 당대 초기 니파라국과 천축 마가다국의 교통로 연구에 새로운 좌표가 될 것이다."라고 자신의 견해를 밝혔다.

돈황 막고굴에 보이는 불교 벽화 중에는 앞에서 언급한 니파라국의 아기파여수화지阿耆波瀾水火池 고사와 연결된 작은 화면 위에 물이 넘실거리며 흘러가는 작은 강이 보이고, 그 강가에 범과 늑대의 모습이 그려져 있다. 이 화면은 여러 동굴 벽화에서 찾아볼 수 있으나 방제榜題가 모두 흐릿하게 지워져 있어 오랫동안 그 내용이 무엇을 의미하는지 알지 못했다. 후에 제146호 굴의 용정甬頂에 그려진 송나라 때 제작된 역사 고사의 방제를 풀이하는 과정에서 "유하油河"라는 두 글자를 발견하였는데, 이 두 글자가 연구에

〈그림 14〉 막고굴 제237호 굴 서쪽 벽의
불감佛龕 북쪽 경사면에 위치한
비사문천왕毗沙門天王 결해決海 중당中唐

중요한 실마리를 제공해 주었으며, 또한 이를 근거로 수많은 불교 문헌에서 관련 기록을 검색할 수 있었다. 예를 들어, 도세의 『법원주림·성적부』 권29에서 니파라국의 "…… 동쪽에 탑이 있는데 두 마리 용이 태자太子를 목욕시킨 곳이다. 부처가 세상에 태어나 부축을 받지 않고 홀로 사방으로 각 일곱 걸음씩 걸어갔는데, 밟는 곳마다 커다란 연꽃이 피어났다. 어머니의 우측 옆구리에서 태어나자 천제가 옷으로 받아 사왕四王에게 주니 사왕이 부처를 받들어 황금 침대 위에 눕혔다. 그리고 네 개의 탑을 세우고

석주를 세워 표시하였다. 옆에 있는 작은 강은 동남쪽으로 흘러가는데, 이를 속칭 '유하油河'라고 부른다. 태자가 태어나니 하늘이 이 연못에 조화를 부려 매끄럽게 목욕시켜 질병을 제거하였다. 지금은 강으로 변하였으나 아직도 그 매끄러움이 마치 기름 같다."고 기록해 놓았는데, 이 기록은 돈황의 막고굴 제146호 굴 용도甬道 꼭대기에 남아있는 방제榜題의 내용과 서로 일치한다. 이뿐만 아니라 돈황 막고굴의 장경동에서 발견된『제불서상기』에서도 이와 유사한 고사 내용이 보이는데, 이것은 당연히 당시 그림을 그렸던 화공이 남겨 놓은 것이라고 볼 수 있다. 따라서 화면에 표현된 고사의 내용은 바로 두 마리의 용이 태자를 흐르는 물에 목욕 시켰다고 하는 유하油河의 고사가 틀림없어 보인다.

중당中唐 이래 돈황 막고굴의 벽화 중에 크지 않으나 자주 보이는 화면이 하나 있는데, 그것은 바로 가사를 걸치고 선장을 짚은 삭발한 고승이 투구와 갑옷을 입고 예리한 창을 든 무사와 서로 마주 보며 석장과 창을 교차시켜 힘을 다해 호안湖岸을 찔러 물을 방출하는 듯한 형상이다. 그리고 중간에 "사리불비사문천왕결해시舍利弗毗沙門天王決海時"라는 방제를 써 놓았는데, 이 화면에 보이는 고사의 내용은 막고굴 장경동에서 나온 티베트문자의『우전교법사于闐敎法史』등에서 찾아볼 수 있다. 이 고사는 원래 히말라야 남북쪽 기슭에 자리한 카슈미르와 우전于闐 등의 지역에 광범위하게 알려져 있던 내용이다. 그러나 불교가 동쪽으로 전파됨에 따라 점차 중국화 되면서 비록 고사의 줄거리는 변하지 않았지만, 고사의 주인공이었던 사리불舍利弗과 비사문천왕毗沙門天王이 중국의 불교도에 의해 문수보살文殊菩薩로 바뀌게 되었다. 그런데 후에 이렇게 주인공이 뒤바뀐 고사가 오히려 서역과 니파라, 인도 등의 지역에 전해져 널리 전파되었다. 이와 관련된 기록이 니파라국의『스와얌부 역사(Swayambhunath History)』에 상세하게 보이는데, 이는 뒤바뀐 고사가 서역을 비롯한 여러 나라에 전파되었다는 사실을 증명해 주고 있다. 이로부터 니파라의 명칭 역시 네팔로 바뀌었으며, 문수보살에 대한 그 나라 사람들의 신앙도 더욱 깊어지게 되었다. 그래서 오늘날 그 나라 사람들이 오대산五臺山을 순례할 때 끊임없이 머리를 조아리는데, 이 역시 이러한 사실을 증명해 준다고 하겠다.

앞에서 언급한 내용을 종합해 보면, 우리는 다음과 같이 몇 가지 결론을 내릴 수 있다. 첫 번째는 니파라국이 당제국과 인도의 교통 요지에 위치하고 있어, 당시 양국의 사신이나 여행객들이 반드시 경유해야 하는 길이었다는 점이다. 두 번째는 당제국과 니파라국이 긴밀한 우호 관계를 유지하고 있었던 까닭에 당제국의 사신을 열렬히 환영하였을 뿐만 아니라, 또한 문제가 발생했을 경우 군대를 파견해 도움을 주기까지 했다는 점이다. 세 번째는 니파라국은 당제국과 시종일관 조공 관계를 유지해 당제국에 시금치나 양파 등과 같은 다양한 채소 씨앗을 진상했다는 점이다.

〈그림 15〉 유림굴楡林窟 제25호 굴
서쪽 벽 북쪽에 위치한
문수보살文殊菩薩의 형상 서하西夏

니라파국과 당제국의 우호 관계가 긴밀해질수록 니파라의 교통로는 인도와 당나라의 왕래에 더욱더 중요한 작용을 하게 되었다. 앞에서 언급한 당의 이의표, 왕현책 등과 같은 사절단뿐만 아니라, 이 교통로를 경유하여 인도에 유학游學한 고승들도 적지 않았다. 조사한 자료에 의하면, 당대 초기 니파라 교통로를 거쳐 인도에 도착한 고승에는 현조玄照, 현태玄太, 도방道方, 도희道希, 현회玄會 등이 있으며, 또한 강국康國의 고승 승가발마僧伽跋摩와 지안智岸, 피안彼安 등을 비롯한 사절단의 수행원들도 역시 이 교통로를 경유하였다. 여기에서 우리가 특별히 지적할 만한 점은 일본의 고승 원인圓仁이 편찬한 『입당구법순례행기入唐求法巡禮行記』에서 자신이 중국 불교의 성지인 산시성 오대산에 순례하러 갔을 때 니파라국의 고승이 이곳을 순례하며 문수보살에게 참배하는 것을 보았다고 한 사실이다. 이 역시 당나라와 니파라국의 우호 관계를 증명해 주는 것이라고 할 수 있다.

　과학기술의 교류 측면에서 가장 중요한 것은 중국의 제지 기술이 니파라국에 전해졌다는 사실이다. 하지만 이 문제를 연구하는 학자들 역시 적지 않지만 사람들마다 주장하는 바가 각기 다르다. 어떤 사람은 제지 기술이 먼저 중국에서 인도로 전해졌다가 인도에서 다시 니파라국으로 전해졌다고 주장하는 사람도 있고, 또 어떤 사람은 제지 기술이 당제국에서 먼저 토번국에 전해졌다가 다시 니파라국에 전해졌다고 주장하는 사람도 있다. 이들 연구자들의 주장이 어떻든지 중국의 제지 기술이 니파라국에 전해졌다는 것만은 부정할 수 없는 사실이다. 또한 지금의 신강 위구르 자치구 우전于闐 지역의 고대 유적지 중에서 향료 식물 섬유를 이용해 만든 종이가 발견되었는데, 그 종이 위에 티베트 문자가 적혀 있었다. 전문가의 연구에 따르면, 지금의 서장 자치구에서는 이와 같은 종류의 식물이 생산되지 않지만 히말라야 산맥 남쪽 기슭에 자리한 니파라국에서 이러한 종류의 식물이 생산된다고 한다. 그래서 황성장黃盛璋 선생은 이러한 사실을 근거로 이 종이가 니파라국에서 생산되었을 것으로 추측하였는데, 이와 같은 주장은 실제의 상황에서 크게 벗어나지 않는 견해로 보인다. 다만 필자가 보기에는 니파라국에 전해진 제지 기술이 토번국을 통해 전해졌을 가능성이 비교적 높다고 여겨진다. 당대 초기 니파라국은 토번의 속국으로서 모든 것이 토번의 지배와 제약을 받았다. 특히 당 태종 정관 22년(648년) 토번과 니파라가 군대를 파견해 인도의 아라나순을 격파한 이후 인도의 580여 개 성읍이 토번의 통치 아래 놓이게 되었으며, 또한 당 고종 때 토번은 당나라에 여러 분야의 기술자를 요청한 적이 있었는데, 그중에는 종이와 먹墨을 만드는 장인들도 포함되어 있었다. 당시 니파라국이 토번의 통치하에 있었기 때문에 토번을 통해 제지술이 전해졌다고 보는 견해가 보다 자연스럽게 보인다. 따라서 필자는 제지술이 토번을 통해서 니파라국에 전해졌다고 보는 것이다. 제지술이 전해지면서 니파라국의 과학과 문화 발전 역시 크게 촉진되었는데, 이와 같은 사실은 우전于闐 지역에서 발견된 티베트의 문서를 통해서도 증명되고 있다.

2절 당과 카마루파

인도의 마가다 왕국이 통치하는 지역 내에 당제국과 적극적인 우호 관계를 맺고 있던 또 다른 나라가 있었는데, 그 나라가 바로 동인도에서 유명했던 대국 카마루파이다.

현장법사는 『대당서역기』 권10 중에 카마루파국에 관한 기록을 남겨 놓았다. "카마루파국은 둘레가 1만여 리나 되며, 4대 도성은 둘레가 20여 리이다. 토지는 샘이 많아 습하며 농업이 발달하였다. 바라밀(잭프루트)과 나라계라과那羅鷄羅菓라는 나무가 많이 자라지만 진귀한 편이다. 강과 호수가 성읍城邑 주변에 많으며, 기후가 온화하고 따뜻해 풍속이 순박하다. 사람은 키가 작으며, 용모가 검은 편이고, 사용하는 말은 중인도의 말과 조금 차이가 있다. 성격은 매우 광폭狂暴한 편이지만 학문적 욕구가 강하며, 천신天神은 믿지만 불교는 믿지 않는다. 그래서 비록 불교가 흥성하였으나 지금까지 가람迦藍을 세우고 승려를 모집한 적이 없고, 오직 불교를 믿는 무리가 염불만 할 뿐이다. 천사天祠가 수백 곳이나 되고, 이도異道가 수만에 이른다." 이 기록은 중국의 역사 문헌 중에서 가장 사실적이면서도 정확하게 소개한 것으로, 여기에는 여러 가지 역사적 상황이 포함되어 있다.

카마루파는 범어 Kāmarūpa를 음역한 것이다. 중국의 『구당서』와 『신당서』 등에서도 이 나라와 관련된 상황을 언급하고 있다. 관련 서적 중에서 명칭이 제각각 다르게 번역되어 있지만, 위에서 언급한 두 권에서는 "가몰로伽沒路"라는 명칭으로 번역되어 있으며, 『신당서』에서는 "간몰로簡沒盧"로 번역되어 있다. 카마루파국은 지금의 인도 아삼주Assam 서쪽에 위치해 있다. 카마루파국은 당시 동인도의 대국으로서 고인도의 통치 지역 내에 있던 16개의 대국 가운데 하나이다. 카마루파국은 처음에 나라의 명칭을 프라즈요티사Prāgjyotisa라고 하였으나 후에 카마루파라는 이름으로 국명을 바꾸었다. 서사시 『마하바라타Mahabharata』와 『라마야나Ramayana』 중에서는 이 나라를 여러 차례 "만국蠻國"이라 지칭하였다. 하지만 "만국"이라는 명칭이 폄하하거나 경시한다는 의미라기보다는 오히려 찬양한다는 의미를 가지고 있다. 고대 인도의 문학 작품을 살펴보면, 프라즈요티사와 카마루파라는 명칭이 번갈아 사용되고 있다. 이 나라가 강성했을 때는 영토가 브라마푸트라Brahmaputra 계곡 전부와 방글라데시 북부 지역까지 포함되어 있었다. 서쪽으로는 랑푸르Rangpur부터 쿠치베하르(ooch Behar 강에 이르며, 동쪽으로는 브라마푸트라 강의 하류와 인도, 미얀마 등의 변경에 위치한 마니푸르Manipur 지역에 이른다. 그리고 북쪽으로는 부탄Bhutan에 이르고, 남쪽으로는 브라마푸트라 강과 갠지스 강 일대에까지 이르렀다. 그래서 현장법사는 『대당서역기』에서 "주만여리周萬餘里"라는 말로서 이 나라의 광대한 영토를 표현하였는데, 비교적 적절한 표현이라고 하겠다.

당대 초기 인도에서 유학했던 고승 현장법사는 일찍이 카마루파의 초청을 받아 그 나라에 다녀온 적이 있다. 현장법사는 『대당서역기·카마루파국』에서 그 나라의 왕에 대해 다음과 같이 묘사해 놓았다. "지금의 국왕은 원래 나라연천那羅延天의 후예로서 브라만의 자손이며, 자는 파세아라파두마(Pasearapaduma), 당나라 말로 일주日冑이고, 호는 구마라(Kumara), 당나라 말로 동자童子이다. 스스로 영토를 차지하고 대대로 군주가 되어 지금의 왕에 이른지 이미 천여 년이 되었다. 왕은 배우기를 좋아해 백성들이 그의 교화에 복종하고 먼 곳의 인재들이 왕을 흠모하여 이 나라에 몰려들었다. 비록 불법을 크게 믿지는 않았지만, 높은 학문을 지닌 사문沙門을 존경하였다. 처음에 지나국至那國의 사문沙門이 마가다 나란타那爛陀의 가람迦藍에 와서 불법을 깊이 배우고 있다는 말을 듣고 왕이 여러 차례 사람을 보내 초청하였으나 요청을 받아들이지 않았다. 이때 시라발타라尸羅跋陀羅 논사論師가 '부처님의 은혜에 보답하고자 한다면 응당 정법을 널리 알려야 한다. 네가 그것을 행하고자 한다면 멀리 가서 구하려고 하지 말라! 구마라 왕이 대대로 외도外道를 신봉해 왔지만, 지금 사문沙門을 초청하는 것은 좋은 일이다. 이것으로 행적이 바뀐다면 행복과 이익이 훨씬 더 클 것이다. 네가 예부터 넓은 마음으로 서원誓願을 세우고 홀로 이역異域을 다니며 몸을 던져 불법을 구해 중생을 구하고자 한다면서 어찌 고국만 다닐 수 있겠는가? 마땅히 그 득실을 잊고 영욕에 얽매이지 말아야 한다. 마땅히 성교聖教를 널리 알려 중생의 미혹됨을 깨우쳐야 한다. 먼저 사물이 있고 난 뒤에 몸이 있는 법이니, 명예를 잊고 정법을 널리 알려야 한다.'고 하였다. 이에 현장법사는 더 이상 사양하지 않고 사자를 따라가서 왕을 만났다. 구마라왕이 말하길, '비록 내가 재주는 없지만, 항상 높은 학문을 가진 사람을 흠모하였소. 마침 그대의 명성을 듣고 경의를 표하기 위해 감히 그대를 초청하였다오.'라고 말하자, 현장이 '저는 재능이 부족하고 아는 것이 적은데, 다른 이의 말을 들으셨다니 참으로 부끄럽게 생각합니다.'라고 대답하였다. 구마라왕이 말하길, '훌륭하도다! 법을 흠모하고 배우는 것을 좋아해 자신을 뜬구름처럼 여기고 온갖 위험을 뛰어넘어 머나먼 이국을 여행할 수 있음은 왕의 교화를 받아 나라의 풍토가 배움을 좋아하기 때문이오. 지금 인도의 여러 나라에서 마하지나국摩訶至那國의『진왕파진악秦王破陣樂』을 칭송한다는 소리를 들은 지 오래인데, 대덕大德의 고향이 맞소?'라고 물었다. 이에 현장 법사가 '그렇습니다. 이 노래는 우리 왕의 덕을 찬미하는 것입니다.'고 대답하였다. 구마라왕이 말하길, '대덕이 이 나라 사람인 줄 몰랐소. 항상 풍속의 교화를 흠모하여 동쪽을 바라본 지 이미 오래되었지만, 산천이 길을 막고 있어 어찌할 수가 없었소!'라고 하자 현장 법사가 '비록 풍속은 서로 다르지만 우리 임금의 성덕에 교화를 받은 이국異國에서 대궐을 방문하고 신하를 칭하고자 찾아오는 이들이 많이 있습니다.'라고 대답하였다. 구마라왕이 말하길, '만일 그와 같다고 한다면, 나도 조공을 원하는 바이오. 지금 하르샤바르다나 왕이 갈주올기라국羯朱嗢祇羅國에서 보시를 준비하며, 인도 전 지역의 사문과 브라만 사람들을 초청했다고 하오. 지금 사자를 보내와 초청하였으니 나와 함께 동행하는 것이 어떻겠소?'라고 물었다. 이에 삼장 법사가 함께 동행하였다고 한다." 이 내용은 현장법사가 구마라왕과 만났던 당시의 상황을 기록해 놓은 것이다. 이외에도 언종彦悰이 편찬한『자은사삼장법사전慈恩寺三藏法師傳』제5권에서 현장법사가 인도 하르샤바르다나 왕이 개최한 "곡녀성曲女城" 회의에 참가했던 기록을 찾아볼 수 있다.

나라연천那羅延天은 범어로 나라야나Nārāyana라고 하는데, 인도의 신화 속에 등장하는 인물의 아들이다. 일명 흑천黑天이라고도 하는데, 이는 또한 범천梵天의 별명이기도 하다. 나라연천은 위에서 언급한 서적 이외에도『자은사삼장법사전慈恩寺三藏法師傳』권5에 보이며, 이 책에서는 구마라鳩摩羅라는 이름으로 기재되어 있다. 그리고『신당서·서역전』권21상에는 "시구마尸鳩摩"Sri-kumāmra라고 기재되어 있는데, 여기서 "시尸"는 바로 "시리Sri, 길하다는 의미"라는 뜻으로 명호名號 앞에 붙여 존경을 나타낸 것이다. 나라연천은 인도 역사에서 매우 유명한 인물이다. 시라일다 왕이 일찍이 인도를 통일하는 과정에서 그와 굳건하게 동맹을 결성하였을 정도로 강력한 통치력을 가지고 있었던 까닭에 인도의 통일에 매우 중요한 역할을 담당하였다.

카마루파국과 현재 중국의 서장 자치구의 비린毗鄰은 서남 실크로드에 위치하고 있어 중국에서 수출하는 물건의 집산지이자 중간 기착점 역할을 했던 까닭에 중·서 교류에 있어서도 상당히 중요한 역할을 담당하였다. 일찍이 현장법사는 이 나라에 대해 "동쪽으로 산봉우리가 연접해 있어, 큰 도성이 들어서지 못하며, 또한 국경이 서남이西南夷와 접해 있어 그곳에 사는 사람들은 모두 만요蠻獠뿐이다. 그래서 토속을 상세히 알고자 한다면 적어도 2개월 정도 걸리며, 촉蜀으로 들어가면 서남 국경에 이른다. 또한 산천이 험준하고 장기瘴氣(중국 서남 지역 산림지대에서 발생하는 열병)가 만연할 뿐만 아니라, 독사와 독초가 많아 사람들에게 많은 피해를 끼친다. 더욱이 동남쪽은 야생 코끼리 떼가 사나워 이 나라에는 유독 코끼리 부대象軍가 많다."고 언급하였다. 이 말은 카마루파국과 중국의 교통 상황에 대해 설명한 것으로, 이에 관한 구체적인 내용은 뒷부분에 가서 다시 상세하게 논하고자 하며, 여기서는 카마루파국과 중국의 우호 관계에 대해 대략적이나마 살펴보고자 한다.

카마루파국은 고대 인도 경내에서 중국과 가장 먼저 왕래 관계를 맺었던 나라 가운데 하나였다. 사마천의 『사기·대원열전』 권123에서 "곤명昆明의 무리에는 임금이 없었다. …… 그런데 듣기에 서쪽으로 천여 리 떨어진 곳에 코끼리를 타고 다니는 나라가 있다고 하며, 그 이름을 전월滇越이라고 하는데, 물건을 밀반입하는 촉의 상인들이 간혹 그곳에 들렀다고 한다."고 기록하고 있는데, 여기서 "전월滇越"이란 나라의 명칭을 말하는 것으로 『위략魏略』과 『후한서後漢書』 중에서 언급한 "반월국盤越國"의 또 다른 이름이며, 또한 카마루파국의 별칭인 Dānara의 대음對音(Dian-vat Dānara)이라고 할 수 있다. 『위략·서융전西戎傳』의 기록에 의하면, "반월국은 일명 한월漢越이라고도 하는데, 천축에서 동남쪽으로 수천 리 떨어져 있어 익부 益部와 가까우며, 사람은 키가 작아 중국인과 비슷하며, 촉의 사람들이 그 곳에 장사하러 다닌다."고 설명되어 있다. 풍승균馮承鈞이 번역한 『서역남 해사지고증역총西域南海史地考證譯叢』 제7편에서 사원沙畹이 지은 『위략·서역 전전주西域傳箋注』에서 언급한 "익부益部"가 "익군益郡"의 오기라고 의심하였 는데, 아마도 사원은 카마루파국이 지금 인도 아삼주와 미얀마 중간에 있 던 나라로 생각했던 것 같다. 또한 『후한서·서역전』 권88에 의하면, "천 축국은 일명 신독이라고 하며, 월지月氏에서 동남쪽으로 수천 리 떨어져 있다. …… 월지와 고부국高附國 서쪽에서부터 남쪽으로 서해와 동쪽으로 반기국盤起國에 이르기까지 모두 신독의 땅이다."고 언급하였는데, 여기서 "반기盤起"는 당연히 "반월盤越"의 오기라고 볼 수 있다. 그래서 『교보주校補 注』에서 "『통전通典』에서는 '기起'를 '월越'로 썼다."고 주석을 붙여 놓았다. 이외에 『양서梁書·제이전諸夷傳』 권454에서는 "중천축국中天竺國은 대월大月로 부터 동남쪽으로 수천 리 떨어져 있는데, 그 땅은 3만여 리에 이르며, 일 명 신독이라 부른다. …… 월지月支와 고부국高附國 서쪽에서 남쪽으로 서해 에 이르고, 동쪽으로 반월盤越에 이르는데, 열국列國이 수십에 이른다. 각 나라마다 왕이 있고, 부르는 명칭은 각기 다르지만 모두 신독에 속한다." 고 하였다. 『남사南史·이맥전夷貊傳』 권78에도 역시 이와 완전히 동일한 내 용이 수록되어 있다. "기起"자가 "월越"자의 오기라는 사실을 충분히 증명 할 수 있기 때문에 "반기"가 "반월"의 오기라는 사실 또한 입증된다고 볼 수 있다.

카마루파국은 중서中西 교통로에서 서남쪽 실크로드 위에 위치하고 있 었던 까닭에, 일찍부터 중국의 대외 수출품의 집산지이자 중계 지역으로 중요한 역할을 담당하였다. 사마천의 『사기·대원열전』 권123에서 일찍이 인도 시장에서 중국 사천에서 생산된 공죽장邛竹杖과 촉포蜀布를 볼 수 있었다고 언급하였다. 즉 "장건이 말하길, '신이 대하大夏에 있을 때 공죽장과 촉포를 보았습니다. 그래서 '어떻게 이것을 얻었습니까?'하고 묻자 대하국 사람이 '우리나라 상인이 신독의 시장에 가서 구해 왔습니다. 신독은 대하 동남쪽으로 수천 리 떨어져 있으며, 풍속은 토속적이고, 크기는 대하처럼 넓으나 기후는 습하고 덥습니다. 그 나라 사람들은 코끼리를 타고 싸움을 하며, 나라가 큰 강가에 인접해 있습니다.'라고 하였다. 장건이 측량해 보니 대하大夏에서 한나라까지 1만 2천 리이며, 한나라 서남쪽에 있었다고 한다. 지금의 신독국은 대하에서 동남쪽으로 수천 리 떨어져 있지만, 촉의 물건이 있음을 볼 때 여기서 촉까지 멀지 않았던 것 같다." 이러한 사실은 바로 카마루파국이 중국과 인도 중간에서 중계 무역을 했다는 사실을 증명해 주는 것이며, 또한 그 나라와 중국의 민간 무역이 성행했었다는 사실을 반증해 준다. 따라서 이미 한나라 무제 이전부터 카마루파국이 오랫동안 민간 무역 활동을 진행해 왔다는 사실을 뒷받침해 주고 있다.

장건이 인도에 사절단으로 파견되었을 당시 아마도 카마루파국을 지나는 교통로를 이용했을 것으로 추측해볼 수 있는데, 이는 장건이 한나라 무제에게 "지금 대하로 사절단이 가려면 강중羌中을 지나야 하는데 길이 위험하고 강인羌人이 싫어합니다. 그리고 북쪽 길은 흉노가 차지하고 있어 불가합니다. 그러나 촉을 거쳐 가면 길이 편하고 도적 또한 없습니다."라고 보고한 내용을 통해서도 어느정도 입증된다고 할 수 있다. 더욱이 한나라 무제가 장건의 보고를 듣고 크게 기뻐하며 국가의 역량을 동원해 인도로 통하는 서남쪽 교통로를 개통하고자 장건을 발간사發間使로 임명하고 많은 노력을 기울였으나 결국은 성공하지 못하였다. 하지만 한나라 시기 이전부터 이미 인도로 통하는 서남쪽 교통로가 있었다는 사실에 비춰볼

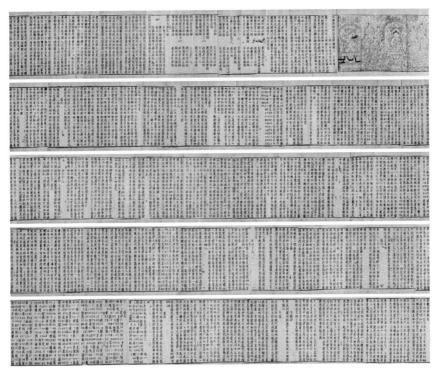

〈그림 16〉 의정義淨의 『대당서역구법고승전大唐西域求法高僧傳』

때, 장건이 이 길을 지나 인도로 향했을 가능성도 배제할 수 없을 것이다.

한나라 이후 역사에 등장한 수많은 문헌 속에 관련 자료들이 남아 있어 우리가 이 교통로를 이해하는데 적지 않은 도움이 되고 있다. 예를 들어, 진대晉代의 상거常璩가 편찬한 『화양국지華陽國志·남중지南中志』에서는 "영창 군永昌郡에 민복閩濮, 구복鳩濮, 율월僄越, 나복躶濮, 신독 등의 사람들이 있 다."는 기록이 보이고, 또한 의정義淨이 편찬한 『대당서역구법고승전大唐西 域求法高僧傳』 권상에서도 인도의 스리굽타(Srigupta) 왕 때(약 3세기) 지나支那의 승려 20여 명이 촉천蜀川의 장가牂牁 길을 통해 인도에 도착했다는 내용이 언급되고 있다.

당대 초기에 이르러 카마루파국과 당제국은 이전보다 한층 더 긴밀한 관계로 발전하였다. 카마루파의 구마라 왕이 인도에 불법을 구하러 갔던 고승 현장법사를 환대하였으며, 또한 당에서 파견한 이의표, 왕현책 등에 대해서도 환대하였다는 사실은 이러한 상황을 뒷받침해 준다고 하겠다. 그래서 도선이 편찬한 『석가방지釋迦方志·유적편遺迹篇』 권상의 기록에도 "…… 동자왕童子王은 크샤트리아 계급의 성씨를 가지고 있다. 당의 사신 이의표의 말에 의하면, '윗대로부터 4천 년을 이어 오며 선인先人 신성神聖이 한漢나라 땅에서 날아와 이곳에 이르렀다.'"는 내용이 보인다. 이 자료에서 이의표의 이름만 등장하고 왕현책의 이름이 나오지 않는 것을 보면, 왕현책이 부사의 자격으로 처음 인도를 방문했을 때의 일을 기록한 것이라고 판단해볼 수 있다. 즉 당시 사절단의 정사가 이의표이고, 왕현책은 부사였던 까닭에 정사였던 이의표의 이름만 언급된 것이라고 볼 수 있다. 위의 내용을 통해 추측해 보건데, 이들 역시 이 서남 교통로를 통해 인도에 도착했을 것으로 추측된다.

　도선이 편찬한 『고금불도논형古今佛道論衡』에 의하면, 당 태종 "정관 21년(647년) 서역에 사신으로 갔던 이의표가 돌아와 상주하기를, '동천축의 동자왕이 거하는 곳에는 불교가 없고, 외도外道가 성행하고 있습니다. 신이 이미 보고한 바와 같이 지나支那 대국에 불교가 전해지기 전에 성인이 경문을 민간에 설법하여 널리 유포되었습니다. 아직 이 경문이 전해오지 않았지만, 만일 그것을 들은 자가 있으면 반드시 신봉할 것입니다.'고 하였다. 동자왕이 말하길, '경이 본국으로 돌아가 범어로 번역해 가지고 오면 내가 그것을 보고자 하오. 도道가 무리를 뛰어넘는다면 여러 사람의 입에서 입으로 전해도 늦지 않을 것이오.'라고 하였다. 이에 칙명을 내려 현장법사와 여러 명의 도사道士가 함께 모여 번역하도록 하였다. 이때 도사 채황蔡晃과 성영成英 두 사람은 중국 도교의 요지에 의거해 여봉영余鋒穎 등 30여 명과 함께 오통관五通觀을 집성하고, 『도덕경道德經』 경문과 상세하게 대조하였다. 이어서 현장은 각 구절을 분석하고 의류義類를 연구하여 그 뜻과 이치를 밝혔다. 여러 도사가 불경 『중백中百』 등의 논지를 인용해 심오한 이치를 통하게 하였다. 현장이 말하길, '불교와 도교의 이치가 다른데 어찌 불교의 이치를 이용해 도의道義를 밝힐 수 있단 말인가?' 이와 같이 논의한다면 언제 끝날지 모르며, 말을 할 때 소리만 시끄럽고 실질적인 내용이 없다. 또 현장이 말하길, '여러 선생이 어떤 일을 말해도 그 끝을 찾을 수 없다. 사체四諦, 사과四果를 말하고자 하나 도경道經이 명확하지 않으니 어찌 근본을 잃고 헛되이 노자를 말할 수 있겠는가? 또한 사체일문四諦一門을 놓고 볼 때도 문門에는 여러 가지 의미가 있으나, 그 의미에 대해 정확한 뜻을 알기 어려우니 먼저 그것에 대해 설명해야 한다. 불교는 이와 같은 논의에 빠지지 않는다. 사체四諦를 물으면 그 명칭에 답할 뿐이며, 또한 체諦마다 뜻이 넓어 물어도 알 수가 없거늘, 어떻게 이것으로 막을 수 있겠는가? 도경道經은 도를 밝히는 것이다. 그렇지만 뜻이 하나인지라 통변通辯을 이용해 별론別論할 것이 없다. 또한 불의佛義의 핵심을 얻기 어렵기 때문에 노자를 해석하는데 쓰일 뿐이다. 이러한 이치는 이미 정해진 것이다. …… 지금 불경의 정론이 다양하여 사람마다 주장하는 바가 제 각각인지라 서로 의견이 일치되지 않는다. 그렇지만 노자의 『도덕경』 경문은 그 문장이 5천 자에 불과하나 해설은 없고, 주석만 있다.' …… 당시 중서성에서 모두 이러한 서술 방식이 이치에 맞는다고 주장하므로 드디어 그 번역을 중단하였다."

이와 관련된 일은 『구당서·서역전·천축국』 권198 중에 기재되어 있는데, "다섯 개의 천축에 속한 나라가 무려 수십에 달하지만, 풍속과 산물이 대체로 비슷하다. 그중에 카마루파국의 풍속에 동문을 열고 해를 바라보는 풍속이 있었다고 하며, 왕현책이 도착하자 그 나라 왕이 사람을 보내 이국의 진귀한 보물과 지도를 진상하고 노자의 초상화와 『도덕경』을 요청하였다."고 한다.

『신당서·서역전·천축국』권221의 기록에 의하면, 당 태종 정관 22년 (648년) 서역에 출사한 정사 왕현책과 부사 장사인蔣師仁 등이 토번과 니파라국의 군사를 빌려 3일 만에 인도의 아라나순을 격파하자 동인도의 동자왕이 매우 우호적으로 대해 주었다. 서책 내용 중에는 "동천축왕 시구마尸鳩摩가 3만 마리의 소와 말을 비롯해 활, 칼, 보화로 장식한 영락 등을 보내왔다. 그리고 카마루파국은 기이한 물건과 함께 지도를 진상하고 노자의 초상화를 요청하였다."고 하는 내용도 기록되어 있다.

범문으로 작성된 『용희기龍喜記』에도 이 일에 관한 내용이 기록되어 있다. "토번 군에 살상되거나 포로로 잡힌 인도 병사들의 수가 1만 3천 명에 달하였으며, 소를 비롯한 가축 3만여 마리를 노획하였다. 그리고 점령한 성원城垣이 108곳에 이르렀다. 사절단이 토번으로 돌아가자 아조나阿祖那 왕에게 원한을 품고 있던 가마여파迦瑪汝巴의 구마라鳩摩羅 왕이 이 소식을 듣고 크게 기뻐하며 소와 양을 비롯한 재물을 토번 군에게 공물로 보냈다."고 하는데, 이 기록은 한문 자료에서 언급된 내용과 서로 일치한다.

『불조통기佛祖統記』권3에 당 태종 정관 22년(648년) "10월에 어가御駕가 경성京城으로 돌아왔다. …… 황제가 『도덕경』을 범어로 번역해 천축에 보내라는 명을 내렸다. 사師가 말하길, '불교와 노자 두 종교는 그 추구하는 바가 크게 다른데, 어찌 불교의 용어로 노자의 뜻을 통하게 할 수 있겠사옵니까? 노자의 입의立義는 깊이가 얕고 오축五竺의 문장은 사용하기에 경박해 보입니다.' 드디어 그만 두었다."는 기록이 보인다.

이 일의 결과에 대해 『송고승전宋高僧傳』에서는 "당대 서역에서 『역경』과 『도덕경』을 요청하자 황제가 승려와 도사로 하여금 범어로 번역하라는 지시를 내렸으나, 두 교敎가 보리菩提의 도道에 대해 논쟁을 벌이며 각자의 의견을 주장함에 따라 결국 번역서를 전하지 못하였지만, 만일 그곳 사람들이 이 심오한 전적의 내용을 보면 어찌 아름답다고 하지 않을 수 있겠는가?"라는 입장을 표명하였다.

이상은 우리가 카마루파국과 당제국의 우호 관계에 대한 중국의 역사 문헌을 조사한 내용이다. 앞에서 인용한 자료를 종합해 보면, 이러한 우호 관계는 주로 두 가지 측면에서 살펴볼 수 있다. 첫 번째는 그 나라 왕이 아라나순을 진압한 왕현책을 적극적으로 지원했다는 점이고, 두 번째는 당에 사신을 파견해 『도덕경』과 노자의 초상화를 요청하는 동시에 지도를 진상함으로써 당제국의 속국이 되고자 했다는 점이다.

여기서 반드시 분명하게 짚고 넘어가야 하는 문제는 카마루파 국왕이 지도를 진상하고 노자의 초상화와 『도덕경』을 요청했던 사실에 대해 서적마다 각기 다른 견해를 보여주고 있다는 점이다. 도선은 당 태종 정관 21년(647년)의 사건이라 주장하고, 『불조통기』에서는 정관 22년(648년) 10월에 일어난 사건이라고 주장한다. 양자 사이에 1년이라는 차이가 보이는데, 그 원인은 무엇일까? 필자가 이와 관련된 자료를 분석해 본 결과 당 태종 정관 17년(643년)은 또한 왕현책이 처음 인도에 사신으로 파견된 해였다는 사실을 알게 되었다.

일찍이 왕현책은 인도의 카마루파 국에 도착해 중국의 전통 종교인 도교와 『도덕경』을 소개하였으며, 또한 그가 동자왕童子王의 관심을 끌었던 까닭에 동자왕은 일찍이 그에게 『도덕경』을 범어로 번역해 주기를 바랐던 것이다. 정관 21년(647년) 왕현책이 귀국하여 상소문에 이 일에 관해 언급하였으나 당시 당 태종의 특별한 주의를 끌지는 못하였다.

왕현책이 647년 6, 7월 사이에 재차 인도에 사신으로 파견되어 장안을 떠났다. 역사 문헌의 기록을 통해 알 수 있는 점은 이번 출사에서 시라일다 국왕이 사망한 소식과 새로 즉위한 아라나순이 왕위를 찬탈하고 당에 등을 돌려 서역의 여러 나라에서 공물로 바친 물건을 약탈하였으나, 왕현책과 장사인 등이 토번과 니파라국 등의 군사를 빌려 아라나순 왕을 격파하고 포로로 잡았다는 사실이다. 따라서 시라일다 왕의 맹우였던 동인도의 카마루파 왕 역시 자연히 아라나순과 적대 관계에 놓이게 되었다. 다시 말해서 아라나순 왕의 통치로 인해 카마루파국의 생존이 크게 위협받게 되었던 것이다. 따라서 당의 칙사 왕현책 등이 아라나순을 격파했다는 소식은 그가 위협에서 벗어나게 되었다는 것을 의미하기 때문에, 그들에게 있어 매우 다행한 일이었다. 그래서 총명한 동자왕은 군량과 지도를 진상하고 당제국의 번국藩國이 되고자 했던 것이다. 토번이 당에 사신을 파견해 포로를 바칠 때 카마루파국 역시 당에 사신을 파견하는 동시에 노자의 초상화와 『도덕경』을 요청했던 것인데, 이때가 당 태종 정관 22년(648년)이었다. 같은 해 10월 당 태종은 현장법사와 도사 채황蔡晃, 성영成英 등에게 『도덕경』을 범어로 번역해 서역으로 보내라는 명령을 내렸다.

이상의 사실은 당대 초기 당제국과 카마루파국의 관계가 매우 우호적이었다는 사실을 뒷받침해 주고 있으며, 이와 동시에 동자왕이 양국의 우호 관계 발전에 커다란 역할을 하였다는 사실을 설명해 주고 있다.

위에서 언급한 내용을 통해 분명하게 알 수 있는 점은 7세기의 당제국이 안정된 사회, 발전된 경제, 그리고 강력한 국방력을 갖춤에 따라 아시아에서 가장 강력한 국가로 자리 잡게 되었으며, 또한 실크로드의 개통으로 당제국의 대외 교류에 유리한 조건이 마련되었다는 사실이다. 더욱이 왕현책은 여러 나라와 연합해 아라나순을 격파한 후 단절되었던 당제국과 오천축五天竺의 우호 관계를 다시 회복시켜 양국의 교류를 한층 더 증진시켜 주었으며, 서역의 실크로드, 당唐·번蕃의 고도古道, 해상 실크로드, 서남의 실크로드, 안남로安南路 등의 개통은 중국과 인도 양국의 절실한 요구이자 또한 역사 발전의 필연적인 결과였다는 사실이다.

제6장

당과 마왕국馬王國 돌궐突厥

경제와 대외 교류의 발전은 반드시 안정된 사회적 환경을 필요로 한다. 당대 초기 영명한 군주였던 이세민李世民은 명재상 위징魏徵의 건의를 받아들여 주변 소수민족에 대한 기존의 무력 정책에서 평화적인 교류 정책으로 전환함으로써 매우 만족스러운 효과를 거두었다. 물론 적의를 품고 있는 적에 대해서는 너그럽게 대한 것만은 아니었다. 그렇지 않으면 순조로운 외교활동을 보장할 수가

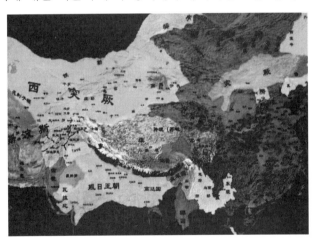

〈그림 17〉 당대唐代의 강역도疆域圖

없었기 때문이다. 이제 당시의 민족 관계, 특히 실크로드의 상황에 대해서 다음과 같이 간략하게 살펴보고자 한다.

당제국 건립 초기인 7세기 초 당나라에 가장 위협이 되는 나라는 바로

북쪽에 위치하고 있던 돌궐족이었다. 여기서 말하는 돌궐족은 도선이 『속고승전·경대자은사석현장전京大慈恩寺釋玄奘傳』 권4에서 언급한 마왕국馬王國을 가리킨다. 돌궐족은 수대隋代 말기 천하가 어지러워지자 남쪽에서 일어난 군웅들과 함께 강력한 군사력으로 막북漠北과 서역 지역을 장악하였다. 『통전通典·변방전邊防典·돌궐』 권197에 "수대 말기 천하가 어지러워지자 …… 돌궐이 또 다시 강성해졌다. …… 설거薛擧, 두건덕竇建德, 왕세충王世充, 유무주劉武周, 양사도梁師都, 이궤李軌, 고개도高開道의 무리가 존호를 참칭하고 돌궐에 머리를 숙여 가한칸(Khan)의 칭호를 받았다. 동쪽의 거란契丹과 서쪽의 토욕혼吐谷渾, 그리고 고창高昌까지 모든 나라가 돌궐의 신하가 되었으며, 100만 명의 군사를 보유할 정도로 강성하였다. 근래에 이르기까지 이 정도 강성함을 갖춘 나라는 없었다. 당나라가 태원太原에서 봉기할 때 …… 돌궐의 힘을 빌렸다."고 하는 기록이 보이는데, 당제국이 건립된 초기에도 이러한 상황은 변하지 않았다. 당 조정은 일찍이 유문정劉文靜을 사신으로 돌궐에 파견하기도 하였는데, 『정관정요貞觀政要』 권2에서 "나라 설립 초기에 돌궐이 너무 강성해 태상황太上皇 당 고조 이연李淵이 힐리頡利 가한에게 신하를 칭하였으니, 내 어찌 가슴 아프지 않겠느냐 ……"라는 기록을 통해서도 당시의 상황이 어떠했는지 충분히 짐작해 볼 수 있다. 이외에도 유사한 기록이 당대 초기 온대아溫大雅가 편찬한 『대당창업기거주大唐創業起居注』 등에도 보이는데, 당시 북쪽에서 강력한 세력을 구축하고 있던 돌궐이 당제국의 안녕을 크게 위협하고 있었다는 사실이 분명하게 드러난다.

당나라 초기에는 돌궐에게 신하를 칭하고 매년 금백金帛과 여자를 조공으로 보냈는데, 그 수가 헤아릴 수 없이 많았다고 한다. 그러나 동돌궐의 계민가한啓民可汗의 아들 힐리가한은 "염치를 모르고 오만한 어투로 계속 요구"(『통전·변방전·돌궐』 권197상)하였을 뿐만 아니라, 매년 병사를 일으켜 변방을 어지럽혔다. 그러나 후에 당이 전국을 통일하고 국력이 날로 신장되어 자신들의 목적을 쉽게 달성하기 어렵게 되자 더욱더 자주 변방을 침략하였다. 당 고조 무덕武德 6년(623년)에 전국을 통일한 후 처라가한處羅可汗, 시필가한始畢可汗의 동생은 태원太原에 도착한 지 3일 만에 "성안의 미녀들이 대부분 잡혀갔다."(『통전·변방전·돌궐』 권197상) 처라가한 이후에 즉위한 힐리가한은 북방에 할거하고 있던 원군장苑君璋을 도와 안문雁門을 공격하였다. 당 고조 무덕武德 5, 6년에는 그 소란이 더욱 심해졌다. 힐리가한은 15만의 대군을 이끌고 안문에서 병주幷州를 공격한 다음 다시 군사를 나누어 분주汾州, 노주潞州 등 여러 지역을 공격해 남녀 5천여 명을 포로로 잡아갔다. 이때 처라가한의 아들 욱사설郁射設이 하남河南, 오원五原, 유림楡林 등의 지역을 점령하여 영주靈州와 인접하게 되자, 고조 이연은 번등樊鄧으로 천도하여 그 예봉銳鋒을 피하고자 하였으나, 진왕秦王 이세민이 적극 반대하고 나서는 바람에 천도를 포기하였다. 무덕 7년(624년) 힐리가한과 돌리가한이 또 다시 군사를 일으켜 원주原州, 삭주朔州 등의 지역을 공격해 빈주豳州를 위협하자, 고조 이연은 진왕 이세민과 제왕齊王 이원길李元吉 두 사람을 보내 빈주에 진을 치고 방어하도록 하였다. 하지만 적을 방어할 수 있는 무기와 성지城池가 부족한 상황에서 1만여 명의 돌궐 기병이 성의 서쪽을 공격해 오자 진왕 이세민은 위험을 무릅쓰고 기병 100명을 인솔하여 적진 앞에 나가 힐리가한과 대화를 나누는 한편, 돌리가한에게는 사람을 보내 그 책임을 물었다. 이렇게 숙질간인 두 사람 사이를 갈라놓음으로써 힐리는 화평의 맹약을 맺은 후 돌아갔다. 무덕 8년(625년) 힐리가한이 또 다시 기병 10만을 이끌고 삭주를 약탈하고 태원을 공격하였다. 이때 수비하던 장수 장근張瑾은 병사들이 모두 전멸하자 간신히 홀로 몸을 피해 도망쳤다. 무덕 9년(626년) 8월 힐리가한이 정예 군사 20만을 이끌고 당의 수도 장안을 직접 공격하기 위해 위수편교渭水便橋 북쪽에 이르렀다. 이때 태종이 기병 여섯 명을 이끌고 위수 강가에 나가 강물을 사이에 두고 맹약을 어긴 책임을 물었다. 이에 힐리가한이 다시 화평을 청하므로 백마를 죽여 맹약을 맺고 군대를 이끌고 퇴각하였다.

돌궐의 강대함이 새로 세워진 당나라에 커다란 위협이 된다는 사실을 깨달은 태종은 대당의 안녕을 보장하기 위해서는 오로지 싸워 이길 수밖에 없으며, 강한 적과 싸워 이기기 위해서는 반드시 강대한 군대가 필요하다고 생각하였다. 이에 당 태종은 군대 양성에 비상한 관심을 가지고 돌궐에 반격할 수 있는 군사 양성에 온 힘을 기울였다. 그 결과 당 고조 무덕 7년(624년)에 폐지했던 12군 건제建制를 다시 부활시켰다. 『신당서·돌궐전』 권215 상에 나오는 "연졸수기練卒搜騎"라는 말은 바로 이러한 당시의 상황을 말해 주는 것이다.

돌궐과의 싸움에서 당 태종은 반격을 주장하였다. "매일 수백 명을 어전 앞에 모아놓고 활쏘기를 교육하였다. 황제가 친히 시험에 임해 과녁을 맞춘 자는 상으로 활, 칼, 포백布帛 등을 하사해 사졸士卒이 모두 정예가 될 수 있도록 격려하였다."(『구당서·태종기』 상권2)고 한다. 게다가 당대 초기 경제가 다시 회복되고 발전하면서 돌궐에 반격을 가할 수 있는 유리한 물질적 토대와 여건이 조성되었다.

당 태종 정관 3년(629년) 겨울에 당 조정은 돌궐에 공격을 감행하였다. 태종 황제는 병주幷州 도독都督 서세적徐世勣을 통막도행군총관通漠道行軍總管에 제수하고, 병부상서 이정李靖을 정양도행군총관定襄道行軍總管에 임명한 다음 이통종李通宗을 비롯한 설만철薛萬徹, 시소柴紹, 위이절衛李節 등의 총관과 10여만 명의 군사를 통솔하여 일시에 돌궐을 공격하도록 하였다. 정관 4년(630년) 이정 등이 돌궐을 크게 격파하고, 수나라 양제의 처 초후蕭后와 손자 정도政道를 구해 장안으로 보냈다. 후에 돌리가한은 항복하고, 힐리가한은 철산鐵山에 몸을 숨기고 사신을 파견해 거짓 화평을 청하였다. 이정이 승기를 틈타 추격하여 힐리가한을 생포하니 포로가 10여만 명에 이르렀고, 음산陰山에서 대막大漠까지 영토를 확장하였다. 동돌궐이 마침내 멸망하였다. 당 태종

〈그림 18〉 돌궐족突厥族

은 돌궐인들의 처리 문제에 대해 "부락을 온전히 보존하면 변방을 지킬 수 있고, 또한 그들의 풍속에서 벗어나지 않으니, 그들을 위로하면 첫 번째로 빈 땅을 채울 수 있고, 두 번째는 의심한다는 마음이 없다는 것을 보여줄 수 있다."(『정관정요貞觀政要·의안변議安邊』)는 온언박溫彦博의 주장을 받아들여, 그들을 동쪽의 빈주에서 서쪽의 영주에 이르는 변방지역에 이주시켜 살게 하고, 순주順州, 우주祐州, 화주化州, 장주長州 등의 지역에 도독부를 설치해 이들을 관리하도록 하였다. 그리고 힐리가한의 옛 땅은 정양定襄과 운중雲中에 두 개의 도독부를 설치해 관리하도록 하였다. 당 고종 초에 다시 선우單于와 안북安北 두 개의 도호부都護府를 설치하였다. 동돌궐 이후 설연타薛延陀, 회흘回紇, 부고仆固 등 "서북의 번국들이 천가한天可汗이라는 존호를 올렸다."(『구당서·태종기』 권3)고 하였다. 이로써 당 태종 이세민은 이 일대의 부락과 소수민족의 최고 수령이 되었다.

　일찍이 당 태종은 동돌궐을 공격하기 위해 설연타薛延陀와 연합해 그 부족장 이남夷南을 진주가한眞珠可汗에 봉하였다. 동돌궐이 패망하고 나자 진주가한이 예물을 받치며 결혼을 청하였으나 당 태종은 이를 거절하였다. 당 태종은 철륵鐵勒, 부고仆固, 동라同羅 등의 부족이 일어나 설연타에게 반항하는 틈을 타서 대장 이도종李道宗, 아사나사이阿史那社爾, 설만철薛萬徹 등

에게 공격 명령을 내렸다. 정관 20년(646년) 당의 장군 서세적徐世勣 등이 설연타를 공격해 멸망시키고 회흘回紇 등의 부족을 귀속시켰다.

돌궐은 원래 동과 서 두 개로 나누어져 있었는데, 서돌궐의 처라가한이 수나라에 항복한 후 사궤가한射匱可汗이 자리를 이어받아 영토를 개척해 그 강역이 동쪽으로 금산金山에 이르고, 서쪽으로는 서해에 이르렀다. 이에 옥문관玉門關 서쪽의 여러 지방 정권이 모두 그에게 귀속되었다. 사궤가한 이 세상을 떠난 후 그의 동생 통엽가한統葉可汗이 즉위하였는데, 그 시기는 당의 고조와 태종 두 황제 시기이다. 그는 일찍이 인도에 유학한 중국의 고승 현장법사를 도와주었으며, 그 세력 또한 매우 막강하였다. 『구당서· 돌궐전』에 "북쪽의 철륵을 병합하였으며, 서쪽으로는 페르시아와 국경을 마주하고 남쪽으로는 계빈罽賓에 인접하였는데, 이 지역이 모두 그의 강토 이며, 궁수만도 수십만에 달하는 서역의 패자霸者였다. …… 서역의 왕들 은 모두 힐리기한이 제수한 것으로 토둔吐屯을 파견해 이들을 감시하고 통 치하는 동시에 세금을 징수하였다. 서융西戎이 이처럼 흥성한 적이 없었 다."는 기록을 통해 당시 서역의 국제 정세를 어느 정도 파악해 볼 수 있 다. 서돌궐이 서역의 패주를 칭하며 당의 안정을 위협하는 상황은 직접적 으로 중·서 교통로의 발전에 영향을 끼쳤기 때문에, 돌궐은 당시 중·서 교통로의 보호와 안전한 왕래를 위해서 반드시 제거해야 하는 종양 같은 존재로 여겨졌다.

서돌궐은 엽호가한葉護可汗이 사망하고 내란이 발생하여 을비돌륙가한乙 毗咄陸可汗과 을비사발라엽호가한乙毗沙鉢羅葉護可汗, 그리고 사궤가한 세 사람 이 서로 공격하며 싸움을 벌였는데, 이것은 당제국에 대한 위협을 제거할 수 있는 좋은 기회를 제공하였다. 돌륙가한은 강함을 믿고 이주伊州를 공 격하였다. 후에 돌륙가한은 사궤가한에게 패배하였고, 사궤가한은 당제국 에 귀순하는 동시에 당 태종에게 황실과의 결혼을 청하였다. 이에 당 태종은 중·서 교통로의 안전한 왕래를 보장하기 위해 사궤가한에게 구자龜玆, 우전于闐, 소륵疏勒을 비롯한 속현屬縣과 총령葱嶺 등의 지역을 결혼 예물로 바칠 것을 요구하였는데, 이는 사실상 그의 청을 거절한 것이었다. 이후 당 태종이 세상을 떠나고 얼마 후에 사궤가한 역시 아사나하로阿史那賀魯에 합병되고 말았다. 아사나하로가 여러 차례 군사를 일으켜 서역을 소란스럽게 하자 중·서 교통로의 안전을 위해 당은 여러 해 동안 싸움을 벌여야만 하였다. 이후 당 고종 시기에 소정방蘇定方 등이 현경顯慶 2년(657년) 이리하伊犁河, 쇄엽수碎葉水 일대에서 아사나하로의 군사를 격파하고 그를 생포해 장안으로 압송하였다. 그리고 당은 이 지역에 곤릉昆陵, 몽지濛池라는 두 개의 도호부를 설치하고 돌궐인 미사彌射를 곤릉도호昆陵都護로 삼고 쇄엽碎葉, 오늘날 키르기스스탄 토크막 동쪽에 위치한 다섯 개의 돌륙부咄陸部를 통치하도록 하는 한편, 보진步眞을 몽지도호濛池都護로 삼고 쇄엽 서쪽에 위치한 다섯 개의 노실필부弩失畢部를 통치하도록 하였다. 이 두 도호부는 모두 안서도호부安西都護府에 예속되어 있었다(『신당서·돌궐전』권215). 또한 이와 관련된 내용이 『신당서·지리지』권43하에 기록되어 있다. 즉 "정관 23년(649년) 아사나하노阿史那賀魯 부락에 요지도독부瑤池都督部을 설치했다가 영휘永徽 4년(652년)에 폐지하였다. 현경顯慶 2년(657년) 하로를 생포하고 땅을 나누어 두 개의 도호부都護府와 여덟 개의 도독부都督部를 설치하였으며, 그 역役을 제호諸胡에 예속시켰는데, 모두 주州가 되었다."고 하였으며, 『구당서·돌궐전』권194하에서도 역시 "하로를 생포하였다.……그 부락을 나누어 곤릉昆陵과 몽지濛池에 두 개의 도호부를 설치하였다.……아울러 안서도호부에 예속시켰다."는 기록을 찾아볼 수 있다. 이외에 『당회요唐會要·안서도호부安西都護府·돌궐』에서도 이와 유사한 내용이 기록되어 있어 참고할 만하다.

당과 서돌궐 간에 여러 차례 전쟁이 발생하였지만, 두 민족 모두 평화와 안정을 희망했기 때문에 양자 모두 싸움을 하면서도 또 한편으로는 경제와 문화적 교류와 같은 우호적인 관계는 계속 유지되었다. 그래서 당고조 무덕 연간에 쌍방은 시장을 열고 서로 왕래하였는데, 돌궐인들은 명마名馬를 가지고 와서 그들에게 필요한 당제국의 비단 등과 교환하였다. 이 시기 한인漢人들의 농업 생산 기술과 도구 역시 대량으로 널리 전파되는 계기가 되었다. 『통전通典·변방전邊防傳』 권198의 기록에 의하면, 무제 시기 서돌궐에 농작물 "종자 4만여 석石과 3천 수레가 넘는 농기구를 주었다."고 한다. 『구당서』에도 역시 이와 유사한 내용이 보인다. 당의 선진화된 정치제도와 문화 역시 서돌궐에 커다란 영향을 주었다. 『궐특근비闕特勤碑』와 『필가가한비苾伽可汗碑』의 기록에 따르면, 이때부터 돌궐은 민족 고유의 칭호를 버리고 당의 칭호를 채용해 사용하기 시작하였으며, 각 지역에서도 당의 황제를 "천가한天可汗"이라 추존하며 당의 법도를 시행하였다고 한다. 또한 서돌궐에 의해 구자龜玆와 강거康居 등 지역의 음악이 중국에 전해져 당제국의 중요한 음악적 구성 요소로 자리 잡게 되었다. 이 외에도 서돌궐은 인재를 선발해 장안에서 한어漢語를 공부하도록 하였는데, 『대당대자은사삼장법사전』 권2에 의하면, "궁 중에 한어를 이해하고 읽을 수 있는 자가 있는데, 이들은 어린 나이에 수년간 장안에 보내져 한어를 배운 자들이다. 이들 가운데 한어에 능숙한 자는 마돌달관摩咄達官에 임명하고 국서國書를 작성토록 하였다. 그래서 마돌摩咄을 파견해 법사法師를 가필시국迦畢試國까지 안내하도록 하였으며(필자는 이 지역이 실크로드의 구자龜玆와 우전于闐 지역의 교통로가 합쳐지는 곳으로 중·서 교통로에서 중요한 지역이었다고 본다), 또한 비능가사緋陵袈裟 한 벌과 명주 50필을 주고 신하들과 함께 50여 리를 배웅하였다."고 한다. 당시 서역에서 서돌궐의 통치를 받았던 엽호가한 역시 불법을 구하기 위해 인도로 가는 법사에게 여러 가지 편의를 제공하였다고 한다. 따라서 이상의 사례들을 통해 우호적인 교류가 한족과 돌궐족의 관계에 있어서 중심을 이루고 있었다는 점을 알 수 있다.

제7장

당唐과 토번吐蕃의 고도古道

1절 토번 이전의 티베트西藏

오랫동안 청장고원靑藏高原에 거주해 온 티베트족藏族에게는 여러 가지 신기한 전설이 전해 오고 있어, 우리는 이를 통해 티베트족의 형성에 대해 대략적이나마 파악해 볼 수 있다. 고고학 자료에 따르면, 대략 구석기 시대부터 청장고원에서 인류가 활동하였다고 한다. 서장 자치구 내에서 발견되고 있는 구석기 시대의 유적지는 주로 당고라唐古拉 산맥 이남부터 히말라야 산맥 이북에 이르는 광대한 지역에 걸쳐 분포되어 있는데, 구체적으로는 장남藏南 정일현定日縣의 소열蘇熱, 장북藏北 신찰현申扎縣의 주낙륵珠洛勒, 아리일토현阿里日土縣의 찰포扎布, 장북 중장현中江縣의 다격칙多格則과 색림착色林錯 등이 포함된다. 이 시기의 사람들은 비교적 조잡한 타제석기 사용과 채집, 그리고 어렵漁獵 생활을 하였으며, 이러한 구석기 시대의 유적지 발견은 이미 3백만 년부터 2백만 년 사이에 티베트족의 선조들이 청장고원에서 활동하고 있었다는 사실을 뒷받침해 준다.

일부 고고학자들의 분석과 연구에 의하면, 소열의 구석기 유형과 그 가공 기술은 중국 화북 지역의 구석기 중후기와 여러 가지 측면에서 유사한 특징들을 가지고 있다고 한다. 그리고 이보다 늦은 시기에 출현한 서장의 주낙륵 석기는 또한 영하寧夏 수동구水洞沟에서 발견되는 석기와 유사하며, 다격칙과 찰포 지역에서 발견되는 구석기 중에서도 화북華北에 기원을 두고 있는 흔적을 발견할 수 있어, 아주 먼 고대부터 청장고원과 내륙이 서로 왕래하였다는 사실을 알 수 있다. 더욱이 이러한 유물은 일정한 지역적 특징을 포함하고 있어서 유럽의 구석기 문화와 어느 정도의 관련성을 보여준다. 예를 들어, 찰포 지역에서 발견된 수부手斧와 유사한 석기, 그리고 다격칙 지역에서 발견된 조각괄삭기彫刻刮削器 등은 유럽의 구석기 시대에 출현했던 전형적인 수부手斧와 조각기彫刻器 형태와 매우 유사하다. 재료와 가공 기술, 그리고 기형器形 등도 양자가 매우 유사한 측면을 지니고 있는 것으로 보아, 즉 석편石片 위주의 괄삭기刮削器와 첨상기尖狀器가 유행했음을 알 수 있다. 티베트족의 구석기 문화는 일종의 고원지대의 구석기 문화로서 상대적으로 안정화된 형태를 가지고 있었다.4) 또한 장북에서 아열대 기후에서 자라는 화하華夏 식물이 발견되는데, 이는 구석기 시대의 청장고원이 매우 좋은 자연환경을 갖추고 있었다는 사실을 설명해 준다. 청장고원에서 발견된 임지林芝와 잡낙卡諾 유적지는 특별하고 중요한 의미를 가지고 있다. 연구 조사에 의하면, 유적지에서 출토된 두개골의 형태와 그 구조가 내륙에서 발굴되는 동시대의 고인류古人類 두개골과 매우 유사한 특징을 보여주고 있다. 창도昌都 가잡구加卡區 잡낙촌卡諾村에서 발견된 유적은 지금으로부터 4천여 년 전에 활동했던 신석기 시대 인류의 유적지로서 총면적은 약 1만 평방미터에 달하고, 31채의 가옥과 1채의 움집이 밀집되어 있는 형태를 취하고 있다. 가옥의 구조는 풀과 진흙을 섞어 쌓은 토담 가옥과 석회를 반죽해 쌓은 가옥의 두 가지 형태로 구분할 수

---

4) 侯石主, 『西藏考古大綱』, 西藏人民出版社, 1991년 판 14-23쪽.
　安志敏 등, 『藏北中扎·雙湖的舊石器和細石器』, 『考古』 1979년 제6기.

있는데, 후자는 반혈거식半穴居式 양식을 보여주고 있으며, 실내에는 화당火塘, 노조爐灶, 노대爐臺 등이 설치되어 있다. 출토된 유물은 타제석기, 세석기, 마제석기 등이 있으며, 그 숫자는 모두 7,968건에 달한다. 그중에서 타제석기가 가장 많이 보이고, 그다음은 세석기와 마제석기 순이다. 석기의 종류는 석산石鏟, 석부石斧, 석서石鋤, 석첩石鉆, 석모石矛, 석촉石鏃, 절할기切割器, 석분石錛, 석착石鑿, 석침石砧, 연마기研磨器 등이 출토되었다. 또한 출토된 골제骨制 도구는 모두 366건으로 추錐, 침針, 부斧 등의 기물이 포함되어 있다. 가장 작은 것은 길이가 2.4cm의 골침으로 침의 귀가 완전하게 보존되어 있다. 도편陶片은 3만여 편이 발견되었는데, 주로 항缸, 분盆, 완碗 등과 같은 도기류이며, 그 문양 또한 상당히 다양하고, 이외에도 채도彩陶가 발견되었다. 장식물로는 골계骨笄, 골패骨牌, 석환石環, 석주石珠, 그리고 구멍 뚫린 조개껍데기 등이 출토되었으며, 서너 개의 물레바퀴도 함께 발견되었다. 이밖에도 밑바닥에 직물 흔적과 cm²당 8줄의 경위선經緯線이 보이는 도관과 상당량의 좁쌀과 동물 뼈가 발견되었다.

이처럼 잡낙촌 유적에서 발견된 풍부한 유물은 우리에게 4천 년 전 청장고원에서 생활했던 사람들의 생활상을 잘 보여주고 있다. 즉 당시 이곳의 사람들은 이미 수렵과 채집 생활의 단계를 뛰어넘어 정주 단계의 원시 공동체 사회로 접어들었다는 사실을 엿볼 수 있다. 그들은 이미 여러 가지 정밀한 석기를 제작할 수 있었으며, 원시적인 동혈洞穴 생활을 버리고 집을 짓고 정주 생활을 하기 시작하였다. 또한 그들의 생산 활동 역시 단순한 어렵과 목축 단계에서 벗어나 농업과 가축을 키우는 단계로 접어들었을 뿐만 아니라, 이미 광범위하게 불을 사용하고, 투박한 직물을 생산해 옷을 만들어 입을 수 있었으며, 또한 채도와 장식품도 제작할 수 있었다. 이 시기의 청장고원 사람들은 점차 대자연에 대한 의지는 줄어들고 자신의 능력을 강화해 나가기 시작했다. 이와 같이 잡낙촌 유적지는 청장고원 지역에서 볼 수 있는 전형적인 신석기 문화 유적지로서 티베트족 문화의 고유한 특징을 지니고 있다.[5]

티베트족 문자로 편찬된 『서장왕신기西藏王臣記』에 따르면, 청장고원에는 비교적 큰 여섯 개의 부락이 있었다고 하며, 이 부락의 주민들은 "자연에서 나는 도곡稻穀을 먹고, 나뭇잎으로 만든 옷을 입었으며, 생활하는 모습은 마치 숲속의 짐승과 같았다."고 한다. 또한 당시 사람들의 형상에 대해 티베트족 자료에는 "고기를 먹는 적면인赤面人이다.[6]"라는 기록이 보이는데, 부락들이 여전히 초기 씨족 단계에 머물러 있었다는 사실을 설명해준다. 인류사회의 발전에 따라 서장 역사에서 가장 먼저 등장한 왕은 섭적찬보쳰포(Nying-khri-btshan-po, 聶赤贊普)인데, 여기서 말하는 "왕王"은 사실 부락의 수령을 가리키는 것으로, 당시 부락은 아직 원시 모계 씨족 사회의 잔재가 남아 있었다. 예를 들어, 섭적찬보의 아들 목지찬보木墀贊普부터 소지찬보索墀贊普 3대에 이르기까지 이름 앞에 모친의 이름을 붙여 사용하였는데, 사서史書인 『지자희연智者喜宴』에서 "목지찬보의 모친 이름은 남목목南木木(Nam mu mu)이며, 목지찬보는 남목목이 낳았기 때문에 이름을 목지찬보라고 지었다."고 한다. 또한 이 책에는 목지 이하의 두 찬보 이름에 대한 유래와 그 의미에 대해서도 해석해 놓고 있다. 여기서 주목할 만한 점은 당 현종 때까지도 청장고원에 모권제母權制의 동녀국東女國이 존재하고 있었다는 사실이다. 이는 또한 설사 청장고원에 사람들이 거주하고 있었다고 해도 그들의 사회와 역사가 고르게 발전하지 못하고 서로 간에 차이가 있었다는 것을 설명해준다. 위에서 언급한 찬보 역시 몇 대를 거치면서 찬보의 이름자에도 커다란 변화가 발생하였다. 즉 이름자 앞에 더 이

---

5) 童思正·冷健, 『西藏昌都卡諾新石器時代遺址發掘及其相關問題』, 『민족연구』 1983년 제1기, 江道元, 『西藏卡諾文化的居住建築初探』, 『서장 연구』 1982년 제3기
6) 『王者遺教』 18쪽, 『漢藏文』 상책 90쪽

상 모친의 이름을 붙이지 않고 부친의 성씨를 덧붙여 이름을 짓게 되었다. 이와 관련된 설명이 『후한서』에 나온다. 먼 옛날 강羌인은 "그 풍속에 씨족을 정하지 않거나, 혹은 부모의 성씨를 종호種號로 삼았다."고 하였는데, 바로 이것을 이르는 말이다. 모친의 성씨에서 부친의 성씨로 바뀌었다는 것은 바로 사회가 이미 모계 씨족 사회에서 부계 씨족 사회로 발전하였다는 사실을 설명해 주는 것이다.

앞에서 언급한 바와 같이 티베트족 사회 중에서 가장 먼저 출현한 "왕王"은 그 역량의 범위가 대소 부락이나 혹은 대소 부락이 연합해 형성된 연맹체의 추장에 지나지 않았다. 예를 들어, 섭지찬보는 아룡실보야雅隆悉補野 부락의 수령首領에 지나지 않았으며, 혹자는 우두머리였다고 말하기도 한다. 그러나 우리가 여기서 주목할 점은 "왕"의 출현으로서, 이는 분명 인류 사회의 발전사에 있어서 사회의 발전과 진보를 나타내는 중요한 지표라는 사실이다. "왕"이 출현했다는 사실은 당시 토번인들 가운데 이미 조직적인 정치 체제가 등장하기 시작했다는 것을 의미하기 때문이다. 이후 찬보 역시 하나의 부락을 관리하는 수령에서 점차 여러 개 부락이 연맹을 결성한 연맹체의 수령으로 발전하였다. 이를 뒷받침해 주는 자료가 돈황 막고굴의 장경동에서 발견되었는데, 찬보의 이름을 부락의 수령들이 헌상하였다는 기록이 보인다.[7] 이것은 당시의 군사민주제軍事民主制를 반영한 것이라고 볼 수 있다.

돈황과 티베트족의 문헌 기록에 의하면, 처음에 티베트족 지역에는 44명의 소왕小王이 있었는데, 후에 12개의 소방小邦으로 성장하였으며, 이들에게는 각자 "왕王"과 "신臣"이 있었다고 한다. 그리고 이들은 오늘날의 서장 자치구 내에 분포되어 있었다. 그리고 소방의 명칭으로 실보야悉補野, 낭약娘若, 양동羊同, 토역土域, 달역達域 등이 사용되었으며, 당시에는 각각의

----

7) 『吐蕃文憲選集』 p.T1287호 『長慶會盟碑』 동측의 티베트 문 비문

소방小邦이 서로 병합되어 가는 과정에 있었다. 그래서 티베트족의 기록에도 "여러 소방이 싸움을 좋아해 서로 사람을 죽이고, 선악을 따지지 않고 죄를 물어 감옥에 던져 넣었다."는 말이 보인다. 이 시기 사람들의 삶은 매우 고달팠다. "소방은 사람들에게 살 곳을 마련해 주지 않았을 뿐만 아니라, 초원에서 사는 것도 허락하지 않았다. 그래서 사람들은 오직 딱딱한 바위산에 거주하며 음식을 얻지 못해 기아와 목마름에 시달려야만 하였다", 하지만 이와 반대로 소방의 왕들과 신하들은 십여 개의 성보城堡에 거주하며 비교적 풍요로운 생활을 하였다. 후에 서장 지역은 점차 44개의 부部에서 12개의 부部로 변경되었는데, 이는 단순히 숫자의 변경만을 뜻하는 것이 아니라, 서장 지역이 길고 긴 원시 사회의 터널에서 벗어나 새로운 발전 단계로 진입했다는 사실을 설명해 준다고 하겠다.

아룽실보야 부락은 당시 이 지역에서 가장 강력한 힘을 가지고 있던 부락으로서 서장의 경결瓊結 일대에 거주하였으며, 다른 부락에 비해 문화가 발달하고 세력 또한 강성하여 이후 청장고원의 통일과 국가 건립, 그리고 사회가 더 발전된 단계로 나아가는데 중요한 토대가 되었다. 섭지찬보는 이 부락의 왕이자 토번 "육모우부六牦牛部"의 왕이기도 했던 까닭에 사람들은 그를 "골제실보야鶻提悉補野"라고 불렀다. 옛 티베트족 문헌에는 그를 "실보야토번悉補野吐蕃", 또는 "실보야찬보悉補野贊普"라고 일컬었다. "실보야찬보"가 통치하던 시기에도 이 지역의 명칭을 여전히 "번역색잡蕃域索卡"으로 부른 것을 보면, 토번吐蕃이라는 이 지역의 명칭에서 유래했다고 볼 수 있다. 또한 이러한 사실은 이 지역의 소국들이 하나로 합병되어 가는 추세가 심화되어 가고 있었다는 당시의 상황을 반증해 주는 것으로도 볼 수 있다.

섭지찬보가 아룽실보야 부락의 수령으로 추대된 이후, 그는 노부努部 수령 등의 소방小邦을 거두어 속민으로 삼았으며, 아울러 융불라강(Yumbulagang)

을 건립하였다고 한다. 또한 일부 사료에 의하면, 그가 아룽雅隆 지역에 이르렀을 때 그곳에서 방목하던 12명의 분교도苯教徒로부터 환영을 받았다고 하는데, 여기서 말하는 12명의 분교도는 바로 각 족성族姓을 대표하는 것으로, 아룽 지역에 이미 원시적인 분교苯教가 발생했다는 사실을 알 수 있다. 그리고 사서에 섭지찬보 때 서장 제일의 사찰인 옹중림사雍仲林寺가 건립되었다고 기록되어 있다. 이 시기만 해도 수많은 모계 씨족 사회가 여전히 존속하고 있었다고는 하지만, 또 한편으로는 이미 부계 중심의 왕위 계승권이 공고하게 확립되어 나가고 있었다.

사회 발전에 따라 찬보왕의 출현, 부계 세습제의 확립과 함께 권력 투쟁 또한 발생하기 시작하였다. 특히 지공찬보止貢贊普 때 권력 투쟁이 더욱 심해지기 시작해, 지공찬보 역시 그의 속민이었던 낙앙달자洛昻達孜에게 살해되고 왕위를 찬탈당했으나, 10여 년이 흐른 후에 그의 유복자 여래걸茹萊傑이 낙앙달자를 죽이고 샹포 성보(syang povi mkhar)를 허물어 버렸다. 여래걸은 지공찬보가 살해되고 나서 지금의 파밀현波密縣으로 도망간 찬보의 둘째 아들 흡지恰墀를 맞이해 정권을 잡음으로써 10여 년간 중단되었던 아룽 부락에 대한 통치권을 다시 회복하였고, 여래걸은 흡지의 신하가 되었다. 티베트족의 문헌 기록에 의하면, 그가 7명의 지용대신智勇大臣 가운데 최고의 자리에 추대되었다고 하니, 그의 영향력이 얼마나 컸었는지 충분히 짐작해 볼 수 있다.

흡지찬보는 여래걸의 지지 아래 실보야의 통치권을 다시 회복하였다. 그 후 6대 찬보를 거쳐 송찬간포松贊干布의 부친 낭일논찬囊日論贊 때에 이르러 실보야족의 세력은 더욱 강대해져 서장의 통일과 원시 사회에서 봉건제 국가로 발전하는 서장의 과도기적 단계의 역사적 임무를 떠안게 되었다. 낭일논찬 때 서장은 커다란 발전을 이룩하였는데, 그 주요 내용은 아래와 같다.

생산적인 측면에서 가장 사람들의 이목을 끄는 것은 야련冶煉 기술과 농업 분야에서 커다란 발전을 이룩하였다는 점이다. 현지의 신화와 전설에 의하면, 아룽 지역에는 이미 "나무를 구워 숯을 만들고, 광석을 제련하여 금金, 은銀, 동銅, 철鐵을 만들고, 또한 나무에 구멍을 내어 만든 쟁기犁와 멍에인 우액牛軛을 제작해 토지를 개간하고, 시냇물을 끌어들여서 경작하였다. 이뿐만 아니라 초원을 평탄하게 골라 농사를 짓고, 강물을 건너다닐 수 있도록 다리를 놓았다. 이와 같이 농작물을 재배하는 농사 방법은 이곳에서 처음 시작되었다."8) 이와 동시에 "가죽을 끓여 아교를 제작"하는 방법을 발명하였고, 이를 이용해 최초로 건립된 청앙달자궁靑昻達孜宮은 서장 역사에서 가장 유명한 사찰이 되었다. 야련 기술의 출현은 아룽 지역의 생산력 발전에 중요한 지표가 되었다. 특히 농업 생산에서 가축을 이용한 농사법이 널리 보급되고 응용되어 물질적 토대가 제공됨에 따라 사람들의 생활 역시 더욱 풍요롭고 안정된 생활을 누리게 되었다.

당시 서장의 축산업은 사람들에게 고기와 치즈, 그리고 모피를 제공해 주었으며, 더욱이 경작에 가축을 이용해 농업 생산력을 제고시킬 수 있었다. 전하는 바에 따르면, 당시 현지에 편우犏牛(황소와 야크의 잡종), 나자騾子(노새) 등의 가축이 있었는데, 이 가축들은 번식력이 없었다. 이러한 가축의 등장은 발전된 현지 축산의 상황을 설명해 주는 것이며, 또한 가축이 농업에 이용되면서 사육 방법에도 변화를 가져다주었다. "산지의 풀草을 저장하였다."는 말은 바로 이 시기 아룽 지역에서 방목하던 축산업이 가정에서 사육하는 방식으로 변화되었다는 사실을 말해 준다. 이것은 축산업 생산 내부에 중대한 변화가 발생하였음을 보여주는 지표이다.

축산업과 경작의 발전에 따라 잉여물이 출현하게 되었고, 잉여물의 교환 활동 또한 등장하게 되었다. 원시 사회 말기에 사람들은 이미 물건과

---

8) 『智者喜宴』 제7품品 18쪽, 『西藏王臣記』 26쪽

물건을 교환하는 활동이 시작되었지만, 당시에는 물건 교환에 대한 기준이 없었던 까닭에 단지 쌍방이 인정하기만 하면 거래가 성사되는 것으로 보았다. 이때 아릉 부락의 교환 활동은 이미 원시적인 단계를 넘어 새로운 발전 단계로 진입하기 시작했

〈그림 19〉 유림굴 제25호 굴 북쪽 벽에 위치한
경작도耕作圖 중당中唐

다. 관련 자료에 의하면, 달포섭새達布聶塞 찬보 시기에 처음으로 "승두升斗"를 이용해 양유糧油를 달아 쌍방의 협의 아래 가격을 결정했다고 한다. 하지만 이전에는 서장 지역에서 물건을 교환할 때 기준으로 삼을 만한 승두나 저울이 없었다. 도량형의 출현은 물건 가격에 대한 인정으로서 아릉 지역에서 생산의 발전과 상업적 교환 활동이 활발하게 일어났음을 시사해 주는 것일 뿐만 아니라, 또한 사유적 관념이 사람들의 생각 속에 자리 잡기 시작했다는 사실을 반증해 주는 것이라고 볼 수 있다. 더욱이 이와 같은 사유적 관념의 발생과 발전은 필연적으로 원시 공유제의 붕괴와 함께 개인 점유제의 발생을 촉진시켜 주었다. 다시 말해서 서장 아릉 지역의 사람들은 이미 문명사회의 문턱을 넘어서 봉건 사회 대문 안에 그 첫발을 들여놓고 있었던 것이다.

정치적인 개혁은 생산력의 발전과 낙앙달자가 지공찬보를 죽이는 역사적 사건 등을 거치며, 여래걸의 지지를 받은 흡지찬보가 왕위를 회복한

후 왕권의 공고와 강화를 위해 개혁을 추진하였다. 주지하다시피 흡지찬보는 아룽실보야 부락의 왕이자 토번 육모우부六牦牛部의 왕으로서 "골제실보야鶻提悉補野"라고 불렸다. 하지만 고대 티베트족의 문헌을 통해서 "실보야토번悉補野吐蕃", 혹은 "실보야찬보悉補野贊普"로 불리기도 했다는 사실을 알 수 있다. 실보야찬보라는 호칭 역시 섭지찬보 이래 각 찬보에 의해 연용되었으며, 실보야토번 통치 시기의 지명 역시 여전히 "번역색잡蕃域索卡"이라고 불렸다. 따라서 지역을 부르는 "토번"이라는 말이 출현했다는 사실은 토번 지역의 여러 부족이 지속적으로 합병되어 나갔다는 사실을 말해 주는 것이며, 또한 당시 토번이 원시 사회에서 봉건 사회로 급변하는 과정에 놓여 있었다는 사실을 뒷받침해 준다고 하겠다.

정권을 공고히 하기 위해 찬보는 권력을 강화시키는 조치로 우선 실보야 부락에 "상尙"과 "논論"을 설치하였는데, 이는 "구舅", "신臣"과 같은 의미를 지닌 일종의 관직이었다. 혹은 "납본拉本"이라고 일컫기도 하는데, 여래걸이 이 역할을 맡아 수행하였다. 또한 아룽 지역에 서장 역사상 첫 번째 찬보의 능묘陵墓를 조성하였는데, 이 능묘가 바로 지공찬보의 묘장이었다. 매년 이곳에서 거행되는 제사 활동에 속민들이 참가하였는데, 이러한 활동은 능묘 수리나 제사 활동과 함께 왕권 강화를 위한 조치 가운데 하나로서 실보야 왕권의 강화를 표명한 것이기도 하다. 과거에 찬보의 통혼 범위를 "신룡지녀神龍之女"로 제한했기 때문에, 그 범위가 매우 협소해 제한적인 혈연관계를 벗어나지 못했다. 그러나 31대 찬보 낭일논찬囊日論贊의 부친 때에 이르러 비로소 인근의 부락과 통혼을 하기 시작하였다. 이로써 족내혼族內婚과 혈연혼血緣婚에서 벗어나 족외혼族外婚과 지연혼地緣婚으로 바뀌게 되었는데, 이것은 바로 사회 발전의 중요한 지표 가운데 하나라고 하겠다. 즉 혈연혼에서 지연혼으로의 전환은 원시 사회가 봉건 사회로 변화하는 중요한 전환점이라고 할 수 있다. 달포섭새 찬보 때 아룽실보야 부락의 세력은 이미 "여러 소방小邦 가운데 3분의 2를 실보야 부락 통치 아래에 두었으며, 본파왕本巴王, 토욕혼왕吐谷渾王, 창격왕昌格王, 삼파왕森巴王, 양동왕羊同王 등을 모두 복속시켰다. 그리고 낭娘, 파巴, 눈嫩 등의 씨족 역시 모두 속민이 되었다."고 할 정도로 그 세력이 크게 성장하였다.

낭일논찬은 아룽실보야 부락을 이끌고 청장고원의 통일과 함께 서장의 토번 왕조를 건립한 인물로서, 전대 찬보들의 업적을 발판 삼아 그 부락의 세력을 크게 확장시켰다. 그가 재위할 당시에 산암山巖 지역에서 금金, 은銀, 동銅, 철鐵 등의 광물을 채취하였으며, 야생 모우牦牛를 가축으로 순화시키고, 야생말을 잡아 길들였다고 하는데, 이를 통해 당시에 이미 전문적으로 가축을 방목하는 사람이 있었다는 사실을 알 수 있다. 이외에 경제 발전에 힘쓰는 동시에 정치적인 측면에서도 내상內相과 외상外相 등의 주요 관직과 조직 체계를 구축하는데 힘썼다. 이는 토번이 청장고원을 통일하고 토번 왕조를 건립해 한 단계 더 발전해 나가는데 필요한 중요한 물질적, 조직적 토대가 되었다.

낭일논찬은 인근의 부락을 정복해 나가는 한편, 소비蘇毗가 차지하고 있던 라싸를 공략하고 정치적 중심으로 삼았는데, 당시 소비를 정복한 상세한 상황에 대해서는 돈황 막고굴 장경동에서 출토된 문헌을 통해 살펴볼 수 있다. 당시에 소비는 내부적으로 갈등이 심해 국력이 날로 쇠약해지는 상황에 놓여 있었던 반면, 아룽실보야 부락은 국력이 상승기에 접어들고 있었다. 이 부락의 국력 신장과 급속한 영토 확장이라는 대외적 환경 속에서 소비 통치자들의 권력 투쟁이 점점 더 극렬해져 갔을 뿐만 아니라, 소비왕의 전횡은 급격한 생산력의 저하와 민심의 이탈을 불러일으켰다. 그래서 소비의 파씨巴氏, 차붕씨次繃氏, 낭씨娘氏 등 적지 않은 대신들이 암암리에 낭일논찬에게 귀순의 뜻을 밝혀 왔으며, 내외의 협공을 받은 소비는 결국 아룽실보야 부락에게 멸망당하고 말았다. 여기서 낭일논찬은 승리의 여세를 몰아 장박藏博, 달포達布 등 지역의 부락을 정복하였고, 공을 세우거나 혹은 귀순한 공신들에게 소비의 일부지역을 나누어주었다. 그리고 수백에서 수천, 심지어 만여 명에 이르는 노예들을 공신들에게 하사하였다. 아룽 부락이 남쪽에서 북쪽으로 영토를 확장해 나감에 따라 토번이 하나의 나라로 통일되어 갔으며, 이 과정에서 낭일논찬이 맹주의 자리에 오르게 되었다.

통일의 대업이 이루어지고 나서 얼마 되지 않아 권력과 경제적인 문제로 신구新舊 귀족 간에 갈등이 야기되었고, 부계와 모계의 속민들이 반란을 일으킴에 따라 정복한 양동羊同, 소비蘇毗, 달포達布, 공포工布, 낭포娘布 등의 지역에서 반란이 끊이지 않았다. 이와 같이 첨예하게 대립되는 투쟁과 갈등 속에서 낭일논찬 역시 자신의 옛 신하에게 독살되자 청장고원은 또다시 분열의 시기를 맞이하게 되었다. 그러나 역사의 발전은 어떤 특정한 사람의 의지에 의해서 바뀐다기보다는 역사 발전의 필연적 단계에 의해서 변한다고 할 수 있다. 따라서 청장고원의 통일은 당시 필연적인 역사 발전의 시대적 추세였다고 할 수 있다. 마침내 이 위대한 사명은 낭일논찬의 아들이자 또한 서장 역사에서 가장 위대한 정치가이자 전략가로 꼽히는 송찬간포松贊干布 어깨 위로 넘어가게 되었다.

2절 토번 왕조의 건립

우리가 토번 왕조의 건립을 이야기하기 전에 당시 중원의 역사적 상황에 대해서 먼저 간략하게나마 이야기할 필요가 있다.

동한 왕조가 멸망하고 나서 중국의 역사는 대분열의 시기로 접어들었다. 삼국三國으로부터 양진兩晉을 거쳐 남북조南北朝에 이르는 수백 년 동안 중국은 분열되었다가 수隋나라에 의해 다시 잠시 하나로 통일되었고, 당 고조 이연李淵 부자의 당 왕조 건립을 계기로 통일 왕조가 확고하게 자리 잡았다. 당대는 여러 민족 간에 우호적인 분위기가 조성되어 주변 부족과 중국과의 우호 관계도 날로 증가되었다. 특히 당 태종이 즉위한 후 명재상 위징魏徵의 건의를 받아들여 각국과 각 민족 간의 우호적 교류에 적합한 일련의 정책들을 제정하고 시행함으로써 주변의 옹호와 지지를 받았으며, 당제국은 정치뿐만 아니라, 경제와 문화적인 측면에서도 많은 영향을 끼쳤다. 인도의 시라일다 왕은 당의 위세와 명망을 부러워해 건국 초기 사신을 당에 파견하여 공물을 진상하였으며, 서역의 고창高昌과 돌궐의 여러 부족뿐만 아니라, 청장고원의 토욕혼, 당항黨項, 백양白羊, 동녀東女, 소비蘇毗, 양동羊同 등도 앞다투어 사신을 파견해 당과의 교류를 청하였고 또한 630년에는 서역의 여러 수령이 당 태종 이세민을 "천가한天可汗"으로 추대하였다. 이렇게 티베트족과 중원의 왕조, 그리고 서북 지역의 여러 부족 간의 우호적 왕래는 티베트족 사회의 경제와 문화 발전에 적지 않은 영향을 끼쳤다.

실보야 부락 역시 중원 왕조와 왕래하였는데, 한족의 문헌에서도 송찬간포 이전의 6대 찬보에 관한 상세한 내용을 찾아볼 수 있다. 당대 두우杜佑가 편찬한 『통전通典』의 기록에 의하면, 실보야 부족은 그 수령인 낭일논찬의 지도하에 수隋 개황開皇 연간(581~600년)에 필포성匹㳍城에서 흥기하였다고 한다.

송찬간포는 중국 문헌에 기소농찬棄蘇農贊, 기종롱찬棄宗弄贊, 기종롱찬器宗弄贊, 농찬弄贊 등의 이름으로 기록되어 있으며, 그의 조부가 바로 달일년색達日年塞 찬보이다. 달일년색 찬보가 통치하게 되면서 지속적으로 새로운 영토를 개척해 나가 토번이 청장고원에서 가장 강성한 부락으로 성장하였으며, 그 영토는 북쪽으로 아로장포강雅魯藏布江, 브라마푸트르 강 상류에 이르렀으며, 이를 소비蘇毗와 경계로 삼았다고 한다. 그리고 동남쪽으로 강구康區에 이르며, 천서川西의 부속 국가들과 서로 인접하였으며, 서쪽으로는 양탁옹호羊卓雍湖에 이르러 소비蘇毗의 삼노아三魯雅 하부와 경계를 이루었다고 한다. 또한 남쪽으로는 니파라국과 부탄에 이웃할 정도로 이미 청장고원의 대부분을 차지하고 있었다. 이때 토번은 청장고원 북부에 웅거하고 있던 소비와 대등한 관계를 유지하고 있었다. 그런데 서장 역사에서 유명한

〈그림 20〉 18세기 송찬간포宋贊干布의 탕카唐卡

찬보 가운데 한 사람인 송찬간포의 부친 낭일논찬 시기에 이르러, 아로장 포강 이북에 할거하고 있던 강적 소비를 격파하고 점차 청장고원을 통일해 나갔다. 당시 토번의 정치적 중심은 여전히 경와달자궁瓊瓦達孜宮에 있었다. 낭일논찬이 자신의 신하에 의해 살해되었을 때 송찬간포는 13세에 불과한 어린 소년이었다. 다시 말해서 이러한 위기 속에서 송찬간포는 자신의 정치적 생애와 인생의 여정이 시작되었던 것이다.

송찬간포는 즉위한 후 부락 간의 갈등을 교묘하게 이용해 세력을 확보하고, 군대를 확충하여 마침내 귀족의 반란을 평정하였다. 내부 귀족의 반란을 평정한 후 송찬간포는 과감하게 라싸로 천도할 것을 결정하였는데, 그 점은 바로 두 가지 이유에 의한 것이었다. 첫째는 반란에 부족父族과 모족母族이 참여했던 까닭에 그들을 믿지 못하게 되었다는 점과, 둘째로 라싸는 택당澤當이나 경결瓊結과 비교해 토지가 비옥하고 인구가 밀집되어 있었을 뿐만 아니라, 중앙에 위치하고 있어 정치적 중심으로서 북쪽의

소비와 서쪽의 양동羊同을 축출할 수 있는 유리한 지리적 위치를 차지하고 있었다는 점이다. 그리하여 대략 정관 9년(633년) 송찬간포는 라싸로 수도를 천도하였다. 천도 이후 그는 니파라국 등의 장인들을 초빙해 포달랍산布達拉山에 웅장한 궁전을 세웠다. 여기서 필자가 생각하기에 지금 라싸의 포탈라 궁은 송찬간포가 건립한 것이 아니고, 처음 건립된 궁전은 지송덕찬犀松德贊 때 번개에 의해 훼손되었다고 보여진다. 따라서 오늘날 우리가 볼 수 있는 궁전은 5대 달라이라마 때 건축된 것이라고 할 수 있다.

송찬간포는 청장고원을 통일하면서 전쟁과 항복이라는 두 가지 방법을 활용하였다. 그래서 그는 우선 소비蘇毗의 옛 신하였다가 토번의 대론大論에 임명된 림琳·상낭尙囊 등을 파견하여 "소비의 모든 부락에 대해서 공격하지 않겠다."는 말로 설복시켜 인명을 손상하지 않고 귀순시켰는데, 이는 토번에게 있어 강적 소비에 대한 정복이 청장고원의 통일에 매우 중요한 관건이었기 때문이다. 『신당서』에서 "소비는 토번에 병합되어 손파孫波라고 불렸으며, 여러 부족 중에서 가장 컸다. 동쪽은 다미多彌와 접해 있고, 서쪽으로는 골망협鶻莽硤에 닿아 있었다. 소비가 패망하고 일부가 동쪽으로 이주하여 지금의 사천성 서북 지역에 정착하면서 정권을 세웠는데, 혹자는 이를 동녀국東女國이라고 하였다."고 기록해 놓았다. 이 점에 대해 필자는 토론할 만한 가치가 있다고 여겨진다. 소비와 후에 토번에 귀순한 토욕혼은 토번 정권에서 중추적인 역할을 담당하였는데, 역사에서 "군량과 마필의 절반이 그 가운데서 나왔다."고 한 것이 바로 이를 두고 한 말이다.

송찬간포는 소비를 정복하는 한편, 서쪽에 이웃하고 있던 강적에 대해서도 의식하지 않을 수 없었다. 원래 양동羊同은 토번과 인척 관계에 있는 외척 부족에 속했는데, 양동이 먼저 토번에 귀순하였다가 후에 다시 반란을 일으켰다. 이 일과 관련된 역사 문헌의 기록에 의하면, 낭일논찬 시기에 그 부족은 소자蘇孜의 관리 아래 있었으나 2만 호를 토번에 헌납하고 귀순하였다. 후에 그들이 가장 먼저 토번의 통치에 반대하여 반란을 일으켰다. 낭일논찬은 미흠米欽을 파견해 정벌하도록 하였다. 『돈황본토번역사문서敦煌本吐蕃歷史文書』에 따르면, "미흠米欽은 바로 극달포왕克達布王을 가리키며, 무달포撫達布의 전 지역을 수복하였다"고 한다. 한문의 문헌 자료에 의하면, 토번이 양동을 정복한 시기는 당 태종 정관 말년이다. 『당회요唐會要·대양동국大羊同國』 권99에서 "정관 말년 양동이 토번에 의해 멸망하였으며, 그 부족은 극지隙地로 흩어졌다."고 한다. 후에 송찬간포가 토욕혼을 공격할 때 상웅象雄, 즉 양동 역시 수행하였다고 하며, 이때 쌍방이 혼인 관계를 맺어 정치적 연맹을 공고히 했다고 한다. 당 태종은 정관 18년(644년) 상웅이 다시 반란을 일으키자 송찬간포가 군대를 파병하여 "이섭수李聶秀(또한 이미하李迷夏, 이미섭李迷聶이라고도 쓴다)를 멸망시키고 상웅의 모든 부락을 거두어 백성으로 삼았다."고 한다. 당시 상웅의 왕비로 있던 송찬간포의 여동생이 그 과정에서 매우 중요한 역할을 하였다고 하는데, 이에 대해 돈황의 문헌에서는 그 여동생 새마갈賽瑪噶은 상웅의 내정內政을 살피며 송찬간포와 긴밀하게 연락을 주고받았다. 그녀는 몰래 32개의 큰 송이석松耳石과 함께 송찬간포에게 사람을 보내면서 "만일 이미하李迷夏를 공격하고자 한다면 이 송이석을 몸에 지니고, 만일 공격이 여의치 않으면 겁먹은 부녀자처럼 행동하라"는 암시를 보냈다. 이에 송찬간포는 즉시 출병을 명령하고, 녹동찬祿東贊에게 군대를 통솔해 이미하를 멸망시키도록 하였다. 당시 상웅은 토번의 서쪽에 위치하고 있었으며, 토번과 상웅의 거리는 불과 마방옹조瑪旁雍措 호수 하나 정도의 거리에 지나지 않았다. 상웅을 멸망시킨 토번은 서쪽의 위협을 완전히 제거할 수 있게 되었다. 양동(상웅)은 8세기 무렵까지도 토번의 통치 아래에 있었으며, 양동의 군대 역시 토번의 영토 확장 전쟁에서 주력과 선봉을 담당하였다. 토번은 상웅을 점령하고 나서 정권을 공고히 하기 위해 당 고종 영휘永徽 4년(653년) 양동 지역에 군사 관리 기구를 설치하고, 아울러 "포금찬布金贊과 마궁瑪窮을 상응의 '안본岸本(재정총관)'에 임명하여 다스리도록 하였다."9)

토번은 소비를 정복하고 양동에 대한 통치를 공고히 한 다음 북으로 군대를 파견해 당항黨項과 백란白蘭 등의 여러 강羌족을 공격해 승리를 거두었다. 그리고 그 땅을 거두어 토번의 통치 아래에 둠으로써 그동안 이들 나라에 속해 있던 상당 부분의 속민이 모두 토번의 속민이 되었는데, 이들을 일컬어 "미약彌藥", 즉 목아木雅라고 불렀다. 그리고 이들 가운데 일부가 당의 국경 지역으로 이주하였다. 『구당서·서융·당항전』에는 "정관 3년 (629년) 남회주도독南會州都督 정지숙鄭之璹을 초유사招諭使로 파견하여 당항족의 추장 보뢰步頼를 거부擧部 내에 두고 태종이 어서御書를 내려 그를 위로하였다. 보뢰가 조회에 오자 연회를 베풀어 후하게 대접하고, 그 땅을 궤주軌州에 편입시켜 보뢰를 자사에 임명한 다음 부락의 군대를 통솔해 토욕혼을 토벌하도록 하였다. 그 후 추장들이 연이어 부락의 사람을 이끌고 와서 속민이 되고자 하니 태종이 더욱더 후하게 대접하고, 그 땅을 거崌, 봉奉, 암岩, 원遠 4주에 편입시켰으며, 그 수령을 각기 자사에 임명하였다." 고 기록되어 있다. 토번이 663년에 군사를 일으켜 대규모로 침략해오니, 또 다시 흑당항黑黨項, 백구白狗, 춘상春桑, 백란白蘭 등의 강부羌部가 토번에 복속되었다. 토번이 하서河西와 농우隴右를 점령하자 당항인黨項人들은 다시 영하寧夏와 합북陝北 등의 지역으로 이주하였으며, 후에 서하西夏 정권을 건립하였다. 당항黨項인들이 창작한 시가와 문학 작품 중에는 그들의 선조가 살았던 청장고원을 추억하는 내용이 보이는데, 그 중에서 "검수석성막수반黔首石城漠水畔, 홍검조분백하상紅臉祖墳白河上, 고미약국재피방高彌藥國在彼方"10)

9) 『敦煌本吐蕃歷史文書』 증정본 167-169쪽
10) 聶曆山, 『西夏語文學』, 陳丙應, 『西夏文物硏究』, 寧下人民出版社, 1985년판, 346쪽

〈그림 21〉 당항족黨項族

등과 같은 노랫말이 오늘날까지도 전해오고 있다.

토번이 당항과 백란을 정복한 후, 북쪽에 이웃하고 있던 토욕혼이 토번의 또 다른 정복 목표가 되었다. 한족의 문헌 자료에 의하면, 그 시기에 토번이 사자를 당에 파견해 혼인을 요청하였으나 당 태종이 이를 거절하였다고 한다. 토번의 사자가 당에서 돌아간 후에 자신의 사명을 완수하지 못한 책임을 면하기 위해 거짓말로 송찬간포에게 "천자(당 태종)가 저를 후하게 대해 주시고 입으로는 공주와의 결혼을 허락하였으나 토욕혼 왕이 입조하고 나서 일이 틀어진 것을 보면, 아마도 그 사이에 어떤 일이 있었던 것으로 의심됩니다."라고 보고하였다. 이 말을 들은 송찬간포는 즉시 군사를 일으켜 북쪽의 토욕혼을 공격하였다. 『신당서·토번전』에 "찬보(송찬간포)를 거짓말로 화나게 하여 양동羊同과 함께 토욕혼을 공격하였다. 토욕혼이 대항하지 못하고 청해靑海의 음산陰山으로 도망가자, 그 재산과 가축을 거두었다."는 내용이 보인다. 토욕혼은 당 태종 정관 9년(635년)에 당과의 싸움에서 커다란 타격을 입고 내란이 일어나 국력이 크게 쇠해진 상태였기 때문에 강적 토번의 적수가 되지 못하고 마침내 청해호靑海湖 북쪽으로 도망치고 말았다. 돈황 막고굴 장경동에서 발견된 티베트 문서인 『토번역사문서』에 이와 관련된 내용이 있어, 그 대략을 살펴 볼 수 있다. "그 후 찬보(송찬간포)가 직접 출정하였으나 북도北道에서 성문을 굳게 닫아걸고 방어만 하자 찬보 역시 공격하지 않고 당과 토욕혼의 공물 납부를 압박하였다. 이로써 토욕혼을 거두어 관할 아래 두었다."11) 이 자료와 관련하여 연구자 주위주周偉洲는 문서에서

"당과 토욕혼의 공물 납부를 압박하였다"는 말은 정권 간에 사신이 오고 간 것을 신하가 공납한다는 말로 과장되게 표현한 것으로 보인다고 주장하였다. 그러나 문서 중에서 처음 토욕혼을 관할 아래 거두었다는 말은 오히려 위에서 언급한 문헌을 뒷받침해 주는 유력한 증거로 볼 수 있다.12) 한편 장운張雲 선생은 "당에 조공을 보내라고 압박했다는 말은 과장된 말이지만, 토욕혼의 옛 땅과 일부 백성들이 귀속되었다는 말은 거짓이 아니다."13)는 견해를 주장하였는데, 이와 같은 주장 모두 주목할 만한 가치가 있으며, 필자 역시 이 점에 대해 동의하고 있다. 그렇다면 이번 전쟁에서 토번이 도대체 토욕혼의 어느 지역을 점령했단 말인가? 그리고 토욕혼 부락 가운데 어떤 부락이 귀속되었는가? 이 두 가지 문제에 대해 연구자들은 서로 다른 견해를 주장하고 있다. 어떤 사람은 토번이 이 전쟁을 통해 원래부터 토욕혼에 속해 있던 서쪽의 선선鄯善과 차말且末 등을 점령하였다고 하는데, 이러한 견해는 바로 위순영魏舜英이 『신강新疆 출토 문물 중 고대 형제 민족의 역사와 문화에 관하여』에서 주장한 내용이다. 하지만 현장법사가 『대당서역기』에서 선선鄯善과 차말국且末國의 귀속 문제에 대해 언급한 내용이 보이지 않는 것을 보면, 이 두 지역을 토번이 실제로 점령했었는지 우리가 다시 한 번 살펴볼 필요가 있어 보인다. 이후 오래지 않아 토번은 다시 토욕혼을 공격하여 그 땅을 완전히 점령하였다. 이로써 송찬간포는 청장고원의 완전한 통일이라는 대업을 이룩하였다.

송찬간포의 부친 낭일논찬으로부터 점차 강역이 확장되고, 군사와 행정 구획 또한 지속적으로 완비되어 송찬간포 때 이르면 이미 비교적 완전한 군사 체계와 정치 체제를 확립할 수 있게 되었다. 이와 같은 토번의 군사

---

11) 王堯 등 譯註, 『敦煌本吐蕃歷史文書』 140쪽
12) 周偉洲, 『吐谷渾史』 98쪽
13) 張雲, 『絲路文化·吐蕃』 132쪽

체계와 행정 구획 체계는 독특한 특징을 갖추고 있었다. 예를 들면, 군사와 정치를 분리하지 않고, 지연과 혈연씨족, 그리고 부족을 중심으로 군사와 정치를 하나로 결합해 운영하였는데, 이는 당시 토번 사회의 역사적 발전의 산물인 동시에 또한 봉건제 초기의 약탈적 성격을 지니고 있었던 토번의 사회적 특성과 맞물려 있었다고 볼 수 있다. 즉 이러한 형태의 군정제도軍政制度는 부락을 하나의 기본적인 조직의 토대로 삼아 군사적 약탈을 하기 위한 목적에서 이루어진 것으로, 이는 오랜 약탈 전쟁을 통해 건립된 것이라고 할 수 있다. 즉 12개의 방국邦國 왕들은 새로 건립된 토번 왕국의 관료가 되어 군정 체계를 구성하는 중요한 토대가 되었으며, 이들은 또한 송찬간포의 중용을 받아 조직적인 측면에서 토번 정권의 안정을 보장해 주었다.

한편, 송찬간포는 회맹설서제도會盟設誓制度라는 씨족 연맹회의와 왕권 중심의 법률 제도를 수립해 부락 연맹 체제를 확립시켜 나갔다. 이를 위해 송찬간포는 군사적으로 강력한 실권을 장악한 부락의 수령을 중용함으로써 그들의 지지를 얻었는데, 이러한 정책은 토번의 통치제도를 공고하게 확립시키는데 중요한 작용을 하였다. 이뿐만 아니라 송찬간포는 통치와 정권의 안정을 강화하기 위해 토번의 모든 속민을 군사 체제하에 있던 부락 조직에 편입시키고, 관할 구역을 5여茹 61동대東岱로 나누었다. 여기서 "여茹"는 바로 "익翼"을 가리키는 것으로, "분지分支"라는 뜻을 가지고 있다. 그리고 "동대東岱"는 "천부千部", "천호千戶"를 가리키는 것으로, 토번의 군정 체제를 이루고 있는 기본적인 단위였다. 『현자희연賢者喜宴』의 기록에 따르면, 송찬간포의 주요 대신이었던 녹동찬祿東贊과 달걸達杰에 의해 토번의 군정 체제와 구획 제도가 확립되었다고 한다. 『돈황본토번역사문서』의 기록에 따르면, "호년虎年(654년)에 찬보贊普가 미이개美爾蓋에 주둔하였다. 대논동찬大論東贊이 몽새랍蒙賽拉에서 회동하여 '계桂'와 '용庸'으로 구분하고 호

정丁, 양초糧草 등을 대료집大料集으로 삼았으며, 1년 동안 호구戶口 조사를 시작하였다."14)고 한다. "계桂(무사)"와 "용庸(속호屬戶)" 등의 구분은 5여茹 61동대東岱 체제를 구성하는 중요한 요소 가운데 하나였으며, "괄호括戶" 역시 정권 건립의 기본적인 근거가 되었다. 654년은 엄밀하게 말해서 토번 정권의 군정 체제와 행정 구획이 확립된 시기였다고 하겠다.

토번 왕조는 귀족 채읍제采邑制를 실시하였다. 즉 여茹의 토지 분할에 대한 권리를 주요 귀족과 부락의 수령 관할 아래 둠으로써 군정軍政이 하나로 통합된 18개의 채읍采邑을 완성하였다. 『현자희연』의 기록에 의하면, "오여설흠伍茹雪欽은 찬보가 직접 관할하는 지역이었으며, 파장여차頗章余且는 찬보왕 속민의 땅이었다. 아릉색잡雅隆索卡은 고씨庫氏와 니아씨尼雅氏가 관할하는 땅이었으며, 아탁雅卓은 설가고인雪家古仁 오부五部가 관할하는 땅이었다. 진앙진역秦昂秦域은 관씨管氏와 노씨努氏가 관할하는 땅이었으며, 흡오관애恰烏關隘는 창왕昌王 오문五文이 관할하는 땅이었다. 철화웅파哲和雄巴는 나낭씨那囊氏가 관할하는 땅이었고, 상하사용上下査絨은 채방씨蔡邦氏가 관할하는 땅이었다. 상장하장上藏下藏은 몰려씨沒廬氏와 경보씨瓊保氏가 관할하는 땅이었고, 융설남부隆雪南部는 주씨朱氏와 곡륜씨曲侖氏가 관할하는 땅이었다. 팽성천부彭城千部는 탁씨卓氏와 마씨瑪氏가 관할하는 땅이었으며, 낭약중파娘若仲巴는 절씨折氏와 걸씨杰氏가 관할하는 땅이었다. 그리고 상조여열象雕與列은 제일齊日과 열씨列氏가 관할하는 땅이었으며, 대소옹와大小雍瓦는 발란가씨勃闌伽氏가 관할하는 땅이었다. 하극삼부夏克三部는 논포견씨論布見氏가 관할하는 땅이었으며, 남열흡공南熱恰貢은 칭씨稱氏와 흡씨恰氏가 관할하는 땅이었다. 당설갈막當雪噶莫은 흡씨洽氏와 야씨惹氏가 관할하는 땅이었으며, 다감사多甘思와 다흠多欽은 8개의 군사 천부千部가 관할하는 땅이었다."고 한다. 이러한 채읍采邑 분봉제는 찬보와 각지 귀족과의 유대 관계를 강화시켜 주

---

14) 『賢者喜宴』 티베트문 본 186쪽

었을 뿐만 아니라, 두 계급 간의 상하 관계를 분명하게 확립시켜 주었다. 즉 찬보에 대한 호족 또는 귀족의 예속과 맹서盟誓관계, 그리고 호족 혹은 귀족에 대한 속민의 예속과 혈연 관계를 확립시켜 주었던 것이다. 이 두 가지 관계는 전투에서 민첩하고 기민하게 움직일 수 있었기 때문에, 직접 통솔하거나 지휘할 때 많은 이점을 가지고 있어 전투에서 적과 싸워 승리할 수 있는 장점이 있었다.

"계동대桂東岱"는 "여茹"의 가장 기본적인 구성 단위였으며, 각 "여茹"에는 10개의 "동대東岱"가 설치되어 있었다. 위장사여衛藏四茹는 여본茹本과 부장을 비롯하여 자신만의 깃발과 특별한 장식을 갖춘 말을 가지고 있었다. 즉 상하오여上下伍茹의 여마茹馬는 흰색 갈기와 회색빛 바탕에 붉은색 표범 무늬를 가지고 있었으며, 여기茹旗는 테두리에 꽃을 수놓은 홍기紅旗와 홍색 길상기吉祥旗를 사용하였다. 상하엽여上下葉茹의 여마茹馬는 옅은 갈색의 꽃무늬와 발굽이 흰 적색을 띄고 있었으며, 여기茹旗는 홍색을 띤 사자기獅子旗와 백색의 흑심기黑心旗를 사용하였다. 상하납여上下拉茹의 여마茹馬는 담황색의 붉은 갈기와 갈색의 검은 갈기를 가지고 있었으며, 여기茹旗는 백사자가 걸려 있는 천기天旗와 흑색 길상기吉祥旗를 사용하였다. 상하토여上下吐茹의 여마茹馬는 적색의 불꽃무늬와 푸른 갈기를 가지고 있었으며, 여기茹旗는 흰색 중앙에 붕조鵬鳥가 그려진 검은색 기와 옅은 노란색 꽃무늬가 그려진 기를 사용하였다.

토번의 속민은 등급에 차등을 두었는데, 기본적으로 "계桂"와 "용庸"이라는 두 개의 등급으로 구분하였다. "계桂"의 지위는 비교적 높은 고등 속민에 속하였으며, 이들은 주로 군사적 정복 활동에 참여하였다. 이에 비해 "용庸"의 지위는 계보다 낮은 하등 속민에 속했으며, 주로 전쟁에 참여하거나 잡역 활동에 종사하였다. 또한 직업에 따라 토번의 속민은 "구두령九頭領", "칠목축七牧畜", "육장인六匠人", "오가상五賈商" 등의 계층으로 구분되었다.

청장고원을 통일한 토번은 왕조를 건립한 후에 새로운 관료 체계를 확립시켰는데, 이 역시 원래부터 존재하던 부락의 군사민주제 토대 위에 건립된 것이었다. 이와 관련된 내용을 아래와 같이 간략하게 소개하고자 한다.

첫 번째는 찬보 왕권의 확립이다. 『신당서·토번전』의 기록에 "그 풍속에 따라 강웅强雄을 찬贊이라 일컫고, 대장부大丈夫를 보普라 하기 때문에 군장君長의 호칭을 찬보贊普라 말한 것이다.", "찬보贊普"라는 말은 "낭일론찬囊日論贊"에 기원을 두고 있다. 처음에는 왕王이라는 의미로 사용하였으나 후에 오로지 왕王만을 가리키는 칭호로 변하였다. 이 칭호는 오직 실보야 가족만이 사용할 수 있었으며, 신격화되었다. 티베트족의 역사에서는 대부분 "성신찬보聖神贊普", "천찬보天贊普" 등으로 일컫는다. 『구당서·토번전』의 기록에 의하면, "신하들과 1년에 한 번씩 소맹小盟을 거행하는데, 이때 양, 개, 원숭이의 다리를 먼저 자르고 내장을 꺼내 찢어 죽인 다음 무자巫者로 하여금 천지天地·산천山川·일월日月·성신星辰에게 '만일 변심을 하거나 간사한 생각을 품는 사람이 있으면 신명神明이 이를 살펴 양이나 개처럼 될 것이다.'라고 고하도록 한다. 대맹大盟은 3년에 한 번씩 거행하는데, 밤이 되면 제단 위에 제물을 차려놓고 개, 말, 소, 당나귀를 죽여 희생犧牲으로 받친 다음 '그대들과 한마음으로 힘을 합쳐 나라를 보호하고자 하는 마음은 오직 하늘과 땅의 신만이 그 뜻을 알 것이다. 만일 이 맹세를 어긴다면 우리 몸이 갈가리 찢겨 이 희생처럼 될 것이다.'"라고 맹세하였다. 이와 같은 맹세가 표면적으로는 서로 승낙하는 옛 맹서의 형식을 계승한 것처럼 보이지만, 사실은 신하들에게 절대적 충성을 요구한 것이며, 그래서 만일 지키지 않으면 희생처럼 죽임을 당하게 된다는 다짐과 맹세를 전제로 하고 있다.

토번 왕조가 건립되기 이전에 실보야 부락은 사람이 적고 땅이 협소했으며, 또한 사회 제도 역시 낙후되어 모계 씨족의 잔재가 무겁게 남아 있었다. 당시 아륭 토번인들의 관제官制는 매우 간단해, 오직 "상尙"과 "논論"이라는 두 가지 계급만이 존재하였다. "상尙"은 모계 씨족을 가리키며, "논論"은 부계 혹은 부족을 가리킨다. 따라서 이것은 바로 토번 사회가 모계 씨족 사회에서 부계 씨족 사회로 전환되었다는 사실을 객관적으로 반영한 것이라고 볼 수 있다. 즉 부계 씨족 사회가 확립된 이후 혈연관계도 모계 중심에서 부계 중심으로 바뀌었으며, 혼인 관계 역시 혈연관계에서 지연地緣관계로 바뀌어가는 상황에 놓여 있었다고 볼 수 있다. 그래서 "상尙"과 "논論"의 의미 역시 점차 변하게 되었다. 『국사보國史補』의 기록에 의하면, "토번의 국법에 의해 본래 성씨를 부르지 않는다. 왕족은 논論이라 부르고, 관官족은 상尙이라 부른다."고 하였다. 그러나 토번의 지속적인 영토 확장에 따라 이족異族의 귀족 또한 지속적으로 유입되어 새로운 귀족이 되었으며, 이들의 기득권을 보장하기 위해 토번의 통치자들은 당시 시행되고 있던 상론제尙論制에 새로운 내용을 추가하게 되었던 것이다. 그래서 『신당서·토번전』에 "그 관직은 대상大相을 논채論茝, 부상副相을 논채호망論茝薦莽이라 불렀으며, 각 1인을 두었고, 또한 대론大論, 소론小論이라 호칭하였다. 도호都護 1인은 실편체포悉編掣逋라고 불렸으며, 내대상內大相은 낭론체포曩論掣逋, 혹은 논망열論莽熱이라고 불렀다. 부상副相은 낭론몀령포曩論覓零逋, 소상小相은 낭론충曩論充이라고 불렀으며, 각 1인을 두었다. 이외에도 정사대상整事大相을 두었는데, 유한파체포喩寒波掣逋라고 불렀다. 그리고 부정사副整事는 유한몀령포喩寒覓零逋, 소정사小整事는 유한파충喩寒波充이라고 불렀다. 이들은 모두 국사에 참여하였으며, 이를 총칭하여 상론체포돌구尙論掣逋突瞿라고 일컬었다."는 기록이 보인다. 『신당서·토번전』의 기록을 근거로 아래와 같이 몇 가지 관제官制 체계로 구분해 볼 수 있다.

첫 번째는 공론貢論 계통이다. 대상大相, 소상小相, 실체포悉掣逋 3인을 포함하며, 이들의 주요 임무는 군국대사軍國大事를 처리하고 군사 정벌을 책임지며, 그 부하 관리들도 군 계급을 위주로 하였다. 예를 들어, 천하병마도원수天下兵馬都元帥, 천하병마부원수天下兵馬副元帥, 통병원수統兵元帥, 장군將軍, 여본茹本, 천호장千戶長, 오백부장五百夫長, 부락사部落使, 수토관守土官 등이 이에 포함된다.

두 번째는 낭론曩論 계통이다. 내대상內大相, 낭론체포曩論掣逋 혹은 논망열論莽熱, 부상副相, 낭론명령포曩論覓零逋와 소상小相, 낭론충曩論充 3인을 포함하며, 이들의 주요 임무는 내정 사무를 관리하는 것이었다. 속관으로 갈업론噶業論, 급사중給事中, 실남비파悉南紕波, 근시近侍, 안본岸本, 도지관度支官, 중파仲巴, 토지관土地官, 대자파大孜巴, 심계관審計官, 세무관稅務官, 궁정총관宮廷總管 등이 이에 포함된다.

세 번째는 유한파喩漢波 계통이다. 정사대상整事大相, 유한파체포喩寒波掣逋, 부정사副整事, 유한명령포喩寒波覓零逋와 소정사小整事, 유한파충喩寒波充 3인을 포함하며, 이들의 주요 임무는 감찰과 사법司法을 책임지는 것이었으며, 속관으로 협걸파協傑巴, 형부상서刑部尙書 등의 관리가 있었다.

토번의 관리는 모두 7가지로 나눌 수 있다. 첫 번째는 역본域本, 지방관地方官이고, 그 직책은 법치를 통해 지방의 작은 구역을 다스리는 것이며, 두 번째는 마본瑪本, 학관學官으로, 그 직책은 적과 싸워 승리를 거두는 것이었다. 세 번째는 제본齊本, 사마관司馬官이며, 그 직책은 존자尊者를 위해 길을 안내하는 것이며, 네 번째는 안본岸本, 도지관度支官으로, 그 직책은 양식과 금, 은, 그리고 재물을 관리하는 것이었다. 다섯 번째는 초본楚本으로, 그 직책은 모우牦牛, 편우編牛 등을 관리하는 것이며, 여섯 번째는 창본昌本으로, 심판권을 행사하는 것이었다.

위에서 언급한 각 계통에 속하는 관리들의 책임에 대해서는 『현자희연』

에 자세히 소개되어 있다. "공론貢論의 대·중·소 3인, 낭론囊論의 3인, 정사整事 3인, 모두 합해 9명인데, 이들을 일러 구대론九大論이라 하였다. 그리고 공론행사貢論行事에서 장부丈夫의 경우는 외무적인 일을 처리하였다. 정사整事 관리 중에서 현명한 자는 비록 그와 원한이 있다 해도 상을 내렸으며, 악인에 대해서는 친자식이라도 해도 역시 처형하였다."고 한다.

불교가 서장에 전파되면서 토번의 상층 사회에도 광범위하게 전파되어 토번 관제에 승관僧官 계통이 새롭게 등장하였는데, 가장 두드러진 특징으로 대론大論 위에 승상僧相 "발천포鉢闡通"를 두었다는 점이다. 티베트족의 역사 문헌에는 이에 관한 기록이 적지 않게 남아 있어 그 대략을 엿볼 수 있다. 돈황 막고굴 가운데 세상에 가장 많이 알려진 당나라 때 조성된 제158호 와불전臥佛殿의 용도甬道 북쪽 벽 아랫부분에 공양하는 사람의 모습이 보이는데, 이것이 바로 "대번관내삼학법사지발승의大蕃管內三學法師持鉢僧宜"이다. 배치된 위치와 제명題名을 근거로 살펴보면, 승관이라는 것을 분명하게 알 수 있으며, 또한 그의 지위가 비록 승상僧相의 자리에는 미치지 못하지만, 그렇다고 아주 낮은 지위라기보다는 발천포 아래에 속한 승관이었다는 사실도 알 수 있다.

토번은 각 계층에 속한 관리들의 이익을 보장하기 위해 고신제도告身制度를 실시하였는데, 이에 대해 『책부원귀冊府元龜』에서 다섯 등급으로 분류해 놓고 있다. 우선 "첫 번째는 슬슬瑟瑟이라 하고, 두 번째는 금金이라 하며, 세 번째는 금식은상金

〈그림 22〉 막고굴 제144호 보은경변報恩經變

飾銀上이라고 한다. 그리고 네 번째는 은銀이라 하며, 다섯 번째는 숙동熟銅이라 하였다. 각 3촌寸 크기의 털옷 위에 장식한 장식품을 통해 귀천을 구별하였다."고 한다. 『현자희연』에 의하면, 고신告身에 최상등급은 금과 은으로 제작된 장식품을 사용하였고, 두 번째 등급은 은과 파라미頗羅彌로 제작된 장식품을 사용하였다. 그 다음은 동銅과 철鐵로 제작된 장식품을 사용하는 등 모두 여섯 가지로 구별해 놓았다. 고신告身은 또한 대소大小 두 종류와 12개의 등급으로 나누어 지는데, 대공론大貢論에게는 대옥석大玉石의 문자 고신을 하사하였으며, 부공론副貢論과 내대상內大相에게는 소옥석小玉石의 문자 고신을 하사하였다. 소공론小貢論, 내부상內副相, 정사대상整事大相 3인에게는 대금大金의 문자 고신을 하사하였다. 그리고 소상小相과 부갈론副噶論은 소금小金 문자 고신을 하사하고, 소갈론小噶論에게는 파라미頗羅彌의 고신을 하사하였다. 사원의 아도려阿闍黎, 지주기持呪者와 상하 권신權臣 등에게는 대은大銀 문자 고신을 하사하였다. 이 외에 왕신王臣을 보호하는 분교도苯敎徒, 시침侍寢 관원, 말을 관리하는 자, 국경을 경비하는 자, 궁정 경비의 수령 관원에게는 소은小銀의 문자 고신을 하사하였고, 부계의 6족 등에게는 청동靑銅의 고신을 하사하였다. 동본東本(천부장千夫長), 여본茹本(익장翼長)에게는 동질銅質의 문자 고신을 하사하였으며, 전쟁에서 용감하게 싸운 장수에게는 철질鐵質의 문자 고신을 하사하였다. 그리고 물결무늬가 그려진 회백색 경목硬木의 문자 고신은 일반 속민에게 주어졌다. 이러한 제도는 토번 사회의 등급 제도를 구체적으로 반영한 것으로, 군사 활동과 밀접한 관계가 있었다. 즉 개인의 신분뿐만 아니라 사회적 신분의 고하를 나타내는 것이었으며, 또한 영예를 상징하는 것이기도 하였다.

한족과 티베트족의 문헌 기록을 비교해 보면, 양자 사이에 조금 차이가 있음을 알 수 있다. 예를 들어, 『책부원귀』에서 언급한 최상등급의 "슬슬瑟瑟" 고신은 티베트족의 문헌 사료인 『현자희연』에는 보이지 않으며, 이와 반대로 『현자희연』에서 언급한 "파라미고신頗羅彌告身"은 『책부원귀』에 보이지 않는다.

토번이 농우隴右와 하서회랑 등의 지역을 점령한 이후 한인들의 거주 지역에도 이와 동일한 제도를 시행하였는데, 만당 시기에 조성된 돈황의 막고굴 제144호로 동쪽 벽문壁門 남쪽에서 공양하는 사람의 북쪽에 "夫人 蕃任瓜州都□督□倉曹參軍金銀間告身大蟲皮康公之女修行頓悟優婆姨如祥□ 弟一心供養."15)라는 제기題記가 보이는데, 이를 통해서도 티베트족의 제도가 한족 지역에도 동일하게 시행되었다는 사실을 엿볼 수 있다. 만일 『책부원귀』의 기록과 대조해 본다면, 여기서 등장하고 있는 "강공康公"이 바로 토번의 관리 중에서 세 번째 등급에 해당한다는 사실 또한 알 수 있다.

이외에도 토번은 정권의 안정적인 유지를 위해 비교적 완전한 체계를 갖춘 법률 제도를 마련하였으나, 여기서는 편폭의 제한으로 더 이상 언급하지 않기로 한다.

앞에서 언급한 내용을 종합해 보면, 토번은 송찬간포 통치시기에 이미 청장고원을 하나로 통일하였으며, 또한 이 시기에 원시 사회에서 봉건제 사회로 넘어가는 과도기를 거쳐 토번 왕조가 건립되었다는 사실을 알 수 있다. 이 과정에서 송찬간포는 서장 역사상 가장 위대한 군주이자 군사 전문가로서 또한 정치가로서 중요한 역할을 했다는 사실도 알 수 있다.

3절 문성공주文成公主와 당唐·번蕃 고도古道

당 왕조가 건립된 후에 토번 왕조와 교류하기 시작하였다. 당 고조 무

---

15) 『敦煌莫高窟供養人題記』, 문물출판사, 1986년판, 65쪽

덕武德 원년(618년) 12월 경신庚申일에 백간白簡과 백구강白狗羌이 사신을 보내 공물을 바쳤다. 무덕 7년(625년) 정월 병신丙申일에 당은 백구 등의 강족이 거주하는 지역에 유주維州와 공주恭州를 설치하였다.

정관 8년(634년) 11월 "토번의 찬보 기종농찬棄宗弄讚이 사신을 파견해 조공을 받치고 결혼을 청하였다. 토번은 토욕혼 서남쪽에 있는데, 근래 들어 타국의 영토를 자주 침략해 영토를 넓히고, 수십만의 강력한 군사력을 보유하고 있었으나 이때까지는 중국과 왕래가 없었다. 토번의 왕을 칭하여 찬보라 하며, 풍속에 성씨는 말하지 않는다. 왕족은 모두 논論이라 부르고, 귀족은 모두 상尙이라 부른다. 기종농찬은 용맹하고 지략이 뛰어나 사방의 이웃 나라가 모두 그를 두려워하였다. 황제가 풍덕하馮德遐를 사신으로 파견해 위로하였다."는 『자치통감』 기록과 정관 12년(638년) 8월 "초에 황제가 토번을 위로하고자 풍덕하를 사신으로 파견하였다. 토번은 돌궐과 토욕혼이 모두 당의 공주와 혼약을 했다는 소리를 듣고, 풍덕하가 귀국할 때 사신을 파견해 많은 금은보화를 진상하고 결혼을 청하였으나 황제가 허락하지 않았다. 사자가 돌아가 찬보 기종농찬에게 '신이 처음 당에 도착했을 때, 후한 환대를 받았을 뿐만 아니라, 또한 공주와의 혼인도 허락받았으나, 그런데 토욕혼의 왕이 입조하여 이간질하는 바람에 냉대를 받게 되었고, 청혼도 거절당했다.'고 보고하였다. 이에 기종농찬이 군사를 일으켜 토욕혼을 공격하였다. 토욕혼은 버티지 못하고 북쪽 청해靑海로 도망쳤고, 수많은 백성과 가축을 토번에게 빼앗겼다.", "토번이 당항黨項과 백란白蘭 등의 강족을 격파하고 20여만 명의 군사를 송주松州 서쪽 변경에 주둔시킨 후 사신을 파견해 금백金帛을 받치며 공주를 맞이하기 위해 오고 있다고 말하였다. 송주松州를 공격해 도독 한위韓威를 패배시키자 강족의 추장인 염주閻州 자사 별총와시別叢臥施와 낙주諾州 자사 파리보리把利步利가 땅을 받치고 항복하였다. 군사를 쉬지 않고 연이어 일으키자 신하들이 이를 간하였으나 듣지 않자 스스로 목메는 사람들의 무리가 많았다. 임인壬寅일에 이부상서 후군집侯君集을 당미도행군대총관當彌道行軍大總管으로 삼고, 갑진甲辰일에 우령군대장군右領軍大將軍 집실사력執失思力을 백란도白蘭道, 좌무위장군左武衛將軍 우진달牛進達을 활수도闊水道, 좌령군장군左領軍將軍 유간劉簡을 조하도洮河道의 행군총관에 임명하고 5만의 보기병步騎兵으로 공격하도록 하였다.", "토번이 10여 일 동안 성을 공격하자 진달進達이 선봉이 되어 9월 신해辛亥일에 토번의 방비가 소홀한 틈을 타서 기습했고, 송주성 아래에서 1천여 명의 토번 군사의 목을 베었다. 기종농찬이 두려워 병사를 물리고 사신을 파견해 사죄하며 다시 청혼을 하자, 황제가 혼인을 허락하였다."

이상의 내용은 문성공주文成公主가 출가하기 이전의 당과 토번의 교류에 관한 상황을 설명한 것이다. 이러한 기록은 당과 토번의 결혼이 강한 정치적 성향을 띠고 있었다는 사실을 명확하게 엿볼 수 있다.

당 정관 14년(640년) 2월 "정축丁丑일에 황제께서 국자감에 나가 석전대제를 관람하고 제주祭酒 공영달孔穎達에게 효경孝經을 강설하도록 하였다. …… 이에 사방의 학자들이 경사京師에 운집하였는데, 고구려, 백제, 신라, 고창高昌, 토번 등은 자제를 보내 국학國學의 입학을 요청하였다. …… (10월) 병진丙辰일에 토번의 찬보가 수상 녹동찬祿東贊을 사신으로 파견해 황금 5천 냥과 진완珍玩 수백 개를 헌상하고 청혼을 하자 황제께서 문성공주를 시집보내기로 허락하였다." 15년(641년), "봄 정월 갑술甲戌일에 토번의 녹동찬을 우위대장군右衛大將軍으로 삼았다. 황제께서 녹동찬을 환대하며 낭아공주琅琊公主의 외손녀 단씨段氏를 그에게 시집보내고자 하였다." 이에 "녹동찬이 말하길, '먼저 신하인 저에게 결혼을 명하시니, 어찌 감히 받들지 않을 수 있겠습니까. 다만 찬보께서 아직 공주를 뵙지 못하였사오니 신하로서의 도리가 아닌 듯합니다.' 황제께서 그 말을 믿지 않으시고 듣지 않으셨다."는 역사 기록을 볼 수 있다.

당 태종이 문성공주를 토번의 송찬간포에게 시집보내기로 결정한 후, 정관 15년(641년) 예부상서 강하왕江夏王 이종도李道宗를 사절로 파견해 호송하도록 하였다. 문성공주가 당과 토번의 사절단과 함

〈그림 23〉 문성공주文成公主와 송찬간포松贊干布

께 시종을 거느리고 장안을 떠나 지금의 청해 일월산日月山을 거쳐 토욕혼에 도달한 다음 하원河源에 숙소를 정했다. 송찬간포가 친히 백해柏海에 나와 공주를 맞이하며 혼인의 예를 행하고 당의 예부상서 강하왕 이도종을 알현하였다. 후에 공주와 라싸로 돌아갔는데, 송찬간포는 문성공주를 위하여 서장 라싸 마포일산瑪布日山에 궁전을 건축하였다.

문성공주는 사리에 밝고 박학다식하였으며, 또한 불교를 독실하게 믿어 석가모니 불상을 가지고 토번에 들어가 신전神殿, 오늘날의 소소사小昭寺를 세우고 불상을 공양하였다. 후에 이 사찰은 대당의 사절단과 고승을 접대하는 곳으로 사용되었다.

문성공주가 서장에 들어간 후 당과 토번의 왕래가 더욱 잦아짐에 따라 당제국의 선진 기술과 문화가 서장에 지속적으로 전해져, 현지 사회와 경제의 신속한 발전을 촉진시켜주었다. 역사 문헌에 의하면, 당 조정은 토번의 요구에 따라 양조釀造와 맷돌 등을 제작하는 기술자를 파견하는 동시에 누에씨를 하사했다고 한다. 이처럼 당의 선진 기술이 토번에 유입되는 동시에, 토번의 수많은 귀족 자제들 또한 국자감에 입학해 한문을 학습함으로써 대당과 토번 간의 우호적 관계는 더욱더 발전하게 되었다. 문성공

주가 서장에 들어감에 따라 티베트족의 경제와 문화의 발전이 크게 촉진되었다. 이로 인해 티베트족은 그녀의 이야기를 신기하고 아름다운 신화와 전설로 엮어 그녀를 칭송하게 되었다.

오늘날 우리가 볼 수 있는 양은 백양白羊과 흑양黑羊 두 종류가 주류를 이루는 반면에 다른 색깔의 양은 극히 드물게 볼 수 있는데, 티베트 사람들은 이것이 문성공주와 관련 있다고 이야기하고 있다. 티베트의 전설에 따르면, 처음 홍수가 나서 양들이 떠내려갈 때 문성공주가 다급하게 "나의 백양과 흑양"이라고 고함을 치는 바람에 백양과 흑양만 남게 되었다고 한다. 문성공주는 거의 40년에 가까운 세월을 토번에서 생활하다가 680년에 세상을 떠났다.

문성공주가 티베트에 들어간 것이 계기가 되어 한족과 티베트족, 그리고 당과 토번 정권의 우호적 교류의 출발점이 되었으며, 특히 송찬간포의 생존 시기에는 당과 토번 양국이 시종 우호적 관계를 유지하였다. 그래서 당 태종 정관 21년(647년) 칙사 왕현책王玄策이 성지를 받들고 인도 마가다 왕국에 갔다가 시라일다의 왕위를 찬탈한 아라나순의 공격을 받고 포로로 잡혔다가 도망쳐 나왔을 때도 토번을 비롯한 니파라국과 장구발국章求拔國 등의 지원을 받아 아라나순을 격파하고 왕비와 왕자를 포로로 잡아 장안으로 돌아올 수 있었던 것이다. 이에 관해서는 이미 앞부분에서 자세하게 언급한 바 있어, 여기서는 생략하고자 한다. 또한 당 태종이 정관 23년(649년)에 세상을 떠나고, 당 고종 이치李治가 황제에 즉위했을 때도 토번이 사신을 보내와 애도를 표시하였다. 이때 당은 토번의 송찬간포를 부마도위駙馬都尉에 제수하고 서해군西海郡 왕에 봉하였는데, 송찬간포는 이에 대해 특별히 사절단을 장안에 파견하여 제물과 제문을 보내는 동시에 새로운 군주 당 고종에 대한 지지와 축하 서신을 보내왔다. 이에 당 고종은 다시 그를 빈왕賓王에 봉하고, 석상을 조각해 마가다왕 아라나순 등과 함께 번왕藩王의 조각상이 있는 당 태종의 능침陵寢 앞에 세우도록 하였는데, 이는 이웃 나라에 대한 일종의 특별한 예우로서, 오직 당의 건립에 공훈이 있는 왕이나 혹은 대신들만이 이와 같은 영예를 누릴 수 있었다. 이를 통해 당이 토번과 관계를 얼마나 중요하게 생각했는지 충분히 엿볼 수 있다.

송찬간포는 청장고원을 통일하고 강대한 봉건제 정권을 건립함으로써 토번의 정치, 경제, 문화 등 각 방면의 발전을 촉진시켰을 뿐만 아니라, 오랫동안 분열로 낙후되었던 토번의 정치적 난국을 종결시키고, 서장 사회에 질적인 변화를 가져다주었다. 또한 한족과 티베트족의 우호적인 왕래가 이루어지면서 티베트족의 형성 등에도 커다란 공헌을 하였다. 그는 티베트족의 역사 발전에 있어서 가장 위대한 영웅적 인물로 평가받고 있는데, 일찍이 돈황 막고굴 장경동에서 발견된 토번의 문서에서도 "위로는 기소농찬棄蘇農贊, 즉 송찬간포와 같은 위대한 수령이 있고, 아래로는 녹동찬과 같은 현명한 대신이 있어서, 수령이 하늘을 대신해 도를 행하고 대신이 도를 천하에 펴니, 권위에 위엄이 서고 법도가 바로 서 외번外藩이 복종하고 내정內政이 공정하게 집행되었다. 나라에 존비의 구분이 있고, 세금 징수에 법도가 있어 안정된 삶을 살 수 있었으며, 봄과 가을에 순서가 있듯이 마음으로 원하는 바를 얻을 수 있었다. 횡포한 자는 감옥에 가두고, 완강하게 저항하는 자는 처벌하였으며, 사람을 능욕하는 자는 벌을 내리고, 선한 일을 하는 자는 표창하였다. 그러므로 현명한 자는 칭찬을 받고, 용맹하고 무예가 뛰어난 자는 관직을 받았다. 그리고 백성들은 순박함을 지켜 모두 함께 즐거움을 누렸다. 예전에 토번은 문자가 없었으나 송찬간포가 문자를 창제하도록 하였으며, 법률과 관리의 등급을 제정하고 권한을 대소로 나누어 직분의 높고 낮음을 구분하였다. 충정忠貞을 장려하고 반역을 처벌하였다."16)고 송찬간포의 일생에 관해 개괄해 놓았다. 이상의 송찬간포에 대한 평론은 필자가 보기에, 실제의 상황에 부합되는 비교적 정확한 평가라고 생각된다.

송찬간포는 당 태종이 세상을 떠난 다음 해, 즉 당 고종 영휘永徽 원년(650년)에 그 역시 세상을 떠났다. 그런데 그의 아들 송공찬松公贊이 먼저 세상을 떠나 그의 손자인 망송망찬芒松芒贊(한족의 문헌에는 걸려발포乞黎拔布라고 함)이 찬보를 계승하게 되었고, 녹동찬이 대논大論이 되어 찬보를 보좌하였다.

녹동찬과 찬보 모두 갈씨噶氏이며, 사서에서는 녹동찬에 대해 "성격이 밝고 강직하며, 용병을 잘한다."고 기록하고 있다. 송찬간포가 즉위한 초기부터 녹동찬은 대논大論이 되어 송찬간포를 도와 조정 내의 역신 제거와 부족의 반란을 평정하였으며, 또한 송찬간포의 청혼을 위해 장안에 갔을 때도 당 태종의 눈에 들어 우위대장군右衛大將軍에 제수되기도 하였다. 장안에 가서 송찬간포를 위해 청혼한 일은 티베트족의 사료 가운데 상세하게 기록되어 있어, 그 대략을 살펴 볼 수 있다. 전하는 바에 의하면, 녹동찬이 당에 가서 청혼을 할 때 인도, 격살이格薩爾, 대식大食, 곽이霍爾 등의 여러 나라에서도 사절단을 파견해 당에 결혼을 요청한 상황이었다. 당 태종은 재주와 지혜가 뛰어난 청혼자를 골라 혼인시키기로 결심하고 이들에게 "다섯 가지 난제"를 제시하였다. 첫 번째 난제는 실로 구슬을 꿰는 것으로, 구슬 구멍이 작고 굽어 있어서 실을 꿰기가 쉽지 않았다. 녹동찬은 실을 개미 허리에 묶어 구멍을 통과시켜 순조롭게 성공하였는데, 이를 통해 녹동찬은 당 태종의 환심을 사게 되었다. 두 번째 난제는 암탉과 병아리를 구별하는 문제였다. 녹동찬은 술지게미로 굶은 닭을 유인하는 방법을 사용해 성공하였다. 암탉은 먹이를 발견하면 언제나 먼저 병아리를 불러 먹이기 때문에, 그는 이와 같은 방법으로 또 순조롭게 두 번째 난관을

---

16) 敦煌研究院, 『吐蕃文獻選集』 第二函, P.T.128

통과하였다. 세 번째 난제는 나무의 뿌리와 나무줄기의 끝을 구분하는 문제였다. 나무는 모두 백 개였는데, 양 끝의 굵기가 모두 비슷해 구분하기가 쉽지 않았다. 녹동찬은 이 문제를 순류방목법順流放木法을 활용해 해결하였다. 나무뿌리는 생장 기간이 길고 밀도가 커서 물속에 넣으면 가라앉지만, 나무줄기 끝은 이와 반대로 위로 떠오르게 된다. 녹동찬은 자신의 총명한 지혜로 다른 두 난제도 해결하였다. 다섯 가지 난제를 모두 순조롭게 해결하자 결국 당 태종은 문성공주를 송찬간포에게 시집보내기로 결정하였다. 그리고 녹동찬 역시 이 일로 당 태종의 환심을 사게 되었다. 따라서 당 태종과 송찬간포 두 사람이 당과 토번의 우호 관계를 개척했다고 한다면, 문성공주와 녹동찬이 이 우호 관계를 더욱 확고하게 확립시켜 주었다고 할 수 있다. 더욱이 문성공주가 서장에 들어간 일은 녹동찬의 노력에 의한 결과라고 할 수 있으며, 또한 문성공주의 서장 진입은 단순히 문화 전파를 뛰어넘는 정치적 영향과 성과를 보여주었다. 그래서 토번인들은 문성공주를 녹도모綠度母(티베트 불교에서 관세음보살의 화신)로 생각했으며, 여기서 한 걸음 더 나아가 이를 『문성공주』라는 희극을 제작해 그녀를 찬양하였다.

당 중종 때 토번은 또 다시 여러 차례 사신을 보내 새로운 찬보를 위해 청혼을 하였다. 사서에서 일컫기를, 신용神龍 원년(705년) 찬보의 조모祖母가 대신 실훈열悉熏熱을 파견해 방물方物을 진상하고 손자를 위해 청혼을 하자, 중종中宗이 금성공주金城公主를 시집보내도록 허락했다고 한다. 경용景龍 3년(709년) 공주를 맞이하기 위해 토번의 대신 상찬토尙贊吐 등을 파견하자 중종은 정원 내 구장球場에서 연회를 베풀고 부마도위 양신교楊愼交로 하여금 토번의 사자와 마구馬球 시합을 명하였다. 이듬해 좌위대장군 양구楊矩에게 조서를 내려 금성공주를 호송하도록 명령하였으며, 중종이 직접 시평始平까지 배웅하였다. 이로 인해 시평현始平縣의 명칭이 "금성金城"으로 바뀌게 되었다. 또 한편 중종이 이때 수행한 신하들에게 송별시를 짓도록 하였는데, 이중에서 수문관修文館 학사 이적李適17)과 병부상서 문하의 이교李嶠18)가 지은 시의 구절에 중종 황제의 복잡한 심정이 잘 나타나 있다. 금성공주가 토번의 찬보에게 시집간 후, 토번은 금성공주의 "탕목湯沐" 장소로 사용하고 싶다는 구실을 들어 당이 지배하고 있는 하서구곡河西九曲의 땅을 요청하였는데, 후에 이 땅은 당을 침략하기 위한 토번의 중요한 요충지가 되었다. 금성공주와 문성공주 두 사람의 상황을 비교해 보면, 두 사람 사이에는 커다란 차이점이 발견된다. 문성공주가 토번으로 시집갔을 때는 당의 군대가 토번의 군사를 격파하고 난 이후인 까닭에 당시 당의 세력이 토번보다 강했다. 그래서 토번은 문성공주와의 결혼을 더 없는 영예로 생각하였으나, 금성공주가 시집갔을 때는 이와 반대로 당의 세력이 이미 쇠락하여 토번이 당보다 강한 세력을 가지고 있었다. 이로 인해 토번은 금성공주를 맞이한 후에도 지속적으로 당의 영토를 조금씩 점령해 나갔다. 하지만 금성공주의 토번 진입 역시 당과 토번의 우호적 관계 발전을 촉진시켜 주는 역할을 하였을 뿐만 아니라, 더 나아가 토번에 대당의 선진 기술과 문화가 도입되는 중요한 계기가 되었다.

문성공주와 금성공주가 서장에 들어가게 되자 자연히 당과 토번을 오고 가는 사자와 상인들의 수가 날로 증가하였으며, 또한 이로 인해 당과 토번 간의 교통로 역시 자연스럽게 개통되는 결과를 가져다 주었다.

당唐·번蕃고도古道에 관한 기록은 제도선除道宣의 『석가방지釋迦方志』 이외에도 『신당서·지리지』에 약간의 기록이 보이며, 오늘날 연구서 중에 장운張云 선생이 지은 『사로문화絲路文化·토번권』에 이에 관한 내용이 상세하게

---

17) "絳河從遠聘, 青海赴和親. 月作臨邊曉, 花爲度隴春. 主歌悲顧鶴, 帝策重安人. 獨有瓊簫去, 悠悠思錦輪".
18) "漢帝撫戎臣, 絲言命錦輪. 還將弄機女, 遠嫁織皮人. 曲怨關山月, 妝消道路塵. 所嗟穠李樹, 空對小楡春".

소개되어 있어, 지금 그 내용을 아래와 같이 개괄해 보고자 한다.

당·번고도는 청장고원의 옛 방국邦國 간의 도로와 청장고원에서 외부의 여러 방국과 연결된 교통로를 토대로 발전되어 온 교통망이라고 할 수 있다. 『수서隋書·배구전裵矩傳』에서 세 개의 비단길에 대해 "이 세 갈래의 길 위에 있는 여러 나라들도 각각 남북으로 연결되는 길이 있어, 이 길을 따라가면 동녀국東女國과 남파라문국南婆羅門國 등 여러 나라에 도달할 수 있다."고 기록해 놓았다. 이 중에서 상도商道로 가장 유명한 교통로는 동녀국과 천축국 사이에 있는 식염지로食鹽之路라고 할 수 있다. 토번의 사서 기록에 의하면, 티베트족은 낭일논찬 때부터 소금을 먹기 시작했으며, 소금을 채취한 최초의 지역이 장북藏北의 강당羌塘이라고 밝혀 놓고 있다. 또한 『한장사집漢藏史集』의 기록에 의하면, 낭일논찬이 사송정마호査松丁瑪湖 부근에서 명마 한 필을 얻었으며, 이어서 긴 뿔의 야생 소를 죽이고 강당羌塘에 탁파성托巴城을 건립하였다. 그리고 "돌아오는 길에 야생 소의 고기를 말안장 위에 얹었는데, 고기가 끌린 땅에서 호염湖鹽이 발견되었다. 이전에 토번에서는 암염巖鹽이 소량 생산되었으나, 이후 토번인들은 강당의 호염湖鹽을 식용으로 사용하였다."19)고 한다. 『수서隋書·여국전女國傳』에도 파미르고원 이남에 거주하는 토번과 서북부의 동녀국에서 "소금이 엄청나게 많이 생산되어 항상 천축에 소금을 판매하였다."는 기록이 보이는데, 아마 당항黨項이 여국女國을 상대로 전쟁을 일으킨 일도 식염食鹽과 관련이 있어 보인다. 이러한 기록을 통해 우리는 당시에 당항, 여국, 천축을 잇는 식염지로食鹽之路가 있었다는 사실을 충분히 추측해 볼 수 있다.

당대에 이르러 두 명의 공주가 토번으로 시집을 감으로써 당의 수도 장안에서 토번의 수도 라사까지 이어지는 교통로가 새롭게 개통되었다는 점은 주지의 사실이다. 장운 선생의 고증에 의하면, 당시 동방 문화의 중

---

19) 『漢藏史集』 漢譯文 87쪽, 藏文本 139-140쪽.

심이었다고 할 수 있는 장안을 출발하여 서쪽으로 615km를 가면 임고역臨皐驛에 이르게 되는데, 당시 이곳에서는 지나가는 사람들을 위해 여러 차례 연회가 베풀어졌다고 한다. 그리고 서쪽으로 삼교三橋와 망현궁望賢宮을 지나 15km를 더 가면 함양시咸陽市에서 동쪽으로 2.5km 떨어진 도화역陶化驛에 이르게 되며, 여기서 서쪽으로 온천역溫泉驛을 거쳐 22.5km를 가면 시평현始平縣 곽하郭下의 괴리역槐里驛에 도착하게 된다. 이곳에서 일찍이 당의 중종이 금성공주를 배웅하면서 연회를 베풀고 시를 지어 지명이 금성으로 바뀌었으나, 757년에 이르러 이름을 다시 흥평興平으로 고쳤다. 그리고 서쪽으로 10km를 가면 마외파馬嵬坡에 이르게 되는데, 이곳은 안사安史의 난 때 당 현종이 총애하는 양귀비를 죽인 곳으로, 당대 시가에도 이와 관련된 구절20)이 보인다. 한편 서쪽으로 망원역望苑驛을 거쳐 22.5km를 가면 무공역武功驛에 이르고, 다시 서쪽으로 35km를 가면 부풍역扶風驛에 도착하게 된다. 그리고 서쪽으로 15km를 가면 용미역龍尾驛에 이르게 된다. 서쪽으로 치산현岐山縣 위수渭水 북쪽 15km에 석저역石猪驛이 있으며, 서쪽으로 봉상부역鳳翔府驛에 이르게 되는데, 이곳은 군사 요충지로, 부府의 남쪽에 한중漢中과 검남劍南으로 통하는 길이 있다. 서북쪽으로 가면 견원역汧源驛에 이르게 되며, 서쪽으로 안융역安戎驛과 대진관大震關을 거쳐 가면 소롱산小隴山 분수역分水驛에 이르게 되는데, 이곳은 농저隴坻 혹은 농판隴坂이라고 부른다. 『원화지元和志』에 "농저는 동쪽에서 서역으로 가는 길에 있으며, 이곳에 올라 멀리 바라보며 슬픔에 잠기지 않는 이가 없었다."고 소개하고 있는데, 행인들의 노래에도 "농산隴山의 물 흘러내리고 새소리 그윽한데, 저 멀리 진천秦川을 바라보면 애간장이 끊어지네."라는 구절이 전해 온다. 이곳이 바로 예전에 화융華戎을 나누는 경계로 삼았던 곳이다.

농산에서 서쪽으로 당과 토번이 회맹會盟을 맺은 청수현淸水縣을 지나가

---

20) "綠野扶風道, 黃塵馬嵬坡. 路邊楊貴人, 坋高三四尺".

면 진주秦州의 치소治所인 상방현上邽縣, 지금 감숙성의 천수시天水市 역관에 이르게 된다. 당과 토번이 대치하며 회맹을 맺을 때 "서로 이 역을 기점으로……곡식과 말을 교역한다."고 맹약을 맺었다. 농저隴坻에서 서북쪽의 화정현華亭縣으로 가면 탄쟁협彈箏峽에 이르는데, 택원도澤源道와 이어져 있어 교통이 매우 발달하였다. 천수天水에서 서북쪽으로 가면 복강현伏羌縣, 낙문천洛門川, 농서현隴西縣, 양무현襄武縣에 이르는데, 양무襄武는 위주渭州의 치소가 있다. 서남쪽으로 여덟 개의 역을 지나면 민주岷州에 이르며, 또 조주洮州와 첩주疊州를 거쳐 송주松州에 이르게 된다. 위주渭州 서북쪽으로 위원진渭源鎭을 지나면 적도狄道에 이르며, 서쪽으로는 하주河州에 이르게 되고, 병영사炳靈寺와 청해靑海의 민화民和를 거치면 선주鄯州에 이르게 된다. 적도狄道에서 북쪽으로 도수洮水의 하곡河谷을 따라 내려가 장성보長城堡를 거쳐 옥간령沃幹嶺과 아간阿干의 하곡을 넘으면 난주蘭州에 이르게 된다. 난주에서 서쪽으로 가면 하서회랑에 이르고, 서남쪽으로 가면 선주鄯州에 이르게 된다.[21]

그리고 선주鄯州(지금의 청해성 악도樂都)에서 당·번고도의 중심 지역으로 들어가게 되는데, 당대 초기 고승이었던 도선(596~667년)이 지은 『석가방지釋迦方志·유적편遺迹篇』에 이 길이 가장 먼저 기록되어 있다. 도선은 당과 인도 마가다 왕국의 교통로를 설명하는 과정에서 이 길을 동도東道라고 칭하며, 세 갈래 길 중에서 가장 으뜸으로 꼽았던 교통로이다. 이른바 "동도東道는 하주河州 서북쪽의 대하大河, 즉 황하를 건너 만천령曼天嶺, 오늘날의 소적석산小積石山에 올라 400리를 채 못가서 선주鄯州에 이르게 되며, 또 서쪽으로 500리를 채 못가서 선성진鄯城鎭에 이르게 되는데, 이 지역은 고주古州의 옛 땅이다. 또 서남쪽으로 100리를 채 못가서 옛 승풍수承風戍에

---

21) 嚴耕望, 『唐代長安西通涼州兩道驛程考』, 『香港中文大學中國文化研究所学報』, 1971년, 제4권 제1기

이르게 되는데, 이 곳은 수나라 때 호시互市 무역을 하던 곳이었다. 또 서쪽으로 200리를 채 못가면 청해靑海, 청해호靑海湖에 이르게 되며, 호수 가운데 작은 산이 있으며, 그 둘레가 700여 리에 이르렀다고 한다. 호수 서남쪽으로는 토욕혼의 아장衙帳, 즉 복사성伏俟城에 이르게 되며, 또 서남쪽으로는 국경 지역에 이르게 되는데, 이 지역을 백란강白蘭羌이라고 불렀다. 또한 서남쪽으로는 소비국蘇毗國, 노강怒江과 금사강金沙江 상류, 그리고 감국敢國, 서장 라싸 시의 서북에 이르게 되며, 다시 남쪽에서 동쪽으로 조금 더 가면 토번국에 이르게 된다. 그리고 여기서 서남쪽으로 가면 소양동국小羊同國에 이르게 된다. 여기서 서남쪽으로 달창법관呾倉法關(서장 길륭현吉隆縣 납달극령拉達克嶺 동쪽)을 넘으면 토번의 남쪽 경계에 이르게 되며, 동쪽에서 남쪽으로 조금 더 가면 말비관末鼻關(이곳 부근에서 최근에 당의 칙사 왕현책 등이 인도에 사절단으로 갔을 때 새겨 놓은 『대당천축사출명大唐天竺使出銘』이라는 비문이 발견됨)에 이르게 된다. 동쪽에서 계곡으로 들어가면 십삼비제十三飛梯와 십구잔도十九棧道를 지나게 되는데, 여기서 다시 동남쪽 혹은 서남쪽으로 40여 일 더 가면 북인도와 니파라국(이 나라에서 토번은 약 90리이다)에 이르게 된다.”고 기록되어 있다. 도선道宣의 이러한 기록은 당·번고도의 연도沿途에 관한 대략적인 상황과 함께 토번에서 서쪽 중앙아시아로 통하는 길과 남쪽의 남아시아로 통하는 길을 설명해 주고 있다. 그러나 도선이 이 길을 실제로 다녀오지 못했기 때문에, 그 기록에는 대략적인 것만 언급되어 있을 뿐, 자세한 내용이 밝혀져 있지는 않다. 그렇기 때문에 당시 실제로 통행되던 길과는 어느 정도 차이를 보이고 있다.

『신당서·지리지』 편에 보이는 당·번고도에 관한 기록에 의하면, 선성鄯城에서 서쪽으로 30리를 가면 임번성臨蕃城에 이르고, 거기에서 다시 서쪽으로 30km를 가면 백수군白水軍과 수융성綏戎城, 오늘날의 황원현湟源縣

서쪽에 이르게 되며, 또한 계곡을 사이에 두고 3.5km 지점에 천위군天威軍이 있는데, 그곳에 석보성石堡城이 세워져 있다. 이 성을 토번에서는 찰인성鐵刃城이라 일컬었으며, 서녕西寧시에서 80km 떨어져 있다고 한다. 합라고도성哈喇庫圖城 부근에 석성산石城山이 있었으며, 서쪽으로 10km를 가면 적령赤嶺에 이르게 되는데, 이곳에서 당과 토번이 일찍이 차와 말을 교역하였다고 하며, 지금의 청해성 황원현 서남쪽 일월산日月山에 위치하고 있다. 서쪽으로 위지천尉遲川(도창하倒淌河)과 고발해苦拔海(소해尕海)를 지나 45km를 가면 막리역莫離驛, 청해성 공허현 흡복흡恰卜恰에 이르고, 공주의 불당佛堂을 거쳐 140km를 더 가면 나록역那祿驛에 이르게 된다. 난천暖泉과 열막해烈膜海를 거쳐 200km를 가서 황하를 건넌 다음 다시 235km를 가면 중용역衆龍驛에 이르게 된다. 서쪽으로 월하月河를 건너 105km를 가면 다미국多彌國 서쪽 경계에 이른다. 모우하牦牛河, 즉 통천하通天河를 거쳐 등교藤橋를 건너 50km를 더 가면 열역列驛, 결융結隆에 이르게 되며, 또 여기서 식당食堂 토번촌吐蕃村(오늘날의 연결조年結措)과 절지교截支橋를 지나 절지천截支川을 건너 200km를 더 가면 파역婆驛, 자운송다자雲松多에 이르게 되며, 대월하大月河를 건너 나교羅橋를 지나 담지潭池와 어지漁池를 거쳐 265km를 더 가면 실낙나역悉諾羅驛에 이르게 된다. 여기서 다시 걸량녕수교乞量寧水橋와 대소수교大蘇水橋를 건너 160km를 더 가면 학망역鶴莽驛에 이르게 되는데, 당의 사자가 토번에 들어갈 때면 공주가 사람을 파견해 이곳에서 영접하였다고 한다. 그리고 다시 골망협鶻莽峽을 지나 야마역野馬驛에 이르렀다가 토번의 은전𡐫田과 낙교탕樂橋湯을 거쳐 200km를 더 가면 합천역合川驛, 나곡羅曲에 이르게 되며, 나곡의 합천역을 지나면 토번의 본부 지역과 가까워진다. 서심해恕謶海를 지나 65km를 가면 합불란역蛤不爛驛(오늘날의 상웅桑雄)에 이르게 되며, 그 옆에는 삼라골산三羅骨山이 있다. 그리고 다시 30km를 더 가면 돌록제역突錄濟驛에 이르게 되는데, 당의 사신이 토번에 이르면, 이곳에 찬보가 사신을 보내 위로하였다고 한다. 유곡柳谷과 방포지장莽布之庄을 지나면 온천溫泉, 양팔정¥八井이 있는데, 쌀로 밥을 지어 먹을 수 있었다고 한다. 탕나엽유산湯羅葉遺山과 찬보제신소贊普祭神所를 지나 125km를 가면 농가역農歌驛에 이르게 되며, 동남쪽으로 100km를 가면 라싸에 이르게 되는데, 토번의 재상이 이곳에서 당의 사신을 영접했다고 한다. 염지鹽池, 난천暖川, 강포령하江布靈河 등을 지나 55km를 가면 강제하姜濟河를 건너게 된다. 토번의 은전墾田을 지나 130km를 가면 무가역武歌驛에 이르게 되며, 여기서 장하藏河를 건너 불당佛堂, 대소사大昭寺와 소소사小昭寺를 지나 90km를 더 가면 발금역勃今驛과 홍려관鴻臚館에 이르게 되며, 또한 망포아장莽布衙帳 발포천跋布川, 경결현瓊結縣 경내에 이르게 된다. 거리는 모두 1885km인데, 장안에서 선성鄯城까지의 거리를 모두 합치면 2900km에 달한다. 이 수천 리의 고도古道가 바로 이른바 역사에서 말하는 당唐·번蕃고도古道를 가리키는 것이며, 이 고도 위에서 사람을 감동시키는 수많은 전설이 오늘날까지 전해져 오고 있다.

당·번고도는 인도로 통하는 세 갈래길 가운데 거리가 가장 가까운 교통로이다. 원래 이 길은 문성공주가 서장으로 들어가면서 개통한 길이지만, 또한 당제국에서 인도 마가다 왕국으로 가는 지름길로도 알려져 있다. 중국과 인도의 교통로를 연구한 수많은 논저에서 당 초기 성지를 받들어 인도로 향했던 이의표李義表, 왕현책王玄策 등이 모두 이 길로 니파라국을 거쳐 인도에 도달했다고 언급하고 있으나, 필자가 생각하기에 이것은 커다란 실수로 보인다. 왜냐하면 이의표와 왕현책 등이 지나간 길은 이 길이 아닌 실크로드였기 때문이다. 이점에 관해 필자는 뒷부분의 『실크로드의 행인絲綢之路上的行人』에 가서 다시 자세하게 설명하고자 한다.

이어서 당·번고도의 개통 시기와 번창했던 시기 등의 문제에 대해서도 살펴보고자 한다. 당·번고도가 원래 문성공주가 토번의 송찬간포에게 시집을 가면서 개통된 길이라는 점에 대해서는 그 누구도 부인할 수 없는 사실이다. 하지만 한족 사료에서 당 태종 정관 15년(641년)에 문성공주가 길을 떠났다는 기록이 보이는데, 이때를 당·번고도의 개통 시기로 볼 수는 없을 것 같다. 그 이유는 이때 문성공주가 토번의 수도였던 라싸에 도착한 것은 아니었기 때문이다. 티베트족의 문헌에 문성공주가 티베트에 들어와 송찬간포와 3년 동안 함께 생활했다는 기록이 보이며, 또한 한족 사료에도 송찬간포가 당 고종 영휘永徽 원년(650년)에 세상을 떠났다는 기록이 보이는데, 이를 기준으로 계산해 보면, 정관 21년(647년)을 당·번고도의 개통시기로 볼 수 있을 것이다. 이는 문성공주가 토번으로 길을 떠난 시기와 대략 5, 6년의 차이를 보이는데, 이 기간은 아마도 문성공주가 길에서 보낸 시간이었다고 볼 수 있다. 사서의 기록에 따르면, 인도에 유학을 다녀온 고승 현장법사 역시 귀국할 때 실크로드를 이용했다고 하는데, 그가 귀국한 시점이 당 태종 정관 18년(644년)이었다. 따라서 이러한 사실들은 우리에게 644년에 당·번고도가 완전히 개통된 상태가 아니었다고 하는 가능성을 말해주고 있다. 그렇다면 당과 토번의 우호 관계는 얼마나 유지되었을까? 이 점이 바로 우리의 토론과 설명이 필요한 문제 가운데 하나라고 하겠다. 이에 대해 보다 명확하게 이해하기 위해서는 먼저 토번 세력의 확장과 당과의 관계 변화에 대한 논의가 필요하다고 하겠다.

송찬간포가 당 고종 영휘 원년(650년)에 세상을 떠나고, 새로운 찬보가 즉위하였으나, 나이가 어려 녹동찬祿東贊이 대권을 장악해 통치하였다. 일찍이 녹동찬은 갈이동찬噶爾東贊, 혹은 갈이噶爾라고도 일컬었다. 관련 문헌에 의하면, 갈이噶爾의 집안은 원래 소비蘇毗국의 귀족이었으나, 송찬간포의 조부 때 양동羊同, 소비蘇毗를 합병한 후 새롭게 귀순한 귀족을 등용해 내부의 구세력을 억압하고자 하는 정책에 따라 중용되었다. 이때 소비의 귀족이었던 랑郞·망포지상낭莽布支尙囊 등과 양동羊同의 귀족 경보瓊保·방색邦色 등이 토번의 대논大論(재상)에 임명되었으며, 갈이噶爾 집안에서도 적찰자문赤扎孜門과 망상망낭芒相芒囊 두 사람이 대론에 임명되었는데, 송찬간포 때 경보와 방색 등이 찬보를 시해하려다가 녹동찬에게 발각되어 스스로 목숨을 끊는 바람에 녹찬동은 이 일로 대론에 임명되었다고 한다. 후에 녹동찬은 송찬간포에게 소비蘇毗와 양동을 합병하고 군사와 정치 제도의 구분을 건의해 토번의 법률 제도를 완성하는 한편, 토번이 대외적으로 세력을 확장하는 과정에서 그의 비범한 재주를 보여주었다. 또한 그는 뛰어난 지혜로 국혼을 위해 당나라를 찾아온 여러 나라의 사신들을 물리치고 송찬간포와 문성공주의 결혼을 성사시키는데 커다란 공헌을 하였다. 역사서에서 "태종이 불러 물어보니 말의 요지가 분명하고, 예의범절이 법도에 맞아 다른 번국의 사신들과 달랐다. 이에 녹동찬에게 우위대장군右衛大將軍을 제수하고 낭아장공주琅玡長公主의 외손녀 단씨段氏를 배필로 삼도록 하였다. 녹동찬이 사양하며 '신은 본국에 처가 있고 부모가 예를 갖추어 맞아들였으니, 차마 이를 어길 수 없습니다. 또한 찬보께 아직 공주를 알현토록 하지 못한 상황에서 신하로서 어찌 감히 먼저 배필을 맞이할 수 있겠나이까!' 태종이 이 말을 듣고 기뻐하며 더욱 후하게 대우하였다."고 『구당서·토번전』에 기록되어 있는데, 티베트족의 사서에서도 이 내용에 대해 상세히 기록해 놓고 있다. 후에 이와 관련된 여러 가지 재미있는 이야기들이 파생되어 나왔다. 녹동찬의 뛰어난 공적은 그의 가문이 토번 내에서 튼튼한 기틀을 마련하는데 중요한 토대가 되었을 뿐만 아니라, 당과 토번의 우호 관계 발전에도 커다란 공헌을 하였다.

　『구당서』에서 "녹동찬은 성이 공씨薛氏이다. 비록 문자로 기록하는 것을 알지 못했지만 성격이 강직하고 엄격하였으며, 병사의 훈련과 통솔에 능하였다. 또한 언행에 절도가 있었으며, 토번의 강력한 부족들을 병합하는 등 지략이 뛰어났다."고 평가하였다. 당 고종 영휘 원년 650년 송찬간포가 세상을 떠나고, 그의 아들도 일찍 세상을 떠나는 바람에 찬보의 자리에 그의 손자 망송망찬芒松芒贊이 올랐으나, 나이가 어려 녹동찬에게 모든 국사를 위임하였다. 이때 녹동찬은 남쪽으로 낙지珞地, 즉 낙파珞巴인들의 거주지를 정복하였으며, 북쪽으로는 전闐을 공격하고 직접 현지를 시찰하였다. 그리고 동북쪽의 백란白蘭과 당항강黨項羌을 공격해 멸망시키고 토욕혼을 합병함으로써 당제국과 서방의 교통로인 실크로드의 안전을 직접적으로 위협하였다. 당시에는 당이 이미 서돌궐을 쫓아내고 실크로드를 개통한 상황이었다. 그래서 당과 토번이라는 강자 사이에서 청해로青海路와 차말且末, 야강婼羌 등의 실크로드 남쪽 요충지를 다스리고 있던 토욕혼이 당과 토번의 중요한 쟁탈 지역으로 떠오른 시기였다. 토번은 백란을 합병한 후 657년과 658년 연이어 당에 사신을 파견해 찬보 망송망찬의 국혼을 요구하는 한편, 당의 의도를 파악하고자 하였다. 이듬해 659년 녹동찬이 직접 군대를 이끌고 당과 우호 관계에 있던 토욕혼을 공격하였다. 이때 토번의 장수 달연망포지達延莽布支가 오해烏海의 "동대東岱"에서 당의 장수 소정방과 교전을 하다 패해 전사하였다.22) 그 후 녹동찬이 매년 토욕혼을 시찰하며 자신의 친번親蕃 세력을 키워나갔다. 663년에 녹동찬이 다시 군사를 일으켜 토욕혼을 공격해 멸망시키자, 토욕혼의 왕 낙갈발諾曷鉢과 당의 홍화공주弘化公主는 수천의 인마人馬를 이끌고 양주凉州로 도망쳐 그곳에 정착하였다. 이 지역에서 발견된 홍화공주의 묘지명과 묘지가 이러한 역사적 사실을 뒷받침해 주고 있다. 토욕혼의 낙갈발諾曷鉢과 홍화공주는 양주凉州로 도망친 후에, 당에서는 양주 도독 정인태鄭仁泰를 청해도행군대총관青海道行軍大總管에 임명하였다. 정인태는 독고경운獨孤卿雲 등의 장수를 이끌고 양凉과 선鄯에 주둔하며, 좌무후장군左武侯將軍 소정방蘇定方을 안집대사

<hr>

22) 王堯, 陳踐, 『敦煌本吐蕃歷史文書』』 증정본, 民族出版社, 1992년, 146쪽.

安集大使로 삼아 난을 평정하였다. 그러나 여기서 중요한 사실은 이것이 방어적 성격에 지나지 않았다는 점이다. 300여 년이 넘는 역사를 가지고 있던 토욕혼 역시 이렇게 토번에 의해 멸망당하고 말았다. 토번이 토욕혼을 멸망시키자 그 영토가 직접적으로 당제국과 이웃하게 되었고, 당제국 역시 토번의 공격 목표 가운데 놓이게 되었다. 665년 녹동찬은 사신을 파견하여 당제국의 수도 장안에서 평화 조약을 맺고 싶다는 의사를 표명하는 동시에, 가축을 방목할 수 있도록 적수赤水의 땅을 하사해 달라고 청하였다. 비록 표면적으로 이러한 행위가 애걸하는 것처럼 보였지만 실제로는 당에 대한 도전이었으므로, 당은 토번의 요구를 거절하였다. 이에 667년 토번은 당에게 선전포고를 하고 당이 설치한 12주州를 공략해 청해의 대부분 지역을 장악하였다. 송찬간포 생전에 녹동찬은 당과의 우호 정책을 성실히 지켜 당과 토번의 우호적인 교류에 커다란 공헌을 하였다. 그러나 송찬간포가 세상을 떠난 후에는 새로운 찬보의 나이가 어려 녹동찬이 전권을 장악하기 시작하면서 대당과의 관계도 적으로 돌아서게 되었다. 녹동찬은 당제국과 우호 관계에 있던 토욕혼을 멸망시키는 한편, 직접 군대를 이끌고 당제국을 공격해 양국의 우호 관계를 파괴하고 말았다.

이러한 일들은 문성공주가 647년 라싸에 도착해 당과 토번의 고도가 개통된 지 불과 10여 년 만에 일어난 사건들이었다. 토번이 토욕혼을 공격해 멸망시킨 후 당·번고도 역시 이와 함께 중단되고 말았다.

녹동찬이 667년 세상을 떠났으나 토번의 정권은 여전히 갈씨噶氏 집안이 장악하고 있었다. 역사 문헌에 의하면, 녹동찬은 모두 다섯 명의 아들을 두었다고 한다. 장남은 찬실약贊悉若 (또한 찬섭贊聶) 차남은 흠릉欽陵, 셋째는 찬파贊婆, 넷째는 실다간悉多干, 그리고 다섯째는 발론勃論이라고 불렸는데, 녹동찬이 세상을 떠난 후에도 이 다섯 명의 아들들이 계속 토번의 정권을 장악하였다. 그의 장남 찬실약이 토번의 재상 자리를 이어받은 후에 그는 외부로 세력을 계속 확장하여 수차례에 걸쳐 당과 전쟁에서 승리를 거두고 당의 광대한 영토를 차지하였다. 찬실약은 18년 동안 재상의 자리에 있다가 685년에 세상을 떠났다. 그가 재상에 재임한 18년 동안 매년 당과 전쟁을 일으켰다고 해도 과언이 아니다. 찬실약이 세상을 떠난 후 녹동찬의 차남 흠릉欽陵이 재상의 자리를 이어받았는데, 그 역시 부친과 형의 유지를 받들어 전쟁을 확대해 나갔다. 이때 당은 토번과의 전쟁에서 한 때 새로운 전기가 마련되기도 하였다. 무측천 여의如意 원년(692년)에 토번의 대수령 갈소葛蘇가 그 예하에 소속되어 있던 귀천貴川 부락을 이끌고 당에 투항해 오자 무측천武則天은 우옥검위대장군右玉鈐衛大將軍 장현우張玄遇에게 정병 2만을 인솔해 부락을 수용하라고 명령하였다. 그러나 갈소가 당에 투항한 사실이 알려져 그만 본국으로 잡혀가고 말았다. 후에 또 다시 대수령 잠추昝捶가 강만羌蠻 부락의 8천여 명을 이끌고 장현우張玄遇의 관할 지역으로 투항해 오자, 그들을 엽천주葉川州에서 살게 하고 잠추昝捶를 자사刺史로 삼아 다스리도록 하였다. 여기서 우리의 주의를 끄는 점은 장수長壽 원년(692년) 당제국의 무위군총관 왕효걸王孝杰이 토번의 무리를 대파하고, 구자龜玆, 우전于闐, 소륵疏勒, 쇄엽碎葉 등의 4개 진鎭을 수복하였으며, 이와 동시에 구자에 안서도호부安西都護府를 설치한 다음 군대를 주둔시켜 서역의 여러 나라를 당제국의 통치 아래 둠으로써 실크로드가 다시 개통되었다는 사실이다.

갈이噶爾 가문이 토번의 정권을 장악하고 세력을 외부로 확장하는 가운데 토번 통치 아래 있던 각 민족의 커다란 고통은 백성들의 불만과 원망뿐만 아니라, 토번 내부의 귀족 계층에서도 심한 불만으로 작용하였다. 이와 관련하여 『구당서·토번전』에 "흠릉欽陵을 중앙에 배치하고, 다른 동생들은 각 지역에 배치하였는데, 특히 찬파贊婆를 중국과 이웃한 동쪽 변경 지역에 배치해 30여 년 동안 분쟁이 끊이지 않았다."는 기록이 보인

다. 갈이씨噶爾氏의 형제들은 모두 재능이 뛰어나 사람들이 그들을 두려워
하였다고 한다. 무측천 성력聖曆 2년(699년)에 찬보와 대신 논암論巖 등이 갈
이씨를 제거하고자 일을 도모하였다. 당시 흠릉이 외부에 있어 찬보가 사
냥을 나간다는 구실로 병사를 소집해 흠릉의 친당親黨 2,000여 명을 붙잡
아 죽인 다음, 사신을 파견해 흠릉과 찬파를 불러들였다. 흠릉이 군대를
동원해 저항하고자 하였으나 찬보가 직접 군사를 지휘해 토벌에 나서자
흠릉의 부하들이 아무도 움직이지 않았다. 이에 흠릉은 어쩔 수 없이 스
스로 목숨을 끊고 말았다. 이날 그를 따라 자살한 사람들이 100여 명이
넘었다고 한다. 찬파는 자신을 따르는 수천 명의 부하와 형의 아들 망포
지莽布支를 이끌고 당에 투항하였다. 이에 무측천은 우림비기羽林飛騎를 보내
교외에서 그를 맞이하여 보국대장군輔國大將軍에 제수하고 우위대장군右衛大
將軍의 직을 수행하도록 하는 한편, 귀덕군왕歸德郡王에 봉하였다. 이로써 갈
이씨噶爾氏가 토번의 정권을 전횡하던 시대가 마침내 끝나고 말았다. 하지
만 토번 정권의 대외적인 영토 확장과 약탈 정책은 갈이씨 집안의 몰락에
도 바뀌지 않았다. 당과 토번 간의 전쟁은 여전히 계속되어 서역과 하서
회랑, 그리고 남조南詔 등의 중요 지역에서 당과 승부를 겨루며 서로 밀고
당기는 싸움이 끊이지 않았는데, 그 중에서 가장 큰 영향을 미친 전쟁은
바로 탈라스(Talas) 전투였다.

갈이씨가 비록 몰락했다고는 하지만, 토번은 실크로드 무역을 통해 얻
는 막대한 이익과 경제적 가치를 쉽게 포기하려고 하지 않았다. 그러나
토번 역시 자신들의 힘만으로 강대한 당나라와 맞서는 것이 쉽지 않다는
사실을 잘 알고 있었기 때문에 이웃 나라들과 연합해 당에 맞서고자 많은
노력을 기울였다. 이를 위해 토번은 중앙아시아와 서역에서 동맹국을 찾
는 한편, 대식大食, 돌궐突厥 등과 연합하여 당제국에 대항하였다. 751년
당의 장수 고선지高仙芝가 군대를 이끌고 탈라스에서 대식 군대와 격전을

벌였는데, 이 전투는 중·서 교통과 문화 교류사에서 모두 중요한 의미를 지니고 있는 유명한 싸움이었다. 이 전투에서 고선지가 이끄는 당군의 패배로 인해 수많은 당의 군사들이 포로로 잡혀갔는데, 잡혀간 사람들 중에 견직물과 제지 등의 기술을 가진 장인들이 많아 당의 발전된 생산 기술이 외부로 전해지는 계기가 되었다. 당군의 패배로 인해 당제국의 세력이 중앙아시아와 서부 지역에서 물러나게 되었고, 또한 이로 인해 대식국의 아바스 왕조가 흥기하여 중앙아시아 지역에 이슬람교가 전파되는 계기가 되었다. 그래서 이란(Iran)의 전직 교육부 장관이었던 무·가담 씨는 일찍이 돈황연구원 연구자와의 면담에서 중국에서 서방으로 가는 주요 도로의 명칭을 "실크로드"가 아닌 "종교의 길"로 불러야 한다고 주장하였다. 그가 이렇게 말한 이유는 불교를 비롯한 이슬람교, 조로아스터교(배화교拜火敎), 경교景敎 등이 모두 이 길을 통해 동양에 전해졌기 때문이다. 당 현종玄宗 천보天寶 14년(755년) 당에 안사의 난安史之亂이 일어났는데, 이는 당의 역사 발전에 커다란 영향을 준 사건으로, 이때부터 당은 쇠락의 길을 걷기 시작하였다.

안사의 난이 평정되었으나, 당제국이 쇠락의 길로 접어들면서 이 기회를 틈탄 주변의 소수 민족들이 지속적으로 당을 침입하였는데, 그중에서도 토번이 가장 심하였다. 토번은 당항黨項

〈그림 24〉 안사지란安史之亂

을 비롯해 백란白蘭, 사타沙陀, 토욕혼 등을 점령하고 당의 영토까지 깊숙이 침입하였다. 당 대종代宗 광덕廣德 원년(763년) 7월 "토번군이 대진관大震關에 들어와 난주蘭州와 하주河州, 선주鄯州, 조주洮州 등을 빼앗자 농우隴右 지역이 모두 파괴되었으며, 이어서 경주涇州를 포위해 들어가자 자사 고휘高暉가 항복하였다. 또한 빈주邠州를 격파하고 봉천奉天까지 진격하였으나 부원수副元帥 곽자의郭子儀의 저항에 부딪쳤다. 이에 토번은 토욕혼과 당항의 군사 20만을 동원해 동쪽의 무공武功을 약탈하였다. 위북행영장渭北行營將 여일장呂日將이 주질盩厔 서쪽에서 토번의 군사를 공격하였으나, 그만 종남終南 전투에서 패해 도망을 쳤고, 대종代宗이 섬주陝州로 피신하자 곽자의도 어쩔 수 없이 상주商州로 퇴각하였다. 토번은 고휘高暉의 안내를 받아 장안을 점령하고, 광무왕廣武王 이승굉李承宏을 황제로 옹립하였다. 이와 동시에 연호를 고치고 멋대로 사면을 단행하여 관리까지 임명하였다. 이에 상류계층은 남쪽 형주荊州, 양주襄州 등의 지역으로 도주하거나 혹은 산골로 숨어들었으며, 안록산이 이를 틈타 약탈을 자행함에 따라 교통로 역시 두절되고 말았다. 광록경光祿卿 은중경殷仲卿이 1,000명을 이끌고 남전藍田에 방어벽을 세우는 한편, 기병 200명을 선발해 산수滻水(장안성 동쪽에 있는 남북 방향으로 흐르는 하천)를 건너자, 어떤 사람이 토번의 군사에게 거짓으로 '곽령공郭令公(곽자의)의 군대가 온다.'라고 말하였다. 이 말을 들은 토번의 군사들이 크게 동요하였다. 마침 소장少將 왕보王甫가 무뢰배들과 함께 북을 치며 궁궐 안에서 소리를 지르니, 토번의 군사들이 놀라 한밤 중에 모두 퇴각하였다. 곽자의가 장안에 입성하자 고휘高暉는 동쪽으로 달아나 동관에 이르렀으나, 그곳을 지키고 있던 장수 이일월李日越에 의해 죽임을 당하였다. 토번이 장안에 머문 지 15일 만에 물러가자 황제가 다시 장안으로 돌아왔다."고 『신당서·토번전』권216에 기록되어 있다. 『자치통감』에서 역시 "당은 무덕武德 이래 변경을 개척하여 서역까지 넓히고, 독督, 부府, 주州, 현縣을 설치하였다. 개원開元 년간에 삭방朔方, 농우隴右, 하서河西, 안서安西, 북정北庭 등의 지역에 절도사를 두고 다스리도록 하였다. 매년 산동山東의 정장丁壯을 선발해 군사로 삼고, 비단을 군자금으로 삼는 동시에 둔전屯田을 개간해 양식을 공급하고, 감목監牧을 설치해 말과 소를 키웠다. 성에 군사를 배치해 지키도록 하였다."고 기록해 놓았다. 군사상의 실리 문제로 토번은 당제국을 압박해 청수화약淸水和約을 맺었는데, 이는 당과 토번의 관계사에서 또 하나의 커다란 사건이었다.

회맹 제도는 원시 사회 말기 군사민주제가 시행되던 시기에 형성된 일종의 제도라고 할 수 있는데, 토번에서는 정권 건립 이전부터 이를 통해 각 부락 간의 이익을 효과적으로 조정할 수 있었다. 그래서 토번은 왕조의 흥기와 청장고원의 통일 과정에서 이러한 제도를 적극적으로 활용하였을 뿐만 아니라, 후대에 이르기까지 지속적으로 이어져 내려왔다. 『신당서·토번전』의 기록에 의하면, "찬보와 그 신하들은 매년 소맹小盟을 맺었으며, 이때 양, 개, 원숭이를 희생으로 사용하였다. 3년마다 대맹大盟을 맺었으며, 밤에 제단을 설치하고 사람, 말, 소, 당나귀를 희생으로 삼았다. 무릇 희생은 반드시 다리를 자르고 내장을 꺼내 앞에 놓고, 무당이 '맹약을 어기는 자는 희생처럼 될 것이다.'라고 신에게 고한다. 이러한 제도는 점차 토번이 점령하고 있던 하서회랑과 농우隴右 등의 지역까지 확대되었다. 역사 기록에 의하면, 706년부터 822년까지 100여 년에 걸쳐 토번 정권과 당제국은 모두 일곱 번의 회맹을 맺었으며, 당과 토번 사이에 일어나는 중요한 사안은 모두 이 회맹 방식을 통해 해결하였다.

당과 토번의 회맹은 크게 전후 두 시기로 나눌 수 있다. 당 초기, 당과 토번은 모두 강성한 국력을 가지고 있었으나, 당시 토번은 당제국과 비교해 정치, 경제, 군사적 측면뿐만 아니라, 문화의 발달 측면에서도 큰 차이가 있었던 까닭에 당과 토번이 회맹을 맺을 때면, 당이 항상 상석의 자리에 앉았다. 그래서 문성공주와 금성공주가 토번으로 시집갈 때도 "장인과 사위의 관계"에 있던 토번의 찬보가 당제국 황제에게 "자혼子婚"이라 일컫으며 사위로서의 예를 다하였고, 당 고종이 즉위한 후 송찬간포를 "부마도위駙馬都尉"에 제수하고, "서해군왕西海郡王"에 봉했던 것이다. 금성공주가 시집간 후에는 이러한 양국의 관계가 더욱더 강화되었다. 하지만 후에 당은 안사의 난으로 인해 과거의 강성했던 옛 모습을 잃어버렸고, 이와 반대로 토번은 전보다 더욱 강성해져, 당과의 종속 관계에서 벗어나 새로운 관계를 강력하게 요구하게 되었다. 문헌에 따르면, "토번은 매번 표表와 소疏를 보내올 때마다 적국의 사신처럼 말이 거만하고 행동이 무례하였다."고 한다. 이것은 토번이 강성해진 이후 당과 평등한 지위에 서고자 했던 강력한 요구의 표시였다. 『신당서·토번전』 권216 하에서 "이듬해(780년) 전중소감殿中少監 최한형崔漢衡이 토번에 사신으로 갔는데, 찬보가 무례하게 "우리 토번이 당과는 외삼촌과 조카의 나라임에도 불구하고, 조서에서 신하의 예를 사용하여 우리를 비하하였다."고 말하는가 하면, 또한 운주雲州 서쪽 하란산賀蘭山 지역까지 토번의 경계를 요구하면서, 천자에게 상주토록 하였다. 그리고 입번사판관入蕃使判官 상로常魯와 논실낙라論悉諾羅를 파견해 찬보의 말을 천자에게 전하였다. 이외에도 경룡景龍 연간(707~710년)의 조서를 인용해 "당의 사신이 토번에 이르면, 조카가 앞서 회맹하는 것이 예이고, 토번의 사신이 당에 이르면 외삼촌이 친히 회맹에 임하는 것이 예이다."고 말하며, 찬보가 "그 예의 근본은 서로 균등함에 있다."고 주장하였다. 이에 황제가 그것을 허락해 '헌獻'을 '진進'으로, '사賜'를 '기寄'로, '영취領取'를 '영지領之'로 고치도록 하였다. 결국 전임 재상 양염楊炎이 옛일을 잘 알지 못하고 상대방에게 구실을 주어 하란산賀蘭山을 양국의 경계로 삼고 말았다. 토번의 대상大相 상실결尚悉結은 살인을 좋아하고, 검남劍南의 패배를 잊지 못해 화의和議에 협조하지 않았다. 그러나 그의 후임 상결찬尚結贊은 지략을 갖추고 있어 변경의 백성을 쉬도록 간곡히 요청하니, 찬보가 마침내 상결찬을 대상大相으로 삼고 당과의 강화 조약을 맺었다. 토번의 사신 구협찬區頰贊이 최한형崔漢衡과 함께 변경에서 회맹하였다. 이때 당 조정에서는 최한형을 홍려경鴻臚卿에 임명하고, 도관원외랑都官員外郎 번택樊 澤을 계회사計會使에 임명하여 상결찬과 맹약을 맺도록 하는 한편, 농우절 도사隴右節度使 장일張鎰에게도 알려 회맹에 참석하도록 하였다. 번택은 상 결찬과 청수淸水(감숙성 청수현)에서 소와 말을 희생으로 삼고 회맹을 맺 었다. 그러나 장일은 이번 회맹의 예를 폄하하고자 상결찬에게 "당은 소 가 없으면 밭을 갈지 못하고, 토번은 말이 없으면 전쟁을 하지 못하니 청 컨대 개, 돼지, 양을 쓰게 하십시오."라고 말하자 상결찬이 이에 동의하였 다. 장차 회맹 의식을 거행하기 위해 먼저 땅을 고르고 단을 쌓은 다음 양 국은 각기 이천 명의 병사로 하여금 제단 밖에 도열하도록 하고, 수행원 들은 제단 아래 서 있도록 하였다. 장일은 막료 제영齊映, 제항齊抗, 홍려경 최한형, 계회사 우적, 번택, 상로 등과 함께 조복을 갖춰 입고, 상결찬을 비롯한 논실협장, 논장열, 논리타, 논력서 등과 함께 차례로 단에 올랐다. 희생 의식은 단의 북쪽에서 거행되었다. 각자 희생의 피를 섞어 들고 "당 의 땅은 경주涇州의 서쪽 탄쟁협彈箏峽과 농주隴州의 서쪽 청수淸水에 이르며, 봉주鳳州의 서쪽은 동곡同谷에 이르고, 검남劍南은 서산西山과 대도수大度水에 이른다. 토번은 난주蘭州, 위주渭州, 원주原州, 회주會州에 진鎭을 두고 지키 며, 서쪽으로 임조臨洮, 동쪽으로 성주成州, 검남의 서쪽 마사磨些(모소족, 현재까지 모계 사회를 유지하고 있는 민족 집단)의 거주지와 대도수의 서 남쪽까지로 정한다. 그리고 황하 북쪽에 위치한 모든 지역, 신천군新泉軍 (오늘날의 감숙성 회녕현의 서북)에서 대적大磧(타클라마칸 사막)에 이르는 지역을 포함하며, 남쪽으로 하란산의 탁타령橐它嶺을 양측의 중간 지대로 남겨둔다. 양국이 설치한 변경 요새에 더 이상 군사를 증원하지 않으며, 새롭게 성곽을 쌓거나 변경 지역에 둔전을 개간하지 않는다."고 맹약을 맺었다. 회맹을 마친 후 토번측은 장일에게 제단 서남쪽 귀퉁이에 불상이 모셔져 있는 장막에 가서 맹서하도록 하였다. 이어서 양측이 모두 단壇에 올라 성대한 연회를 열고, 술잔을 나눠 마신 후 돌아갔다. 황제가 재상과 상서에게 명하여 토번의 사신과 함께 장안에서 회맹하도록 하였으나 청수맹약淸水盟約에서 강역이 확정되지 않았다는 이유로, 다시 최한형을 토번에 파견해 찬보와 논의한 후 마침내 맹약을 맺었다. 이때 재상 이충신李忠臣, 노기盧杞, 관파關播, 최녕崔寧, 공부상서 교림喬琳, 어사대부 우기于頎, 태부경 장헌공張獻恭, 사농경司農卿 단수실段秀實, 소부감少府監 이창기李昌夔, 경조윤京兆尹 왕굉王翃, 금오위대장군金吾衛大將軍 혼감渾瑊과 구협찬區頰贊 등이 경성 서쪽 교외에서 거행된 회맹에 참가하였는데, 청수淸水의 예에 따라 거행하였다. 회맹을 거행하기 두 달 전에 먼저 종묘에 고하고 제사를 지낸 다음 사흘째 되는 날 관파關播가 무릎을 꿇고 맹서문을 읽었다. 회맹이 끝난 후에 성대한 연회를 베풀었다. 조정에서 조서를 내려 좌부사左仆射 이규李揆를 입번회맹사入蕃會盟使로 삼고 구협찬 등을 배웅토록 하였다. 문헌의 기록에 따르면, 당 중종 이현李顯 신룡神龍 2년(706년)부터 당 목종穆宗 이항李恒 장경長慶 2년(822년)까지 100여 년에 걸쳐 당제국은 토번과 일곱 차례의 회맹을 맺었다.

그 구체적인 상황은 다음과 같다. 첫 번째 맹약은 당 중종中宗 신룡神龍 2년(706년)에 맺었으며, 양국이 황하를 경계로 국경을 삼았다. 중종 경룡景龍 3년(709년) 금성공주가 토번의 찬보에게 시집을 갔으며, 토번으로부터 많은 뇌물을 받은 선주鄯州 도독 양구楊矩가 중종 황제에게 하서구곡河西九曲의 땅을 금성공주의 탕목지湯沐地로 사용할 수 있게 요청하는 상소를 올려 중종이 이를 허락하였다. 이 하서구곡은 목축하기에 적합한 물과 풀이 풍부하였으며, 또한 당의 국경과 가까운 군사요충지였다. 그 결과 이 화약和約은 당에 매우 불리하게 작용하였다. 우선 목축에 적합한 목장을 잃게 되었을 뿐만 아니라 당의 군사 요새를 더 이상 지킬 수 없게 된 것이다.

당 현종 개원 2년(714년)에 토번이 재차 당에게 새로운 경계와 회맹을 요청하여, 당과 하원河源(지금의 청해성 서녕시西寧市 동남쪽)에서 회맹을 하기로 하였다. 그러나 토번의 수령 분달연坌達延이 장병 10만을 인솔해 당의 변진邊鎮 임조臨洮를 공격하고, 난주와 위주 등의 지역을 노략질해 회맹은 거행되지 못하였다.

　당과 토번의 두 번째 회맹은 개원 22년(734년)에 맺었다. 개원 17년(729년) 당의 군대가 토번이 건립한 석보성石堡城(오늘날의 청해성 황원현湟源縣의 남쪽)을 정복하였고, 이듬해(730년) 토번이 사신을 파견해 화약和約을 요청하자 당이 회맹을 허락하였다. 개원 22년(734년) 쌍방이 회맹을 맺고 적령赤嶺(황원현 서쪽 일월산日月山)을 양국의 경계로 삼기로 하였다. 이것은 당이 군사적 승리를 거두고 나서 토번이 당에 제기한 화의和議였다. "토번의 영令 낭골曩骨이 문서를 들고 변새邊塞 아래에 와서 '논망열論莽熱, 논읍열論泣熱은 모두 만인장萬人將이나 찬보의 명으로 도독과 자사께 사죄합니다. 양국은 외삼촌과 조카 사이였으나, 과거 미불롱강彌不弄羌과 당항黨項이 우리 두 나라 사이에서 문제를 일으켜 화평이 깨짐에 따라 우리 쪽에서도 당의 말을 듣지 않고, 당 역시 우리 토번의 말을 들으려고 하지 않았습니다.'"는 말을 하며 맹약을 요청하였는데, 이는 충왕忠王(숙종肅宗 이형李亨)의 친구 황보유명皇甫惟明이 나이 어린 찬보에게 "하서河西, 농우隴右의 재부가 모두 고갈되었다."고 하면서 당 현종玄宗과의 화약和約을 권유하여 이루어진 것이었다. 또한 "토번이 적령에서 말의 교환을 청하여 감송령甘松嶺(오늘날의 사천성 송반현松潘縣 서북쪽)에 호시互市를 열었다. 재상 배광정裴光庭이 "감송甘松은 중국에서도 지세가 험한 요충지이니, 적령赤嶺을 허락하는 것만 못합니다."고 말하니, 이에 적령을 경계로 하자는 의견을 받아들여 큰 비석을 세우고 맹약을 그 위에 새겨 놓았다.

　세 번째 회맹은 당 숙종肅宗 지덕至德 원년(756년)에 맺었다. 천보天寶 14년

(755년) 당에 안사의 난이 일어나자 "가서한哥舒翰이 하河와 농隴의 병사를 모아 동쪽의 동관潼關을 수비하였고, 여러 장수가 각기 진병鎭兵을 통솔해 난을 토벌하였다. 처음에는 이를 행영行營이라 불렀다. 이로 인해 변경의 방비가 허술하게 되자, 토번이 이 틈을 타서 당의 국경을 침범하고 약탈을 자행하였다. 지덕至德(756~758년) 초기에 휴주嶲州(오늘날의 사천성과 운남성의 교계 지역)와 위무威武 등 지역의 성을 취하고 석보성石堡城에 들어가 주둔하였다. 그 이듬해 토번이 사신을 보내 안록산을 토벌하고 친선을 도모하고자 하였다. 숙종肅宗이 급사중給事中 남거천南巨川을 보내 답방하도록 하였다. 그러나 토번이 매년 침입해 곽주廓州, 패주霸州(오늘날의 사천성 송반현松潘縣 서남쪽), 민주岷州(오늘날의 감숙성 민현岷縣) 등의 여러 주와 하원河源과 막문군莫門軍을 취하였다. 사신이 여러 차례 와서 화평을 청했으나, 황제는 그 거짓됨을 간파하고 잠시 변경의 우환을 잠재우고자 재상 곽자의郭子儀, 소화蘇華, 배준경裴遵慶 등에게 조서를 내려 회맹을 맺도록 하였다."고 『신당서·토번전』 권216상에 기록되어 있는데, 이번 회맹은 장안의 홍려사鴻臚寺에서 이루어졌다.

네 번째 회맹은 당 대종代宗 영태永泰 원년(765년)에 맺었다. "보응寶應 원년(762년)에 임조臨洮를 함락시키고, 진주秦州를 비롯한 성주成州, 위주渭州 등을 취하였다. 광덕廣德 원년(763년) 토번은 사신으로 파견된 산기상시散騎常侍 이지방李之芳과 태자의 좌서자左庶子 최륜崔倫 등을 돌려보내지 않고, 또 다시 서산西山의 합수성合水城을 공격하였다. 2년(764년)에는 대진관大震關을 침입해 난주蘭州, 하주河州, 선주鄯州, 조주洮州 등의 여러 주州를 취함에 따라 농우隴右 지역의 땅을 모두 잃고 말았다. 토번의 군사가 당의 수도 장안까지 쳐들어오자 대종이 섬주陝州로 피신하였다. 후에 토번이 장안에 들어와 광무왕廣武王 승굉承宏을 황제로 추대하고 15일간 성내에 머물렀다. 부원수 곽자의와 은중경殷仲卿 등의 공격을 받고 물러가자 황제가 장안으로 돌아왔다. 토번이 다시 양주凉州를 포위하자 하서절도사 양지열楊志烈이 감주甘州로 도망쳤다. 양주가 함락된 상황에서 "영태永泰 원년(765년) 토번이 화의를 청해 오자 대종이 재상 원재元載와 두홍점杜鴻漸을 보내 토번의 사신과 회맹을 하였다." 이 회맹은 장안의 흥당사興唐寺에서 거행되었다.

다섯 번째 당과 토번의 회맹은 당 덕종 건중建中 4년(783년)에 이루어졌다. 건중 2년(781년) 쌍방은 하란산賀蘭山을 경계로 양국의 영토를 확정하였다. 그 이듬해 회맹을 하고자 하였으나 이루어지지 않았다. 건중 4년 정월에 비로소 쌍방이 청수淸水에서 회맹을 맺었다.

여섯 번째 회맹은 당 덕종 정원貞元 3년(787년)에 맺었다. 역사에서 "정원 3년(787년) 좌서자左庶子 최완崔浣과 이섬李銛을 차례로 토번에 사신으로 보냈다. 상결찬은 염주鹽州와 하주夏州를 취한 후 병사를 주둔시키고, 자신은 명사鳴沙에 주둔하였는데, 여러 차례 군량의 수급에 어려움을 겪었다. 이에 낙원광駱元光과 한유환韓游瓌이 변경과 인접한 곳에 주둔하고, 마수馬燧가 석주石州에 주둔해 황하를 사이에 두고 서로 호응하니, 상결찬이 크게 두려워하며 여러 차례 회맹을 청했으나 황제가 허락하지 않았다. 이에 상결찬이 휘하의 귀장貴將 논협열論頰熱을 보내 많은 재물로 마수馬燧를 회유하였다. 마수가 사사로운 정을 앞세워 직접 천자를 알현하자, 마수의 입조를 본 변경의 장수들은 모두 수비만 할 뿐 싸우지 않았다. 상결찬은 이 틈을 타 재빠르게 도주하였는데, 말은 대부분 죽고 병사들은 굶주림에 지쳐 제대로 걷지도 못하였다. 최한이 명사鳴沙에 이르러 상결찬에게 조서를 전하며, 그가 약속을 어기고 염주와 하주를 함락시킨 일을 꾸짖자, 상결찬이 "본래 무정천武亭川의 공을 상주지 않아 온 것이었으나, 변경의 경계비가 쓰러져 강역을 분명히 알기 어려워 변경까지 오게 된 것입니다. 경주涇州는 성문을 닫고 굳게 지켰으며, 봉상鳳翔의 이령공李令公과 이성李晟은 우리 사신을 받아들이지 않았습니다. 당에서 강성康成이 사신으로 왔다고는 하지만, 그간의 사정을 분명하게 말할 수 없었습니다. 저는 매일 대신이 당도하기를 기다렸으나 아무도 오지 않기에 철군하여 돌아갔습니다. 염주와 하주의 장수들이 우리 토번군을 두려워해 성문을 열고 우리와 화의를 청한 것이지, 우리가 공격해 함락시킨 것이 아닙니다. 만약 천자께서 다시 회맹을 허락하신다면, 그것은 우리가 바라는 바이기 때문에 천자의 명을 받들어 염주와 하주를 당에 돌려드리겠습니다."고 화답하였다. 또한 청수淸水의 맹약을 언급하면서, 당시 참여한 대신이 적어 쉽게 맹약이 파기되었으니, 재상과 원수 21명을 파견해 회맹할 것을 청하였다. 그리고 영염절도사靈鹽節度使 두희전杜希全과 경원절도사涇原節度使 이관李觀이 외번外蕃의 신임을 받고 있음을 피력하고, 이들로 하여금 회맹을 주재하도록 청하였다. 이에 황제는 최한을 상결찬에게 보내 "두희전은 영주靈州를 지키고 있고, 관할 범위가 정해져 있어 경계를 넘는 것이 불가하다. 그리고 이관은 이미 다른 관직으로 이임시켰으니, 혼감渾瑊을 맹회사盟會使로 삼고자 한다."고 전하였다. 오월에 청수淸水에서 회맹하고, 토번으로 하여금 염주와 하주를 먼저 반환토록 하여 토번의 신의를 시험하였다. 상결찬이 청수가 길한 곳이 아니라고 하며, 원주原州의 토리수土梨樹에서 회맹할 것을 청하며, 두 주州를 반환하니 천자가

〈그림 25〉 당唐과 토번吐蕃의 평량회맹平凉會盟

이를 따랐다. …… 좌신책장左神策將 마유린馬有鄰이 "토리수는 수풀이 우거지고 지세가 험하여 군대가 쉽게 매복할 수 있기 때문에, 지세가 평탄하고 탁 트인 평량平涼보다 못합니다. 또한 평량은 경주涇州와 가까워 위급한 상황이 발생할 경우 보호를 받을 수 있습니다."라고 건의하자, 황제는 이 건의를 받아들여 회맹의 장소를 평량으로 정하였다. 상결찬이 중간에 회맹을 어기고, 당의 회맹사 최한형崔漢衡, 정숙구鄭叔矩, 노필路泌 등 16여 명을 억류하였다. 이에 회맹은 결렬되고 토번의 침략도 끊이지 않게 되었다.

일곱 번째 회맹은 당 목종穆宗 장경長慶 2년(822년)에 맺었다. 이 맹약은 당과 토번의 마지막 회맹으로 가장 큰 영향을 끼쳤다. 그 경과는 당 덕종 정원 12년(796년) "오랑캐의 사신 농상자農桑者가 와서 화의를 청했으나, 조정에서는 믿을 수 없다고 여겨 이를 받아들이지 않았다." 당 헌종憲宗 초기에 "사신을 보내 화의를 맺고 포로를 돌려보냈다. 또한 순종順宗의 죽음을 알리니, 토번 역시 논발장論勃藏을 보내왔다. 그 후로 매년 내조하였다. ……" 헌종 원화元和 5년(810년) 당이 "사부랑중祠部郎中 서복敍復을 사신으로 파견하는 한편, 발천포鉢闡布에게 서신을 보냈다. 발천포는 오랑캐의 승려로 국사를 담당하였으며, 또한 발체포鉢掣逋라고도 불리었다. …… 오랑캐가 논사사열論思邪熱을 사신으로 파견해 사례하고, 정숙구鄭叔矩와 노필路泌의 유해를 돌려보내며 진주秦州, 원주原州, 안락주安樂州를 반환할 뜻이 있음을 언급하였다. 조서를 내려 재상 두우杜佑 등에게 논사사열과 의논하도록 하였다. 논사사열이 정廷에서 배례拜禮하자 두우는 당상堂上에서 답례하였다. 다시 홍려소경鴻臚少卿 이섬李銛과 단왕부장사丹王府長史 오훈吳壎을 토번에 답방 사절로 파견하였다. 이후로 매년 조공이 그치지 않았다. 또한 농주隴州 변경에 호시互市를 청하니 조정에서 허락하였다." 원화 12년(817년) "찬보의 사망을 사신 논걸염論乞髯이 와서 알리니, 우위장군右衛將軍 오중기烏重玘와 전중시어사殿中侍御史 단균段鈞을 보내 조문하였다. 가려가족可黎可足

이 찬보에 등극하였다." 장경長慶 원년(821년) 토번이 "상기력타사尚綺力陀思를 사신으로 보내와 다시 회맹을 요청함에 이를 허락하였다." 당은 "대리경大理卿 유원정劉元鼎을 회맹사盟會使로 하고, 우사랑중右司郎中 유사로劉師老를 부사로 삼았다. 또한 조서를 내려 재상과 상서우복사尚書右仆射 한고韓皋, 어사중승 우승유牛僧孺, 이부상서 이강李絳, 병부상서 초면肖俛, 호부상서 양어릉楊於陵, 예부상서 위수韋綬, 태상경 조종유趙宗儒, 사농경 배무裴武, 경조윤 유공작柳公綽, 우금오장군 곽총郭鏦 등으로 하여금 토번의 사신 논눌라論訥羅와 장안의 서쪽 교외에서 회맹토록 하였다." 『신당서·토번전』에 "'두 나라는 서로 침범하지 않으며, 포로 문제가 발생할 경우 옷과 양식을 주어 돌려 보낸다.'는 등의 조건에 대해 조정에서 동의하였다. 회맹에 참여한 대신들을 모두 문서에 기록하였다. …… 이듬해 장경 2년(822년) 토번이 경계확정을 요구해 유원정劉元鼎이 토번에 가서 논눌라論訥羅와 함께 회맹하고, 토번측 대신의 명단을 모두 문서에 기록하였다. …… 당의 사신이 도착하자 급사중給事中 논실답열論悉答熱이 와서 회맹에 대해 논의를 한 후, 아우牙右 서쪽에서 연회를 크게 열고 술과 음식을 대접하였는데, 이는 중국의 관습과 유사하였다. 먼저 『진왕파진곡秦王破陣曲』을 연주하고, 이어서 『양주涼州』, 『호위胡渭』, 『녹요錄要』 등을 연주하였다. …… 삽혈歃血을 하고 나서 …… 사신과 함께 서로 경하한 후 단에서 내려왔다. 유원정이 돌아올 때, 토번의 원수元帥 상탑장尚塔藏이 대하천大夏川(오늘날의 감숙성 임하현臨夏縣 동쪽) 숙소까지 배웅하고, 동방을 관할하는 백여 명의 장군을 불러 회맹의 문서를 보이며, 변경 수비에 힘쓰되 서로 침범하지 말 것을 명령하였다. 회맹문에는 이태彝泰(토번의 연호) 7년이라고 썼다." 이번 회맹이 당과 토번이 맺은 맹약 중에서 가장 큰 효력을 발휘하였다.

위에서 언급한 당과 토번의 회맹을 통해 아래와 같이 몇 가지 결론을 종합해 볼 수 있다. 당과 토번이 맺은 일곱 차례 회맹은 당 중종 신룡神龍

2년(706년)에 시작해 당 목종 장경長慶 2년(822년)에 이르러 끝이 났는데, 그 기간은 무려 100여 년에 이르렀다. 건중 2년(781년)을 기점으로 그 이전에는 당이 위세를 떨치고 토번이 약세를 보였으나, 그 이후부터는 토번이 위세를 떨치고 당이 쇠퇴기로 접어들어 회맹에서 토번이 주도적인 역할을 하였다는 사실에 주목할 필요가 있다.

위의 논의를 통해 당과 토번의 회맹이 대부분 토번에 의해 먼저 제기되었으며, 또한 매번 회맹을 맺을 때마다 영토에 대한 요구가 있었다는 사실을 알 수 있다. 토번은 군사적으로 자신들이 우세할 때는 당에게 굴욕적인 요구를 강요하였고, 군사적으로 열세에 놓여 있을 때는 회맹을 구실로 새로운 전기를 마련하고자 하거나, 심지어 당의 사자를 포로로 잡아 강제로 정국의 변화를 이끌어내고자 하였다. 비록 당과 토번이 서로 일곱 차례의 회맹을 맺었다고는 하지만, 매번 토번이 일방적으로 회맹의 신의를 저버리고, 영토 확장을 위한 침략과 약탈을 자행함으로써 당은 끝내 변경의 안녕을 이루어내지 못하였다.

4절 당·번고도의 행인

현재 이 주제에 관하여 연구한 학자들도 적지 않은 편이다. 이들은 모두 문성공주가 서장에 들어가면서 개통된 이 길을 통해 가장 먼저 인도 마가다 왕국을 다녀온 당의 칙사 왕현책, 이의표, 고승 현조법사玄照法師 등을 언급하였으며, 1995년 12월 절강인민출판사에서 출판된 장운張雲 선생의 『실크로드 문화·토번권』에서도 이와 같은 내용이 언급되어 있다. 이들 연구자들이 이처럼 생각하는 이유에 대해서는 다음과 같이 간략하게 세 가지로 개괄해 볼 수 있다. 첫 번째는 왕현책을 비롯한 이의표, 현조법사

등이 모두 니파라 길을 통해 카트만두 곡지谷地를 거쳐 인도에 도착했다는 사실이다. 두 번째는 현조법사가 불법을 구하기 위해 인도에 갈 때, 토번에서 문성공주의 자금 지원을 받았다는 점이다. 세 번째는 왕현책이 인도에 사신으로 파견되었다가 마가다 왕국의 아라나순에게 물건을 빼앗기고 도망쳤을 때 토번의 도움으로 아라나순을 격파하였으며, 후에 당 태종의 소릉昭陵 앞에 아라나순의 조각상이 세워졌다는 사실이다. 네 번째는 당·번고도가 당제국의 수도 장안에서 인도 마가다 왕국으로 가는 길 가운데 가장 빠른 지름길이었다는 사실이다. 이러한 이유로 그들은 모두 이구동성 왕현책과 현조법사 등이 모두 이 길을 통해 마가다 왕국에 도착했다고 주장한 것이다. 그러나 이러한 주장과는 달리 계선림季羡林 선생은 이 문제에 대해, 비록 당·번고도가 당시 인도로 통하는 가장 빠른 지름길이었다고 하지만, 길이 험난해 극히 일부 사람들만이 이 길을 경유했을 것이라는 견해를 피력하였다. 장운 선생의 통계에 따르면, 장안에서 토번의 수도 라싸까지 2,900여 리라고 한다. 그러므로 만일 여기에 라싸에서 카트만두, 그리고 카트만두에서 다시 마가다 왕국에 이르는 거리를 모두 합산한다고 해도 5,000리가 넘지 않는다. 따라서 당과 토번의 거리가 1만여 리나 된다는 주장과는 상당히 모순되는 상황이 발견된다.

왕현책이 칙사로 인도 마가다 왕국에 네 차례나 다녀왔다는 사실에 대해서, 일찍이 필자는 1998년에 출판된 『왕현책사적구침王玄策事迹鉤沉』과 『중국역사지리논총中國歷史地理論叢』 1997년 제2기 『당칙사왕현책사인도노선재고唐勅使王玄策使印度路線再考』에서 관련 자료를 통해 상세하게 밝혀 놓았는데, 이를 통해서 왕현책이 다름아닌 바로 실크로드를 통해 인도에 다녀왔다는 사실을 확인할 수 있었다. 이 문제와 관련된 구체적인 설명은 제8장에 가서 토론할 예정이라, 여기서는 더 이상 언급을 피하고자 한다.

당·번고도가 비록 통행이 어려울 정도로 험난했다고 해서 이 길을 아무도 가지 않았다는 것은 아니다. 우리가 수집해 조사한 자료에 따르면, 오히려 당과 토번 두 나라 사이를 왕래했던 사신과 행인들이 이 길을 주로 이용했다는 사실을 알 수 있다. 대표적인 통계에 의하면, 당 태종 정관 8년(634년)부터 당 무종武宗 회창會昌 2년(842년)까지 209년 동안 당에서 토번에 파견된 사신의 회수가 무려 52회에 달하고, 토번이 당나라에 파견한 사신의 회수 역시 100회가 넘는다. 따라서 양국의 사신 왕래를 모두 합하면 150회가 넘는데, 이는 평균 1년 4개월마다 양국의 사신이 오고 갔다는 사실을 말해주는 것이다. 특히 정관貞觀 23년(649년), 천보天寶 13년(754년), 정원貞元 3년(787년), 장경長慶 2년(822년)에는 매년 토번의 사신이 두 차례씩 당에 파견되었는가 하면, 개원開元 18년(730년), 보응寶應 원년(762년), 장경 4년(824년)에는 매년 토번의 사신이 세 차례씩 당에 파견되기도 하였다. 그리고 장경 원년(821년)에는 무려 네 차례나 당에 사신이 파견되었다. 이들이 당에 파견된 주요 임무는 화친和親, 고애告哀, 조제弔祭, 수호修好, 의맹議盟, 맹회盟會, 봉증封贈, 조공朝貢, 구청求請, 보빙報聘, 구화求和, 위문慰問, 약화約和 등에 관한 것이었다.[23] 즉 정치, 군사, 문화 등 여러 측면의 내용이 포함되어 있으며, 또한 이러한 내용이 구체적으로 실행된 역사적 사실을 담고 있다. 예를 들면, 토번의 청혼사請婚使 녹동찬이 송찬간포의 혼인을 위해 당에 사신으로 파견되었는데, 그는 총명하고 지혜로웠을 뿐만 아니라, 또한 박학다식하여 당 태종이 제시한 다섯 가지 난제를 쉽게 풀어내 태종으로부터 신임을 받았다고 한다. 이러한 사실은 당과 토번의 관계가 매우 우호적이었다는 사실을 설명해 줄 뿐만 아니라, 이와 동시에 사람들에게 발전된 토번의 문명을 엿볼 수 있게 해준다. 또한 녹동찬이 태종이 제기한 다섯 가지 난제를 풀었다는 말은 그의 재능이 문제를 낸 당나라 사람들 못지 않았다는 사실을 증명해 주는 것이라고 하겠다.

---

23) 王忠, 『新唐書吐蕃傳殘證』, 과학출판사, 1958년, 41쪽

외교적인 관계는 서로 대등한 입장에서 진행되어야 하는 것이 원칙이다. 특히 중세 봉건 사회에서는 이러한 점이 무엇보다 중요하게 여겨졌던 시기였다. 그래서 당은 우방국 사신이 무사히 귀국할 수 있도록 안전을 보장하였을 뿐만 아니라, 또한 때로는 수행하는 사신을 파견해 순조롭게 귀국할 수 있도록 배려하기도 하였다. 이렇듯 당제국은 예의지국이라는 이미지를 지키기 위해 토번과 대등한 입장에서 서로 사신을 주고받았다. 당과 토번을 비교해 볼 때, 경제와 문화 등 거의 모든 방면에서 당이 토번보다 앞서 있었다. 따라서 토번에 파견되는 당의 사신들 역시 일반인들보다 뛰어난 학식과 재능을 가지고 있었다. 하지만 이들이 주로 다루었던 문제는 당과 토번의 회맹에 관련된 일들이었다.

당에서 토번으로 가는 길은 멀고 험한데다 토번이 항상 기만을 하거나 맹약을 어겼던 까닭에, 사신을 선발해 파견할 때는 개인의 능력뿐만 아니라 나라에 충성을 바칠 수 있는 "박망후博望侯"와 같은 정신이 필요하였다. 일찍이 중종 때 화친을 위해 금성공주를 토번에 시집보내고자 토번의 사정에 밝고 변경을 안정시킬 수 있는 능력을 지닌 기처눌紀處訥을 화친 사자로 파견하고자 하였으나, 그는 변경 지역을 잘 알지 못한다는 이유를 들어 사퇴하였다. 이에 중종은 다시 중서시랑 조언소趙彦昭를 사자로 임명하였으나, 조언소 역시 다른 나라에 사절로 나갔다가 조정의 총애를 잃을까 두려워 임무를 받아들이려고 하지 않았다. 이때 사농경 조리온趙履溫이 그의 심중을 간파하고, 몰래 안락공주安樂公主로 하여금 조언소의 일을 중종에게 상주토록 간청하였다. 중종은 어쩔 수 없이 좌위대장군 양구楊矩를 다시 사자로 임명해 파견하였는데, 이를 통해서 토번에 파견하는 사자를 쉽게 선발할 수 없었던 당시의 상황을 어느 정도 엿볼 수 있다.

토번에 파견되는 당제국의 사신은 대부분 황제가 직접 임명한 흠차대신欽差大臣이었다. 하지만 이와 관련된 내용이 문헌 기록에 남아 있는 경우는 매우 드문 편이다. 『전당문全唐文』에 남아 있는 어제조서御製詔書 역시 『명이고사토번제命李暠使吐蕃製』와 『명최림사토번조命崔琳使吐蕃詔』두 편밖에 보이지 않는다. 이 두 편의 조서는 모두 당 현종의 손에서 나온 것으로, 『전당문全唐文』에 그 내용이 수록되어 있는데, 사신의 이름과 임무 등에 관한 내용만 간략하게 소개해 놓았을 뿐, 다른 내용은 거의 보이지 않아 당시의 상황을 연구하는 데 많은 어려움이 있다. 감숙성 영정현永靖縣 병령사炳靈寺 석굴 제148호의 바깥 북쪽 벽 위에 『영암사기靈巖寺記』라는 비명의 비문이 음각陰刻으로 새겨져 있는데, 높이가 1.23m, 너비는 0.98m이다. 비록 비석의 일부 문자가 떨어져 나갔지만, 그 내용을 어느 정도 엿볼 수 있어 당시 상황을 이해하는데 도움이 되고 있다. 이 비석은 당에서 토번으로 들어가는 고도古道 요충지에서 발견되었고, 당에서 파견된 사신의 진적眞迹이 남아 있어 그 연구 가치가 매우 높은 편이다. 특히 역사학적 측면에서 중요한 연구 가치를 지니고 있어 당·번고도 연구자들에게 귀중한 자료로 평가받고 있다.

위에서 언급한 내용 이외에도 이 비석 북측에 티베트족의 문자로 기록된 제기題記가 하나 보이는데, 『영암사기』에는 최림崔琳 등의 사절단 일행이 토번에 파견된 역사적 시기와 사절단의 구성 등이 명확하게 나타나 있어, 당시 역사 연구를 보완할 수 있는 귀중한 자료로 인정받고 있다. 이 상황에 대해 『구당서·토번전』에서는 "개원 18년(730년) 10월 토번의 사신 실랍悉臘 등이 장안에 이르렀다. ……", "어사대부 최림崔琳이 사절단에 임명되었으며, 적령赤嶺을 경계로 각기 비석을 세우고 서로 침범하지 않기로 약정 하였다."고 기록해 놓고 있다.

황제의 조서를 기록한 두 건의 문서 이외에 관련 역사 문헌 중에서도 신하들이 대신 작성한 제고制誥 몇 편을 찾아볼 수는 있으나, 그 수량은 상대적으로 매우 적은 편이다. 또한 동시대의 문인들은 황제의 명을 받들고 토번에 사자로 가는 사람들을 위해 눈물겹도록 감동적인 시구를 써 주기도 하였다.

토번의 사신 일행 중에서 당 목종穆宗 때 대리사경大理寺卿을 역임한 유원정劉元鼎이 사람들로부터 가장 주목을 받는 이유는 대략 두 가지를 들 수 있는데, 첫 번째는 그가 당의 사절단을 이끌고 토번에 가서 회맹을 맺고 "장경회맹비長慶會盟碑"를 세워 오랫동안 지속되어왔던 전쟁을 종식시키고, 사람들에게 안정된 생활 토대를 마련해 주었다는 점이다. 두 번째는 그가 객관적 입장에서 토번과 한인의 생활

〈그림 26〉 당번회맹비唐蕃會盟碑

모습을 기록해 역사가들로부터 큰 관심을 받아왔다는 점이다. 『신당서·토번전』에 "원정元鼎이 성기成紀와 무천武川을 넘어 하광河廣의 무량武梁에 이르니, 옛 성곽은 옛모습 그대로이며 난주 땅에는 벼가 무르익고 있었다. 그리고 복숭아나무, 살구나무, 버드나무가 우거져 있고, 집집마다 모두 당나라 사람들이 살고 있었다. 사신의 깃발을 보고 구경하는 사람들이 길 양쪽에 늘어서 있었다. 용지성龍支城(오늘날의 청해성 화륭化隆 남쪽)에 이르자 늙은이 천여 명이 눈물을 흘리며 절을 하고 천자天子의 안부를 물었다. '전에 군대를 따라 전쟁터에 나왔다가 여기에서 살게 되었습니다. 지금 자손들이 당의 복식을 잊지 못하고 있습니다만, 조정에서는 우리를 기억하고 있습니까? 군대는 언제 도착합니까?' 등의 말을 하며 흐느껴 울었다. 물어보니 그는 풍주豐州(내몽고 임하臨河) 사람이라고 하였다. 그런데 이와 관련된 내용은 역사적 사료와 돈황의 막고굴 벽화에서도 찾아볼 수 있다.

토번은 모든 주현州縣에 토번화 정책을 시행하여 한인들에게 토번의 복식을 강요하였다. 한복漢服은 매년 조상에게 제사를 지낼 때 겨우 며칠 동안 입을 수 있었으며, 그들의 생활 방식 역시 토번의 풍습을 따르도록 하였다. 이러한 당시의 상황에 대해 토번이 통치하던 시기에 조성된 공양인供養人의 화상畫像에서도 찾아볼 수 있어, 당시의 역사적 사실을 뒷받침해 주고 있다. 예를 들어, 중당中唐 때 조성된 제231호 굴과 제237호 굴 불감佛龕에 쌍두서상雙頭瑞祥 고사가 그려진 화면 아래에 이 화상을 조성한 가난한 선비의 모습이 보이는데, 토번의 복식을 하고 있다. 이러한 모습은 장의조張議潮가 사주沙州를 점령해 토번을 내쫓고 수복한 이후의 상황과는 완전히 다른 양상이다. 그렇기 때문에 이 화면을 통해서도 유원정의 기록이 실제 상황에 부합된다는 것을 알 수 있다.

〈그림 27〉 막고굴 제156호 굴 귀의군歸義郡 절도사 장의조張議潮의 출행도 만당晚唐

안사의 난 이후 당이 쇠퇴하면서 당과 토번의 전쟁이 지속적으로 발생하였다. 토번은 안서安西 지역에 위치한 네 개의 진鎭을 비롯해 하서회랑의 여러 주현州縣을 점령하고, 당의 수도 장안까지 밀고 들어와 당에 커다란 위협이 되었다. 전쟁에서 토번에 포로로 잡힌 당의 군사와 약탈당한 백성들의 수가 토번의 군사보다 훨씬 많았다고 하는데, 이들 역시 당·번고도의 주요 행인이었다고 볼 수 있다. 당 덕종 정원 3년(787년) 토번이 강羌과 토욕혼의 병사를 이끌고 견양汧陽과 화정華亭을 침입해 약탈을 자행하고, 1만여 명의 사람들을 사로잡아 동쪽으로 이주하도록 강요하였는데, 이때 "통곡을 하고 참호塹壕에 뛰어들어 죽는 자가 천여 명이 넘었다."고 한다. 이처럼 백성들은 그들의 자유를 완전히 빼앗기고 말았다. 당시 상황에 대해 사서에서는 "양손을 등 뒤로 하여 사람 키만 한 나무에 세 번 묶어 놓았으며, 밤에는 모두 땅에 넘어뜨려 머리카락을 서로 묶은 다음 담요로 덮었다. 그리고 수위守衛가 그 위에 누워 도망가지 못하게 하였다."(『구당서·토번전』과 『책부원귀』)고 기록하고 있다. 이때 포로로 잡힌 병사들이나, 혹은 약탈당한 백성들 역시 당·번고도를 통해 토번으로 압송되었다. 토번에 끌려간 사람들 중에 기술이 있는 사람은 장인匠人으로 분류되거나, 지식인들은 우대를 받을 수 있는 기회가 주어졌으나, 대부분의 사람들은 모두 노예의 신세로 전락하였다. 평량平涼 회맹 때 사로잡힌 당의 사신이나 관리, 즉 최한형崔漢衡, 여온呂溫 등과 같은 사람들 역시 토번에 끌려간 후 그곳에서 늙어 죽거나 혹은 불문佛門에 들어가 승려가 되었다는 사실에 비춰볼 때, 그들의 상황이 일반 평민보다 그렇게 좋은 것만은 아니었다는 사실을 알 수 있다. 8세기 초에 이르러 당과 토번 사이에 다시 맹약이 맺어져 포로로 잡혀 있던 사신과 관리들이 귀환하게 되었고, 이로써 당·번고도가 다시 개통되는 계기가 되었다.

우리가 당·번고도의 행인을 이야기할 때, 한 가지 더 언급하지 않을 수 없는 사실은 바로 인도 마가다 왕국의 아라나순 역시 이 길을 거쳐 장안으로 압송되었다는 점이다. 이 사실은 중국과 인도, 그리고 토번 3국이 모두 관련된 중요한 역사적 사건이었다. 한족과 티베트족의 문헌 기록에 의하면, 당 태종 정관 21년(647년) 3월, 인도 마가다국의 국왕 시라일다가 당에 사신을 파견하였으며, 이외에도 서역의 많은 국가들이 사신을 파견해 조공을 받쳤다고 한다. 이때 당 태종은 사신을 통해 인도 마가다 왕국의 석밀石蜜 제조에 관한 이야기를 듣고, 크게 흥미를 느껴 왕현책을 정사로 삼고 장사인을 부사로 삼아 30여 명의 사절단과 함께 인도에 다시 파견하였는데, 이들의 주요 임무에 대해 문헌 기록을 참고해 살펴보면, 다음과 같이 몇 가지로 귀납해 볼 수 있다.

첫 번째는 각국의 조공 사절단을 무사히 귀국시키는 일이었다. 두 번째는 범어로 번역할 수 있는 당의 인재를 육성하는 일이었다. 세 번째는 인도 마가다 왕국의 마가보제사摩訶菩提寺에 가서 석밀 제조법을 얻어 오는 일이었는데, 사절단이 출발한 시기와 관련해서는 역사 문헌에서 구체적으로 보이지 않는다. 다만 우리가 알고 있는 점은 당 태종 정관 22년(645년) 5월 경자庚子일에 왕현책을 정사로 한 대당의 사절단이 인도 마가다 왕국에 도착했다는 사실이다. 또한 이 시기에 중국과 인도의 우호 관계를 주도했던 시라일다 왕이 세상을 떠나자 아라나순이 왕위를 탈취해 당의 사신을 포로로 잡고 공물을 약탈해 양국이 적대관계에 놓이게 되었는데, 이때 포로로 잡혀 있던 왕현책이 기회를 틈타 적의 진영을 빠져나와 토번의 서비西鄙에서 토번을 비롯한 니파라국, 장구발국章求拔國 등의 지원을 받아 승리를 거두고 아라나순을 장안으로 압송함으로써 그동안 중단되었던 중국과 인도의 우호 관계가 다시 회복되었다는 사실이다. 그런데 여기서 우리가 특별히 주목해야 할만한 점은 포로로 잡힌 아라나순을 비롯한 그의 왕비와 왕자가 토번 군대의 압송 아래 당·번고도를 통해 인도 마가다 왕국에서 출발하여 니파라국을 거친 다음 다시 토번의 수도 라싸에 도착했다가 후에 당의 수도 장안에 이르렀다는 사실이다. 그래서 필자는 인도 마가다 왕국의 아라나순을 비롯한 그의 왕비와 왕자, 그리고 압송을 책임졌던 토번의 사신이 당·번고도 남단(니파라 길)과 북단(라싸에서 장안에 이르는 길)을 경유한 첫 번째 행렬이었다고 보고 있다.

이어서 당·번고도를 이용한 세 번째 사람들은 당시 인도 유학을 떠났던 고승들이었다. 의정義淨이 편찬한 『대당서역구법고승전』과 기타 문헌에 기록된 내용, 그리고 최근의 연구 결과를 토대로 살펴볼 때, 당·번고도를 경유한 고승들은 아래와 같다고 하겠다.

현조법사玄照法師는 태주太州 선인장仙人掌 사람이며, 범명梵名은 반가사말저般迦舍末底(Prak syamati)이다. 정관 연간에 대흥선사大興善寺의 현증법사玄證法師에게서 범어를 배웠으며, 후에 장석杖錫에서 서행西行하여 금부金府(오늘날의 난주시蘭州市)에서 유사流沙를 거쳐, 철문鐵門을 밟고 설령雪嶺을 넘어 인도 마가다 왕국에 이르렀다. 그는 먼저 북인도 사란타국闍蘭陀國에서 4년 동안 공부를 한 다음, 다시 남하하여 중인도 마가다 왕국의 마하보리사摩訶菩提寺에 이르렀다. 그는 여기서 4년을 공부한 후, 당시 인도의 불교 중심지로 알려진 나란타사那爛陀寺에서 3년 동안 거주하였다. 후에 다시 갠지스강에 가서 점부苫部 왕의 공양을 받으며, 신자사信者寺에서 3년 동안 지냈다. 그 후 당의 사신 왕현책이 귀국하여 고종에게 현조의 높은 공덕을 칭

〈그림 28〉 나란타사那爛陀寺

찬하자, 고종이 왕현책을 통해 현조를 귀국시키라는 명령을 내렸다. 명을 받은 현조는 바로 길을 떠나 니파라 카트만두 계곡을 거쳐 히말라야를 넘은 다음 라싸에 이르러 문성공주의 후대를 받았으며, 고종 인덕麟德 2년(665년)에 당나라로 돌아왔다. 의정義淨은 『대당서역구법고승전·현조전玄照

傳』권상에서 이 일과 관련된 내용을 구체적으로 언급해 놓고 있어, 당시의 상황을 어느 정도 살펴볼 수 있다.

여기서 철문鐵門, 설령雪嶺 등의 지명이 등장하는 것을 보면, 현조법사가 지나간 길이 당·번고도가 아닌 실크로드였다는 사실을 알 수 있다. 물론 문성공주를 만났다고 하는 사실은 크게 믿기지 않는 일이지만, 그가 분명 당·번고도를 통해 인도에 도착했다고 하는 사실은 어느 정도 추측이 가능하다. 필자가 조사한 바에 따르면, 그가 칙사 이의표와 왕현책 등이 지나간 길을 따라 인도에 갔다가, 귀국할 때는 니파라국의 호송을 받고 토번에 도착해서 문성공주의 지원을 받아 서번西蕃을 돌아본 후 동하東夏에 이르렀다가, 다시 당·번고도를 따라 귀국했다는 사실을 알 수 있다. 한편, 현조법사는 인도로 갈 때, 먼저 옛 실크로드를 따라 갈습미라국羯濕彌羅國에 도착한 후, 여기서 다시 계빈국罽賓國(오늘날의 카슈미르)의 길을 따라 북상해 발률勃律에 들린 다음, 다시 동쪽으로 방향을 바꿔 아로장포雅魯藏布 강 동쪽에 위치한 소양동국小羊同國을 지나 망역芒域, 즉 오늘날의 서장 아리지구阿里地區 길륭현吉隆縣에 이른 다음 히말라야 산맥을 넘어 인도에 도착했다고 볼 수 있으며, 돌아올 때는 당·번고도를 통해 귀국길에 올랐다. 그러므로 우리가 당대 고승 중에서 현조법사가 제일 먼저 이 길을 경우했다고 말한다고 해서 너무 지나친 비약은 아니라고 본다.

도희道希는 제주齊州의 역성歷城 사람으로, 범명은 실리제사室利提娑(Srideva)이다. 도희는 태종 정관 연간(627~649년)에 옛 실크로드를 따라 불법을 구하기 위해 인도에 갔던 고승이다. 그는 당의 칙사 이의표와 왕현책 등이 지나갔던 노선을 따라 토번에 도착하였는데, 당시 토번 지역은 아직 불교가 유행하기 전이라 행로의 편의를 위해 속인의 복식으로 갈아 입고 지나갔다. 후에 중천축中天竺에서 병으로 세상을 떠났다.

현태玄太는 신라의 승려로, 법명은 살파신약제파薩婆愼若提婆(당나라 말로 일절지천一切智天)이다. 당 고종 영휘永徽 연간(650~655년)에 토번을 지나 니파라국을 거쳐 중천축에 도착해 보리수나무에 예배를 드리고 경론을 자세히 궁구하였다. 후에 당·번고도를 따라 귀국하는 도중에 옛 토욕혼 땅에서 도희법사道希法師를 만났으며, 후에 장안으로 돌아왔다.

현각玄恪은 신라의 승려로, 불법을 배우기 위해 현조와 함께 인도 대각사大覺寺에 갔으나, 병에 걸려 40세의 나이로 죽었다.

도방道方은 병주幷州 사람으로, 사적沙磧(사막)을 거쳐 니파라국에 도착했다가, 다시 인도 대각사에 가서 주지를 역임하였으며, 몇 년 지난 후에 다시 니파라국으로 돌아왔다.

도생道生은 병주 사람으로, 범명은 전달라제파旃達羅提婆(당나라 말로 월천月天)이다. 정관 말년에 당·번고도를 따라 중천축에 가서 보제사菩提寺와 나란타사那爛陀寺를 방문하였다가, 다시 동쪽 십이역十二驛에 가서 사원에 머물며 소승삼장小乘三藏을 공부하였다. 후에 경서와 불상을 가지고 귀국길에 올랐으나, 니파라국에서 병에 걸려 세상을 떠났다.

말저승하末底僧訶는 장안 사람으로, 속세의 성씨는 황보皇甫이다. 스승과 함께 중천축에 유학 가서 신자사信者寺에서 공부하던 중, 고향이 그리워 귀국하다가 니파라국에서 병에 걸려 40여 세의 나이로 세상을 떠났다.

현회玄會는 장안 사람이다. 고종高宗 때 북천축을 경유하여 갈습미라국揭濕彌羅國에 도착하였으며, 그곳에서 국왕의 존경을 받아 왕택王宅을 출입하며 용지산사龍池山寺에서 공양供養을 받았다. 그러나 후에 실의失意하여 인도 남쪽 지역을 유력遊歷하다가, 고향이 그리워 귀국하는 길에 니파라국에서 불행히 세상을 떠나고 말았다.

5절 토번 경내의 주요 교통로

당대 중국에서 인도로 가는 길은 바닷길을 비롯해 서남 실크로드, 서북 실크로드, 당·번고도 등 모두 네 갈래의 길이 있었다. 거리상으로 볼 때, 당·번고도가 가장 가까운 지름길이었지만, 또한 가장 험준해 다니기가 매우 어려운 길이었다. 이 점에 관하여 계선림季羨林 선생이 일찍이 지적한 바 있는데, 필자 역시 그의 견해에 찬성하는 바이다. 그러므로 필자 역시 왕현책과 현조 등이 인도에 갈 때 분명 토번을 거쳐 지나갔을 것으로 보이지만, 그들이 당·번고도를 따라 인도에 도착했다기보다는 실크로드를 따라 인도 마가다 왕국과 여러 지역을 둘러보며 도착했을 것으로 추측된다. 이 점이 바로 필자가 전인前人들의 견해와 다른 부분이다.

위에서 언급한 내용을 다음과 같이 정리해 볼 수 있다.

당·번고도는 중국과 인도의 교통로 가운데 가장 짧은 길이지만, 길이 험준하여 이 길을 거쳐 인도로 가는 행인들은 극히 드물었다. 하지만 당대 초기 칙사 이의표와 왕현책 등에 의해 인도로 가는 실크로드, 계빈도罽賓道, 니파라도 등이 개통되고 나서 이 길을 따라 인도로 가는 사람들이 급격하게 증가하게 되었다. 왕현책의 경우도 이 길을 거쳐 네 차례나 인도에 사신으로 다녀왔으며, 현조나 도희 등도 역시 이 길을 지나 인도에 가서 유학하였다. 하지만 여기서 우리가 한 가지 유의할 점은 동·서 교통로로 번창했던 이 길이 장기瘴氣가 많은데다 후에 당과 토번의 관계 악화로 인해, 한때 더 이상 제 역할을 하지 못하게 되었다는 사실이다.

위에서 언급한 내용 중에서 계빈罽賓과 발률勃律, 그리고 토번의 서남쪽에 위치한 당과 토번의 교통로 등에 관한 문제를 보다 명확하게 규명하기 위해서, 당시 중국과 인도의 교통로 상황에 대해 조금 더 구체적으로 부가적 설명을 덧붙이고자 한다.

계빈국闐賓國은 중국의 문헌에서 가열미라迦涅彌羅, 가필시迦畢試, 개실밀個失密, 갈습미라羯濕彌羅, 가엽미라伽葉彌羅, 가섬미迦閃彌, 갈습미라羯濕弭羅 등의 여러 가지 명칭으로 번역되고 있는데, 지금의 카슈미르 지역에 위치하였다.

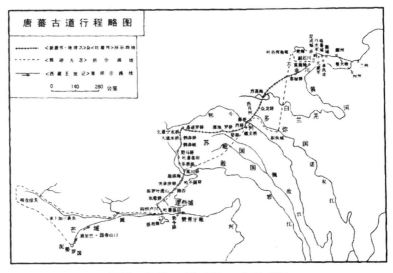

〈그림 29〉 당唐 · 번蕃고도古道 노정 약도

프랑스의 동양학자 샤반느(Chavannes, Ed.)는 한대漢代의 계빈국이 바로 이 나라의 옛 명칭이라고 주장하였으나, 이러한 견해에 찬성하지 않는 사람들도 적지 않다. 한대의 "계빈闐賓"은 카불(Kabul) 강 유역을 가리키며, 한漢, 위魏, 남북조 시기 중국의 문헌에서는 모두 계빈이라고 번역하였다. 그러나 후대에 이르러서는 계빈국의 명칭이 다른 지역을 가리키고 있다. 예를 들어, 『수서隋書』에서는 "계빈"을 조국漕國이라 하였으나, 당대에 이르러서는 "계빈"을 가필시국迦畢試國이라고 하였다. 사람들의 연구에 의하면, 갈습미라羯濕彌羅 또한 계빈국으로 불렸다고 하며, 그 영역을 캄라즈(Kamraj)와 밋라즈(Mtraj) 두 지역으로 나누었다. 전자는 인더스 강(Indus River)과 바가트 강(Bhagat River)이 합류하는 하류 지역을 가리키며, 후자는 합류하는 상류의 남반부 지역을 가리킨다고 하였다. 중국의 역사 문헌 중에서 이 나라와 관련된 기록은 서로 큰 차이를 보인다. 예를 들면, 『위서魏書』 권107 중에서 "계빈국의 수도는 선견성善見城이고, 파로국波路國의 서남쪽에 있다.……그 땅은 동서로 8백 리이며, 남북으로는 3백 리이다."라고 기록되어 있는 반면에 『신당서』 권221에서는 "개실밀個失密을 갈습미라羯濕彌羅라고 한다. 북으로는 발률勃律로부터 500리 떨어져 있으며, 그 둘레는 4천 리이다."라고 기록하고 있다. 7세기 무렵 갈습미라의 영역은 갈습미라 본토 이외에도 인더스 강과 치넵 강(Chenab River) 사이의 산악 지대까지 포함하고 있었다. 현장법사는 『대당서역기』에서 갈습미라국의 '둘레가 7천여 리'라고 했는데, 이는 아마도 속국도 여기에 포함해 말한 것으로 보인다. 근대 실시한 조사에 따르면, 그 나라는 대체로 타원형의 형태로 중부는 평원으로 이루어져 있으며, 동남쪽에서 서북쪽까지는 약 85마일이고, 너비는 약 25마일로 총면적이 약 1800~1900평방마일에 이른다고 한다. 이 나라는 남아시아 대륙 국가 중에서 중국과 가장 먼저 교류했던 나라 가운데 하나로서 서한 무제 시기 중국과 사신 왕래가 있었으며, 당대에 이르러 그곳에 행정 관리 기구를 설치하였다. 또한 이 나라는 실크로드 위에 위치하고 있어 중국에서 인도로 파견되는 사신이나, 혹은 인도로 유학을 떠나는 고승들 역시 대부분 이 길을 통해 오고 갔다.

발률국勃律國을 현장법사는 『대당서역기』 권3에서 발로라국鉢露羅國으로 기록하고 있는데, 그 내용 가운데 "발로라국은 둘레가 4천여 리이며, 대설산大雪山 가운데 자리하고 있다. 동서가 길고 남북이 좁으며, 보리와 콩이 많이 나고, 금은이 생산되어 나라가 풍요롭다. 날씨가 매우 추워서 사람이 거칠고, 예의를 모르며, 생김새가 추하고, 갈색의 털옷을 입는다. 문자는 인도와 비슷하나 말은 서로 다르다. 수백여 개의 가람伽藍이 있고, 승려가 수천 명에 달하지만, 공부를 제대로 하지 않고 계율도 잘 지키지 않는다."고 설명해 놓았다. 발로라국의 명칭에 대해 일본의 미즈노 마사나리水野眞成는 원래 Balūra, 혹은 Balora로 부른다고 주장하였으나, 지금은 Baltistano로 표시하고 있다. 발률국은 『낙양가람기洛陽伽藍記』 권5에서는 발로륵鉢盧勒이라고 하였으며, 『위서魏書』에서는 파로波路라고 하였다. 그리고 『고승전·지완전智碗傳』에는 파륜波仑이라고 기록되어 있으며, 『신당서』에서는 발로勃露라고 기록되어 있다. 발로국은 원래 하나의 나라였으나, 후에 토번의 침략을 받아 왕이 다른 지역으로 이주함에 따라 두 개의 나라로 나누어져, 하나는 대발률大勃律, 또 다른 하나는 소발률小勃律로 구분해 부르게 되었다고 한다.

이 나라의 사람들은 티베트족에 속하며 티베트어를 사용하였다. 사람들은 이 지역을 작은 티베트小西藏라고 불렀는데, 이는 티베트 본토와 구별하기 위함이었다. 예전에는 이 지역을 후장後藏이라고 부르기도 하였다. 현장법사의 『대당서역기』 권3과 혜초惠超의 『왕오천축국전往五天竺國傳』에 이 지역에 관한 상황이 기록되어 있다. 『신당서』 권221에는 그 나라의 왕이 사신을 파견해 당에 조공을 받쳤다는 기록이 보인다. "대발률大勃律은 또한 포로布露라고도 한다. 토번의 서쪽으로는 소발률小勃律과 접해 있고, 서쪽으로는 북천축北天竺, 오장烏萇 등과 이웃하고 있으며, 그 땅은 울금鬱金을 재배하기에 적당하고, 토번에 부속되어 있다. 당 개국 초기부터 개원開元 때까지 세 차례 사신을 파견해 입조하였다." 그리고 『구당서』 권198에는 발률국이 "계빈罽賓과 토번 사이에 있으며, 개원 연간에 사신을 빈번하게 보내왔다. 8년(720년) 소린타일지蘇麟陀逸之를 그 나라의 왕으로 책립하였으며, 조공이 끊이지 않았다. 개원 22년(734년) 토번에게 격파당하였다."고 기록되어 있다.

『신당서』의 기록에 의하면, 계빈국은 북쪽 발률국에서 5백 리 떨어져 있었다고 하는데, 이는 두 나라가 서로 가까이 이웃하고 있어 양국 간에 오고 가는 길이 있었다는 사실을 뒷받침해 주고 있다. 양국의 교통로는 기본적으로 인도의 하곡지河谷地를 따라 계빈국에서 발률에 이르는데, 어떤 사람은 "계빈도罽賓道"라고 부르기도 하고, 또 어떤 사람은 "염도鹽道", "사향지로麝香之路" 등으로 부르기도 한다. 이 길은 고대 청장고원의 여러 정권, 즉 토번 정권을 포함하여 중앙아시아, 서아시아, 남아시아 지역으로 통하는 교통로로 이용되었을 뿐만 아니라, 민족 간의 왕래를 비롯한 경제와 문화 등의 교류에 있어서도 매우 중요한 작용을 하였다. 또한 역사적으로 이곳을 통치했던 새인塞人, 대월지인大月氏人, 엽달인嚈噠人, 에프탈인, 돌궐인突厥人 등의 문화와 생활 습속 역시 직간접적으로 청장고원의 현지인들에게 많은 영향을 끼쳤다. 연구자들에 따르면, 페르시아의 천교祆敎와 천장天葬 습속, 그리고 엽달嚈噠과 토화라吐貨羅 지역의 일부다처제는 물론 심지어 돌궐의 풍속과 법률 등에 이르기까지 계빈국을 통해 청장고원에 전해졌다고 한다. 당대 초기와 중기 시기에 돌궐인들이 중앙아시아 지역의 동부를 통치하고 있었다는 점을 고려해 볼 때, 그들의 문물과 제도가 계빈국을 통해 청장고원에 전해졌다는 사실 역시 어느 정도 예상해 볼 수 있는 부분이다. 대식국大食國이 파사국波斯國을 격파한 후, 그 동쪽에 안국安國, 조국曹國, 사국史國, 석국石國, 석라국石騾國, 말국末國, 강국康國 등이 건립되었는데, 이들을 일컬어 모두 호국胡國이라 칭하였다. 돈황본『혜초왕오천축국전惠超往五天竺國傳』에 의하면, 이들 나라는 "항상 화천火祆(조로아스터교) 신만을 믿는 까닭에 불법을 알지 못한다. 오직 강국康國에 사찰 한 곳과 승려 한 사람이 있는데, 공경할 줄 모른다. 풍속이 매우 어지러워 어머니나 자매를 처로 삼기도 한다. 페르시아도 역시 어머니를 처로 삼는다. 토화라국吐火羅國을 비롯한 계빈국罽賓國, 범인국犯引國, 사율국謝䫻國 등은 형제가 열이나 다섯, 혹은 셋이나 두 사람이 한 여자를 처로 삼으며, 각자 한 여자를 처로 삼는 것은 허락되지 않는데, 이는 가계家計가 무너질까 두려워하기 때문이다."라고 소개해 놓았다. 이러한 내용을 근거로 살펴볼 때, 화천교火祆敎, 천장天葬, 일처다부제—妻多夫制 등은 모두 엽달과 토화라인 들이 청장고원의 북부를 통치하면서 비롯되었으며, 또한 계빈도를 거쳐 청장고원에 전해져 토번의 문명에도 커다란 영향을 끼쳤다는 사실을 짐 작해 볼 수 있다. 계빈도罽賓道를 통해 교환된 상품은 실크 이외에도 사향 麝香이 주류를 이루었는데, 그 이유는 사향의 주요 산지가 바로 토번이었 기 때문이다. 문헌의 기록에 의하면, 토번이 동쪽으로 영토를 확장하여 성주成州의 동곡군同穀郡, 문주文州의 양평군陽平郡, 부주扶州의 동창군同昌郡, 하 주河州의 안창군安昌郡, 위주渭州의 농서군隴西郡, 난주蘭州의 금성군金城郡, 계 주階州의 무도군武都郡, 조주洮州의 임조군臨洮郡, 그리고 민주岷州, 곽주廓州, 첩주疊州, 탕주宕州, 감주甘州, 검남도劍南道의 휴주巂州, 여주黎州, 무주茂州, 유 주維州, 요주姚州, 송주松州, 당주當州, 실주悉州, 정주靜州, 공주恭州, 보주保州, 진주眞州 등의 지역을 모두 통치 아래 두었는데, 이 지역이 모두 사향의 생산지로 유명하였다. 1세기 토번에서 생산된 사향은 계빈도를 통해 심지 어 로마 제국까지 운송되었다고 한다.

사향이 서방에 전해지자 서방인들로부터 많은 사랑을 받았다. 6세기의 페르시아 문헌인 『호스로 2세와 그 시종관』 중에서 시종 곽살이주극霍薩爾 朱克이 호스로 2세에게 대답하는 말 가운데 "가장 향기로운 에센스로는 토 번의 사향과 페르시아의 장미, 타부라스탄塔布拉斯坦의 시트론(citron), 콤科姆 의 홍화紅花, 세르완謝爾宛의 수련睡蓮, 인도의 용연향龍涎香과 알로에 등의 향 료가 있으며, 토번의 사향과 히헬希赫爾의 호박琥珀은 복이 있는 자가 맡을 수 있는 하늘의 향기입니다."24)라는 말이 보인다.

토번은 대발률大勃律을 공격해 함락시키고 난 후에 다시 서쪽으로 이주

---

24) Mazalleri A 저, 耿昇 역, 『실크로드 : 중국과 페르시아 문화교류사』, 中華書局, 1993년.

한 소발률小勃律에 대한 공격을 시작하였다. 『신당서·서역전』에서 토번은 "도모하고자 하는 것이 아니라 길을 빌려 사진四鎭을 공격하고자 한다."는 말이 보이는데, 우리는 이를 통해 발률勃律, 특히 소발률小勃律이 중앙아시아, 서아시아, 남아시아, 계빈국으로 통하는 길을 막고 있었다는 사실을 알 수 있다. 발률은 당시 안서사진安西四鎭을 공격할 수 있는 군사상 중요한 전략 요충지였던 까닭에, 토번은 이 지역을 차지하기 위해 공주를 그 나라 왕에게 시집보내기도 하였다. 토번의 역사 기록에 의하면, 당 현종 개원 25년(737년)에 토번의 부재상 결상동찰結桑東察이 소발률을 공격해 점령했다고 하며, 한족의 자료에서는 "소발률국 왕이 토번의 초대를 받고 공주를 왕비로 삼았다."고 하며, "서북쪽의 20여 개국이 모두 토번의 속국이 되어 조공을 받쳤다."고 하는 기록이 보인다. 토번은 소발률을 점령한 후, 신속하게 그 세력을 서역까지 뻗어 당제국과 서로 대치 상태에 놓이게 되었다. 소발률의 교통과 군사적 중요성에 대해 프랑스의 샤반느(Chavannes)가 "중국이 개실밀個失密, 오장烏萇, 계빈罽賓, 사율謝䫻 등과의 관계를 유지하기 위해서는 호밀護密과 소발률을 거쳐 가는 교통로를 보호해야 했는데, 이 길은 또한 토번이 사진四鎭으로 들어가는 중요한 교통로이기도 하였다."[25]고 언급한 바와 같이, 당시 소발률이 교통의 요지로서 얼마나 중요한 성격을 지니고 있었는지 충분히 가늠해 볼 수 있을 것이다.

요컨대, 소발률은 인도 ― 토번 ― 발률 ― 중앙아시아를 잊는 중요한 교통로 역할을 하였던 까닭에, 토번이나 당 양국 모두 이곳을 놓고 서로 치열하게 싸울 수밖에 없었던 필연적인 상황에 놓여 있었던 것이다.

우전국于闐國은 중국의 역사 문헌에서 서역의 여러 도시 국가 중에서 가장 중요한 나라 가운데 하나로 소개되고 있다. 우전국은 실크로드 남로南路에 위치한 나라로서, 현장법사가 인도에 유학을 다녀올 때 이 나라를 지

---

25) Chavannes, Ed. 『西突厥史料』, 中華書局, 1958년 판, 272쪽.

나며 기록한 내용을 『대당서역기大唐西域記·구살단나국瞿薩旦那國』에 상세하게 남겨 놓았다. 그런데 이 우전국은 중국 문헌에서 여러 가지 명칭으로 기록되고 있어, 이를 간략하게 살펴보고자 한다. 예를 들면, 『사기』에서는 우전于寘으로 쓰였으나, 『한서』를 비롯한 『후한서』, 『위서』, 『양서梁書』, 『주서周書』, 『수서隋書』, 『구당서』, 『신당서』, 『구오대사』, 『신오대사』, 『송사宋史』, 『법현전』, 『낙양가람기』, 『계고승전』 등에서는 모두 우전于闐으로 쓰고 있으며, 또한 『서유록西遊錄』에서는 "오단五端", 『원비사元祕史』에서는 "올단兀丹", 『원사』에서는 "알단斡端" 혹은 "총탄葱炭"으로 기록하고 있다. 그리고 러시아의 학자 L. Tugusheva가 지은 『현장전玄藏傳 회골문回鶻文 번역본』 잔권殘卷에서는 "Udun", 즉 지금의 화전和闐을 가리킨다고 설명해 놓았다.

우전과 돈황은 서로 이웃하고 있어 공통적인 운명을 가지고 있었다. 10세기 초 우전국의 이씨李氏 정권과 돈황의 조씨曹氏 정권은 서로 혼인 관계를 맺고 밀접하게 왕래하였다. 그러한 까닭에 우전국의 종교와 신앙을 비롯한 사회 풍습, 건국 신화와 전설 등 역시 돈황의 막고굴에 펼쳐진 불교 예술작품 가운데 충실히 반영되어 있어, 우전국의 역사와 문화를 연구하는데 귀중한 자료가 되고 있다.

〈그림 30〉 막고굴 제98호 동쪽 남측에 위치한 우전于闐 국왕의 형상 오대五代

고고학적 발견 및 역사와 언어 연구에 따르면, 우전 지역의 초기 거주민들과 지금의 신강 위구르 자치구 지역에 거주하는 사람들과는 많은 차이를 보인다고 한다. 일찍이 이 곳에 거주했던 사람들은 주로 인도-유럽어(Indo-European languages)를 사용하는 새인塞人, 즉 인도-유럽어족에 속하는 이란어를 사용했던 사람들이었으며, 실크로드 남로에 위치하고 있어 일찍이 월지月氏, 인도, 대하大夏, 토화라吐火羅, 강羌인 등이 정착했던 까닭에 그 민족의 구성 또한 비교적 복잡하였다. 그들은 11세기 중엽 이후 점차 돌궐과 회골回鶻 등의 여러 민족과 융합되었는데, 특히 한문화漢

〈그림 31〉 막고굴 제61호 동쪽 벽 북쪽에 위치한 이성천李聖天 여식의 공양 형상 오대五代

文化의 영향을 크게 받았다. 오대五代 시기에 이미 그 지역 사람들의 "용모가 오랑캐와 다르고, 의관은 중원을 닮았다."는 기록이 보이는데, 막고굴 제98호의 주실 동쪽 남측 벽에 오대 이후 진晉대 연간에 그린 공양인의 형상을 비롯해 제454호 굴 동쪽 남측 벽에 보이는 우전국 공양 화상, 그리고 문수당文殊堂이라 불리는 제61호 굴 주실 동쪽 북측 벽 위의 우전국왕 이성천李聖天의 여식이 공양하는 화상 등을 살펴볼 때, 인물이나 얼굴 모습 모두 『오대사五代史』에 기록된 내용과 일치하고 있어, 그 지역 주민의 복잡성을 잘 보여주고 있다.

현장법사가 편찬한 『대당서역기大唐西域記·구살단나국瞿薩旦那國』에는 우전국 주민의 기원에 관한 아름다운 전설이 전해오고 있다. 이 전설은 불교 경전에서도 보이는데, 줄거리는 현장법사가 기록한 내용과 조금 차이를 보인다. 또한 돈황 막고굴의 장경동에서 출토된 티베트문의 두루마리 P. T960호 중에도 이 전설과 관련된 내용이 보인다. 인도에서 온 사람과 중국의 하서河西 왕자가 싸움과 협상을 통해 결국 힘을 합쳐 함께 나라를 건립한 다음, 동쪽의 왕자는 왕이 되고, 서쪽의 왕자는 재상이 되었다는 줄거리로 구성되어 있다. 『한장사집漢藏史集』에서 "중국과 인도의 두 왕자가 연합해 나라를 건립한 후, 우전의 옥하玉河 하류 지역인 타락묵격이朶洛墨格爾와 간목양干木襄 이상의 지역은 지유왕地乳王의 한족 시종에게 나눠주고, 옥하 하류의 땅은 아가하亞迦夏의 인도 시종에게 나눠주었으며, 그리고 옥하의 중류는 왕자와 인도의 신민臣民이 함께 관리하였다."고 한다. 이러한 사실을 통해 우전 초기의 주민이 동방에서 오거나, 혹은 남아시아 대륙의 인도에서 온 사람들로 구성되어 있었으며, 또한 인도 문화와 중국 문화가 서로 접촉하고 부딪치는 곳이었다는 것을 알 수 있다. 우전 지역의 언어는 인도어와 중국어 두 가지 언어가 모두 통용되었다. 그래서 우전의 문자나 종교는 인도와 대부분 유사한 양상을 보이지만, 세속의 관습이나 예의는 중국과 거의 유사한 형태를 띠고 있다.

이 전설은 우전 지역에서 실크로드 남로를 따라 동쪽의 돈황에 전해져 토번이 사주沙州를 통치하던 시기에 조성된 제154호 굴의 남쪽 벽에 보이는 「금광명경변金光明經變」 서쪽 측면 상하에 나누어 그려져 있다. 두 화면의 중앙에는 투구와 갑옷을 입은 우전의 호국신護國神 비사문천왕毗沙門天王이 오른손에 보탑을 받쳐 들고 왼손에 예리한 창을 잡고 있는 모습 위에 붉은 천이 둘러져 있다. 그러나 맞은편에 보이는 신왕神王의 모습은 이와 달리 머리카락을 높게 빗어 묶고, 기름진 얼굴에 머리는 광채가 나며, 목에 걸린 영락瓔珞 위에 천을 걸치고 긴 치마를 입은 모습이다. 그리고 두 팔을 구부려 오른손에는 꽃이 꽂혀 있는 정병淨瓶을 잡고 있으며, 왼손은 가슴 앞에 올려놓았다. 얼굴 앞에 방제패榜題牌가 하나 있으나, 현재 방제榜

題는 보이지 않는다. 화면에 보이는 사람의 옷차림과 손에 잡고 있는 물건을 통해, 이 여인의 신상神像이 바로 우전국의 팔대八大 호국신왕상護國神王像 가운데 하나인 관음보살상이라는 것을 알 수 있다. 또 다른 화면 가운데 보이는 여신상은 머리에 붉은 천으로 장식을 하고 긴 옷깃의 옷을 입은 채, 빈손인 두 팔을 구부리고 곡식더미처럼 보이는 물건 위에 서 있는데, 이를 근거로 이 여신이 우전 지역에 전해오는 또 다른 호국신왕 가운데 하나라고 추정해 볼 수 있다. 이는 아마도 돈황의 유서遺書인 『제불서상기諸佛瑞像記』에서 말하는 공어타천녀恭御陀天女일 가능성이 매우 높다. 이상 두 폭의 그림은 모두 장문藏文으로 기록된 『우전국수기于闐國授記』의 내용을 근거로 그린 것으로 볼 수 있다.

중요한 사실은 한족과 티베트족의 문헌, 그리고 돈황의 막고굴 벽화를 통해서 이미 기원전 4~5세기에 동·서방의 주민들이 우전 지역에 이주해 정착했다는 점이다. 우전 지역의 사회 역시 오랜 원시 사회를 거쳐 문명 사회로 접어들었는데, 이러한 사회적 발전은 동방의 중국 문명과 남방의 인도 문명이 서로 융합되어 나타난 결과라고 할 수 있다.

현장법사가 편찬한 『대당서역기』 중에는 우전국에 관한 신비한 전설이 기록되어 있어, 그 대략을 알 수 있다. 물론 이러한 이야기를 역사적 근거로 삼아 연구할 수는 없지만, 적어도 아주 이른 시기부터 우전국이 갈습미라국과 서로 왕래하였으며, 또한 그 세력의 범위가 히말라야 산맥 이남에 이르는 광범위한 지역까지 미쳤다는 사실만은 분명하게 알 수 있다. 다시 말해서 이는 당시에 중국의 화전和闐 지역에서 지금의 서장 자치구 서남부에 위치한 발률勃律을 거쳐 갈습미라국까지 가는 교통로가 이미 개통되어 있었다는 사실을 설명해 준다는 점이다. 그런데 우리가 여기서 주목할 만한 점은 우전국의 이 흥미롭고 신비한 전설 역시 돈황 막고굴의 벽화로 재탄생해 오늘날까지 전해오고 있다는 사실이다. 조사에 따르면,

<그림 32> 음씨공양인陰氏供養人의 화상畵像

만당 시기에 조성된 막고굴 제126호 굴의 용도甬道 위에 "우전태자출가시于闐太子出家時"라는 고사의 화면이 보이는데, 화면에는 머리를 깎은 고승이 몸에 적갈색 가사를 걸치고 두 손에 옷가지를 들고 앞으로 나아가는 모습이 보인다. 그리고 맞은편 화면에는 속인이 하나 그려져 있는데, 몸에 두루마기를 걸치고 앞으로 나가 물건을 받는 형상이다. 그리고 방제榜題에 "우전태자출가시"라는 글귀가 보인다. 따라서 화면과 방제를 통해, 이 화면의 내용이 바로 『대당서역기』에서 언급한 고사라는 사실을 분명하게 알 수 있으며, 또한 이러한 상황은 우리에게 고대에 이미 중국과 갈습미라국 사이에 교통로가 존재하고 있었다는 사실을 보다 분명하게 말해 주는 것이라고 하겠다.

갈습미라국과 우전 두 나라 모두 역사가 유구하고 문화가 발달하였으며, 특히 불교문화가 발달했던 지역이다. 또한 갈습미라국과 우전은 왕래가 서로 빈번하였는데, 이 문제를 설명하기 위해 우리는 돈황 막고굴 벽화 중에 보이는 관련 화면을 예로 들어 보고자 한다. 먼저 비사문천왕이 호수의 둑을 무너뜨려 물을 흘려보냈다는 고사가 전해오는데, 이 고사와 관련된 화면은 중당中唐 시기 돈황에서 저명했던 음씨陰氏가 작고한 자신의 부모를 위해 조성한 제231호 굴과 이와 인접해 있는 제237호 굴 벽화 속에서 찾아볼 수 있다. 화면 상부에는 산간에 방형의 성지城池가 보이고, 하부에는 작은 강물이 흘러가는데, 그 양쪽 물가에 사람이 하나씩 그려져 있다. 오른쪽에 가사를 몸에 걸치고 양손에 석장錫杖을 움켜잡고 있는 고승과 왼쪽에 투구와 갑옷을 입고 양손에 긴 창을 잡은 위풍당당한 무사의 모습이 보인다. 그런데 두 사람은 창과 석장을 교차시켜 호수의 둑을 무너뜨려 물을 흘려보내고 있는 형상을 보여주고 있다. 그리고 호수 중앙에는 결가부좌를 한 불상 몇 기와 연꽃 몇 송이가 보이는데, 그 위에 먹물로 "우전국사리불비사문천왕결해시于闐國舍利弗毗沙門天王決海時"라는 방제가 뚜렷하게 보인다. 이 시기 벽화에 조성된 불교 고사는 주로 불교서상도佛教瑞像圖의 여백을 메우기 위해 그려진 것이었으나, 만당과 오대, 그리고 송대를 거치면서 전대의 상황과는 달리 여백을 메우기 위한 서상도라기 보다는 불교 역사에서 중요한 고사화로 자리 잡으며, 단독으로 그려지기 시작하면서 실크로드의 수많은 고사들과 서로 결합되어 마치 하나의 경변고사經變故事처럼 대화면을 장식하기에 이르렀다. 그래서 송대 귀의군절도사歸義軍節度使 조연공曹延恭 부부가 출자해 조성한 막고굴 제454호 굴에서도 이 고사화가 보이며, 또한 비사문천왕결해 고사에 포함된 불교 고사 역시 동굴의 주실에 그려지게 되었다. 이러한 고사화가 다른 경변고사와 같은 동등한 지위를 가지게 된 시기는 대체로 오대五代 이후로, 오대에 조성된 돈황 막고굴 제76호 굴의 서쪽 벽 잔결 부분과 송대에 이르러 중수된 돈황 막고굴 제220호 굴의 남쪽 벽화, 그리고 오대 말기 귀의군절도사 조원충曹元忠이 출자해 조성한 안서 유림굴安西榆林窟의 공덕굴功德窟 남쪽 벽화에서도 찾아볼 수 있다. 이와 같은 벽화 중에는 어김없이 비사문결해 고사가 등장하는데, 이는 우리에게 벽화 속 제재題材뿐만 아니라 불교의 중국화 과정을 살펴볼 수 있는 훌륭한 자료를 제공해 주고 있다.

여기서 우리의 주의를 끄는 점은 비사문천왕과 사리불舍利弗이 둑을 무너뜨려 물을 방출한다는 고사가 단지 우전 지역에만 유전되었던 것이 아니라, 가까운 거리에 이웃하고 있거나 혹은 왕래가 빈번한 지역에서도 널리 유전되었다는 사실이다. 그래서 갈습미라국이나 니파라국 등의 지역에서도 이 고사의 흔적을 찾아볼 수 있다. 그러나 이 고사가 넓은 지역에 걸쳐 오랫동안 유전되는 과정에서 그 내용이 조금씩 달라지게 되었다. 예를 들어, 갈습미라국과 우전 지역에 유전되던 내용은 가섭불迦葉佛 이전의 우전 주민들은 용신龍神의 보호에 의지해 농작물을 풍성하게 수확하였다고 한다. 그래서 용신의 은덕에 감사하기 위해 사람들은 매년 수확을 하고 나서 용신에게 공양을 하였는데, 어느 날 가섭불迦葉佛이 제자들을 이끌고 우전 지역에 와서 불법을 설교해 많은 제자를 얻었다고 한다. 불교로 개종한 농민들이 불타佛陀의 보호에 의지해 더 이상 용신에게 공양을 하지 않자, 화가 난 용신이 신력神力을 발휘하여 우전 지역을 커다란 호수로 바꾸어 버리는 바람에 사람들이 더 이상 농사를 지을 수 없게 되었다고 한다. 이때 세상에 출현한 석가모니가 천안天眼으로 고난 받고 있는 이곳 사람들을 보고, 인도에서 제자들을 이끌고 우전에 와서 그의 제자 사리불과 호법신왕 비사문천왕에게 호수의 둑을 터서 물을 방출해 사람들이 농사를 지을 수 있게 하였으며, 이후 우전 지역에서 불교가 더욱더 널리 퍼져 나가게 되었다고 한다. 이처럼 불교는 나래주의拿來主義(전통문화유산을 그대로 받아들이지 않고 자신의 입장에서 취사 선택적으로 수용하고 계승하려는 사고방식) 방식으로 자연의 변화에 인문적 내용을 주입시켜 우전 지역에 깊이 뿌리를 내릴 수 있었던 것이다. 하지만 이 결해변륙結海變陸 고사는 우전 지역뿐만 아니라 히말라야 산맥 인근 지역에도 광범위하게 전파되어 있었으며, 중국의 문헌 중에도 나게라갈국那揭羅曷國과 오장국烏萇國 등에서 석가모니가 독룡毒龍을 제압하고 풍성한 수확을 가져다주었다는 고사가 보인다는 점을 고려해 볼 때, 고대 우전 지역과 히말라야 산맥의 주민 간에 서로 빈번한 왕래가 있었다는 사실을 추측해 볼 수 있다.

한대漢代에 이르러 불교는 서남 실크로드를 따라 중국의 서남쪽 운남雲南, 귀주貴州, 사천四川 등의 지역에 전해졌으며, 후에 서북 실크로드를 따라 서역을 거쳐 다시 옥문관玉門關을 지나 하서회랑을 통해 동쪽의 경낙京洛과 장안, 그리고 낙양 지역에 전해지게 되었다. 한대부터 수隋·당唐대에 이르는 수백 년 동안 불교는 중국 고유의 문화와 서로 충돌하고 흡수·융합되면서 원래의 모습을 잃고 중국화된 새로운 불교 형식을 갖추게 되었는데, 이렇게 중국화 된 불교는 후에 오히려 인도 등의 여러 나라에 영향을 끼치는 결과를 가져다 주기도 하였다. 예를 들면, 돈황의 막고굴 장경동에서 발견된 문서와 그림, 그리고 막고굴 제72호 굴 남쪽 벽화에 보이는

"유살가화상인연변상劉薩訶和尚因緣變相" 등의 고사 등을 통해, 월지月氏의 브라만婆羅門 사상寫像이 공양할 그림을 자신의 고국으로 가지고 돌아갔다는 사실을 살펴볼 수 있다. 이는 반박할 만한 여지가 없는 명백한 역사적 사실로서, 중국인들의 손을 거쳐 개조된 불교와 불교예술이 다시 서방에 영향을 준 구체적인 사례로 볼 수 있다. 여기서 우리가 특별히 유의해야 할 점은 결해고사結海故事의 주인공이 사리불과 비사

〈그림 33〉 막고굴 제172호 굴 남쪽 벽에 위치한
유살가劉薩訶의 인연변상因緣變相 오대五代

문천왕에서 문수보살로 바뀌었다는 사실과 고사가 발생한 지역 역시 갈습미라국과 우전국에서 니파라국으로 바뀌었다는 사실이다. 이와 관련된 고사 내용은 네팔의 『소와보양사蘇瓦普揚史』 등의 서적에서 찾아볼 수 있다. 이것은 당시 중국화 된 불교와 불교예술이 세계에 미친 영향이 그만큼 컸을 뿐만 아니라, 또한 중국이 그 시대에 이미 세계 불교문화의 중심지로서 역할을 하게 되었다는 사실을 뒷받침해 준다고 하겠다.

우전 지역과 인도 각국과의 문화 교류에 대해서, 필자는 돈황 막고굴 가운데 주실 불감 상층부에 고사화故事畵가 있는 당대의 제231호 굴과 제237호 굴을 예로 들어 조금 더 논의해 보고자 한다. 이 고사화는 단순하게 그림으로 표현되었을 뿐만 아니라, 등장하는 인물 역시 매우 간단하게 처리되어 있다. 화면 속에는 하늘에서 부처가 표연히 하강하는 모습 뒤로 꼬리를 길게 드리운 구름이 보이고, 그 맞은편에는 부처가 육계肉髻를 높이 틀고 가사를 몸에 걸치고 있는 모습이 보인다. 또한 오체투지五體投地를 하고 머리를 들어 예를 표하는 모습은 마치 맞은편의 부처를 맞이하고 있는 듯한 형상이다. 두 부처 사이에 방제榜題가 보이는데, 그 방제에는 "시불종천강하時佛從天降下, 각단상내앙예불시刻檀像乃仰禮佛時"라는 글자가 보인다. 처음 이 화면을 보고 이해하기 힘들었던 점은 중생의 평등을 설파하는 부처 앞에 무릎을 꿇고 있는 모습이었다. 그런데 후에 관련 자료를 조사하면서 수많은 불경과 문헌 속에도 이와 관련된 고사를 발견하게 되었다. 이 고사의 출현은 초기 불교의 상황과 밀접한 관련이 있다. 처음 불교가 일어났을 때, 사람들이 불교에 대해 잘 이해하지 못하는 것도 문제였지만, 석가모니를 따르는 제자들조차도 불교를 제대로 이해하지 못하고 있다는 사실에 화가 난 석가모니가 아무런 작별 인사도 없이 삼십삼천三十三天 선법당善法堂에 올라가 세상을 떠난 마야부인摩耶夫人을 위해 설법을 하며 수개월을 보냈다고 한다. 오랫동안 그의 종적을 알 수 없게 되자 사람들의 마음속에는 석가모니를 그리워하는 마음이 생기게 되었는데, 그중에서도 특히 교상미국憍賞彌國의 우전왕優塡王이 석가모니에 대한 그리움으로 병이 들어 목숨이 경각에 이르게 되었다고 한다. 이에 그의 대신 가운데 한 사람이 장인을 불러 단향목으로 석가모니의 형상을 조각해 받치니, 이를 보고 우전왕의 병이 완쾌되었다고 한다. 후에 파사닉왕波斯匿王은 우전왕이 단향목으로 불상을 제작했다는 소식을 듣고, 자신도 금동金銅 불상을 하나 제작해 공양했다고 한다. 석가모니가 인간세계로 돌아올 때 우전왕이 단향목 앞에 가서 부처를 맞이했다고 하는데, 이 화면은 바로 하늘에서 부처가 하강할 때 우전왕이 코끼리에서 내려 부처 앞에 가서 땅에 무릎을 꿇고 절을 했다고 하는 내용을 그림으로 옮겨 놓은 것이다. 석가모니는 불상을 보고 기뻐하며 제자 아난阿難을 불러 주변에 이 이야기를 널리 알리고, 앞으로 이 불상을 부처로 삼아 포교에 힘쓰라는 말을 남겼다고 전한다.

이 고사가 출현한 이후 실크로드를 따라 외부 세계로 널리 전파되며 발전해 나갔는데, 특히 오장나국烏仗那國에 전해진 후에는 현지의 문화와 융합되어 새로운 모습을 갖추게 되었다. 이와 관련된 기록이 현장법사의 『대당서역기大唐西域記·오장나국烏仗那國』 권3에 보인다. 현장법사가 언급한 내용을 위에서 서술한 우전왕優塡王 고사와 대조해 보면, 사건의 발생 장소와 조각상의 명칭, 그리고 일부 인물들만 바뀌었을 뿐, 마치 하나의 고사를 보는 듯한 착각에 빠지게 된다. 이 고사가 우전 지역에 전해진 상황에 대해서는 중국의 옛 고승들이 『낙양가람기』나 『대당서역기』 등을 비롯한 유기游記에서 여러 차례 언급한 바 있다. 특히 현장법사의 『대당서역기』 권12 중에 보이는 고사 내용 가운데 비록 수많은 신화적 요소가 포함되어 있다고는 하지만, 또한 이 기록을 통해서 우전국과 인도 교상미국憍賞彌國의 문화적 교류에 대해서도 어느 정도 그 상황을 파악해 볼 수 있다.

사료에 의하면, 한대 명제明帝가 이상한 꿈을 꾸고 나서 불법을 구하기 위해 사신을 서쪽에 파견했는데, 이들이 우전 지역에서 우전왕優塡王이 제작한 불상의 복제품을 얻어 가지고 낙양에 돌아왔다고 하며, 한 명제는 이들이 가지고 온 불상을 본떠 낙양의 옹문雍門과 현절릉顯節陵 위에 모셨다고 한다. 우전왕이 불상을 제작했다고 하는 고사는 당대唐代 윤락尹洛 지역에서 크게 유행했는데, 낙양의 용문석굴龍門石窟과 이웃하고 있는 공현석굴鞏縣石窟에서도 이와 같은 화면이 보이고 있어, 이를 뒷받침해 주는 유력한 증거가 되고 있다. 후에 이 고사는 또 다시 북쪽의 하북성 한단시邯鄲市 향당산響堂山과 산서성 오대산五臺山 나대정螺黛頂까지 전파되었다. 이 고사가 이 두 지역에 전파되는 과정 속에서 더욱 생동감 있게 변화되었으며, 훗날 바다 건너 일본에 전해져 중국과 일본 양국의 우호적 교류를 반증해 주는 또 하나의 사례가 되었다. 고찰한 자료에 의하면, 이 고사를 근거로 제작된 좌립坐立 불상은 모두 두 종류가 있는데, 그중 하나가 좌상坐像의 형태로 낙양과 공현석굴에서 보이며, 또 다른 하나는 입상立像의 형태로 향당산과 오대산, 그리고 일본 지역에서 찾아볼 수 있다. 불교 문헌과 각 지역의 전설을 통해 살펴본 바에 따르면, 좌상 혹은 입상의 형태를 막론하고 모두 하나의 고사를 표현하고 있다는 점을 발견할 수 있다. 좌상은 우전왕이 단향목을 조각한 불상을 토대로 제작한 것으로 보여지는데, 아마도 이러한 형태는 당대 초기 왕현책이 네 차례에 걸쳐 인도에 다녀오면서 가져 온 좌상의 형태가 널리 전파된 것으로 보여진다. 따라서 아주 짧은 기간, 즉 왕현책이 생존했던 당 고종 이치 통치 시기에 유전되었던 것으로 보이며, 이후 출현한 입상의 형태는 아마도 석가모니가 삼십삼천三十三天 선법당善法堂에서 돌아와 단향목 불상을 보고 기뻐했다는 고사의 내용을 토대로 조각되었을 것으로 추측되어진다.

앞의 설명을 통해 우리는 우전 지역과 인도 사이에 교류가 밀접하게 이루어졌다는 사실을 알 수 있다. 그렇다면 양국이 이렇게 밀접하게 교류하기 위해서는 반드시 양국 간에 오고 갈 수 있는 교통로가 필요했을 것이며, 이 점이 바로 우리가 여기서 토론하고자 하는 주요 핵심 주제이다. 위의 설명에서 우리는 일찍이 서장 서북쪽의 발률국勃律國에 대해 언급한 적이 있다. 즉 『위서魏書·서역전』에서 "파로국波路國(발률국의 별칭)은 아구강阿鉤羌 서북쪽에 있으며, 거리는 북위北魏에서 1만 3천 9백 리 떨어져 있다. 그 땅은 습하고 더우며, 촉마蜀馬가 있고 토지는 평평하다. 물산과 나라의 풍습은 아구강과 같다."고 하였으며, 또한 이 책에서 아구강국은 사차莎車 서남쪽에 있으며, "땅에서 오곡과 과일이 많이 나고, 시장에서 돈으로 물건을 사고판다. 궁실宮室을 세워 거주하며 병기가 있다. 땅에서 금과 구슬이 나온다."고 기록되어 있다. 그런데 여기서 언급되고 있는 발률국 서부는 철색교鐵索橋와 교상미국憍賞彌國이 서로 통하는 관문이고, 남부는 계빈국과 청장고원에서 중앙아시아 지역으로 통하는 주요 관문이다. 따라서 우리는 이를 통해 발률국이 중국과 서방 교통로에서 중요한 지위를 점하고 있었다는 사실을 알 수 있다.

　토번 왕조가 서북쪽으로 영토를 확장할 때, 발률국을 복속시키는 일이 그들의 주요 목표 가운데 하나였다. 그래서 토번은 양동羊同과 동녀국東女國을 합병한 후에 다음 공격 목표를 발률국으로 정하고, 사전에 치밀한 계획을 세우는 한편 공주를 발률국 왕에게 시집 보내 발률국의 내부를 통제하는 동시에 정보를 수집하였다. 『신당서』의 기록에 의하면, 대발률大勃律은 포로布露라고 일컬었으며, 토번 서쪽에 있었던 소발률小勃律과 접해 있었다고 한다. 또한 서쪽으로는 북천축의 오장烏萇과 이웃하고 있었으며, 울금鬱金이 생산되었다고 한다. 무측천 시기부터 당 현종 때까지 당에 세 차례 사신을 파견해 조공을 하였으며, 혜초가 중앙아시아로 갈 때 지나갔던 대발률국大勃律國, 양동국羊同國, 사파자국娑播慈國 등은 당시 이미 토번에 예

속되어 있었으나, 소발률국小勃律國은 당제
국의 통치 아래 있었다. 당대의 고승 혜
초(신라)의 『왕오천축국전往五天竺國傳』에
의하면, 발률국이 토번 세력의 위협으로
발률왕이 견디지 못하고 도망을 쳤으나,
수령과 백성들이 그의 뒤를 따르지 않았
다고 한다. 후에 발률국의 영토가 토번에
의해 점령되면서 대·소발률국으로 나뉘어
당과 토번에 예속되었다. 소발률국은 대
발률국의 서북쪽에 있었으며, 남쪽에는
그 유명한 계빈국이 있었다. 북쪽으로 5
백 리를 더 가면 호밀국護密國 사륵성娑勒城
에 이르게 되는데, 이 길은 중앙아시아로

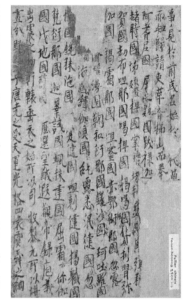

〈그림 34〉 혜초惠超의
왕오천축국전往五天竺國傳

통하였다. 호밀국의 왕도王都는 얼다성孽多城이었는데, 사이수娑夷水(Gilgit) 강
가에 위치하고 있었다. 서쪽은 지금의 아프간 수도 카불이 있었다. 토번
은 대발률을 점령하고, 이어서 소발률국을 공격하였다. 토번은 일찍이 소
발률국 왕에게 "나는 그대의 나라를 도모하려는 것이 아니라, 길을 빌려
안서安西의 사진四鎭을 공격하고자 한다."고 말했으나, 그 목적은 누가 봐도
소발률국에 대한 야심을 분명하게 드러낸 것이라고 볼 수 있다. 토번은
소발률을 점령하고 나서 다시 신속하게 서역으로 세력을 확장하여 여러
나라를 자신들의 통치 아래에 두었다. 『신당서』의 기록에 의하면, 호밀국
護密國의 "4진鎭이 모두 토화라吐火羅 교통로에 위치하고 있었으며, 토번에
예속되어 있었다."고 한 말을 통해서도 알 수 있듯이, 당은 발률勃律에서
호밀護密로 이어지는 교통로에 대한 통제권을 잃게 됨으로써 서역의 통치
권에 커다란 위협을 받게 되었다. 당 현종 천보 원년(747년)에 조정에서 누

차 군대를 파견해 이 지역을 탈환하고자 하였으나, 모두 결과 없이 실패로 끝나고 말았다. 후에 당은 안서부도호安西副都護 겸 사진병마사四鎭兵馬使 고선지高仙芝에게 이 지역의 수복을 명하였다. 이에 고선지는 석원경席元慶을 소발률국에 파견하며, 그 나라의 왕 소실리蘇失利에게 길을 빌려서 대발률국을 공격하라는 명령을 내렸다. 석원경이 1천 명의 기병을 이끌고 소발률국에 들어가 5, 6명의 토번 사신을 처형하자, 소발률국의 왕 소실리

〈그림 35〉 토번吐蕃 서부 경내의 발률도勃律道

와 토번의 공주가 산중으로 도망쳤다. 한편, 당의 군대는 토번이 만든 등나무 다리를 끊어 대발률국을 지원하기 위해 달려온 토번의 구원군을 차단하였다. 당의 군대가 승리하자, 소발률국의 왕과 공주는 어쩔 수 없이 산에서 내려와 투항하였고, 후에 이들은 장안으로 압송되었다. 하지만 안사의 난이 끝나고 나서 소발률국을 탈취한 토번은 발률도勃律道와 토욕혼도吐谷渾道(일명 청해도靑海道)를 지나 서역에서 다시 당과 마주하게 되었다. 하지만 당은 내부적인 혼란으로 인해 국력이 많이 쇠약해져 결국 토번과의 싸움에서 패배하고 말았다. 이로써 서역의 드넓은 지역이 이후 100여 년간 토번의 통치하에 놓이게 되었던 것이다.

발률도의 교통과 군사상의 중요성을 계빈도罽賓道와 비교해보면, 발률도는 토번의 대외적인 영토 확장과 문화적 교류 측면에서 보다 큰 작용을 하였다고 할 수 있다. 그래서 토번은 이 지역을 점령한 후에 효과적으로

군사와 행정을 관리하기 위해 "발률절도아勃律節度衙"를 설립하였으며, 중앙
아시아 지역에서 유행하던 천교祆敎 역시 이 발률도를 따라 발률과 토번에
전해지게 되었다. 당대 대식大食의 역사가가 저술한 『세계경역지世界境域志
(Ḥudūd al-'Ālam)』 제26장에 기록된 내용에 의하면, "하중河中 변경의 여러
지역과 도시를 일컬어 '함다드(Hamdard)'라고 하며, 그 땅에 와한인瓦罕人의
우상사偶像寺가 있고, 우상사에는 소수의 토번인이 있었다. 그리고 좌측의
성채는 토번인들이 점거하고 있었다.", "살마이한달극撒馬爾罕達克은 커다란
촌진村鎭으로 토번인과 인도인이 함께 거주하였으며, 그곳에서 카슈미르
까지는 이틀간의 여정이다."라고 소개해 놓았다.

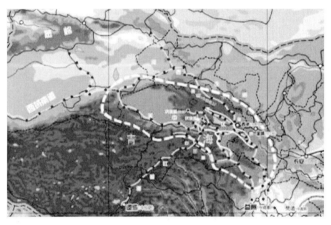

토번이 발률
국을 점령함에
따라, 토번은
아프간 등의 지
역과 무역이 빈
번하게 이루어
지게 되었다.
『세계경역지世界
境域志』의 기록
에 의하면, "인

〈그림 36〉 토욕혼吐谷渾 시기의 청해靑海 실크로드
일명 토욕혼도吐谷渾道

도의 상품이 토번으로 수출되었다가, 다시 각 무슬림의 나라로 수출되었
다. …… 박락이장博洛爾藏(즉 대발률)은 토번의 성 가운데 하나로써 박락이
博洛爾(즉 소발률)와 국경을 접하고 있었다. 현지 주민들은 대부분 상인들
이며, 그들은 주로 장막에 양탄자를 깔고 살았다."고 하는데, 이 말은 대
발률국이나 소발률국의 주민들이 대부분 상업 활동에 종사하며 토번과
발률, 그리고 중앙아시아 지역에서 중계 무역을 담당했다는 사실을 뒷받

침해 주고 있다.

발률도와 계빈도는 청장고원을 중앙아시아, 서아시아, 남아시아, 그리고 유럽의 수많은 지역과 연결시켜 주었을 뿐만 아니라, 청장고원의 문명과 발전을 촉진시켜 주었다. 그래서 어떤 학자는 일찍이 "그곳은 건타라健陀羅와 오장烏萇, 사와특斯瓦特에 접해 있고, 또한 이 지역 내의 작은 나라들과 이웃하고 있어 그리스, 이란, 인도 등의 문명이 이곳을 거쳐 토번에 유입되었다. 라다크(Ladakh)의 쿠샨왕조(Kushan)(1~2세기) 황제였던 비마 카드비세(Vima Kadphises)의 비문碑文이 발굴되었으며, 또한 동쪽 판공호班公湖 인근 창자昌孜에서 티베트문, 귀자문貴玆文, 소그드문粟特文으로 쓰여진 경교景敎(네스토리안) 비문이 발견되었는데, 대략 9세기에 제작된 비문이다. 발률 지역과 발률어勃律語는 상웅象雄 지역의 대식어大食語, 아랍어와 마찬가지로 분교苯敎와 연화생대사蓮花生大師(Padmasambhava) 전설 속에서 중요한 역할을 하였다. 연화생蓮花生은 오장烏萇 지역에서 온 라마교의 대사조大師祖를 가리킨다."[26]고 언급하였는데, 이러한 상황은 교통로의 개통이 토번 문명의 형성과 발전에 지대한 영향을 주었다는 사실을 설명해 준다. 다시 말해서 이 교통로가 토번의 문명을 새로운 단계로 발전시켜 나가는데 중요한 역할을 했다고 해도 지나치지 않을 것이다.

위의 내용을 통해 우리는 고대 계빈국罽賓國에서 인더스 강 하곡河谷 지역을 따라 북쪽으로 올라가면 발률국에 이르게 되며, 또한 발률국에서 중국의 우전 지역에 이르게 된다는 사실을 알 수 있다. 일부 학자들의 연구에 따르면, 토번에서 우전에 이르는 교통로는 "지금의 라다크에서 북쪽으로 카라喀喇 지역의 곤륜산 입구를 넘어, 북쪽으로 상주달판桑株達坂에 이르렀다가 다시 동쪽으로 우전(오늘날의 화전和田) 지역으로 갈 수 있으며, 또한 서장의 북쪽 강당羌塘에서 위룽카스강玉龍喀什河, 혹은 카라카스강喀拉喀什

---

26) 石泰安, 『西藏的文明』, 中國藏學出版社, 1999년 판, 23쪽.

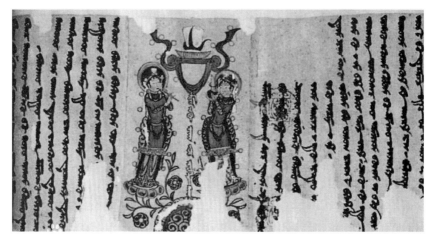

〈그림 37〉 소그드문粟特文

河을 따라 북쪽의 우전 지역에 이르게 되는데, 이 길은 주로 유목민들이 이용했던 교통로이다. 이외에도 청해도靑海道, 혹은 미란도米蘭道에서 먼저 약강若羌, 혹은 차말且末에 이르렀다가 다시 서쪽으로 우전에 이르는 교통로가 있었다."27)고 한다. 이미 작고한 중국의 역사학자 마옹馬雍 선생은 일찍이 중국과 파키스탄을 잇는 카라쿤룬喀拉昆侖 노선을 고찰한 바 있는데, 그 내용을 소개하면 다음과 같다. ① 샤티알(Shatial) 부근에서 인더스강은 동쪽에서 흘러와 다시 남쪽으로 꺾여 흘러가는데, 이곳은 예부터 지금까지 중요한 나루 가운데 하나였으며, 강 위를 가로지르는 현수교가 놓여 있다. 인더스강 남쪽 둑 하탄河灘 위에는 수많은 암각화가 새겨져 있는데, 그중에 한문으로 새긴 제기題記가 한 줄 보이나 심하게 훼손되어 있다. ② 두 번째 한문 제기題記는 샤티알에서 동쪽으로 멀지 않은 곳에 칠라스(Chilas)가 있다. 이곳은 산간 분지로, 인더스 강이 이곳 동쪽에서 서쪽으로 흘러가며, 주민들이 비교적 많이 살고 있다. 하안河岸 양쪽에 수많은 암각

---

27) 張雲, 『絲路文化·吐蕃卷』, 浙江人民出版社, 1996년 3월 판.

화가 군집을 이루고 있는데, 특히 남쪽 하안河岸에 많이 보인다. 칠라스 1
호는 카라쿤룬 경유지로서 북쪽 길은 하탄河灘 방향으로 뻗어 있고, 남쪽
길은 높은 하안河岸 방향으로 뻗어 있다. 한문 제기題記는 남쪽 길 언덕 위
에 있는 높은 바위 위에 세로 형식의 두 줄로 새겨져 있는데, 오른쪽 행은
"장구여張□如"라는 3자가 보이며, 왼쪽 행은 "고구高□"라는 두 글자가 보
인다. 이는 아마도 여행자의 이름을 이곳에 남겨놓은 듯하다. 글자체가
반듯하고 필체가 해서와 예서의 중간 형태를 보여주고 있다. 이 서체를
가지고 추측해 보면, 그 시기가 아무리 늦어도 수당隋唐 시대에 쓴 것으로
추정된다. ③ 칠라스 분지에서 인더스 강 북쪽의 하안河岸을 타르판
(Thalpan)이라고 부르며, 앞에서 언급한 강을 사이에 두고 마주한 "타르판
4호" 위에 있는 제기題記에는 단지 두 글자밖에 보이지 않는다. ④ 이곳의
제기題記는 중국의 국경과 멀지 않은 훈자 강(Karimabad River) 강가에 새겨져
있다. 옛 훈자 왕국의 중심 지역이었던 왕궁의 소재지는 바로 합륵덕이기
십哈勒德伊基什(Haldekish) 부근에 있다. 훈자 남안에 우뚝 솟아 있는 절벽은,
과거 훈자 왕국이 제사를 거행하던 곳이었던 까닭에 "훈자 영암靈巖"이라
고도 부른다. 이곳에 새겨진 암각화는 수천 개에 이르며, 내용 또한 매우
풍부하다. 시기적으로는 기원전 1세기부터 13세기에 제작된 것으로 보이
며, 제기題記는 대부분 쿠샨 왕조 시기의 구로문佉盧文(카로슈티문)과 굽타
제국 시기의 브라흐미문(brahmī-lipi)을 사용하였으며, 또한 적지 않은 소그
드 문자도 보인다. 이곳에서 카라쿤룬 도로 옆 암석 위에 한문으로 새겨
진 제기를 볼 수 있다. 제기가 새겨진 암석은 높이가 대략 수장數丈에 이
르며, 선이 깊으나 넓지 않아 마치 날카로운 금속으로 새겨 놓은듯하다.
문자는 1행이 12자로, 직필로 쓴 "대위사곡외룡금향미밀사거大魏使谷巍龍今向
迷密使去"라는 문자의 자적字迹이 대부분 뚜렷하게 남아 있다. 이 제기題記에
보이는 "미밀迷密"이라는 지명은 여러 사서 중에서도 보이는데, 이와 관련

하여 『위서魏書·세조기世祖紀』에서 "파락나破洛那, 계빈罽賓, 미밀迷密 등 여러 나라에서 사신을 파견해 조공을 바쳤다."고 하는 기록이 보이며, 『북사北史·서역전』에서는 "미락국迷洛國의 도성은 미밀성迷密城이며, 자지발者至拔 서쪽에 있으며, 대주代州, 오늘날의 산서성 대동大同에서 1만 2천 1백 리 떨어져 있다. 정평正平 원년에 사신을 파견해 검은색 일봉 낙타를 조공하였다. 그 나라 동쪽에 울실만산鬱悉滿山이 있는데, 이곳에서 황금과 옥이 나며, 또한 철이 많이 난다."고 설명해 놓았다. 마옹 선생은 자신의 문장 중에서 "미밀迷密"이란 명칭은 오직 탁발씨拓跋氏의 위魏에서만 보인다. 후에 중국과 밀접한 관계를 맺게 되면서 더 이상 역명譯名을 사용하지 않았고, 수대에 이르러 미국米國이라는 명칭으로 바꾸어 사용하였다. 『수서隋書·서역전』과 『북사·서역전』에서는 미밀국迷密國과 미국米國이라는 명칭을 구별해 쓰고 있는데, 이는 전자가 『위서魏書』를 초록한 것이고, 후자는 『수서隋書』를 초록해 나타난 현상으로, 이연수李延壽가 서역의 지리에 밝지 못해 두 나라가 같은 지역이라는 사실을 알지 못해 일으킨 잘못이다."[28]라고 주장하였다. 필자가 보기에 마옹 선생의 이러한 고증은 그 내용이 상세할 뿐만 아니라, 또한 믿을 만한 근거를 제시하고 있다고 여겨진다.

미국米國에 대해 현장법사의 『대당서역기』 권1에서 "미말하국弭秣賀國"은 둘레가 5만 리에 이르고, 천중川中을 중심으로 동서가 좁고 남북이 길다. 풍속은 삽말건국颯秣建國과 같으며, 이곳으로부터 북쪽으로 겁포달나국劫布呾那國, 즉 조국曹國에 이른다."고 설명해 놓았다. 또한 "대위사곡외룡금향미밀사거大魏使谷巍龍今向迷密使去"라는 제기題記는 444년에서 453년 사이에 새겨진 듯하다. 문헌 기록을 통해 살펴보면, 이 시기가 바로 북위의 세조 탁발도拓跋燾가 통치하던 말기에 해당된다. 그는 양주涼州를 평정하고 토욕혼을 대파하는 동시에 선선鄯善, 언기焉耆, 구자국龜玆國 등을 정복해 그 세력

---

28) 馬雍, 『西域史地文物叢考』, 文物出版社, 1990년 판.

을 서역까지 확대함으로써 실크로드의 완전한 개통을 이룩하였다. 이로 인해 남아시아와 중앙아시아의 여러 나라들이 위魏에 빈번하게 사신을 파견하였는데, 미밀국迷密國 역시 이들 나라 가운데 하나이다. 훈자 강 하반河畔에 새겨진 이 제기題記는 중서中西 교통로에 대한 역사 연구뿐만 아니라, 중서 교통의 노선 연구에도 귀중한 자료로 활용되고 있다.

북위의 곡외룡谷巍龍이 미밀국迷密國에 사신으로 파견되었을 때, 그가 북위의 수도에서 출발하여 이 길을 지날 때 훈자 강 하반에 이 제기題記를 남긴 것으로, 제기를 통해 곡외룡이 이용한 교통로가 실크로드의 남로가 아니었다는 사실을 분명하게 알 수 있다.

문헌 기록에 의하면, 지금의 신강 위구르 자치구 피산현皮山縣에도 실크로드의 지선이 남아 있다고 한다. 그래서 『한서漢書·서역전』에서 "서남쪽으로 오타국烏秅國까지 1천 3백 4십 리이고, 남쪽으로 천독天篤과 접해 있으며, 북쪽으로 고묵姑墨까지 1천 4백 5십 리이다. 그리고 서남쪽으로 계빈罽賓과 오익산리국烏弋山離國으로 통하는 길이 있으며, 서북쪽으로 사차莎車까지 3백 8십 리이다."라고 설명해 놓았는데, 여기서 언급한 "서남당계빈西南當罽賓"과 "오익산리도烏弋山離道"가 바로 급산岌山에서 서남쪽에 위치한 계빈국으로 가는 길을 가리킨 것이다. 또 『한서·서역전』에서도 "무릇 사신을 파견해 손님을 보내는 것은 도둑으로부터 보호하고자 함이다. 피산皮山 남쪽으로 중국에 복속되지 않은 네다섯 개의 나라가 있어 척후병 백여 명을 다섯 조로 나누어 야간에 경비를 서며 도적의 침입을 막도록 하였다. 식량을 당나귀에 싣고 출발하였지만, 중간에 부족한 부분은 여러 나라에 들러 현지에서 음식을 해결하였다. 나라가 작고 가난해 먹을 것이 없거나, 혹은 흉포하고 교활하여 먹을 것을 주지 않는 까닭에 강한 의지로 산간에서 주린 배를 참으며 구걸하고자 하였으나 구할 수가 없었다. 그래서 수일마다 사람과 가축이 광야에 흩어져 돌아오지 않았다. 또한 대

두통산大頭痛山과 소두통산小頭痛山을 넘을 때는 뜨거운 열기로 인해 몸에서 열이 나고 머리가 아프며, 심지어 토하였으며, 당나귀도 기진맥진하였다. 삼지三池와 반석판盤石坂이 있는데, 길이 5, 6촌寸에 불과할 정도로 좁으나 길이는 30여 리에 이른다. 산이 높고 험하여 그 깊이를 예측하기 어려워 행인들은 말을 타고 갈 때 서로 줄을 묶어 의지한다. 2천여 리를 가면 현도懸度에 이른다."고 설명해 놓았다. 『후한서·서역전』에서도 역시 "피산皮山 서남쪽의 오타烏秅를 거쳐 현도懸度에 이르며, 계빈罽賓에서 60여 일을 가면 오익산리국烏弋山離國에 도착한다."라고 이 교통로에 대해 설명해 놓았다.

　이와 같은 내용은 양한兩漢 시기에 이미 피산을 출발해 계빈국으로 가는 실크로드 남로가 있었다는 사실을 말해 주는 것이다. 따라서 위의 내용을 종합해 보면, 당대 이전에 이미 서장 자치구 서쪽에 발률국을 거쳐 남쪽의 계빈국으로 통하는 교통로가 있었으며, 또한 북쪽으로 우전국于闐國 상주달판桑株達坂을 거쳐 다시 북쪽으로 가면 피산현皮山縣에 이르는 교통로가 있고, 그 중간에 피산국皮山國이 있었다는 사실을 알 수 있다. 그리고 이 교통로에 대한 고증을 통해 토번이 왜 여러 차례에 걸쳐 발률국을 자신의 통치 아래 두고자 했는지 그 이유를 분명하게 엿볼 수 있다. 이 교통로의 방향은 기본적으로 남북 방향이며, 당唐·번蕃 고도와 대등하게 활용되었다.

제8장

실크로드의 행인

1절 역경승譯經僧 안세고安世高

안세고安世高는 안식국安息國, 지금의 이란에서 중국에 온 승려 가운데 한 사람으로, 중국 불교 역사에서 중요한 역할을 했던 인물이다. 그와 관련된 사적은 승우僧祐가 편찬한 『고승전高僧傳·안청전安淸傳』과 『출삼장기집出三藏記集·안세고전安世高傳』 등에 보인다. 돈황 막고굴의 불교 예술 중에도 그와 관련된 설화 고사가 벽화에 남아 있어, 이 또한 우리가 안세고를 연구하는 데 있어 중요한 참고 자료가 되고 있다.

이 외에 승우의 『고승전·안청전』에 안세고의 가세에 관한 기록이 있어, 그 대략을 엿볼 수 있다. 안세고의 이름은 안청安淸이며, 호는 안후安侯이고, 안식국의 태자였다. 원래는 왕위를 계승해야 할 태자의 신분이었지만, 세상의 고통과 덧없음을 깊이 깨닫고 세상의 명리에 염증을 느껴 왕위를 숙부에게 넘기고 자신은 본토를 떠났다고 한다. 이것이 바로 그가 출가해 승려가 된 주요 정치적 원인이지만 조금 더 구체적으로 말하면, 숙부의 위협을 받은 안세고가 출가해 도망친 것이라고 볼 수 있다. 안세고는 동한東漢 환제桓帝 초에 포교를 위해 중국에 이르렀으며, 중국어 습득 능력이

〈그림 38〉 안세고安世高의 화상畵像

뛰어난 그는 낙양에서 불경을 번역하는 일을 시작하였다. 『출삼장기집出三藏記集·안세고전』에 따르면, "영제靈帝 말년에 낙양이 혼란에 휩싸이자 세고가 석장錫杖을 짚고 강남으로 자리를 옮겼다."고 하며, 이를 전후하여 광주廣州와 회계會稽 등지에서 40여 년 동안 활동하며, 중국 소승불교의 토대를 세우는 데 커다란 공헌을 하였다.

안세고는 중국 불교 번역사에 있어서도 중요한 인물 가운데 한 사람이다. 『출삼장기집』에 인용된 『도안록道安錄』에 의하면, 안세고는 모두 34부部 40권의 불경을 번역했다고 하며, 그의 대표적인 번역 작품으로는 『음지입경陰持入經』과 『안반수의경安槃守意經』 등이 있다. 그 번역에 대해 사람들은 "의리義理가 분명하고, 문자가 윤정允正하며, 말이 화려하지 않고 소박하지만 저속하지 않아 무릇 독자로부터 호평을 받았다."는 평가를 하였다. 또한 "전후에 전해진 번역에 오류가 많았으나, 세고世高의 번역이 세상에 나와서 여러 번역 가운데 으뜸이 되었다."고 높이 평가하였다.

안세고가 광주와 회계 등지에서 포교 활동을 펼칠 때, 그와 관련된 신기하고 감동적인 고사들이 세상에 많이 알려졌다. 이러한 고사가 돈황 막고굴 벽화, 특히 만당 이래의 벽화에서 수없이 많이 발견되고 있다. 우선 첫 번째는 여산廬山으로 가면서 공정호䢼亭湖를 지날 때 신에게 보살핌을 기도하는 내용을 표현한 화면이다. 화면 속에는 묘당廟堂이 있고, 그 뒤로 거대한 뱀이 묘사되어 있다. 그리고 그 앞에 한 사람이 손에 공기供器를 잡고 공양하는 형상의 모습이 보이며, 그 옆에 있는 사람 역시 앞으로 나와 공양을 하는 형상을 하고 있다. 또 다른 화면에는 앞쪽에 있는 화면 위에 거대한 구렁이가 한 마리 그려져 있다. 산꼭대기에서 머리만 내밀고 있어 그 길이가 얼마나 되는지 알 수 없지만, 저 멀리 뱃사공이 떠나는 모습을 지켜보고 있는 형상을 하고 있다. 처음에는 이 화면이 무슨 내용인지 알지 못했으나, 후에 오대五代 시기에 조성된 돈황 막고굴 제108호 굴 용도甬道 위에 남아 있는 "후한환제後漢桓帝·안식국安息國 ……"이라는 방제榜題를 비롯해 돈황에서 발견된 유서遺書 뒷면에 남아 있는 B3033호『제불서상기諸佛瑞像記』의 "후한 환제桓帝 때 안식국安息國王의 태자太子가 출가하였는데, 이름이 세고世高이며, 장성하여 한漢나라에 왔다. 그곳에서 포교하며 중생을 구제하고, 묘신廟神에게 물건을 공양한 다음 배를 타고 강을 건너는데, 이때 그 신이 산꼭대기에서 머리를 내밀고 송별하며 이별할 때"라는 기록, 그리고 S2113B호『제불서상기諸佛瑞像記』의 "세고가 묘당에 도착하여 동학同學을 만나 신의 수기受記를 위해 시물施物을 하도록 하였으며, 시물施物이 끝나자 강남의 예장사豫章寺에 가서 탑塔을 조성하였다. 묘신廟神에게 물건을 공양하고 세고世高가 배를 타고 강을 건너는데, 이때 그 신이 산꼭대기에서 머리를 내밀어 세고를 송별하며 이별할 때"라는 기록, 이외에 S2113A호『제불서상기諸佛瑞像記』 중에 보이는 "세고世高가 사寺에 시물施物 하였다." 등의 말을 통해 그 화면의 내용을 어느 정도 이해할 수 있다. 즉 이상의 자료에 근거하여 다음과 같이 그 내용을 정리해 볼 수 있다.

세고가 배를 타고 공정호邪亭湖 묘당에 이르러, 신의 수기를 받기 위해 시물施物을 하였다. 세고가 물건을 공양하자 묘신廟神(구렁이)이 머리를 내밀어 세고를 보내며 이별하였다. 세고는 예장사에 시물施物을 하고 탑塔과 사寺를 조성하여 묘신廟神의 공덕을 축원하였다.

돈황의 벽화와 방제榜題, 그리고『제불서상기諸佛瑞像記』 등에 열거된 항목과 승우僧祐의『고승전·안청전』,『출삼장기집·안세고전』 등에 기록된 고사를 대조하여 돈황 막고굴 화면에 표현된 내용을 다음과 같이 두 가지 내용으로 정리해 볼 수 있다. 우선 첫 번째는 안세고가 배를 타고 공정호에 이르러 묘신을 위해 수기受記를 축원한 것이고, 두 번째는 안세고가 떠날 때 묘신이 산 뒤에서 머리를 내밀고 세고를 송별했다는 내용으로서, 이러한 내용이 우리가 앞에서 언급한 문헌의 내용과 완전히 일치하고 있다는 사실을 알 수 있다.

불교는 석가모니가 세상을 떠난 후에 여러 개의 분파로 나뉘어졌는데, 인도 본토의 소승불교 역시 "십팔부十八部"로 나뉘었다. 이 중에서 안세고가 중국에 전한 것은 "십팔부" 중에서 "상좌부上座部" 계통의 "설일체유부說一切有部"론이다. 역사서에서 안세고에 대해 "경장經藏에 박통博通하였으며, 특히 아비담阿毗曇에 정통하였다. 선경禪經을 암송함에 있어, 그 묘가 극치에 달하였다."고 논평하였는데, 이 말은 바로 안세고가 중국에 처음 전한 불교의 교리가 소승불교의 "아비담阿毗曇"과 "선禪"이었다는 사실을 설명해 주고 있다.

안세고의 제자들이 그의 학설을 계승하여 발전시켰는데, 예를 들어, 엄불조嚴佛調가 편찬한 『사미십계장구沙彌十戒章句』는 안세고의 학설을 밝혀 놓은 것으로, 후에 남양南陽의 한림韓林, 영천穎川의 피업皮業, 회계會稽의 진혜陳慧 등이 모두 그의 학설을 쫓았다. 그리고 후에 삼국 시대의 강승회康僧會 역시 그의 학설을 쫓아 사람들과 함께 도안道安이 번역한 『안반수의경安般守意經』에 주해를 달았다. 강승회는 또한 엄불조와 안현安玄이 함께 번역한 『법경경法鏡經』에도 서문을 지었다. 이로써 볼 때 안현安玄이 안세고와 동일한 계통의 사람이었다는 사실을 알 수 있다. 동진東晉의 고승 도안道安은 대승의 반야경이 유행할 때도 역시 안세고의 선법禪法을 적극적으로 세상에 알리는 한편, 안세고가 번역한 『대소십이문大小十二門』, 『안반수의安般守意』, 『음지입陰持入』, 『인본욕생人本欲生』, 『구십팔겁九十八劫』 등의 불경에 서문을 쓰고 해설을 덧붙여 놓았다.

2절 법현法顯과 『불국기佛國記』

동진東晉 십육국十六國 시기는 분열과 격동의 시대였다. 하지만 이러한 중국의 상황과 중앙아시아의 상황은 사뭇 달랐다. 실크로드 무역에서 가져다 준 막대한 이익은 상인들의 활동을 더욱 활발하게 촉진시켜 주었을 뿐만 아니라, 불교문화의 교류 측면에서도 전례 없는 번영과 발전을 가져다주었다. 이와 더불어 중국 서북 지역의 민족과 내륙의 불교문화 교류 역시 한층 더 강화되어 나갔는데, 이때 적지 않은 승려가 내륙에서 출발하여 실크로드를 따라 인도에 가서 불법과 불경을 구하였다. 이 중에서 가장 큰 영향을 끼쳤던 승려가 바로 동진 시기의 법현法顯이었다.

〈그림 39〉 법현法顯의 화상畫像

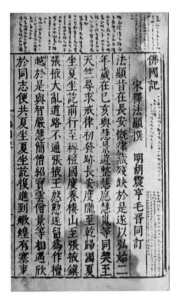

중국의 불교 문헌 중에는 법현과 관련된 내용이 비교적 체계적으로 정리되어 있다. 예를 들어, 승우僧祐의 『고승전高僧傳·석법현전釋法顯傳』 권3, 『출삼장기집出三藏記集·법현전法顯傳』 권15, 법현 자신이 편찬한 『불국기佛國記』 등이 있다.

〈그림 40〉 법현法顯의 『불국기佛國記』

법현은 속세의 성씨가 공龔씨이고, 평양군平壤郡 출신이다. 『출삼장기집出三藏記集·법현전法顯傳』 권15의 기록에 의하면, "그는 3세에 출가하여 사미沙彌가 되었으며, 20세에 수계를 받았다."고 하며, 또한 그는 "뜻과 행동이 밝고 예의가 발랐다."고 한다. 그렇다면 그가 어째서 어린 나이에 출가하게 되었는가? 문헌 자료에 의하면, 법현에게는 3명의 형이 있었는데, 모두 어린 나이에 세상을 떠나는 바람에 그의 어머니가 법현에게도 이러한 재앙이 미칠까 두려워 일찍 출가를 시켰다고 한다.

동진 시기는 중국에 불교가 전해진지 이미 수백 년이 지난 시대였다. 비록 당시에 수많은 불교 경전이 중국에 전해졌다고는 하지만, 승려나 이와 관련된 제도, 그리고 개인의 행동에 관한 준칙은 매우 적었다. 특히 북방에서 불도징佛圖澄이 전파된 후, 불교를 신봉하는 사람들이 증가함에 따라 출가하는 사람들도 많아졌으며, 또한 이들은 여러 가지 측면에서 많은 특권을 누리게 되었다. 그래서 많은 사람들이 다양한 목적을 가지고 불교도가 되었는데, 이러한 상황으로 인해 긍정적인 측면과 부정적인 측면이라는 두 가지 현상이 동시에 출현하게 되었다. 긍정적인 측면은 많은 사람들이 불자가 됨으로써 불교의 번영과 함께 장기적으로 발전해 나갈 수 있는 토대가 마련되었다는 점이고, 부정적인 측면은 불교를 믿는 사람들의 목적이 제각각이라 그 진위를 가리기 어려웠으며, 또한 주색과 재물을 탐하는 속세의 악습마저 불교에 유입되어 사람들의 비난을 받기도 했다는 점이다. 이로 인해 불교는 한때 엄청난 위기와 재난을 맞이하기도 하였다. 그래서 일부 고승들은 부정적인 측면을 해소하고 불교의 발전을 위해 여러 가지 정화 운동을 일으켰다. 예를 들어, 전진前秦 시기의 고승 석도안釋道安은 당시의 상황을 개탄하고, 사람들과 함께 불경의 계율을 번역하였는데, 이들이 번역한 계율이 비록 완벽하다고 할 수는 없었지만, 그래도 당시 승려들의 행동 준칙으로 활용할 만한 것이었다. 하지만 객관적인 측면에서 나날이 발전해 나가는 불교의 안정적 발전을 위해서는 승려의 행동을 규제할 수 있는 체계적인 인도의 계율이 필요하게 되었다. 이러한 시대적 상황 속에서 불교계에서는 당시 인도에 가서 불법을 구하고자 하는 흐름이 하나의 조류를 형성하게 되었고, 법현 역시 이러한 흐름 속에서, 그들의 일원이 되어 인도를 향해 구법 행렬에 올랐던 것이다.

법현이 인도로 떠난 시기에 대해서는 문헌마다 상이한 기록을 보이고 있다. 법현이 편찬한 『불국기』에서는 "홍시弘始 2년 기해己亥"라고 기록되어 있는데, 이 간지干支를 추산해 보면, 당연히 홍시 원년399년이 된다. 그런데 『출삼장기집出三藏記集』과 『고승전』에서는 모두 "진晉 융안隆安 3년"이라고 기록되어 있다. 이 해의 간지가 바로 "기해己亥"년이다. 그렇다면 어째서 법현의 기록과 차이가 나는 것일까? 문헌 자료에 의하면, 후진後秦의 요흥姚興이 황초皇初 6년을 홍시弘始 원년으로 고친 것이 황초 원년 9월이다. 관습에 따르면, 이 해는 당연히 원래의 기년紀年으로 기록하고, 그 다음 해를 새로운 기년의 시작으로 삼는 것이 일반적이지만, 법현이 기년을 고친 해를 기점으로 삼았던 까닭에 『불국기』에서 "2년"으로 표기한 것이라고 볼 수 있는데, 이것이 바로 기년에 오차가 생기게 된 원인이다. 따라서 법현이 길을 떠난 시점은 당연히 진 요흥 원년이 된다(동

〈그림 41〉 막고굴 제323호 북쪽 벽에 위치한
불도징佛圖澄의 신이神異고사 초당初唐

진東晉 융안隆安 3년, 서기 399년). 사서에서는 그가 몇 사람의 구법자와 함께 장안을 출발하여 "천축에 가서 계율을 구했다"고 전하고 있다.

법현은 후진 홍시 원년(399년)에 장안을 출발하여 감숙성 병령사炳靈寺를 거쳐 하서회랑을 지나고 다시 사막을 건너 지금의 신강 위구르 자치구의 광대한 지역을 가로질러 파미르고원을 넘었다. 그리고 지금의 파키스탄, 아프간, 북인도를 거쳐 석가모니가 불교를 전파했던 중심 지역과 갠지스 강 중하류의 넓은 지역을 둘러본 다음, 해로海路를 통해 귀국하여 동진東晉 의희義熙 8년(412년)에 지금의 산동성 노산嶗山 해안에 도착하였다. 그리고 그 다음 해에 동진의 수도 건강建康에 이르렀는데, 장장 15년이라는 세월 이 걸렸다. 이것이 바로 법현이 불법을 구하기 위해 인도에 다녀온 대략 적인 상황이다. 구체적인 상황에 관해서는 법현이 편찬한 『법현전法顯傳』 등의 서적을 참고하기 바란다.

법현이 인도에서 돌아온 후에 인도에서 자신이 보고 들은 내용을 근거 로 『불국기』를 편찬하였는데, 일명 『법현전』이라고도 일컫는다. 이 책은 중앙아시아와 남아시아 등 여러 나라의 역사와 문화를 연구하는데 중요 한 자료로서 국내외 학자들과 전문가들에게 큰 주목을 받고 있다. 그러나 처음에는 이 책에 대한 명확한 명칭이 없어 중국 문헌에서 서로 다른 명 칭으로 기록되어 왔다.

법현은 『법현전』에서 자신이 불법을 구하기 위해 서행西行한 이유에 대 해 자세히 설명해 놓았다. 그는 "율장律藏이 갖추어지지 않음을 개탄하고", "천축에 가서 계율을 구하고자" 하였다. 중국에서 법현이 서행하기 이전 에 번역된 계율서는 대략 다섯 종류가 있었는데, 우선 삼국시대 위魏의 승 려 담가가라曇柯迦羅가 번역한 『승지계본僧祇戒本』 1권, 서진西晉의 축법호竺法 護가 번역한 『비구니계比丘尼戒』 1권, 전진前秦의 축불념竺佛念과 담마지曇摩持 가 번역한 『십송비구계본十誦比丘戒本』 1권과 『비구니대계比丘尼大戒』, 『교수

비구니이세단문教授比丘尼二歲壇文』 1권 등이 있다. 그러나 이러한 책들은 모두 계율서의 일부분만을 발췌해 엮어 놓은 것으로 완전한 불법 계율서라고는 할 수 없었다. 예를 들어, 『승지계본僧祗戒本』은 대중부계율大衆部戒律 중의 하나인 『마하승기율摩訶僧祗律』의 일부를 발췌하였으며, 『비구니계比丘尼戒』 역시 설일체부說—切部의 계율 가운데 하나를 발췌한 것이었다. 그래서 당시에는 승려가 행동의 준칙으로 삼을 만한 완전한 계율서가 없었으며, 또한 당시 불교의 급속한 발전에도 어울리지 않는 상황이었다. 다시 말해서 법현의 개탄과 그의 서행 구법 활동은 당시의 실제 상황에 근거해 이루어진 행동이었다고 볼 수 있다.

법현은 장안을 출발하여 지금의 섬서성과 감숙성의 접경 지역인 롱산隴山을 넘어 건귀국乾歸國에 이르러 하안거夏安居를 보냈는데, 여기서 건귀국은 바로 서진西秦의 통치자였던 건귀乾歸의 도성을 가리킨다. 『자치통감』에 의하면, "9월 하남왕河南王 건귀乾歸가 금성金城, 오늘날의 감숙성 란주시蘭州市으로 천도하였다.", "봄, 정월……서진왕西秦王 건귀가 원천苑川으로 천도하였다."고 하였는데, 호주胡注에 의하면, "걸복씨乞伏氏는 원래 원천苑川에 거주하였으나, 후에 건귀가 금성으로 천도하였다가 다시 원천으로 천도하였다."고 한다. 이것은 우리에게 법현이 걸복乞伏의 건귀乾歸를 만나고 하안거에 들어간 시기가 동진 융안隆安 3년(399년)이었다는 사실을 설명해 준다.

지금의 감숙성 영정현永靖縣 병령사炳靈寺 석굴군 가운데 제169호 굴속에서 법현과 관련된 제기題記가 하나 발견되었는데, 이를 근거로 우리는 법현이 건귀국에서 하안거에 들어간 곳이 바로 지금의 감숙성 영정현에 있는 병령사 석굴이었다는 사실을 추측해 볼 수 있다.

법현이 장안을 출발할 때, 혜경慧景을 비롯한 도정道整, 혜응慧應, 혜외慧嵬 등 네 명이 함께 동행하였으나, 장액張掖에 도착한 후에 지엄智嚴, 혜간慧簡, 승소僧紹, 보운寶雲, 승경僧景 등이 이 대열에 합류하였다. 법현은 병령사에 머물렀다가 다시 서행하여 남량南涼의 수부首府인 서평西平(오늘날의 청해성 서녕시西寧市)에 이르렀으며, 후에 다시 양루산養樓山(서녕시 북쪽)을 넘어 하서의 중진重鎭이었던 장액에 도착하였다. 장액에서 하안거를 마친 그는 다시 서행하여 돈황에 이르렀다. 그는 이곳에서 휴식을 취한 후, 돈황의 태수 이고李暠의 사자 일행과 함께 다시 서행하였다. 기록에 따르면, 법현이 돈황에서 태수 이고의 환대를 받고 사신을 따라 서쪽 선선鄯善, 명강茗羌을 향해 출발하여 중간에 험난한 사막 지역을 지나갔다고 한다. 이러한 상황에 대해 『한서·지리지』에서는 "돈황군敦煌郡 …… 바로 서쪽 관외에 백룡퇴사白龍堆沙가 있다."고 하였으며, 『한서·서역전』에서도 역시 "누란국樓蘭國(선선국鄯善國의 본명)은 동쪽에 치우쳐 있어 한漢과 가까우며 백용퇴白龍堆에 수초가 떠다닌다."는 등의 기록이 보인다. 『삼국지三國志·동이전東夷傳』의 주석에 『위략서융전魏略西戎傳』을 인용해 "호수는 선선鄯善의 동북쪽, 용성龍城의 서남쪽에 있다. …… 서쪽으로 선선과 접해 있고, 동쪽으로 삼사三沙와 이어져 있다."고 했는데, 여기서 말하는 "백용퇴白龍堆", "삼사三沙" 등의 지명이 바로 법현전에 기록된 "류사流沙"의 별칭이라고 하겠다.

이후 법현 등이 언이국焉夷國(오늘날 신강 위구르 자치구의 언기焉耆 회족 자치현)에 들어갔다고 하는데, 이 언이국에 대해 황문필黃文弼은 『탑리목분지고고기塔里木盆地考古記』에서 "지금의 언기 회족 자치현 하랍목등哈拉木登 남쪽으로 약 10여 리에 옛 성이 하나 있는데, 아마도 당대 이전에 언기국焉耆國의 정치 중심지였던 것 같다."고 주장했는데, 이 말은 우리가 참고해 볼 만하다. 또 황문필은 "당대 아기니국阿耆尼國의 도성은 아마도 지금의 언기 회족 자치현 서남쪽 40리에 있는 사십리성四十里城 부근의 박격달심博格達沁이라고 불리는 옛 성으로 옮긴 듯하다."고 주장하였다.

언기焉耆는 실크로드에서 중요한 역 가운데 하나였는데, 법현 등은 이 길을 따라가지 않고 서남쪽으로 한 달 정도 걸리는 실크로드 남로를 통해 우전于闐에 도착했다. 그 이유가 무엇일까? 이는 아마도 법현의 신앙과 관련 있어 보인다. 법현이 신봉한 종파는 대승불교였으나 언기 지역에서는 대승불교가 냉대를 받았다. 그래서 법현은 소승불교에 의한 냉대를 피하기 위해서 길을 우회해 대승불교가 발전했던 우전을 선택했던 것으로 보인다.

우리가 앞에서 언급한 바와 같이 법현의 동행자들은 장안에서 모두 함께 출발한 것이 아니라, 그 가운데 절반 이상이 중간에서 만난 사람들이었다. 그래서 그들은 때때로 함께 동행하거나, 혹은 헤어졌다가 다시 모이기도 하였다. 우전에 도착한 후, 법현이 우전국의 행상行像을 구경하기 위해 머무는 동안 혜경과 도정, 혜달 등 세 사람은 먼저 갈차국竭叉國으로 떠났고, 후에 승소僧紹 또한 호승胡僧을 따라 계빈국罽賓國으로 갔다. 법현은 『법현전』에 우전국의 유명한 사원과 관련된 고사를 기록해 놓았는데, 이 고사의 내용 역시 돈황의 막고굴에서 관련된 화면을 찾아볼 수 있다. 예를 들면, 구마제사瞿摩帝寺는 현장법사의 『대당서역기』 권12에서도 언급한 바 있으며, 만당에서 오대와 북송에 이르는 시기에 조성된 막고굴에서도 관련된 고사화故事畵가 보인다. 더욱이 중당 시기에 이르면 이 고사화가 서상도瑞像圖의 형식으로 등장하는데, 바로 제231호와 제237호 등의 굴에 보이는 경우와 같다. 화면 속에는 화개花蓋(불전 내에서 불상의 상부 천장을 장엄하는 일종의 닫집을 가리킴), 두광頭光(부처의 머리에서 발하는 빛), 육계肉髻(부처의 정수리에 상투처럼 우뚝 솟아오른 혹과 같은 것)를 높이 세우고, 맨발에 가사를 걸친 불상이 하나 보이는데, 현존하는 방제榜題에 "이 우두산牛頭山 상像은 기산耆山(도굴闍崛)으로부터 허공을 밟고 왔다."고 적혀 있다. 돈황의 막고굴 장경동에서 출토된 몇 권의 『제불서상기』에도 이 불상과 관련된 조목이 많이 열거되어 있다. 오대 귀의군절도사歸義君節度使 조원충曹元忠의 통치 시기에 이르러, 그것은 경변經變(불교 경전에서 설법하는 바에 따라 회화화繪畫化의 설화적 도상圖相) 형식으로 나타나게 되면서 다른 경변화經變畵와 동등한 위치에 놓이기 시작하였는데, 지금의 안서安西 유림굴楡林窟 제33호 굴 오른쪽 벽에 보이는 화면과 같은 경우이다. 이 화면에서는 우선 호해湖海와 같은 장소가 등장하고, 그 위에 커다란 우두牛頭, 귀, 눈, 입, 코, 뿔 등과 함께 우두 정중앙에 한 송이 버섯구름이 피어오르는 좌대가 그려져 있다. 그리고 그 위에 연화蓮花, 혹은 건축물이 그려져 있다. 또한 송대 그려진 막고굴의

〈그림 42〉 안서安西 유림굴楡林窟 제33호

고사 화면에는 "석가모니 부처가 허공을 날아 우전국于闐國에 이르렀다."고 하는 방제가 뚜렷하게 남아 있다.

구마제사瞿摩帝寺는 불교가 중국에 전해진 역사와 직접적인 관련이 있는데, 여기서 우리가 가장 유의할 점은 오대산五臺山의 문수보살 신앙 형성과 이곳이 직접적으로 관련이 있다는 사실이다. 일찍이 돈황의 막고굴을 참관한 사람들은 동굴 속에 그려져 있는 "화엄삼성상華嚴三聖像"이 초기와 말기 벽화 사이에 분명하게 다른 점이 존재한다는 사실을 발견했을 것이다. 초기에 형성된 문수보살상에서는 문수文殊를 위해 수컷 사자를 잡고 있는 갈색 피부의 사노獅奴를 볼 수 있는데, 사람들은 습관적으로 이를 "곤륜노崑崙奴"라고 부른다. 그러나 후에 이 화면에 여러 가지 고사가 덧붙여지면서 화면 속 인물의 모습도 점차 변해 전포戰袍를 입고 머리에 관모官帽를 쓴 무사武士의 모습으로 등장하게 되는데, 이것이 바로 문헌 속에서 언급하고 있는 우전왕의 모습이다. 돈황 막고굴 제220호 굴에서도 이와 같은

화면이 보인다. 귀의군歸義君 중에서 실권을 잡고 있던 적봉달翟奉達이 쓴 발원문을 통해, 이 화면의 모습이 새로운 양식의 문수보살이라는 사실을 알 수 있다. 이 점을 고려해 볼 때, 분명 이전 양식의 문수보살도 있었을 것으로 추측해 볼 수 있다. 물론 일부 사람들은 이러한 양식이 우전국에서 전해졌다고 주장하지만, 이는 억측에 지나지 않는다고 생각된다.

후에 북경대학의 영신강榮新江 교수가 이 문제에 대해 규명하면서 어느정도 진전을 이루기는 했지만, 여전히 이와 관련된 설명이 필요하다고 생각된다. 우선 새로운 양식의 문수보살에서 "새롭다"는 것이 어디에서 표현되고 있는가 하는 점이다. 필자가 보기에 "새롭다"고 한 것은 그림의 근거로 삼았던 경전이 새롭다는 것을 의미한다고 볼 수 있는데, 그 이유는 이전의 문수보살이 『화엄경華嚴經·보살주처품菩薩住處品』의 내용을 근거로 제작되었기 때문이다. 동굴

불감佛龕(작은 규모의 불당 속에 조성된 불상)은 양측의 문수文殊와 보현普賢이 함께 "화엄삼성도華嚴三聖圖"를 형성하고 있는데, 이러한 형식은 토번이 사주沙州를 통치할 때 조성된 제159호 굴 주실 서쪽 벽에 보이는 문수보살이 대표적이라고 할 수 있다. 새로운 양식의 문수보살은 중국 불교의 성지라고 할 수 있는 산서

〈그림 43〉 막고굴 제159호 화엄삼성도華嚴三聖圖

성 오대산 지역의 신화와 전설, 즉 "문수화빈녀文殊化貧女" 고사가 덧붙여져 제작된 것으로, 화면 위에 보이는 수컷 사자는 개狗가 변화한 것이고, 우전왕은 아이를 품에 안고 있는 문수보살이 변화된 형상이다. 그리고 선재善財 동자는 그 배 안의 아이가 변화된 것이다. 따라서 화면 위에 보이는 인물과 이전의 문수보살과는 확연히 차이를 보이고 있어, 사람들이 새로운 양식이라고 말한 것이라고 볼 수 있다. 이와 관련된 고사가 『광청량전廣淸凉傳』에 보인다. 우리가 조사한 자료에 의하면, 위에서 언급한 오대산의 불교 이야기는 중국의 불교도에 의해 창조된 것이 아니고, 인도의 불경 『잡비유경雜譬喩經』에 등장하는 고사를 개작한 것으로 보인다. 또한 시대의 흐름에 따라 화면에 등장하는 인물들 역시 점차 증가하게 되었으며, 후에 여기에 돈황 벽화 속에 보이는 문수文殊가 노인으로 변했다는 고사가 덧붙여져 "문수오존상文殊五尊像"이라는 변화된 양식으로 등장하게 되었다고 볼 수 있다. 그리고 다시 문수가 독룡毒龍을 항복시켰다는 고사가 여기에 덧붙여져 10여 명의 인물들과 함께 생동적인 고사 내용을 담은 문수보살의 형상이 등장하게 되었다고 하겠다. 법현이 일찍이 우전국에서 현지의 행상行像 의식을 보고 상세한 기록을 남겼지만, 돈황의 막고굴 벽화 중에서는 아직까지 이와 관련된 화면을 보지 못하였다.

『법현전』 중에는 우전국의 왕신사王新寺에 관한 기록이 보이는데, 현장법사의 『대당서역기·구살단나국瞿薩旦那國』에서는 왕신사를 사마약승가람娑摩若僧伽藍으로 기록해 놓았다. 영국의 스타인은 고증을 통해 이 사寺가 지금의 우전시于闐市 요두원姚頭園 서쪽에 위치한 소미야(Somiya)촌에 있었다고 주장하였다. 그곳에는 무덤이 하나 전해오고 있는데, 전하는 바에 따르면 이 무덤이 바로 이 사의 유적이라고 한다. 그것에 대한 정확한 위치를 확정하기 위해 필자가 1984년 현지의 문화재 담당자를 대동하고 그 지역을 답사한 적이 있다. 답사 결과를 통해 볼 때, 스타인의 주장이 어느 정도

믿을 만하다고 여겨진다.

우전은 돈황과 가까이 이웃하고 있는데, 이는 당대 파선진播仙鎭 등을 돈황 치역治域에 편입시킨 후에 두 지역이 서로 마주보는 접경 지역이 되었기 때문이다. 특히 중당中唐 이래 두 지역의 운명은 기본적으로 같은 처지에 놓여 있었다. 하서河西 지역의 영수인 장의조張議潮가 군사를 일으켜 사주沙州를 정복하고 귀의군歸義君 정권을 건립한 후에 두 지역의 왕래가 더욱 빈번하게 이루어졌으며, 과사瓜沙 조씨曹氏가 귀의군을 통치할 때는 조의금曹議金이 자신의 딸을 우전국의 왕인 이성천李聖天에게 시집보내 인척 관계를 맺기도 하였다. 또한 북송 때는 이성천이 다시 자신의 딸을 돈황의 귀의군절도사 조연록曹延祿에게 시집보냈는데, 당시 공양한 화상畵像과 제명題名이 돈황 막고굴 제61호 굴의 주실 동쪽 벽 북단에 보인다. 이외에도 돈황 막고굴 제244호 굴과 제445호 굴에 우전국의 황태자가 연화종원連和琮原에서 돈황까지 와서 불공을 드리는 모습과 제명題名이 보인다. 이러한 사실에 비춰보면, 당시 두 지역 사이에 매우 밀접한 우호적 교류가 유지되고 있었다는 사실뿐만 아니라, 우전 지역의 종교와 신앙 등이 돈황 지역에 커다란 영향을 주었다는 사실도 파악해 볼 수 있다. 그렇기 때문에 우전 지역에 널리 유행하고 있던 불교의 제재題材 역시 우전국의 팔대호국신왕八大護國神王, 우전국의 건국 신화와 전설 등과 함께 자연스럽게 돈황 막고굴 벽화 속에 대량으로 등장하게 되었다고 볼 수 있다.

법현은 우전국에서 행상行像 의식을 참관한 후에 다시 길을 떠나 자합국子合國(이 나라는 지금의 신강 위구르 자치구 섭성현葉城縣에 있었으며, 도성은 섭성현 서남쪽 약 100리에 있는 기반장奇盤庄이었다)을 거쳐 우휘국于麾國(이 나라는 예얼창 강葉尔羌河(Yarkand River) 중상류 일대에 있었던 것 같다)에 이르렀다. 여기서 하안거를 마치고 25일의 여정을 거쳐 갈차국竭叉國에 도착하였으며, 이곳에서 그는 국왕이 5년마다 한 번씩 거행하는 반차월사

般遮越師에 참가한 다음, 파미르고원을 넘어 다시 북인도로 들어갔다. 법현이 북인도에 이르러 가장 먼저 도착한 곳은 타력국陀歷國이라는 작은 나라였다. 이 나라는 바로 현장법사의 『대당서역기』권3에서 언급한 오장나국烏仗那國의 달려나천達麗羅川을 가리키며, 옛 땅은 지금의 카슈미르 북쪽 기슭에 있는 팔디스탄(Pardistan)의 달릴(Dārel)이다. 인도에서 북쪽 중국으로 갈 때 반드시 거쳐야 하는 타력도陀歷道가 바로 이 나라에 있었던 까닭에 중·서 교통로에서 매우 중시되었으며, 또한 불교의 중국 전파와도 밀접한 관계를 가지고 있다.

그런데 우리가 여기서 짚고 넘어가야 할 점은 돈황 막고굴에 보이는 "상천사상上天寫像"과 매우 유사한 형식을 띠고 있는 고사화故事畵에 관한 내용이다. 그 중에 하나가 토번이 사주沙州를 통치하던 시기에 돈황의 음씨陰氏 가정嘉政이 자신의 부모를 위해 조성한 "공덕굴功德窟" 제231호와 이 굴에 이웃한 제237호 굴 불감 서쪽 벽에 불상을 조성하는 우전왕優塡王의 고사가 그려진 벽화이다. 그리고 또 다른 하나는 당대 말기 이래 조성된 동굴 중에서 미륵 보살상 조성에 관한 고사를 다룬 달려나천達麗羅川 고사화에 관한 것이다. 이들 화면과 관련된 고사를 서로 대조해 보면, 화면에 등장하는 인물이 증가된 것 이외에는 거의 모든 내용이 서로 일치되고 있다. 예를 들면, 앞에서 언급한 화면은 석가모니를 가리키며, 뒤에서 언급한 화면은 미륵 보살상을 가리킨다. 즉 전자의 고사는 교상미국憍賞彌國에서 발생하였으며, 후자의 고사는 타력국 달려나천에서 발생한 것이다. 상천사상上天寫像에서 전자의 경우는 석가모니의 10대 제자 가운데 하나인 몰특가라자沒特伽羅子가 그려져 있으나, 후자에서는 아육왕이 파견한 선교승 가운데 한 사람인 말전지末田地가 그려져 있다. 그는 아육왕과 동시대 사람으로서 역사상 실제로 존재했던 인물이지만, 돈황 벽화에서는 매우 간단한 서상瑞像 고사 형식으로 표현되어 있다. 화면 속에는 꼬리를 길게 드리운 구름을 뒤로한 채 허공을 밟으며 하늘에서 서서히 내려오는 부처의 모습과 그 앞에 또 하나의 부처가 무릎을 꿇고 절을 하고 있는 형상이 보인다. 그리고 방제榜題에 "시불종천강하時佛從天降下, 기단상내앙례불시其檀像乃仰禮佛時"라는 글씨가 보인다. 이밖에 고사의 줄거리가 연환화連環畵[29]의 형식으로 벽에 그려져 있다. 이러한 형식은 주로 당대 말기 이래 불교 사적을 그린 화면에서 찾아볼 수 있는데, 그 중에서 송대 귀의군절도사와 부인 모용씨慕容氏가 조성한 공덕굴과 막고굴 제454호의 용도甬道에 그려진 화면이 가장 잘 보존되어 있다. 첫 번째 화면에는 한 고승이 여러 사람 앞에서 손가락으로 앞을 가리키며 공중에 올라가 불상을 바라보는 형상이고, 두 번째 화면에서는 고승이 천궁天宮에서 하강하며 내려오는 형상이 그려져 있다. 그리고 세 번째 화면에는 한 부처가 무릎을 꿇고 다른 부처를 맞이하는 모습이 보이는데, 이러한 화면 속의 상황은 중당시기에 그린 화면과 완전히 일치한다. 네 번째 화면에는 진신불眞身佛 석가모니가 삼십삼천三十三天에서 돌아와 단향목 불상을 보고 아난阿難을 불러 후사를 부탁하며, 자신이 세상을 떠난 후 이 단향목 불상을 가지고 불교 전파를 당부하는 모습이 그려져 있는데, 이로부터 우상偶像이 만들어지기 시작하였으며, 또한 불교가 우상을 숭배하는 새로운 단계로 발전하기 시작하는 계기가 되었다고 볼 수 있다. 법현법사가 책 속에서 "강을 건너면 바로 오장국烏萇國에 이른다. 오장국은 정북방에 있는 천축이다." "전하는 바에 따르면, 부처가 북천축에 이르렀다고 하는데, 바로 이 나라를 가리킨다. 부처의 족적이 이곳에 남아 있다. 족적이 혹은 길고 혹은 짧은데, 이는 사람의 마음에 달려 있다. 이외에 옷을 말렸다고 하는 쇄의석曬衣石, 악룡惡龍을 제도했다고 하는 도악룡度惡龍 역시 모두 현존하고 있다. 쇄의석은 높이가 4장

---

29) 여러 개의 그림으로 하나의 사건이나 이야기의 발전 과정을 서술하는 그림 형식이다.

丈이고, 폭은 2장쯤 되며, 한쪽이 평평하다."고 설명을 덧붙여 놓았다. 여기에서 언급된 부처의 족적은 중국에 커다란 영향을 끼쳤을 뿐만 아니라, 중서 문화 교류에 있어서도 매우 중요한 구성 요소로 작용하였다. 따라서 지금 이를 각각 구분해 논의해 보고자 한다.

우선 부처의 족적이 남아 있다고 하는 불족적석佛足跡石을 살펴보면, 이는 불교가 처음 숭배되기 시작하던 당시부터 전해져 온 것으로, 중국에 전해오는 불족적석은 다음과 같다.

① 섬서성陝西省 의군현宜君縣의 옥화궁玉華宮에 불족적석이 전한다. 당대 초기에 만들어진 것으로, 지금은 이미 훼손되어 일부만 남아 있다.

② 섬서성 요현耀縣 약왕산藥王山 석굴에 송대 조각된 불족족석이 현존하고 있다. 와식臥式으로, 비의 높이는 82cm이고, 남아 있는 비의 너비는 57cm이지만, 복원 후 그 너비가 100cm에 달하였다. 현존

〈그림 44〉 불족적석佛足跡石

하는 불족적석의 길이는 43.5cm이고, 너비는 18cm이며, 오른쪽 무명지無名指와 소지小指만 남아 있는데, 무명지 위에 연꽃 한 송이가 새겨져 있고, 소지 위에는 만卍자 무늬가 새겨져 있다. 그리고 앞뒤 바닥에 천복륜문千輻輪紋이 각각 하나씩 새겨져 있다. 앞바닥에 새겨진 천복륜문 위에 두 개의 꽃송이가 남아 있는데, 그 밑에 두 줄의 물고기 무늬와 소라 껍질 무늬가 하나씩 새겨져 있다. 두 개의 족적 테두리를 따라 세 개의 동심원同

心圓이 그려져 있는데, 그 동심원 안에 연잎과 소용돌이 무늬가 새겨져 있다. 그리고 밖에는 솔, 연잎, 상서로운 구름과 그 위에 기이한 짐승 두 마리가 새겨져 있다. 해서체로 쓰여진 발원문은 모두 여섯 줄이며, 앞의 네 줄은 행마다 열여덟 글자로 이루어져 있고, 뒤의 두 줄은 행마다 각각 열일곱자로 이루어져 있다.

③ 중경시重慶市 대족구大足區 보정산寶頂山 성수사聖壽寺 앞 연못에 남아 있는데, 이것은 남송 소흥 시기의 유물이다. 전하는 바에 따르면, 연못에는 이 불족적석 외에도 불좌석佛座石이 있었다고 한다.

④ 섬서성 서안시西安市 와룡선사臥龍禪寺에 현존하는 불족적석비佛足迹石碑가 있다. 길이는 174cm이고, 너비는 93cm이다. 비석에는 석가여래의 쌍족 영상도靈相圖가 음각陰刻되어 있다. 부처의 쌍족적과 그 배치가 섬서성 의군현의 옥화궁비玉華宮碑와 대체로 유사하다. 석비의 발원문 앞부분에 성적聖跡 고사와 관련된 내용이 기록되어 있고, 뒷부분에는 "대당 정관貞觀 연간에 현장법사가 직접 불법을 구하기 위해 서역에 가서 첨례도瞻禮圖를 얻어 귀향한 다음 태종 황제에게 진상하였으며, 황제는 칙령을 내려서 비석에 새겨 널리 전하라고 명하였다. 대명 홍무洪武 정묘년에 한수사寒水寺의 승려 덕명德明과 장안의 와룡선사臥龍禪寺 제전提典 행만行滿이 장인을 시켜 다시 새겼다."고 하는 비문이 보이는데, 여기서 정묘년은 바로 홍무 20년(1387년)이다. 비문 하부에 사승寺僧의 결함結銜과 서명이 보이며, 비석의 뒷면 윗부분에 "석가불수적釋迦佛手迹"이라는 글자가 새겨져 있다.

⑤ 하남성 공의시鞏義市 자운사慈雲寺에 있는 『석가여래쌍족영상도釋迦如來雙足靈相圖』는 근래의 불교와 관련된 또 하나의 중요한 발견이라고 할 수 있

다. 이 비석은 자운선사慈雲禪寺 대웅전의 옛터 앞 오른쪽에 있었는데, 높이
가 120cm이고, 폭은 60cm, 그리고 두께가 10cm이었다. 비석에는 별도
로 조각된 비액碑額은 없고, 단지 비신碑身 상부의 일부를 비수碑首로 삼았
다. 상부는 궁형이며, 둘레는 두 줄로 테두리를 새겨 놓았다. 그리고 테두
리 아래쪽에는 가로로 선을 그어 머리와 불족佛足을 나누고, 그 안에 해서
체로 "석가여래쌍족영상도"라는 글자가 새겨져 있다. 길이는 50cm이고,
폭은 20cm이다. 이 비석 하반부에 해서체로 쓴 발원문이 보인다.

⑥ 하남성 등봉시登封市 소림사少林寺에 『석가여래쌍족영상도釋迦如來雙足靈相
圖』라는 비석이 있다. 이 비석은 높고 크며, 테두리에 간단한 회문回紋이
단선으로 새겨져 있다. 비신碑身은 횡선으로 상·중·하 세 부분으로 구분되
어 있으며, 테두리 밖 아래쪽에 시주의 이름 등이 새겨져 있다. 지금 순서
에 따라 그 내용을 소개하면 다음과 같다. 최상부는 육자진언六字眞言을 비
롯해 하나의 부처와 두 개의 보살이 새겨져 있는데, 모두 가부좌를 틀고
앉아 있으며, 머리카락은 짧고 몸에서 광채가 나는 형상으로 그 하부에
횡선을 하나 그어 분리하였다. 하부 중앙 부위에 먼저 회문回紋으로 테두
리를 새기고, 그 위에 해서체로 "석가불수적釋迦佛手迹"이라는 다섯 자를 새
겨 놓았는데, 글자체가 힘이 있어 보인다. 네모난 테두리 아래 석가의 수
적도手迹圖가 새겨져 있으며, 이 수적도 양쪽으로 머리에 투구를 쓰고 갑옷
을 입은 무사가 병기를 잡고 있는 호법신왕護法神王의 형상이 하나씩 그려
져 있다. 그리고 중간 부분, 즉 수상도의 아래쪽에 "석가여래쌍적영상도釋
迦如來雙迹靈相圖"라는 아홉 글자가 해서체로 힘있게 음각되어 있는데, 좌우
의 대칭이 공현鞏縣의 자운선사에서 보았던 형태와 매우 흡사하며, 또한
그 위에 만卍자를 비롯한 검劍, 쌍면雙面, 보병寶甁, 나패螺貝, 법륜法輪, 범왕
정梵王頂 등의 여러 가지 문양이 보인다. 그리고 석가여래쌍적영상도 아래

쪽에는 횡으로 선을 그어 발원문과 고사 내용을 써 놓았다. 이를 비교해 볼 때, 공현의 자운선사 명문과 완전히 일치되는 내용을 보여주고 있어, 여기에서는 더 이상 중복해 소개하지 않고, 다만 그 제기題記만을 소개하고자 한다.

大明洪武丁卯長安臥龍禪寺提典行滿, 同雲水僧德明□□靈迹
嘉靖四十五年歲次丙寅仲春望日
欽依祖庭少林寺傳于曹洞正宗第二十四世嗣祖沙門宗□同門 呈上

이상의 제기題記를 근거로 살펴볼 때, 소림사의 "석가여래쌍적영상도"가 공현 자운선사의 도본圖本을 저본으로 삼아 제작되었으며, 그 제작된 시기 또한 자운선사 석비보다 106년 정도 늦다는 사실을 파악해 볼 수 있다. 테두리 아래에 공양인의 제명題名이 기록되어 있다.

⑦ 산서성山西省 오대산五臺山에 불족적석이 있다. 일본의 고승 원인圓仁이 편찬한 『입당구법순례행기入唐求法巡禮行記』 가운데 다음과 같이 기록되어 있다. "…… 각루에서 내려 보현도장寶賢道場에 도착해 경장각經藏閣에 소장된 『대장경大藏經』 6,000여 권을 보았는데, 모두 감벽지紺碧紙에 금과 은으로 글자가 쓰여져 있고, 백단白檀을 비롯한 옥과 상아로 두루마리와 축으로 이루어져 있었다. 그 주제主題에 이르길 "정도당鄭道黨은 장안 사람이다. 대력大曆 14년(779년) 5월 14일 오대五臺를 돌아보며 대성大聖한 1만 보살과 금색세계金色世界를 보고, 드디어 은자를 내어 『대장경』 6,000여 권을 썼다. ……"

『청량산지淸凉山誌』 권2에도 오대산의 불족적석에 관한 내용이 기록되어 있는데, 그 내용은 다음과 같다.

"불족적 석비는 큰 탑 왼쪽에 있다. 명나라 만력萬曆 임오년 가을에 소림사 사조嗣祖인 성현成顯의 명성明成과 덕주德州의 여의如意가 어느 날 밤, 각자 연꽃과 달이 탑 옆에 나타나는 꿈을 꾸었는데, 깨어난 후 두 사람이 꿈을 이야기하며 모두 이상하다고 생각하였다. 하늘이 밝아올 때 소림사의 승려 정도正道가 불족적 그림을 가져와 열어보고 기뻐하였다. 그래서 널리 모금하여 칠월 대보름날 비석을 세웠더니, 그날 밤 갑자기 아름다운 주패珠佩와 잡악雜樂 소리가 하늘에 울려 퍼졌다. 밖으로 나가서 보니 반짝이는 신등神燈 가운데 현신한 문수보살의 모습을 보고 모두 기뻐하였다. ……"

⑧ 기타 불족적석도佛足迹石道도 있다. 위에서 언급한 바와 같이 중국에서 보이는 성적도聖迹圖 이외에 인도, 부탄, 일본 등의 사찰과 석굴에서도 찾아볼 수 있다. 그 가운데 일본 나라시奈良市 약사사藥師寺에 남아 있는 성적도가 중국과 가장 밀접한 관계를 보여주고 있다. 이 성적도에 표현된 고사의 내용에 관하여 일찍이 법현法顯이 자신의 저서에서 언급한 바 있지만 그렇게 상세하지는 않다. 이에 관한 내용은 법현의 책 이외에도 인도에 유학을 다녀온 중국 고승들의 유기遊記와 불교 문헌을 통해서 조금 더 구체적인 내용을 살펴볼 수 있다. 예를 들면, 『낙양가람기』, 『석가방지』, 『대당서역기』, 『법원주림』, 『대자은사삼장법사전』 등과 같은 경우로서, 그중에서도 『대당서역기』의 내용이 비교적 상세하게 기록되어 있다. 이 고사에 대한 불교의 예술적 표현은 다양한 형태로 나타나고 있는데, 첫 번째가 표현의 중심을 불족적도佛足迹圖에 두었다는 점이다. 예를 들어, 석가여래쌍적영상도와 같은 경우이다. 두 번째는 불상을 위주로 표현했다는 점이며, 불좌佛座 앞에 쌍족적을 그려 서상도瑞像圖 형식을 취하고 있다. 현

재 이와 같은 형식은 만당 이래 조성된 돈황 막고굴의 일부 동굴에서 발견되고 있으며, 그중에서도 오대五代 귀의군절도사 조의금曹義金이 조성한 공덕굴과 막고굴 제98호 굴의 용도甬道 북쪽 벽 위에 그려진 불족적도가 가장 잘 보존되어 있다. 세 번째는 고사화故事畵의 형식으로 표현된 경우로, 영상影像을 불족적도의 고사 내용과 유기적으로 결합시켜 여러 가지 형태로 펼쳐 놓았는데, 이것은 하나의 중대한 발전이었다. 이와 같은 형식은 일본 나라시奈良市 약사사藥師寺에 보이는 것이 대표적이라고 할 수 있다. 약사사 첫 번째 전殿 안에 안치되어 있는 본존 불상이 바로 이 고사 속에서 언급되고 있는 형상을 갖추고 있다. 그리고 이 전殿 한쪽 끝에는 불족적석佛足迹石의 석각 한쪽이 지금까지도 남아 있으며, 그 위에 명문이 새겨져 있다. 또 한편, 이 족적석 정면에는 족적足迹의 석각 도상圖像이 새겨져 있다. 불족佛足의 첫 번째 발가락 끝에서 뒤꿈치까지 길이는 오른쪽 발이 47.7cm이고, 왼쪽 발은 48.8cm이다. 그리고 족심足心 윤상輪相의 직경이 약 10cm이다. 다섯 개의 발가락은 안에서 밖으로 향하고 있는데, 차례로 금강저金剛杵, 범왕정梵王頂, 쌍어雙魚, 보병寶甁, 나패문상螺貝紋相 등의 명문이 새겨져 있고, 발뒤꿈치에는 비교적 작은 법륜상法輪相이 새겨져 있다. 게다가 발가락 앞에는 일곱 가지의 "만卍"자 문양이 새겨져 있는데, 이는 일곱 가지의 상서로운 일을 대표한다. 그리고 불족적 바깥 가장자리에는 다섯 개의 선각도線刻圖가 새겨져 있다. 이상에서 언급한 여러 가지 문양이 이 전殿의 본존불 족부足部에서도 보인다는 사실로 미루어 짐작해 보건데, 그 표현된 요지만 다를 뿐 양자가 모두 동일한 계통임을 알 수 있다. 즉 주상主像에서는 부처의 영상影像과 독룡毒龍을 제압하는 내용을 표현한 것이고, 족적석 위의 내용은 바로 부처가 남긴 발자취를 표현한 것이다. 이 족적석의 동쪽 네모진 테두리 바깥 상부에는 허공에서 서서히 내려오는 꽃과 구름 등이 새겨져 있고, 그 좌우 양측에는 선각線刻을 통해 명문과 석가모니가 북인도 오장나국烏仗那國에 가서 아파라라阿波羅邏 용왕을 항복시켜 불교에 귀의시키는 모습이 새겨져 있다. 그리고 우측에 금강신왕金剛神王을 새겨 놓았는데, 이는 고사의 시작이라고 할 수 있다. 즉 금강신왕이 몽둥이로 벼랑 끝에서 떨고 있는 용왕을 내리치는 장면이 표현되어 있다. 신왕의 우측에는 얼굴이 긴 석가모니 불상이 새겨져 있고, 신왕 아래쪽에는 몸을 구부린 아파라라 용왕과 구름, 그리고 암석 등이 새겨져 있는데, 이는 아파라라 용왕이 바위를 두드리는 소리를 듣고 굴에서 나와 부처님의 설법을 들은 후, 사악한 마음을 버리고 불교에 귀의한다는 내용을 표현한 것이다. 이외에도 두 신왕의 자세가 매우 유사한 석가모니의 호법신왕이 새겨져 있다. 예술적 풍격 측면에서 살펴보면, 일본 평안平安시대의 작품과 유사해 보인다. 이것은 불교에서 전해오는 고사를 화면에 옮겨 표현한 것으로, 일본의 국보급 유물로 지정되어 지금도 많은 사람들로부터 관심을 받고 있다.

이상 언급한 고사의 내용을 종합해 보면, 다음과 같이 몇 가지로 나누어 볼 수 있다. 첫 번째는 현장법사의 『대당서역기·마가다국』에 기록된 불림적멸佛臨寂滅에 관한 것으로, 즉 부처가 입멸 직전에 구시나성拘尸那城에 가서 남긴 발자취에 관한 이야기이다. 두 번째는 석가모니가 독룡을 제압하고 항복을 받아 농가農家로 하여금 풍성한 수확을 거둘 수 있게 해 주었다는 고사이다. 이 두 가지 고사에 관한 내용은 불교와 관련된 중국 문헌에서도 문자와 그림으로 상세하게 기록되어 있다. 비록 형식적인 측면에서 서로 유사해 보이지만, 지역이 서로 다른 까닭에, 그 표현 내용 또한 서로 다를 수밖에 없었다. 더욱이 성적도聖迹圖는 인도를 비롯한 중국과 일본 3국 간의 문화적 교류를 구체적으로 반영하고 있어, 동서 문화 교류 연구의 귀중한 자료가 되고 있지만, 이와 관련된 몇 가지 문제는 반드시 설명이 조금 더 필요하다고 본다.

앞에서 언급한 바와 같이 법현이 인도로 유학 갈 때, 이 고사 내용은 이미 중국에 널리 소개되어 알려진 상태였으며, 후에 『낙양가람기』, 『석가방지』, 『대당서역기』, 『법원주림』, 『대자은사삼장법사전』 등의 불교 문헌에서도 성적聖迹에 관한 내용이 상세하게 다루어지고 있다. 그렇다면 인도를 비롯해 중국과 일본 등의 지역에 널리 분포되었던 이 성적도를 누가 중국에 널리 전파했는가에 대한 문제와 관련해 현재 대략 두 가지 의견으로 나뉘고 있다. 그 가운데 하나는 현장법사가 인도에 유학을 갈 때, 마가다국에서 성적을 보고 그림으로 그려 중국에 널리 전했다는 입장이고, 또 하나는 당대 초기 칙사 왕현책이 인도에서 탁본을 가져와 중국에 전파했다는 입장이다. 하지만 사람들은 대부분 현장법사가 이 성적도를 가져왔다고 생각하는데, 필자가 보기에 이 문제는 조금 더 진지하게 연구해볼 만한 가치가 있다고 본다. 이 문제를 우리가 명확히 설명하기 위해 다음과 같이 관련 자료들을 소개하고자 한다.

일본의 승려 원인圓仁이 『입당구법순례행기』 권3에서 산서성 오대산 보현도장普賢道場에 불족적석도가 전하는데, "또한 불각적佛脚迹에 천복륜상千輻輪相이 그려져 있다. 당나라 정관 연간에 태종황제가 가사사袈裟使(여기에 잘못 기재된 것 같음)를 천축에 보내고, 아육왕阿育王이 고사古寺에서 길이가 1척 8촌, 너비가 6촌인 불족적을 보고 탁본해 장안에 가져

〈그림 45〉 일본의 승려 원인圓仁 화상 畫像

와 봉안하였다고 전한다."고 기록하고 있으며, 또한 일본의 나라시 약사

사 불족적석비에 새겨진 명문 가운데 "당나라 사자였던 왕현책이 부처의 설법 장소였던 중천축 녹야원鹿野苑에 있는 부처의 발자취를 보고 탁본한 것이 첫 번째이고, 일본의 사자 황문본실黄文本實이 당나라 보광사普光寺에서 탁본하여 우경右京 사조四條 제일방第一坊 선원에 봉안한 것이 두 번째이며, 우경 사행방四行坊의 선타禪陀가 선원 법당에서 부처의 발자취를 보고 탁본해 놓은 것이 세 번째이다."라고 하는 내용이 보인다. 이외에도 당대 도세道世의 『법원주림·감통편感通篇·성적부聖迹部』 권29에서는 "고성故城은 왕사성王舍城 산 북쪽에 있고, …… 고궁故宮 북쪽에 수 장丈이나 되는 높은 돌기둥이 있다. 예전에 무우왕無憂王이 지옥으로 삼았던 곳에 큰 바위가 있는데, 부처가 열반에 들고자 북쪽으로 구사라국을 바라보고, 남쪽으로 마가다국을 돌아보면서 돌 위에 두 발의 족적을 남겼다고 하며, 정관 23년(649년) 부처의 발자취를 모사하기 위해 찾아온 사자가 있었다."고 하였다. 또한 이 책에서 오장나국의 불족적석에 대해 "오장나국은 북인도에 위치한 나라로, 도읍에서 동쪽 5리 떨어진 곳에 큰 탑이 있는데, 상서로운 기운이 자주 보인다. 전세에 부처가 인욕선忍辱仙이었을 때, 갈리왕羯利王, 또는 가리왕歌利王을 위해 팔다리가 찢겼던 곳이다. 또한 옆에 네모난 바위가 있는데, 그 위에 있는 불족적상佛足跡相이 빛을 발해 절을 비추었다고 한다."고 기록해 놓았는데, 이와 관련된 내용은 『관불삼매경觀佛三昧經』에서도 찾아볼 수 있다.

이상의 자료들을 통해 고사와 성적도聖迹圖가 동일한 시기에 전래된 것이 아니라, 고사가 먼저 전래되고 후에 성적도가 전래되었다는 사실을 알 수 있다. 또한 이 성적도가 당대 초기 인도에 유학한 현장법사에 의해 전해진 것이 아니라, 당의 칙사 왕현책이 전했다는 사실도 함께 파악해 볼 수 있다. 한편, 법현은 일찍이 이 나라의 불교 유적을 둘러보고 난 후에 험난한 바닷길을 통해 장광군長廣郡(옛 청주青州에 속하며, 지금 산동성 청

도시 노산구(崂山區 북쪽)의 뢰산牢山 남쪽 해안에 도착했다가 다시 건강建康으로 돌아왔다.

위에서 언급한 내용을 종합해보면, 법현은 동진東晉 융안隆安 3년(399년)에 길을 떠나 원흥元興 3년(404년)에 중천축 마두나국摩頭羅國과 승가라국僧伽羅國에 도착하였으며, 의희義熙 4년(408년) 다마리제국多摩梨帝國을 출발하여 의희義熙 8년(412년) 청주靑州 송산宋山 해안에 도착했다가, 그 이듬해 동진의 수도 건강으로 돌아왔는데, 총 15년이라는 기간이 걸렸다. 『법현전』마지막 부분에서 "감삼십국減三十國"을 언급하고 있는데, 여기서 말하는 "감삼십국"은 서역의 6개국과 천축의 21개국, 그리고 돌아오는 길에 들렀던 사자국師子國과 야사제국耶娑提國을 모두 더하면 29개국이 된다. 따라서 기본적으로 법현이 언급한 "감삼십국減三十國"이라는 말과 부합된다고 볼 수 있다.

법현이 불법을 구하기 위해 인도 유학길에 올랐던 것은 당시 완전치 못한 중국의 계율을 개탄했기 때문이다. 그래서 그는 귀국 후에 바로 불교 경전을 번역하는 일에 착수하였다. 문헌에 따르면, 법현과 네팔의 고승 불타발타라佛馱跋陀羅가 보운寶雲의 도움을 받아 『마하승기율摩訶僧祇律(Mahasangha-vinaya)』40권, 『대반니원경大般泥洹經』6권, 『잡아비담심雜阿毗曇心』13권 등의 경전을 번역하였다고 한다. 『마하승기율』은 의희義熙 12년(416년) 11월 시작하여 14년(418년) 2월에 번역을 끝마쳤으며, 『대반니원경』은 의희義熙 13년(417년) 10월에 시작하여 14년 1월에 번역을 끝마쳤는데, 이는 『열반경涅槃經』에 관한 첫 번째 번역이었다. 그리고 『잡아비담심』13권은 남조의 송대 승려 가발마伽跋摩 등과 함께 번역하였는데, 『잡아비담심론雜阿毗曇心論』은 일본의 또 다른 번역본이다.

이어서 필자는 불족적도佛足迹圖 위에 보이는 문양에 대해 이야기해 보고자 한다. 불교 문헌에서는 불조佛祖 석가모니가 몸에 32상相과 80여 가지 호好를 지니고 있어 속세의 왕이 될 수 있었을 뿐만 아니라, 또한 출가하여 성인이 될 수 있었다고 한다. 이러한 상相과 호好는 대부분 그의 손과 발에서 보이는데, 『반야경般若經』과 『관불삼매해경觀佛三昧海經』 권1에서 이와 관련된 내용을 찾아볼 수 있다. 즉 불경에서 언급하고 있는 여러 가지 길상문吉祥紋과 "만卍"자 무늬, 보병寶瓶 무늬, 삼고三鈷, 보검 무늬, 나패螺貝 무늬, 연화 무늬 등을 모두 더하면 10여 종에 이른다. 길상문은 인도 초기 불교에서 형성된 불교 예술만의 독특한 제재題材로서, 후에 사람들의 존경과 숭배의 대상이 되었다. 현재 이와 같은 길상문은 불족적도佛足迹圖 위에 기본적으로 모두 남아 있다.

법현은 오장국烏萇國에서 하안거를 마친 후, 다시 길을 떠나 숙가다국宿呵多國(고증에 의하면, 지금의 파키스탄 북서부에 있는 스와트 강Swat River 양안 지역을 가리킨다고 함)에 도착하였다가 다시 동쪽으로 5일을 더 가서 건타라국犍陀羅國(지금의 스와트 강으로 유입되는 카불 강 부근을 말함)에 도착하였다. 그런 다음 다시 동쪽으로 7일을 더 가서 축찰시라국竺刹始羅國(현장의 『대당서역기』 권3에는 달차시라呾叉始羅로 기록되어 있음)에 도착하여 사신사호舍身飼虎 탑을 참배하였다. 그리고 법현은 다시 건타라犍陀羅에서 남쪽으로 4일간 가서 불루사국弗樓沙國에 도착하여 카니시카罽膩伽 불탑을 구경하고 서쪽으로 향하였다. 나갈국那竭國(지금의 파키스탄의 페샤와르(Peshawar))에 도착한 법현은 계니가대탑罽膩伽大塔과 불발佛鉢(부처 앞에 올리는 밥을 담는 그릇)을 참배하고 다시 서쪽으로 가서 나갈국那竭國 경계에 있는 혜라성醯羅城에 이르렀다. 그리고 여기서 남쪽으로 5리쯤 떨어진 혜달촌醯達村에 가서 불정골佛頂骨을 참배하였다. 그런 후에 다시 북쪽으로 1유연由延(고대 인도의 거리 단위로, 실제 거리는 명확하지 않지만 보통 약 8㎞로 간주함)을 가서 나게국성那揭國城에 도착해 불치탑佛齒塔 등을 참배하였다. 성城의 동북쪽 1유연 거리에 불석장佛錫杖이 있다. 다시 4일간 서행하여 승가리정사僧伽梨精舍에서 예불을 드리고 공양하였다. 나갈성那竭城

남쪽으로 반半 유연을 가면 석실石室이 있으며, 박산博山 서남쪽에 부처의 영상影像이 남아 있다. 여기서 소설산小雪山을 넘으면 나이국羅夷國에 이른다. 법현은 여기서 하안거를 보내고 남하해 10일 만에 발나국跋那國에 도착하였다. 발나국에서 다시 동쪽으로 3일을 가서 신두하新頭河를 건너 달비차국達毗茶國에 이르렀다. 그리고 이곳에서 다시 동남쪽으로 80유연을 가서 중인도 마두라국摩頭羅國(지금의 인도 우타르 프라데시주(Uttar Pradesh)의 마투라(Mathura))에 도착하였다. 서남쪽 5리에 마곽리馬霍里가 있는데, 법현은 이곳에서 하안거를 마친 후에 동남쪽으로 80유연을 가서 승가라국僧伽羅國에 도착하였으며, 이 나라에서 삼도보계三道寶階 고사와 불족적석에 관련된 고사를 직접 듣고 기록하였다. 이 고사가 바로 지금의 섬서성 요현耀縣 불족적석佛足迹石 명문에 보이는 "삼계시벽三階是辟"이다. 여기서 "삼계三階"라는 말은 바로 불교화된 "칠보검七寶劍"과 범토梵土화 된 "백은계白銀階", 그리고 천제석天帝釋화 된 "자금계紫金階"를 가리킨다. 따라서 여기서 말하는 "삼계"는 불교의 "삼계교파三階敎派"와는 전혀 관련이 없다고 할 수 있다. 또한 돈황 막고굴의 불교 예술 중에는 막고굴 제454호 굴의 삼도보계三道寶階 고사뿐만 아니라, 대력사자후大力獅子吼와 관련된 화면 등도 보인다.

법현은 또한 이 나라에서 백이룡白耳龍과 관련된 고사를 기록해 놓았는데, 이와 관련된 설법도說法圖가 수대 조성된 막고굴 제302호 굴 서쪽 벽 남측에 그려져 있다. 중앙의 불상은 결가부좌를 하고 있으며, 손에는 불발佛鉢이 놓여져 있다. 그리고 그 가운데 뱀 한 마리가 똬리를 틀고 머리를 세운 형

〈그림 46〉 막고굴 제320호 설법도說法圖

상이 그려져 있다. 이 화면과 법현의 기록을 비교해 볼 때, 고승高僧이 불타佛陀로 바뀐 것 이외에 그 나머지 부분이 모두 일치하고 있어 백이룡白耳龍이 뱀으로 변했다고 기록한 법현의 기록과 서로 일치하고 있음을 알 수 있다.

법현은 용굴龍窟 속에서 하안거를 마친 후, 동남쪽으로 7유연을 가서 계요이성罽饒夷城에 도착하였다. 그리고 이곳에서 다시 갠지스 강을 건너 달가리촌達呵梨村에 도착하였고, 이어서 다시 동남쪽으로 10유연을 가서 사저대국沙祇大國에 이르렀다. 이곳에서 다시 북쪽으로 8유연을 가서 구살라국拘薩羅國 사위성舍衛城에 도착하였는데, 법현은 구살라국拘薩羅國에서 프라세나짓(Prasenajit) 왕이 불상을 만들었다고 하는 고사를 기록하고 기원정사祇洹精舍와 득안림得眼林 성적聖迹을 참배하였다. 후에 법현은 이곳에서 동쪽으로 가서 가유라위성迦維羅衛城(지금의 네팔 남부의 제로근과탈提勞勤科脫)에 도착하였다. 부처가 태어난 곳에서 동쪽으로 5유연을 가서 람마국藍摩國(지금의 네팔 남부에 있는 달마리達馬里)에 도착하였다. 그리고 다시 동쪽으로 12유연을 가서 구이나갈성拘夷那竭城, 즉 『대당서역기』 권6에 기록되어 있는 구시게라국拘尸揭羅國에 도착하였다. 이곳에서 동남쪽으로 12유연을 가서 리차梨車에 도착하였으며, 다시 이곳에서 동쪽으로 5유연을 가서 비사리국毗舍離國에 도착하였다. 이 나라의 불적佛迹으로는 천자千子가 활과 화살을 놓아두던 곳 등이 있다. 이곳에서 동쪽으로 4유연을 가면 오하五河가 합류되는 입구에 이르게 되는데, 아난阿難이 강물 속에서 분신焚身한 곳이 있다. 강을 건너 남쪽으로 1유연을 가면 마가다국의 빠딸리뿌뜨라(Pātaliputra)에 이르게 된다. 마가다국은 인도의 대국大國으로, 성지聖地가 매우 많았다. 불경에서 "아육왕이 일곱 개의 탑을 파괴하고 팔만 사천 개의 탑을 새로 세웠다. 도읍에서 남쪽으로 3리 떨어진 곳에 첫 번째 큰 탑을 세웠는데, 이 탑 앞에 부처의 발자취와 북쪽으로 창문이 나 있는 정사精舍

가 있다. 탑 남쪽에 둘레가 4~5장丈이고, 높이가 3장인 기둥이 하나 있는데, 그 위에 '아육왕이 사방승四方僧에게 염부제閻浮提를 보시하였으며, 세 번이나 돈을 주고 다시 되찾아 놓았다.'는 내용이 기록되어 있다. 탑 북쪽에 아육왕이 니리성泥梨城를 만들어 놓았는데, 그 가운데 세 장 높이의 돌기둥을 세우고, 기둥 위에 사자獅

〈그림 47〉 귀의군절도사 조연공曹延恭의 부인 모용씨慕容氏

子를 조각해 니리성을 만들게 된 인연과 시기를 새겨 놓았다."는 고사가 전해 오고 있는데, 이와 관련된 내용의 벽화를 수많은 돈황 막고굴 속에서 찾아볼 수 있다. 특히 송대 초기 귀의군절도사 조연공曹延恭과 그의 부인 모용씨慕容氏가 조성한 공덕굴 용도甬道 위에 집중적으로 보인다. 아육왕이 8만 4천 개의 탑을 조성했다고 하는 고사는 가장 먼저 중당 시기에 조성된 제231호 굴과 제237호 굴에서 등장하는데, 상서로운 분위기를 돋보이게 하고자 주로 주실의 불감佛龕 네 귀퉁이에 그려 놓았다. 당 선종宣宗 대중大中 2년(848년) 이후 이 고사화故事畫의 형식에 중대한 변화가 일어났는데, 기존의 동굴 불감 속 화면과 달리 불감에서 밖으로 나와 다른 불교 고사화와 융합됨으로써, 경변화經變畫처럼 동굴 용도甬道 천장이나 혹은 동굴의 주실 측벽에 대형 화면으로 등장하게 되었고, 또한 이와 동시에 다른 경변화와 동등한 지위를 누리게 되었다. 이뿐만 아니라 8만 4천 개의 탑을 세운 아육왕의 고사화에는 다섯 개의 손가락 사이로 노을빛이 뻗어 나오는 커다란 손과 여러 개의 불탑이 그려져 있는데, 막고굴 제454호 굴 용도 천장 화면에서 "아육왕건팔만사천탑阿育王八萬四千塔"이란 방제榜題를 선명하게 볼 수 있다. 돈황의 문헌 B4033호『제불서상기諸佛瑞像記』중에도 이 고사와 관련된 내용이 보인다. 위에서 언급한 고사와 직접적인 관련이 있는 그림으로는 신변다능탑화神變多能塔畫가 있으며, 화면 위에는 누각식의 5층 탑이 그려져 있고, 각 층 정면마다 문이 하나씩 설치되어 있다. 그리고 탑 꼭대기에는 윤상輪相과 보병寶瓶 등의 장식물을 배치하고, 탑신 중앙 양측에는 버드나무 가지를 몇 개 그려 놓았다. 탑 아래층 정면에 구경을 하며 대담을 나누는 승려와 몇 사람의 속세인을 볼 수 있다. 이 고사화와 관련된 화면은 오대 시기 조성된 제108호 굴 용도甬道 천장에 가장 잘 보존되어 있으며, 화면에 먹물로 쓰여진 "其塔阿育王造, 神變多能, 餘□有神變."이라는 제기題記가 선명하게 남아 있다. 돈황 문헌 B2113A호『제불서상기』에도 "이 절은 아육왕에 의해 지어졌으며, 절에 불아佛牙 사리가 보관되어 있어 보름마다 신비로운 빛을 발한다. 이를 본 사람들이 공양하기 위해 많이 찾아오며, 또한 절 안에는 아육왕이 세운 탑도 있어 영묘靈妙하고 상서祥瑞로운 기운이 감돈다."는 기록이 보인다. 따라서 우리는 이 말을 통해 아육왕에 의해 불탑이 최초로 세워졌으며, 탑과 관련된 고사가 중국에 전해진 이후 불교 예술을 표현하는 중요한 요소로 자리잡게 되었다고 추정해 볼 수 있다. 돈황의 막고굴 이외에 일본의 승려 원인圓仁이 편찬한 『입당구법순례행기』에서도 일찍이 오대산에 탑이 세워졌다는 기록이 보인다. 또한 아육왕이 지옥을 부수고 석주石柱를 세웠다고 하는 고사 역시 만당시기부터 송대 초까지 돈황 막고굴에서 흔하게 볼 수 있는 벽화 제재題材로 활용되었는데, 이와 관련된 화면이 막고굴 제98호 굴에 잘 보존되어 있다. 화면은 다면체의 석주 위에 매우 간단하게 처리되어 있고, 그 아래에는 바리鉢를 엎어놓은 듯한 형태의 남청색 대좌가 놓여 있다. 이외에도 여러 가지 형식의 화면이 전해 오고 있지만, 대부분 방제榜題가 산실되어 보이지 않는다. 돈황 문헌 B2113B호『제불서상기』중에도 이와 관련된 고사를 볼 수 있는데, 이를 통해 지옥을 부수고 석주를 세운 아육왕의 고사가 표현된 화면이라는 사실을 추측해 볼 수 있으며, 또한 법현이 기록해 놓은 내용과도 일치한다는 사실을 알 수 있다.

이상의 여러 가지 고사화가 모두 한 지역에서만 볼 수 있다는 점을 고려해 보면, 이 고사가 마가다국의 불교 고사라고 단정해도 큰 무리가 없어 보인다.

법현은 마가다국에서 불적佛迹에 참배 한 후, 동남쪽 소고산小孤山과 나라취락那羅聚落을 지나 사신성舍新城에 도착하였다. 그리고 여기서 다시 가야성伽耶城과 패다수貝多樹 아래에 이르렀으며, 여기서 반半 유연을 더 가서 불영굴佛影窟에 도착해 부처가 태어난 곳과 도를 깨우친 곳, 그리고 설법하던 곳과 열반에 든 곳 등에 세워진 4개의 탑을 참배하였다. 법현은 지옥을 부수고 석주를 세웠다고 하는 아육왕의 고사 내용 가운데 다음과 같은 두 가지 고사를 모두 포함시켜 놓았는데, 그 가운데 하나가 "아육왕시토연阿育王施土緣"과 관련된 고사로, 지금의 하북성 한단시邯鄲市 소향당산小響堂山과 대동大同 운강雲崗에 새겨져 있으며, 또 다른 하나의 고사는 아육왕이 지옥을 부수고 석주를 세웠다고 하는 고사이다. 법현은 이곳에서 계족산鷄足山을 넘어 광야曠野의 성적지聖迹地를 참배하고 난 후 다시 파련불읍巴連弗邑으로 돌아왔다. 그런 연후에 갠지스 강을 따라 서쪽으로 12유연을 가서 달가시국達迦尸國 파라내성波羅㮈城에 도착하였다. 법현은 이곳에서 부처가 첫 설법을 했다고 하는 녹야원鹿野苑을 참배하였다. 돈황 막고굴에도 이와

〈그림 48〉 녹야원鹿野苑

관련된 고사가 화
면에 보이는데, 그
표현 형식은 두 가
지 형태를 띠고 있
다. 첫 번째는 중
당 시기부터 송대
초기까지 유행했
던   서상도瑞像圖의

〈그림 49〉 막고굴 제323호 북쪽 벽에 위치한 쇄의석曬衣石 초당初唐

형식으로, "파라내
국녹야원전법륜상波羅棕國鹿野苑轉法輪像"이라는 방제가 붙어 있다. 두 번째는
불교의 성적聖迹 고사 형식으로, 불교의 팔대 영탑靈塔 가운데 하나로 묘사
되어 있다. 그리고 당대 초기에 조성된 막고굴 제323호 굴 북쪽 벽에 파
라내국波羅棕國의 『쇄의석晒衣石』과 관련된 고사가 그려져 있다.

　법현은 녹야원에서 서북쪽으로 13유연을 가서 구섬미국拘睒彌國에 도착
하였으며, 여기서 다시 2백 유연을 가서 달친국達儭國에 도착하였다. 법현
은 이곳에서 다시 파련읍巴連邑의 사률寫律로 돌아갔다가 홀로 돌아왔다.

　법현은 파련불읍巴連弗邑에서 갠지스 강을 따라 동쪽으로 18유연을 가서
첨파대국瞻波大國에 도착하였는데, 그 수도의 옛터는 지금 인도의 비하르
(Bihar)주 동부에 있는 바그플(Bagpul) 서쪽에서 그다지 멀지 않은 곳에 있
다. 이곳에서 다시 동쪽으로 50유연을 가서 다마리제국多摩梨帝國에 도착하
였는데, 바로 현장법사가 『대당서역기』 권10에서 언급한 탐마립저국耽摩立
底國이 바로 이곳이다. 그 도성의 옛터는 지금 인도의 서벵골(West Bengal)
주 콜카타(Kolkata) 서남쪽에 위치한 탐라크(Tamlark) 지역이다. 법현은 여기
에서 2년 동안 머물며, 경전을 베껴 쓰고 불상을 모사한 후에 상선商船을
타고 서쪽으로 14주야晝夜를 가서 사자국獅子國에 도착하였다. 법현은 이곳

에서도 2년 동안 머물며 불교 성적聖迹을 참배하였는데, 그중에서 가장 주목할 만한 점은 다음과 같은 내용이다.

우선 부처께서 이 나라에 이르러 독룡毒龍을 교화한 일인데, 이 역시 지금의 섬서성 요현耀縣에 있는 약왕산藥王山 불족적비佛足迹碑 명문에 기록되어 있다. 그리고 또 하나는 무외산無畏山의 승가람僧伽藍에 관한 일이다. 법현은 녹야원에서 서북쪽으로 구섬미국을 거쳐 다시 파련불읍으로 되돌아가서 3년 동안 범문梵文을 비롯해 마하승기율摩訶僧祇律, 근본살바다부율根本薩婆多部律 등의 율律을 배우고, 갠지스 강을 따라 첨파대국瞻波大國을 거쳐 다마리제국多摩梨帝國에 이르러 불교 유적을 순례한 다음, 계율 경전을 비롯해 그 밖의 불교 경전을 모사하며 동인도에서 2년간 체류한 후에 스리랑카로 건너갔다. 그곳에서 다시 경전을 얻은 다음 남해의 해로를 이용해 귀국길에 올랐으나, 도중에 폭풍우를 만나 자바로 피항했다가 414년 기적적으로 산동성에 도착하였다. 그의 일행 중에서 오직 그만이 순례를 무사히 마치고 중국 최초의 인도 순례승이 되었다.

앞의 설명을 종합해 보면, 법현은 동진 융안 3년(399년)에 출발하여 원흥元興 3년(404년) 중천축의 마두라국摩頭羅國과 승가시국僧迦施國의 순례를 마치고, 의희義熙 8년(412년) 청주靑州 장광군長廣郡 노산嶗山에 상륙했다가 이듬해 동진의 수도 건강에 도착하였는데, 장장 15년의 세월이 걸렸다. 『불국기』의 맺음말에서 "법현이 장안을 떠나 6년 만에 중천축에 도착해 거기서 6년 동안 머물다가 3년 만에 청주에 이르렀다. 중간에 거친 나라가 30개국에 이른다. 고비사막 서쪽에서 천축까지 승인僧人들의 위의威儀와 법화法化에 대해 자세히 말하기는 어렵다."고 했는데, 여기서 언급한 "30개 나라에 달한다."는 말은 서역의 6개 나라와 천축의 21개 나라, 그리고 사자국과 예포오티(Yavadipa)(지금의 자바)를 포함한 29개국을 말하는 것으로, 『불국기』의 내용과 거의 일치한다. 계율의 부재를 개탄하고 불법을 구하기 위해 인도에 갔던 법현은 귀국 후에 바로 자신의 여행을 기록한 『불국기』를 편찬하고 불교 경전을 번역하였으나, 그가 고난 끝에 가져온 경전들은 끝내 소실되어 버렸고, 420년경 형주荊州에서 사망하였다. 문헌의 기록에 의하면, 법현이 북인도 출신의 승려 불타발타라佛馱跋陀羅와 함께 보운寶雲의 도움을 받아 『대반니원경大般泥洹經』 6권, 『마하승기율摩訶僧祇律』 40권 등 6부 63권을 번역하였으며, 또한 미완역한 『장아함경長阿含經』 5부가 있다고 한다. 그가 쓴 여행기는 인도와 중앙아시아의 실정을 소개하고 있어, 인도 연구에 귀중한 자료로 활용되고 있다. 후에 프랑스어와 영어로 번역 출간되었다.

3절 명승 유살가劉薩訶

불법을 구하기 위해 인도에 다녀온 사람 중에 석혜달釋慧達이라는 승려가 있었는데, 세상에 그 이름이 잘 알려져 있지 않아 그가 누구인지 알지 못했다. 그런데 최근 연구를 통해 이 석혜달이 바로 돈황 벽화와 문헌 속에 등장하는 승려 유살가劉薩訶라는 사실이 알려지면서 세상 사람들의 관심을 받게 되었다.

유살가는 하서회랑에서 많은 사람들로부터 존경을 받아 후에 부처님과 같은 성인의 반열에 올랐던 승려였다고 하는데, 그와 관련된 자료는 승전僧傳에 기록된 내용 이외에도 불교 벽화나 비문 등에서 쉽게 찾아볼 수 있어 유살가의 활동 연구에 중요한 근거가 되고 있다.

우리는 돈황 막고굴의 조사를 통해, 유살가의 사적이 돈황의 막고굴 벽화 속에서 일곱 가지 제재로 활용되었다는 사실을 발견하였다. 이 중에서 두 개의 굴속에서 발견된 채색벽화가 그와 직접적으로 관련되어 있다. 이외에도 막고굴 장경동에서 그와 관련된 유화遺畫 두 폭이 발견되었는데, 이 부분에 대해서는 뒤에 가서 다시 설명하고자 한다.

불교 전적에 따르면, 유살가는 출가 후 부처의 성적聖迹을 순례하고 탑에 참배했다고 한다. 출가 후에 그가 가장 먼저 순례한 곳은 동진 왕조 통치 아래에 있던 강동江東 지역이었다. 당대 초기 조성된 막고굴 제323호굴 남쪽 벽 중간에 장간사長干寺를 순례하고 부처님의 사리를 얻어 탑을 세우고 공양하는 내용이 연환화連環畫 형식으로 상세하게 묘사되어 있다. 이 연환화 동쪽 상단 모퉁이에 바다 위에 서서 오색 빛을 내뿜는 입불立佛과 그 우측으로 몇 사람이 두 척의 배를 저으며 다가오는 모습이 그려져 있으며, 좌측 아래쪽에는 불상을 실은 배가 물결을 따라 앞으로 나가는 형상이 표현되어 있다. 한편, 오른쪽에는 방제榜題가 5행으로 "동진 양도揚都 물속에서 오색광명五色光明이 밤낮을 가리지 않고 항상 빛나고 있어, 어부는 '좋구나. 나의 친구들이 광명을 얻음은 중생을 구제하고자 하는 여래의 뜻이다.'는 말을 하면서 발원하여 6장丈의 금동불상金銅佛像을 하나 얻었는데, 오래지 않아 불상의 좌대 역시 얻게 되었다."는 내용이 적혀 있다.

화면 속에 배는 불상을 맞이하기 위해 물결을 거슬러 올라가는 형상으로, 배 중간에 불상이 실려 있다. 따라서 화면에서 가장 중요한 부분은 배가 불상을 맞이하기 위해 물결을 거슬러 올라가고 있는 모습이다. 그러나 1924년 미국의 랜던 워너(Landon Warner)가 이 화면을 떼어가는 바람에 현재는 그 자리에 흔적만 남아 있다. 이 배 앞에는 안내하는 작은 배와 강가에서 배를 끄는 인부가 보인다. 그리고 맞은편 강가에는 소를 타거나 혹은 당나귀를 타고 구경하는 승려와 속인들이 보이는데, 그중에는 나이 많은 사람도 있고 젊은 사람도 있다. 특히 당나귀를 타고 있는 사람의 모습이 생생하게 잘 그려져 있고, 이와 동시에 신기한 장면을 보고 서로 앞 다투어 구경하는 사람들의 시선이 하나의 화면에 집중되어 돈황 불교 예술의 가치를 더욱 매력적으로 느끼게 해준다. 하지만 이 화면의 방제榜題는 이미 퇴색되어 글자를 구분하기에는 어려움이 있다.

한편, 이 화면 상단 중간 부분에 오색 빛줄기를 내뿜는 연화형 수미좌須彌座가 놓여 있고, 그 아래쪽으로 물 위에 떠 있는 작은 배가 한 척 보이는데, 그 위에 승려와 속세인 몇 사람이 보인다. 그리고 오른쪽 아래로 먼 곳을 바라보고 있는 다섯 명의 승려와 두 명의 속세인이 배치되어 있고, 그 옆에 "동진 때 바다 위에 빛나는 금동 불좌가 하나 떠 있어 뱃사람들이 양도揚都로 옮겼는데, 이것이 바로 아육왕이 만든 불상의 좌대였다. 그 불상의 좌대는 지금 양도의 서령사西靈寺에 있다."라는 방제가 보인다.

또한 이 화면 상부 서쪽 측면에는 등 뒤에서 오색 광채가 뿜어져 나오는 부처의 형상이 그려져 있고, 그 우측으로 성곽이 하나 그려져 있다. 그리고 성문 밖에는 여러 명의 승려가 서서 손으로 물속을 가리키는 모습과 성 위에 해서체로 쓰여진 "교주交州"라는 두 글자가 보인다. 또한 성 밖 물속에 "낙포수洛浦水"라는 세 글자가 보이는데, 이는 고사가 발생한 지점을 말해 주고 있다. 화면 속에 잔존하는 방제는 모두 4행으로 "東晉時, 交州合洛浦水, 有五色光現, 其時道俗等, 見水發□, 皆稱善哉! 我背之人, 得□見如是五色光現. 應時尋之, 得一佛光, 佛光艶子. 馳勘之, 乃揚都育王像之光."라는 글귀가 보인다. 이 화면에 인용된 고사 내용은 『집신주삼보덕통록集神州三寶德通錄』, 『법원주림法苑珠林』, 『고승전高僧傳·석혜달전釋慧達傳』 권13 등의 문헌에서도 찾아볼 수 있으며, 『고승전·석혜달전』에는 "옛 동진 함화咸和 연간에 단양丹陽 사람 윤고리尹高悝가 장후교포張侯橋浦에서 금불상을 하나 파냈는데, 불좌는 없지만 솜씨가 훌륭하였다. 그리고 금불상에는 '아육왕의 넷째 딸이 제작했다.'는 범문이 새겨져 있었다. 윤고리가 금불상을 소에 싣고 장간長干 골목에 이르렀는데, 소가 더 이상 앞으로 가지 않아 어쩔 수 없이 고삐를 풀어 주자 소가 바로 장간사를 향해 발길을 돌렸다고 한다. 그 후 1년이 지난 무렵 임해臨海의 어부 장계세張系世가 해구海口에서 물 위에 떠 있는 연꽃 모양의 불좌를 얻어 바치니 장간사의 불상과 딱 맞았다. 동진 함안咸安 원년에 교주交州 합포현合浦縣에서 진주를 캐는 동종지董宗之가 바다 밑바닥에서 불광佛光을 얻었다. 자사刺史가 조정에 바쳐 간문제簡文帝가 불상과 불좌를 합치니 서로 너무 잘 어울렸다."고 하는 내용이 기록되어 있다.

유살가전劉薩訶傳의 기록과 화면 속의 내용이 기본적으로 서로 일치하고 있지만, 양자 간에 차이점은 문헌에서는 땅을 파고 불상을 얻었다고 했으나, 화면 속에서는 바다 속에서 얻었다고 표현했다는 점이다. 또한 문헌에서는 불상을 소에 실어 절에 가져왔다고 했으나, 화면 속에서는 배에 실어 절에 가져왔다고 표현한 점 역시 다른 점이다. 그래서 필자가 추측하기에 돈황의 고사화가 『고승전·석혜달전』의 고사를 토대로 제작된 것이 아닌가 하는 생각이 든다.

막고굴의 남쪽 벽 서쪽 끝에도 석불부강石佛浮江에 관한 고사화가 보이는데, 이 역시 연환화連環畵의 형식으로 표현되어 있다. 이 벽화는 모두 세 개의 화면이 하나의 삼각형 구조로 구성되어 있는데, 그 구체적인 상황은 우선 이 화면의 정중앙 상단에는 물 위에 떠 있는 두 개의 불상이

〈그림 50〉 막고굴 제323호 남쪽 벽에 위치한 석불부강石佛浮江 초당初唐

배치되어 있고, 그 옆 강가에는 여러 명의 승려와 속세 사람들이 불상을 맞이하기 위해 유심히 바라보고 있는 모습이 배치되어 있다. 그리고 두 개의 불상 측면에 방제가 각각 하나씩 쓰여 있는데, 첫 번째는 "유위불維衛佛"이라 쓰여 있고, 두 번째는 "가섭불迦葉佛"이라고 쓰여 있다. 한편, 이 화면에도 "此西晉時, 有二石佛浮游吳江松('江松' 두 글자는 앞뒤가 도치되어 있다), 波濤彌聖, 飄飄逆水而降, 舟人接得. 其佛裙上有名號, 第一維衛佛, 第二迦葉佛. 其像見在吳郡供養."라는 방제가 붙어 있는데, 여기 적혀 있는 내용이 바로 석불부강石佛浮江에 관한 대목을 가리킨다.

그리고 이 화면 서쪽 아래로 제단祭壇과 나무 막대 위에 걸린 깃발이 바람에 흔들리는 모습이 보이며, 제단 뒤로 세 사람이 꿇어앉아 설법을 듣는 모습이 보인다. 그리고 아래로 두 사람이 막 자리에서 일어나 떠나려고 하는 모습도 함께 그려져 있다. 이 화면에도 역시 "石佛浮江, 天下希瑞, 請□□□謂□道來降, 章醮迎之, 數旬不獲而歸."라는 방제가 붙어 있다.

또한 첫 번째 화면에는 몇 사람이 땅에 무릎을 꿇고 예를 올리는 모습과 강물에 떠있는 배 위에 여러 명의 승려와 속세인들이 불상 앞으로 다가가는 모습이 등장하며, 또 다른 한편에는 여러 명의 선남신녀善男信女가 걷거나 혹은 소를 타고 강가로 모여드는 모습이 묘사되어 있다. 그런데 특이한 점은 한 가족이 집안의 재물을 모두 탕진하고 주위의 동정을 살피는 모습이 묘사되어 있다는 점이다. 한 노인이 상반신을 굽히고 두 팔을 벌려 이별하는 모습과 함께 그 노인 앞에 서 있는 소 한 마리와 네 사람의 모습이 보인다. 그리고 나이 어린 소년이 한손으로 천천히 몰고 가는 소 등 위에 탄 노부인의 허리를 잡고, 다른 한손으로 뒤에서 따라오는 중년 부인을 부르는 모습도 보인다. 화면 속 인물들의 표정은 각기 다르지만 소리 없이 서로 간의 관계를 잘 보여주고 있다. 그래서 어떤 사람은 이화면을 "강남양춘삼월유춘도江南陽春三月游春圖"라고 주장했지만, 필자가 보기에는 결코 그런 것 같지는 않다. 그들 앞에 있는 화면 속에서도 여러 사람의 모습이 보인다. 어떤 이는 무릎을 꿇고, 또 어떤 이는 서 있는 등 그들의 자세가 모두 제각각이다. 이 화면에도 "靈應所之, 不在人事. 有信佛法者以爲佛降, 風波遂靜, 迎向通玄寺供養, 迄至于今."라는 같은 방제가 붙어 있다. 따라서 우리는 화면의 내용과 방제를 통해『고승전·석혜달전』에서도 이와 관련된 고사 내용을 찾아 볼 수 있다.

오대 말기에 조성된 막고굴 제72호 굴 서쪽 벽 불감 북측에서 고승이 깊은 산 속 동굴에서 결가부좌를 하고 좌선하는 모습과 함께 먹물로 "성자유살가화상聖者劉薩訶和尙"이라고 선명하게 쓰여진 방제를 살펴볼 수 있으며, 또한 제72호 굴 남쪽 전체 벽면에서도 유살가의 인연변상화因緣變相畵를 볼 수 있다. 하지만 오랜 기간 황사로 인해 화면의 아랫부분이 심하게 훼손되어 현재는 흐릿하게 그 흔적만 남아있는 상태이다.

〈그림 51〉 막고굴莫高窟 제72호 유살가劉薩訶 인연변상因緣變相의 국부局部

유살가의 활동과 관련된 내용은 『고승전』의 기록 이외에도 돈황의 문헌 속에 많이 남아 있다. 예를 들어, 지금의 감숙성 무위시武威市에서 새롭게 발견된 『유살가화상인연기비劉薩訶和尙因緣記碑』역시 유살가의 활동에 관한 사적이 기록되어 있다. 하지만 이러한 자료들을 모두 소개할 수 없는 까닭에 여기서는 다만『유살가화상인연기비』의 내용을 간략하게 소개해 보고자 한다.

이 비碑는 1979년 5월 무위시武威市 성벽 아래에서 출토되었으며, 1981

년 무위시 박물관으로 옮겨져 보존되어 오고 있다. 현재는 비신碑身만 남아 있고, 비액碑額과 비좌碑座는 모두 사라진 상태이다. 정면의 아랫부분은 훼손되어 알아보기 힘들지만, 중앙 부분은 굴삭기로 인해 파손된 몇 글자 이외에는 대부분 선명하게 남아 있다. 현재 남아 있는 비의 높이는 152cm, 너비는 115cm, 두께는 37cm이다. 정면에 25행의 글자가 해서체로 쓰여 있는데, 행간의 간격은 2cm이고, 각 행의 글자 수는 행마다 조금씩 다르다. 가장 긴 경우는 글자 수가 47자로서, 현재 모두 1천여 자가 남아 있다. 문자의 배열은 상부 가장자리에 바짝 붙어 있는 것을 제외하고, 나머지 3면 모두 여백이 남아 있다. 이 비는 유살가의 사적과 양주凉州의 서상고사瑞像故事 등의 연구에 매우 중요한 가치를 지니고 있어, 아래와 같이 그 원문을 채록해 소개하고자 한다.

……陽僧劉薩訶天生神異, 動莫能測, 將往天竺觀佛遺迹, 至於此, 北面頂禮, 弟子怪而問□□□□□/……□少, 卽是喪亂之像, 言訖而過, 至後魏正光元年, 相去八十有六年, 獵師李師仁赶鹿於此山, 忽見一寺, 儼然化□□□□□/……□師仁稽首作禮, 擧頭不見其僧, 竊念, 常游於玆, 怪未曾有如是, 逐疊石爲記,將擬驗之. 行未越果, 忽□雷震/……□屬魏末喪亂, 塵人塗炭, 薩訶之言, 至是驗焉, 師仁於時, 懷果走詣所部, 言終出奈, 奈化爲石, 於是□□嘆, 此稀有之/……□之東七里澗, 夜有神光, 照燭, 見有像首衆疑, 必是御山靈相, 捧戴於肩, 相去數尺, 正而暗合, 無復差殊, 於是四衆悲欣, 千里/……周保定元年, 勅使宇文儉儉覆靈驗不虛, 便勅凉甘肅三州力役三千人, 造寺, 至三年功畢, 肄僧七十人, 置屯三/……削逾明, 至今猶然, 至周建德三年, 廢三敎, 勅使將欲毀像, 像乃放光溢庭, 使人惶怖, 具狀聞奏, 惟玆一所/……凉州, 行至寺, 放火焚燒, 應時大雪翳空而下, 祥風繚繞, 扑滅其焰, □梁毀棟, 今亦見存, 又南岸, 見一僧……□番禾官人, 爲我於僧隱處, 造一龕

功德，今石龕功德見在，又至開皇九年，凉州總管燕國公詣寺禮拜，忽
/……樊儉等至寺供養，師等見靑衣童子八九人，堂內灑掃，就視不見，
具狀奏聞，駕遂幸之，改爲感通寺，又至/……遠之則見，朝看石上，依
稀有處．至大唐貞觀十年，有鳳□五色，雙鶴導前，百鳥散日，栖於像
山，所部以/……滅乃稣活，貞觀十年，三藏法師自五天竺國來，云：□
□□有像一雙，彼國老宿雲：一像忽然不知去處，玄/……知此土衆生
有緣，神龍兵部尚書郭元振，往任安西都護，曾詣寺禮謁，因畫其像．後
奉使入强虜烏折勒宣/……仰視，是日大雪，深尺余，元振岳□移晷才
動，虜狂□失神，暴卒於夕．虜五男娑葛之徒，凶惶尤甚，劈面枕戈
/……將/……遂便聞奏，中宗令御史霍嗣光持幡花□繡袈裟各一幅，皆
長四十余尺，聞十三幅，詣寺由敬禮，其時當/……光現，大雲寺僧元明，
先住彼寺，常聞寺有□鼓(鐘)響，獨恨未聞，恒自投地禮拜供養，勤懇自
誓，旬月無徵/……御山谷中，遠近無泉源，山谷焦涸，獨於□□西北二
三里，泊然潛出，清流堪激小輪．經過迦藍，激田二三十/……近寺四五
十里．孤游獨宿，晨去夕還，爰□□□，秋毫不犯，山□石壁，常有鳩鴿，
群飛佛殿，畫開會不敢入開/……知運，杜賓客．共詣一婆羅門三藏，□
□不久，皆有大厄不可過，宜修福德，運□之信，賓客卽整舍所有，
/……□至今無急事，俱驗焉．若乃鄉曲，賤微之人，遠方羇旅之士，或
飄□獨往，叩地申冤，或子爾孤游，瞻顔乞愿．慈/……□□凉都會萬里，
□通征稅之□，往來憩時之所填委，戎夷雜處，戕害爲常不有神變之奇，
寧畫頑囂之/……□彰無微不燭何異？今台山之瑞相折，天竺之慈顔，福
於茲方，難得而稱者也．且慮人代招忽，傳說差殊，有/……相傳庶□勸
善之詞，以表大慈之致，時天寶元年壬午，徵士天柱山逸人楊播記．/□
□□ □□□初心此地，後便以此處爲白馬寺，至宇文滅法，其他□俗居
者多不安，遂復爲感通下寺，時五凉/ □□□赤水軍使京兆王倕，同贊
靈迹，以傳海內有緣．

돈황 막고굴에서 출토된 양주어산석불서상涼州御山石佛瑞像이라는 고사화
는 바로 이 비문의 앞 단락 내용을 근거로 그린 것이다. 이 비와『법화전
기法華傳記』 등과 같은 관련 자료에서 모두 유살가가 일찍이 인도에 유학하
면서 불타의 성지를 참관하고 예불을 드렸다는 사실을 밝혀 놓고 있으며,
또한 기존의 연구 결과를 토대로 살펴봐도 그가 바로『법현전』에 보이는
석혜달 화상이라는 사실을 알 수 있다.

용안 2년(399년) 이후의 유살가 활동과 관련된 불교 고승전기 등의 관련
기록이 부족했는데, 다행히도 돈황에서 발견된 B2680, 2757, 3727호 등
의 문헌 기록을 통해 어느 정도 보완할 수 있게 되었다. 여기서 유살가를
위해 비기碑記를 쓴 도안道安에 대해 일찍이 필자가 발표한『유살가화상사
고劉薩訶和尙事考』에서 북주北周 시기 대중사大中寺의 석도안釋道安이라고 고증
해 놓은 바 있다. 도안은 풍익호성馮翊胡城 사람으로, 속성俗姓은 요姚이고,
일찍이『이교론二敎論』을 지었으며, 주실周室에서 세상을 떠났다고 전한다.
한편, 돈황 막고굴 제72호 굴 남쪽 벽에 보이는 "유살가화상인연변상劉薩
訶和尙因緣變相" 중에는 장액을 출발하는 장면이 묘사되어 있을 뿐만 아니라,
화면 중에도 방제榜題가 선명하게 남아 있어, 유살가의 활동 연구에 귀중

한 자료로 활용되고
있다. 유살가는 동진
용안隆安 2년(399년)에
길을 떠나 우전국于闐
國에서 우연히 불법
을 구하기 위해 서행
西行하던 법현의 무리
와 만났다. 후에 홀
로 먼저 갈차국竭叉國

〈그림 52〉 막고굴 제72호 유살가劉薩訶의 상인연변상尙因緣變相

(지금의 타스쿠얼간(Taxkorgan))을 향해 출발했다가 다시 법현과 만나 오장국烏萇國에 도착하였다. 후에 승경僧景과 도정道整, 석혜달 등은 법현과 다시 이별을 하고 먼저 나게국那揭國을 향해 출발하였다. 도중에 승경이 병에 걸리자 도정이 남아 간호를 하고, 석혜달 홀로 불루사佛樓沙에 이르러 참배하였다. 승경은 병이 완쾌된 이후 도정과 함께 불루사에 도착해 석혜달과 다시 만나게 되었다. 불발佛鉢에 대한 참배를 마친 세 사람은 함께 고국으로 돌아왔다.

현재 수집된 자료를 근거로 살펴볼 때, 유살가는 북위 때 서하西河 문성군文成郡에서 출생한 계호족稽胡族(흉노족의 후예)으로, 부유한 집안에서 성장하였으나 문자를 알지 못했다고 한다. 그러나 그는 용감하고 몸이 건장하였을 뿐만 아니라 힘이 세서 사냥을 즐겼는데, 이는 범인들과 별반 차이가 없었다. 후에 양성梁城의 기병이 되어 양양襄陽을 수비하였으나, 31살 때 술을 너무 과하게 마셔 심장이 갑자기 멈추었다가 깨어난 후에는 이전의 잘못을 깊이 깨닫고 불도佛徒가 되었으며, 출가 후 유살가는 불타의 성적聖迹과 보살이 수행했던 곳을 찾아다니며 수행을 쌓았다고 한다. 우선 그는 동진의 수도였던 건강建康을 순례하고 나서 소주蘇州를 거쳐 절강성 은현鄞縣에 이르러, 아육왕이 건립했다고 하는 8만 4천 개의 탑 가운데 하나인 은현불탑鄞縣佛塔에 참배한 후 고향인 홍교弘敎로 돌아왔으며, 후에 강군羌軍이 통치할 때 거의 죽임을 당할 뻔하기도 했으나, 전쟁의 재난이 밀려오자 마침내 불경을 구하기 위해 서행 길에 오르게 되었다고 한다. 그는 무위武威와 장액張掖, 돈황을 거쳐 옥문관玉門關을 지난 후, 우전국에 이르러 동진의 고승 법현의 무리와 조우하였으며, 동진 의희義熙 11년(415년)에 다시 서행 길에 올라 남조 송 원가元嘉 13년(436년) 주천酒泉에서 세상을 떠났다.

유살가는 목불식정目不識丁의 문맹이었지만, 불조佛祖 석가모니와 같은 높은 지위를 누리게 그 주요 원인은 바로 당시 강한 통치력을 필요로 했던 수당隋唐 봉건 통치자들의 필요에 의해 의도적으로 추진된 결과였다고 하겠다.

4절 서역의 반초班超와 반용班勇

반초班超는 학자의 집안에서 태어났다. 그의 아버지 반표班彪는 후한 때의 대유학자로서, 생전에 사마천을 본받아 큰 뜻을 세우고 태초 이후의 한대漢代 역사를 편찬하고자 하였으나, 끝맺지 못하고 10권을 마친 상태에서 갑자기 세상을 떠났다. 후에 그의 사업은 장남 반고班固, 즉 반초班超의 형에 의해 계승되었다. 반고는 미완성

〈그림 53〉 반초班超의 화상畫像

된 부친의 뜻을 이어받아 수많은 서적을 뒤적이며, 20여 년이라는 세월 속에서 각고의 노력 끝에 마침내 『한서漢書』라는 명작을 편찬하였다. 여기서 당연히 우리가 지적하고 넘어가야 할 점은 반고의 편찬 과정에서 누이 반소班昭의 도움을 크게 받았다는 사실이다. 그러나 반초班超는 어려운 집안 형편으로 인해 다른 길을 걷게 되었다.

반초班超는 자가 중승仲升이고, 섬서성 부풍扶風 사람이다. 후한 광무제 때 태어났으며, 반표班彪의 막내아들이다. 사서의 기록에 의하면, "반초는 큰 뜻을 품고 있어 사소한 것에는 신경을 쓰지 않았다."고 한다. 부친 반표가 세상을 떠난 후에 그의 형 반고가 교서랑校書郎이 되었으나 봉록이 적어 가족을 부양하기에는 역부족이었다. 이에 반초는 어쩔 수 없이 문독

文牘을 베껴 쓰는 일을 하며 집안 살림에 보태었다. 비록 집안 형편은 어려웠지만, 반초는 큰일을 하겠다는 자신의 의지를 꺾지 않았다. 당시 한무제가 흉노를 격파하였으나 다시 세력이 강해져 서역까지 세력을 확장해 오자 원래 한나라의 속국이었던 서역의 여러 나라들이 다시 흉노의 속국이 되는 상황에 처하게 되었다.

흉노의 과중한 세금 부과로 인해 현지의 각 민족들이 더욱 더 어려운 처지에 직면하게 되자, 후한에 서역의 여러 나라들이 밀사를 파견해 조공을 받치며 보호를 요청하였다. 그러나 이제 막 건립된 후한 왕조로서는 흉노를 반격할 만한 힘을 갖추지 못하고 있었다. 그래서 광무제는 어쩔 수 없이 "천하초정天下初定, 미황외사未遑外事"라는 말로 서역 여러 나라들의 요청을 완곡하게 거절할 수밖에 없었다. 광무제의 이러한 결정이 당시의 실제 상황에 근거해 판단한 것이라 크게 비난받을 만한 일은 못된다고 하겠으나, 광무제의 이와 같은 결정으로 인해 흉노의 세력이 확장되는 결과를 가져다 주었을 뿐만 아니라, 또한 이로 인해 후한 왕조의 사회와 경제가 더욱 더 극심한 타격을 받게 되었다. 광무제 건무建武 20년(46년) 몽골 초원에 역사상 전례 없던 큰 가뭄이 들었는데, 이를 역사에서 "적지천리赤地千里, 초목진고草木盡枯"라고 일컬을 정도로 말, 소, 양 등의 가축이 대량으로 죽어 흉노가 공전의 위기를 맞이하게 되었고, 그 와중에 내부 동란이 일어나 흉노가 마침내 남북으로 갈라지게 되었다. 이에 남흉노는 한에 투항하였으나, 북흉노는 서역으로 이주하여 웅거하며 중·서 교통로를 가로막고 후한 왕조에 위협을 가하였다. 이러한 상황을 본 반초는 붓을 던지고 "사나이 대장부는 부개자傅介子나 장건張騫처럼 싸움터에서 공을 세워야 하거늘, 어떻게 이처럼 글자나 베껴 쓰는 작은 일에 목숨을 낭비할 수 있겠는가!"라는 굳은 의지를 다지며 나라에 공을 세워 은혜에 보답하겠다는 결심을 하였다.

큰일은 능력이 뛰어난 사람이 처리해야 성공할 수 있듯이, 흉노의 침입은 마침내 붓을 버리고 자신의 열망을 실현하고자 했던 반초에게 기회를 가져다주었다. 명제明帝 영평永平 16년(73년), 한 왕조는 두고竇固에게 명하여 북쪽의 흉노를 공격하도록 했는데, 이때 반초 역시 가사마假司馬라는 신분으로 흉노 정벌에 참여하게 되었다. 한나라의 군대가 포류해浦類海(지금의 신강 바리쿤호巴里坤湖)에서 흉노군을 대패시켰는데, 이때 반초 역시 큰 공을 세웠다. 두고는 반초의 뛰어난 지략과 용맹함을 보고, 그에게 수십 명의 호위 군사와 함께 곤륜산 북쪽 기슭에 자리한 여러 나라들을 방문해 위로하도록 하였다. 반초는 적절한 대처와 일찍부터 한나라에 귀순하고자 하는 마음을 가지고 있던 여러 나라의 호응에 힘입어 순조롭게 임무를 완수할 수 있었다. 먼저 반초는 선선鄯善을 위로하고 우전국于闐國을 복속시켰으며, 또한 소륵疏勒을 평정하고 흉노 세력을 내쫓아 천산 남쪽의 여러 나라를 한나라에 귀속시킴으로써 서역에 대한 한 나라의 통치를 회복시키는데 큰 공을 세웠다. 이에 한나라는 서역에 다시 무기교위戊己校尉를 설치하고 서역도호西域都護를 임명하였으며, 이와 동시에 차사후부車師後部 금만성金滿城(지금 신강 위구르 자치구 길목살이吉木薩爾)에 둔전屯田을 개간하였다. 반초는 이러한 활동을 통해 중국 역사에 길이 남길 만한 커다란 업적을 세웠다.

후한의 장제章帝가 즉위한 초년, 중원에 흉년이 들어 사회가 불안해지자 북쪽의 흉노가 이 기회를 놓치지 않고 한나라가 장악하고 있던 천산 북부 지역의 여러 성城을 점령하였다. 이에 장제는 한나라의 군대를 서역에서 철수시키라는 명령을 내렸다. 반초 역시 장제의 철수 명령을 받고 떠나려고 할 때, 소륵疏勒과 우전 등의 백성들이 모여 그에게 자신들의 보호와 흉노에게 빼앗긴 성진城鎮 회복을 간청하였다. 이에 반초는 당시의 상황에 대해 심사숙고한 후, 죽음을 무릅 쓰고 황제의 명령을 어기고 그곳에 남기로 결심하였다. 결국 그곳에 남은 반초는 현지의 각 민족을 단결하여 흉노에 반격을 가하였다. 그는 우선 사차莎車를 공격하고, 뒤이어 구자龜茲를 공격해 흉노 세력을 위에서 서술한 지역에서 멀리 쫓아버렸다. 후에 반초는 이러한 상황을 조정에 보고하자, 황제는 그의 탁월한 군사적 능력을 인정해, 그의 죄를 묻지 않고 오히려 사마司馬 서간徐干에게 군사 1천을 주어 그를 지원하도록 하였다. 지원을 받은 반초는 서역에 있던 흉노의 잔여 세력을 소탕하고 서역의 각지를 모두 한나라에 복속시켰다. 후에 반초는 서역도호西域都護에 임명되어 군정軍政 사무를 관리하였으며, 또한 탁월한 공적으로 인해 후에 "정원후定遠侯"에 봉해졌다. 반초가 재임할 때 감영甘英을 대진大秦(로마)에 파견하였고, 또한 안식국安息國의 여러 지역과 우호 관계를 맺어 후한 왕조의 영향력이 페르시아만波斯灣 지역까지 이르게 되었다. 반초는 31년간 서역에서 생활을 하다가 71세의 나이로 중원에 돌아왔다.

반용班勇은 반초의 아들로, 어려서부터 부친인 반초를 따르며, 때로는 부친을 도와 일련의 정무政務를 처리하기도 하였다. 그래서 사서에서는 그에 대해 "소유부풍少有父風"이라고 평가하였다. 이처럼 반용은 어려서부터 부친 반초를 따라 전쟁터를 누비고, 천산天山 남북의 황산荒山과 설원에서 활약하며 탁월한 업적을 남겼다. 후에 반초가 중원으로 돌아오자, 임상任尙이 그의 뒤를 이어 서역도호의 직을 이어받았다. 그런데 임상이 일을 지나치게 독단적으로 처리하여 서역의 각 민족들이 사방에서 들고 일어났다. 이에 영초永初 원년(107년) 후한 조정에서는 서역이 너무 멀고 관리하기 어려우며, 또한 둔전 경영에 경비가 너무 많이 든다는 이유를 들어 군대의 철수를 결정하였다. 당시 황제의 교지를 받고 돌아오는 자들 중에는 반용班勇과 그의 형 반웅班雄도 포함되어 있었다.

후한의 군대가 서역에서 철수한 후, 이오伊吾(오늘날의 하미哈密)와 차사

車師(오늘날의 신강 투루판吐魯番) 등의 여러 지역이 다시 흉노의 손에 들어가게 되었으며, 흉노는 이 지역을 거점으로 끊임없이 동쪽의 하서회랑을 위협하였다. 그러자 조정의 보수파는 옥문관을 폐쇄하고 서역 나라들과의 왕래를 단절할 것을 주장하였다. 하지만 반용을 대표로 하는 일파는 후한 변경에 대한 서역의 중요성을 강조하고 서역을 포기하지 말 것을 주장하였으나, 보수파가 득세하는 바람에 반용 등의 건의는 결국 묵살되고 말았다. 안제安帝 연광延光 2년(123년), 마침내 반용 등의 건의가 조정에 받아들여져, 그다음 해 반용을 서역장사西域長史에 임명하고 서역으로 통하는 길을 책임지도록 하였다. 반용은 군대를 이끌고 서역으로 들어가 구자龜茲, 고묵姑墨(오늘날의 신강 아극소阿克蘇) 등의 지역을 모두 복속시키고, 흉노의 이리왕伊蠡王을 격파해 차사車師의 전후부前後部를 수복시키자, 언기焉耆를 제외한 여러 지역에서 흉노의 군마軍馬가 종적을 감추었다. 이후 영건永建 2년(127년)에 반용은 돈황 태수 장랑張朗과 협력하여 언기焉耆를 공격하였다. 장랑이 죄인들에게 전공을 세우면 죄를 사면해 줄 것을 약속하자, 죄인들이 반용과 약속한 기간보다 먼저 출발해 승리를 거두었다. 그 결과 반용의 부대가 오히려 늦게 도착한 상황이 되어 억울한 누명을 쓰게 되었고, 후에 반용은 자신의 집에서 세상을 떠났다.

반용은 그의 부친 반초와 마찬가지로 후한 왕조를 위해 서역의 통치권 회복에 커다란 공을 세웠다. 그래서 범엽范曄은 『후한서』에서 서역 개척의 공이 크다고 높이 평가하였다. 만일 반용과 그의 부친 반초의 상황을 놓고 비교해 본다면, 두 사람의 운명이 크게 다르다는 사실을 알 수 있다. 반초는 붓을 버리고 흉노와의 싸움에 나갔다가 승리를 거두고 후侯에 봉해져 영광스럽게 돌아온 반면, 반용은 마지막에 감옥에 갇히는 신세가 되어 억울한 죽음을 맞이하고 말았다. 이러한 사실은 객관적으로 후한 왕조의 국력이 점차 쇠약해져 가고 있었던 당시의 상황이 반영된 결과라고 볼 수 있을 것이다.

5절 당의 칙사 왕현책王玄策

현장법사의 사적에 관해서는 이
미 세상에 널리 알려져 있는 반면
에, 당대 초기 당제국과 인도 마가
다 왕국을 여러 차례 오고가며 뛰
어난 외교가로서 역할을 했던 왕
현책의 활동에 관해서는 관련 문
헌의 유실로 인해 오랫동안 사람
들의 기억 속에서 잊혀져왔다. 그
러나 근래에 들어 중·서 교통사를

〈그림 54〉 왕현책王玄策

비롯해 인도와 네팔 간의 교류사 연구가 활기를 띠게 되면서 그와 관련된
자료 발굴과 연구가 새롭게 주목받기 시작하였다. 이에 필자도 자료 수집
에 역점을 두고 52편의 문헌과 도상圖像 자료를 수집하여 『왕현책사적구
침王玄策事迹鉤沉』을 편찬한 바 있다.

조사에 의하면, 왕현책은 지금의 하남성 낙양 사람으로, 형제와 아들,
그리고 조카가 있었다고 한다. 『대당천축사출명大唐天竺使出銘』과 의정義淨의
『대당서역구법고승전大唐西域求法高僧傳』에 보이는 관련 기록을 대조해 보면,
왕현책의 아들 이름은 왕령민王令敏이고, 조카는 당시 저명한 고승으로 이
름 높았던 지홍율사智弘律師였다고 한다. 그들은 모두 범어에 정통하였으
며, 유학游學이나 불경을 구하기 위해, 혹은 당의 사절단 구성원으로서 왕
현책을 수행해 인도에 가서 외교 활동을 펼치며, 중국과 인도 양국의 우

호 교류에 커다란 공헌을 하였다.

일찍이 왕현책은 인도에 여러 차례 사신으로 다녀왔다. 그런데 그가 다녀온 횟수에 대해 세 차례, 혹은 네 차례라는 주장이 서로 엇갈리고 있다. 현재 우리가 살펴본 자료를 통해, 특히 서장 자치구 내에서 발견된『대당천축사출명』을 근거로 해 볼 때, 왕현책이 일생 동안 네 차례 인도에 다녀왔다는 사실을 분명하게 확인해 볼 수 있다. 그 구체적인 상황은 대략적으로 다음과 같다.

왕현책이 처음 황제의 명을 받아 인도 마가다 왕국으로 떠난 시기에 대해 도세道世의『법원주림·감통편·성적부』권29를 비롯한『전당문全唐文』권162,『구당서·천축전』등의 문헌에서는 모두 당 태종 정관 17년(643년)이라고 밝혀놓고 있는데, 이 해는 인도의 마가다 국왕 시라일다가 당에 사신을 파견해 조공을 하고, 같은 해 3월 당 태종이 조서를 내려 인도 마가다국의 사절단을 본국까지 호송하도록 지시한 시기이다. 하지만 왕현책은 이전에 융주融州 황수현령黃水縣令의 직함을 제수받고 정사 이의표李義表의 부사로서 인도 마가다 왕국에 사신으로 다녀왔는데, 당시의 사절단은 정사 이의표를 비롯해 부사 왕현책, 위재魏才, 송법宋法 등 모두 22명으로 구성되어 있었다. 이에 관해서는『법원주림』에 상세히 소개되어 있다. 특히 사절단의 임무, 구성, 출발 시기, 마가다 왕국에 도착한 시기 등을 상세하게 구체적으로 밝혀 놓고 있다. 그러나 이들이 인도에서 당에 돌아온 시기에 대해서는 도선道宣의『집고금불도논형集古今佛道論衡』권병丙과 도세의『법원주림·감통편·성적부』에서 관련 기록을 찾아볼 수 없다. 일찍이『법원주림』에 정관貞觀 19년(645년) 2월 11일에 보리수 아래에 탑을 세우고 귀국길에 올랐다고 언급되어 있으나, 이들이 언제 장안에 도착했는지에 대한 구체적인 시기는 보이지 않는다. 그런데 도선이 편찬한『집고금불도논형』에서 "정관 21년(647년) 서역에 출사했던 이의표가 귀국했다."는 말이 보인다. 이로써 우리는 왕현책이 이의표와 함께 장안에 돌아온 시기가 정관 21년이라는 사실을 확인할 수 있다.

왕현책이 두 번째 출사 명령을 받고 인도에 다녀왔다는 사실은 『속고승전續高僧傳·경대자은사석현장전京大慈恩寺釋玄奘傳』에 보이는 "사절단이 서쪽에서 돌아온 후, 다시 왕현책 등 20명을 파견해 대하大夏까지 호송하고, 왕과 승려에게 능백綾帛 천여 단을 주었다. 또 보리사에서 승려를 시켜 석밀蔗糖 제조 장인을 모아 두 명의 장인과 여덟 명의 승려를 동하東夏로 보내오자, 바로 월주越州로 보내 석밀을 제조하였다."는 문장을 통해서도 충분히 입증된다. 따라서 이를 통해 왕현책의 두 번째 임무가 무엇이었는지 분명하게 알 수 있다. 즉 첫 번째 임무는 인도 사신을 본국까지 호송하는 일이었으며, 두 번째 임무는 인도 마가다 왕국의 마하보리사摩訶菩提寺에서 석밀법石蜜法을 취해 오는 일이었다. 왕현책이 장안을 출발한 시기는 당 태종 정관 21년(647년) 3월이었다. 이번 사절단에서는 왕현책이 정사, 장사인蔣師仁이 부사의 임무를 맡았으며, 사절단은 모두 20여 명으로 구성되었다. 정관 22년(648년) 4월, 왕현책 일행이 마가다 왕국에 도착했을 때, 공교롭게도 마가다의 시라일다 왕이 이미 세상을 떠나고, 후사가 없던 그를 대신해 아라나순이 왕위를 찬탈하고 우호적이었던 기존의 입장에서 벗어나 중국을 적으로 간주하여 왕현책 일행의 입국 거부뿐만 아니라, 심지어 다른 나라에서 중국에 진상한 공물까지 약탈하는 상황을 초래하였다. 비록 왕현책과 장사인이 사절단을 이끌고 이들에게 대항했으나 중과부적으로 결국 포로의 신세가 되었다. 후에 왕현책과 장사인은 기회를 틈타 토번 서쪽 국경으로 도망쳐 각 나라에 격문을 보내 지원군을 요청하자, 토번이 정병 1천 2백 명, 니파라국이 기병 7천 명, 그리고 장구발국章求拔國에서 지원군을 파견해 왔다. 왕현책은 이들을 이끌고 아라나순을 공격해 승리를 거두고 왕위를 찬탈한 아라나순을 비롯해 그의 왕비와 왕자 등을 포로로 잡았는데, 이때가 당 태종 정관 22년(648년) 5월의 일이었다. 이와 관련된 내용이 『구당서·서융전』에 자세히 소개되어 있으며, 이외에도 이 싸움에 관한 기록은 여러 서적에서도 찾아볼 수 있다.

왕현책은 싸움에서 승리하고 나서 바로 귀국하지 않고 인도에 남아 뒷일을 마무리하는 한편, 그의 파견 임무였던 석밀법을 구해 귀국길에 올랐다.

위에서 언급한 내용을 근거로 왕현책의 두 번째 출사에 관한 상황을 정리해 보면 다음과 같다. 당 태종 정관 21년(647년) 왕현책과 장사인은 출사의 명을 받고 인도의 사신을 본국까지 호송하였다. 정관 22년(648년) 왕현책 등이 인도 마가다 왕국에 도착했을 때, 아라나순과 싸움이 발생하였으나 5월에 싸움에서 승리를 거두고 아라나순을 비롯해 그의 왕비와 왕자 등을 포로로 사로잡았다. 같은 해 10월, 토번의 송찬간포松贊干布가 포로를 장안까지 압송하여 황제에게 바쳤다. 정관 23년(649년) 3월 이전에 왕현책이 인도에서 석밀 제작 방법을 얻어 마하보리사의 석밀 장인 2인과 승려 8인을 데리고 장안으로 돌아왔는데, 이때 인도의 저명한 『석가여래쌍족영상도釋迦如來雙足靈相圖』도 함께 가지고 돌아왔다. 이것이 왕현책이 두 번째 인도를 다녀온 모든 과정이다.

당 태종이 정관 23년(649년)에 세상을 떠나고, 당 고종 이치李治가 즉위하면서 내부적인 문제로 인해 인도와의 교류가 한동안 중단되었다. 당 고종 현경顯慶 2년(657년)에 이르러 비로소 왕현책이 세 번째 인도에 출사하게 되었다. 이번 출사에 관한 임무, 시기 등에 대해서는 『제경요집諸經要集』, 『법원주림·미륵부』 등의 중국 문헌에 명확하게 기재되어 있다. 『법원주림·미륵부』에도 "왕현책이 편찬한 『서국행기』에 현경 2년(657년), 칙사 왕현책 등이 서국西國에 불가사佛袈裟를 보냈다.……"는 기록이 보이는데, 이 기록 가운데 왕현책의 출사 시기, 임무 등에 대해 구체적으로 설명되어 있다.

세 번째 인도에 출사했다가 돌아온 시기에 대해서 도세는 『법원주림·감통편·성적부』에서 "또 가필시국迦畢試國의 동남쪽 고왕사古王寺에 부처의 두정골 한 조각이 있는데, 폭이 2촌 정도이고 황백색을 띠고 있다. 대당 용삭 원년(661년) 봄, 칙사 왕현책이 서국西國에서 부처의 두정골을 가져와 궁중에 공양하였다."고 언급해 놓았다. 이를 통해 왕현책이 세 번째 인도에서 돌아온 시기가 당 고종 용삭 원년(661년)이었다는 사실을 명백하게 알 수 있다.

왕현책이 인도에 네 번 다녀왔다고 하는 주장에 대해서, 과거의 연구자들은 대부분 부정적인 시각을 가지고 있었다. 풍승균馮承鈞 선생 역시 이 점에 대해 의혹을 표명하였다. 그래서 그는 『대당서역구법고승전·현조전玄照傳』의 관련 내용을 채록한 후에 "문성공주는 서기 641년 토번에 시집을 갔기 때문에 현조의 출발은 당연히 그 이듬해였다고 볼 수 있다. 그가 각지를 돌아보며 머물렀던 기간이 14년이나 되기에, 여기에 여행 기간을 더 추가한다면 적어도 16, 17년 정도되었을 것으로 추정할 수 있다. 따라서 왕현책과 만났던 시기는 당연히 세 번째 출사 시기로 볼 수 있다. 또한 앞에서 이미 언급한 바와 같이 칙서를 내려 현조를 불러들이게 했다는 말 역시 왕현책의 네 번째 출사를 뒷받침해 준다고 볼 수 있으며, 또한 인덕麟德 연간에 황제가 수레를 타고 동쪽 낙양으로 갔다는 말 역시 『구당서』권4의 기록을 통해서 확인이 된다. 하지만 이러한 자료만을 가지고 왕현책의 출사를 증명하기에는 다소 부족한 점이 있으며, 또한 『전傳』에서 현조가 '당의 사절이 노가일타盧迦溢陀를 끌고 올 때 길에서 만났다.'고 한 말 중에서, 당시 만난 사절은 앞서 간 현조玄照를 쫓아 입경入京한 사람을 가리키는 것으로, 아마도 왕현책은 아니었던 것으로 보여진다. 그렇기 때문에 네 번째 출사에 대해서는 감히 단정 지을 수 없다."[30]고 자신의 입장

---

30) 馮承鈞, 『西域南海史地考證論著彙編·王玄策事輯』, 中華書局, 1957년판, 120~121쪽.

을 밝혔다. 이후 많은 사람들이 풍승균의 견해를 따르고 있지만, 필자의 조사에 의하면 왕현책의 네 번째 출사는 가능한 일이었을 뿐만 아니라, 또한 실제로도 존재했던 것으로 보인다. 이는 풍승균 선생이 언급한 이유 이외에도 다음과 같이 몇 가지 보충할 만한 자료가 존재하기 때문이다.

첫 번째, 왕현책이 명을 받고 마가다 왕국에 세 번째 출사한 현경顯慶 2년(657년)에 당 고종 이치李治는 승려와 비구니로 하여금 부모나 존장尊長의 절을 받지 못하게 하는 조서를 내렸으나 용삭 3년(663년) 4월에 고종이 이를 다시 번복하는 조서를 내렸다. 고종이 이처럼 자신의 주장을 번복한 이유는 당시 승려와 불교를 믿는 조정 대신들의 반대에 부딪쳤기 때문이다. 용삭 3년 5월, 고종은 대신들을 조정에 모아놓고 이 일을 다시 논의토록 하였다. 당시 왕현책은 국내에서 좌위솔장사左衛率長史의 자리에 있었던 까닭에 이 논의에 참여가 가능했으며, 또한 그가 『사문불응배속장沙門不應拜俗狀』이라는 상소문을 올려 사문이 세속의 사람들에게 절을 해서는 안되는 여러 가지 이유를 상세하게 설명하였다. 바로 이러한 사실은 용삭 3년 5월에 그가 국내에 있었다는 사실을 입증한다고 볼 수 있다. 그러나 용삭 3년부터 인덕麟德 2년(665년) 정월까지 대략 2년여 동안 그의 중국 내 활동에 관해서는 그 어떤 자료나 문헌에서도 관련 정보를 찾아 볼 수가 없다. 즉 이러한 사실은 바로 왕현책이 네 번째 성지를 받들고 다시 천축에 가서 현조법사玄照法師를 찾아 귀국시켰을 가능성이 크다는 사실을 시사해 주는 것이라고 할 수 있다.

두 번째, 의정義淨의 『대당서역구법고승전·현조전』에는 왕현책이 세 번째 인도 출사에서 돌아와 당 고종에게 현조의 높은 덕을 이야기한 상황이 매우 상세하게 기록되어 있다. 이때 현조법사는 인도의 점부신자사占部信者寺에 있었던 까닭에 당 고종이 왕현책에게 다시 인도에 가서 현조를 찾아 귀국시키라고 명령을 내린 것으로 볼 수 있다. 만일 이 일을 현조에게 알리지 않았다면, 현조법사가 이 소식을 알지 못했을 것이고, 또한 급하게 귀국하지도 않았을 것이다. 그러므로 현조법사가 인도에서 급히 귀국했다는 사실은, 그가 당 고종의 칙지를 받았다는 사실을 입증하기에 충분하다. 그렇다면 그에게 칙지를 전달한 사람이 도대체 누구란 말인가? 이에 대해 사람마다 견해가 다르다. 어떤 사람은 왕현책이라고 하는데, 계선림季羨林이나 육경부陸慶夫 선생, 그리고 필자는 이 주장에 동의한다. 이에 반해 또 어떤 사람은 왕현책이 아니라 다른 사람이라고 주장하는데, 그 대표적인 사람이 바로 풍승균馮承鈞 선생이다. 필자가 왕현책이었다고 주장하는 이유에 대해서, 우선 인간관계 측면에서 설명할 수 있을 것이다. 현조가 왕현책의 추천으로 조정의 대신을 알게 되었다는 점을 고려해 볼 때, 현조와 왕현책 두 사람의 사이에 이미 밀접한 관계가 형성되어 있었다고 유추해 볼 수 있다. 두 번째 이유는 왕현책이 현조가 있는 곳을 알고 있었을 뿐만 아니라, 일찍이 그가 여러 차례 인도에 다녀왔기 때문에 당 고종이 급하게 현조법사를 찾는 상황에서 현조를 찾을 수 있는 가장 적합한 사람이 바로 왕현책이었다는 점이다.

세 번째, 의정義淨의 『대당서역구법고승전·현조전』에 인덕 2년(665년) 정월, 현조법사가 낙양에서 당 고종을 알현한 후 인도에 파견되었다는 기록이 보인다. 따라서 필자는 현조가 길에서 만난 당의 사신이 바로 왕현책이었을 것으로 추정하고 있다. 그 이유는 이 시기에 왕현책의 활동이 중국 내에서 보이지 않기 때문이다. 다시 말해서 이때 왕현책은 현조를 찾아 귀국시키는 일과 장년바라문長年婆羅門 노가일다盧迦溢多를 찾는 임무를 수행하고 있었다는 의미이다. 왕현책은 현조법사에게 당 고종의 칙지를 전달하고 나서 함께 귀국길에 올라 니파라국을 거쳐 히말라야 산맥을 넘은 다음 토번의 망역芒域에 도착해 바로 현조법사와 헤어진 반면, 현조법사는 토번에서 문성공주의 도움으로 당에 돌아오게 되었다. 한편 왕현책 등은 여기서 다시 서쪽으로 길을 꺾어 갈습미라국羯濕弭羅國에 도착해 장년 바라문 노가일다를 찾는 임무를 수행하였다. 중국 사료에 의하면, 왕현책 은 인도의 방사方士와 밀접한 관계를 가지고 있었다고 한다. 그래서 그는 일찍이 당 태종과 고종 등에게 여러 차례 바라문을 추천했다고 하며, 당 고종은 병이 위중해지자 왕현책을 다시 갈습미라국에 파견하여 장년바라 문 노가일다를 찾게 하였던 것이다.

네 번째, 당대 장언원張彦遠의 『역대명화기歷代名畫記』 권3에서 당 고종 인 덕 2년(665년)에 왕현책은 낙양의 경수사敬受寺에서 불상 제작을 지휘하였는 데, 그때 채용한 도안이 바로 인도 보리사에서 가져온 것이라고 한다. 이 일에 관해 연도만 기재되어 있고 월일은 밝혀져 있지 않지만, 그가 중국 내에서 활동했다고 하는 사실을 증명해 주고 있다. 또한 현재는 사라지고 없지만 일찍이 용문석굴龍門石窟에서 왕현책의 조상명造像銘이 하나 발견되 었다. 그리고 그 조상명문造像銘文에 왕현책이 인덕 2년(665년) 9월 15일, 낙 양 용문석굴에 미륵상 하나를 조성했다는 내용이 기록되어 있다. 따라서 이러한 설명은 이 미륵불이 조성되기 전에 왕현책이 이미 인도에서 낙양 으로 돌아왔음을 증명해 준다. 이 시기는 현조법사가 귀국했다고 하는 시 기와 대략 8, 9개월 정도의 차이가 나는데, 이것은 갈습미라국羯濕弭羅國에 서 두 사람이 서로 다시 만났다고 하는 상황과도 잘 맞아떨어진다.

다섯 번째, 서장 자치구 길륭현에서 새롭게 발견된 『대당천축사출명大唐 天竺使出銘』을 통해 왕현책의 네 번째 서행西行이 부정할 수 없는 역사적 사 실이라는 것이 밝혀졌다. 또한 이 비명碑銘의 내용과 의정義淨의 『대당서역 구법고승전』의 기록을 참조해 보면, 일찍이 왕현책이 갈습미라국에 도착 했었다는 사실을 분명하게 알 수 있다.

왕현책은 돌아온 후에 현장법사와 마찬가지로, 그가 인도에서 보고 들 은 내용을 정리하여 『중천축행기中天竺行記』라는 책을 편찬하였는데, 이 책은 중·서 교통사 연구에 중요한 참고 자료로서 많은 사람들의 관심을 받아오고 있다. 더욱이 도세는 『법원주림·감통편·술의부述意部』에서 왕현책이 편찬한 『중천축행기』가 현장법사의 『대당서역기』만큼이나 중요하다고 높이 평가하고 있는 것을 보면, 그의 활동이 중·서 교통사에서 얼마나 중요한 가치를 지니고 있었는지 충분히 가늠해 볼 수 있다. 당대 현장법사의 『대당서역기』가 세상에 널리 전해지면서 역사적 인물로 세상에 잘 알려지게 되었지만, 왕현책은 오대五代의 전란으로 인해, 그의 책과 함께 관련 자료가 거의 모두 소실됨에 따라 그의 빛나는 사적이 모두 역사의 뒤안길로 사라져 점차 사람들의 기억 속에서 멀어지게 되었던 것이다. 그러나 근세기近世紀 들어 세계 각지의 학자들이 왕현책의 사적과 자료를 수집하고 연구를 진행하면서 놀라울 만한 성과를 거두고 있어, 앞으로 그의 혁혁한 공적이 빛보게 될 날도 이제 멀지 않았다고 믿는다.

제9장

중국과 인도의 문화와 과학 기술 교류

1절 불교와 불교 예술의 교류

불교를 창립한 사람은 석가모니이다. 이후 불교는 아육왕의 확대 노력과 발전에 힘입어 인도 전역에 널리 전파되었을 뿐만 아니라, 국외의 수많은 나라와 지역에 전파되어 세계적인 종교로 자리 잡게 되었다.

그러나 시간의 흐름에 따라 불교 역시 지속적으로 변화하였다. 전설에 의하면, 석가모니가 세상을 떠난 후, 그의 제자들이 그가 생전에 언급한 말들을 집록해 후대에 물려주고자 고승들을 모아 대회를 열었는데, 대회에 참가하고자 찾아온 고승들의 수가 너무 많아 어쩔 수 없이 많은 사람들을 대회장 안으로 들어오지 못하게 했다고 한다. 그래서 초청을 받은 사람은 장내 회의에 참석할 수 있었지만, 초청받지 못한 사람들은 문밖에서 거절당해 회의에 참석하지 못하고 다른 장소에서 회의를 열었다고 한다. 이를 기점으로 내부적으로 불교가 대중부大衆部와 상좌부上座部로 분열되기 시작하였으며, 후에 대승교大乘敎와 소승교小乘敎라는 두 개의 교파로 나누어지게 되었다.

사람들은 남전불교南傳佛敎, 즉 소승교가 서남과 해상 실크로드를 따라 중국에 전해졌으며, 게다가 육상의 서남 실크로드를 통해 전래된 시기가 가장 이르다고 보고 있다. 대략 진시황 때 석리방釋利防 등 십여 명의 승려가 중국에 와서 불교를 전파하였다고 하는데, 이는 불교가 서남 실크로드를 따라 중국의 서남 지역에 전파되었다는 사실을 의미한다. 북전불교北傳佛敎, 즉 대승교는 육상 실크로드를 따라 중국에 전해졌는데, 전래 시기에 관해 연구자들마다 주장하는 견해가 조금씩 다르기는 하지만 그중에서도 한 명제明帝의 구법설求法說, 혹은 한 무제의 획금인설獲金人說 등이 대표적이라고 할 수 있다.

돈황의 막고굴은 실크로드에서 가장 크고 이르며, 또한 가장 널리 세상에 알려진 불교 문화예술의 보고로서, 초기 불교의 전래 상황이 가장 잘 반영되어 있다. 막고굴의 불교 예술에서 표현된 내용과 대표

〈그림 55〉 막고굴莫高窟 제254호

적인 교파 등의 문제에 관한 사람들의 인식도 점차 높아져 가고 있는 추세이다. 1960년대 사람들은 보편적으로 초기 돈황 막고굴에 표현된 불교 예술이 소승 교파의 내용을 담고 있다고 생각하였으나, 후에 고찰과 연구를 통해 사람들은 소승과 대승이 모두 표현되고 있다는 새로운 주장을 제기하였는데, 이 점이 바로 돈황의 막고굴 연구에 대한 커다란 발전이라고 할 수 있다. 그러나 필자가 생각하기에, 돈황 막고굴에 표현된 초기 불교의 예술적 내용은 대승교가 주류를 이루고 있으며, 또한 막고굴 제254호,

제259호, 제275호 굴에서는 직접적으로 대승교와 관련이 있는 고사 화면이 보이는데, 이것이 바로 돈황의 막고굴에 보이는 불교 예술과 북인도의 대승교파 간에 매우 밀접한 관계가 있다고 보여진다.

불교에서 공양하는 대상은 그 전후 시기에 따라 다르다. 초기 불교에서는 사람들이 불조佛祖 석가모니가 지고지상한 성인이자 신인神人으로서 빛나는 형상을 지니고 있으며, 또한 인간 세상에 쉽사리 출현하지 않는다고 여겼던 까닭에 그가 남긴 유적, 즉 불족적佛足迹, 쇄의석晒衣石 등, 혹은 유물, 즉 불가사佛袈裟, 석장錫杖, 빗자루掃帚, 불발佛鉢 등과 혹은 유해, 즉 두골頭骨, 지골指骨, 골회骨灰, 사리舍利 등에 공양하고 예의와 존경을 표하였는데, 이러한 공양 방법 역시 중국에 전해져 널리 전파되었다. 이 시기가 바로 불교의 공양과 불교 예술의 발전에 있어서 첫 번째 단계라고 할 수 있다. 당대 초기 조성된 제323호 굴 북쪽벽 위에 그려진 쇄의석晒衣石 고사가 바로 이를 잘 증명해 주고 있다. 하지만 시대의 흐름에 따라 희랍希臘 문화의 영향을 받게 된 불교는 그들의 공양 대상, 즉 불조 석가모니의 형상을 전대와 달리 새로운 모습으로 변화시켜 마침내 진정한 의미의 새로운 불타 형상이 출현하게 되었는데, 엄격하게 말해서 이것이야말로 진정한 불교 예술이라고 할 수 있다. 불상 제작은 지역마다 각기 다른 특징을 보여주고 있다. 사람들의 연구에 따르면, 말토라秣菟羅(mathurā)와 건타라犍陀羅(gandhāra) 두 가지로 나뉘는데, 전자는 주로 열대 지역에서 보이기 때문에 불타의 옷이 질박하면서도 투명하고, 또한 문양이 길고 매끄러운 반면, 후자가 출현하는 지역은 날씨가 비교적 추운 까닭에 부처의 옷이 두껍고 짧으며, 또한 작은 무늬가 많은 편이다. 인도에 다녀온 승려와 속세인들이 비록 북인도의 건타라犍陀羅 예술의 영향을 비교적 많이 받았다고는 하지만, 인도 본토의 말토라秣菟羅 예술의 영향을 전혀 받지 않은 것은 아니었다. 따라서 우리 눈앞에 펼쳐져 있는 돈황 막고굴의 불교 예술 역시 두 가지 예술 형식의 영향을 모두 받았다고 말할 수 있다. 그렇지만 이러한 예술 양식은 모두 외부에서 전래 된 것으로, 그 어떤 것도 중국 고유의 전통문화와 예술을 대신할 수는 없기 때문에, 중국의 불교문화와 예술은 모두 중국의 전통문화를 토대로 발전해 왔다고 볼 수 있다. 돈황시 열사烈士 묘역 남쪽에서 서진西晉 말엽의 고묘古墓가 하나 발견되었는데, 그 안에서 금강역사金剛力士 한 폭이 출토되었다. 그런데 그림의 양식이 돈황 막고굴의 초기 양식과 동일할 뿐만 아니라, 돈황 막고굴이 조성된 시기보다 여러 해 이른 시기에 제작된 작품으로 판명되었다. 이 말은 이러한 불교의 제재題材가 이미 일찍부터 돈황 지역에 전해져, 중국의 전통예술이 돈황 불교 예술 가운데 구현되었을 뿐만 아니라, 또한 현지의 문화가 돈황 불교 예술에 영향을 끼쳤다는 사실을 설명해 준다고 하겠다. 따라서 필자는 돈황의 불교와 불교 예술의 뿌리가 중국에 있다고 믿는다.

　불교문화가 중국에 전해진 후 중국의 문학예술 발전에도 지대한 영향을 끼쳐 지괴志怪 소설 같은 문학 작품이 등장하게 되었으며, 또한 수많은 불교 고사가 중국의 불교도나 혹은 지식인들에 의해 개조되어 중국의 고사로 자리 잡게 되었다. 예를 들어, 『잡비유경雜譬喻經』에 보이는 문수보살이 가난한 여인으로 변했다고 하는 고사가 오히려 오대산의 고사로 개조되어 『문수신양文殊新樣』을 표현한 고사처럼 바뀌게 되었고, 이 고사가 다시 서방에 전해지면서 그곳의 불교 예술과 불교 발전에 영향을 주었는데, 그 가장 전형적인 사례가 바로 히말라야 산맥 지역에 광범위하게 유행하였던 비사문천왕毗沙門天王의 결해結海 고사이다. 이 고사가 중국화한 후에 다시 서방에 전해져 네팔의 『소와보양사蘇瓦普揚史』에 등장하게 되었으며, 또한 현장법사의 『대당서역기』에 기록된 승가라국僧伽羅國(지금의 스리랑카)의 시보서상施寶瑞像 고사가 중국에 전해진 후, 역시 중당中唐 이후에 조성된 막고굴의 수많은 화면에 등장하게 되었다고 하겠다. 그러나 오대 말기에 이르러 유살가가 생전에 악행을 저질렀다는 이야기로 개조되었는데, 이 개조된 고사가 오대 시기 조성된 제72호 굴에 나타난다. 또한 후에 이렇게 개조된 고사를 월지국月氏國의 파라문婆羅門이 모사해 가지고 돌아가 공양의 대상으로 삼았다고 한다.

불교가 점차 중국화 되어 가면서 불교의 주요 신들 역시 그 신분에 변화가 발생하였다. 이에 따라 석가모니의 지고지상한 위치 역시 흔들리기 시작하였으며, 심지어 어떤 신은 중국의 불타로 대체되는 현상이 출현하였다. 이러한 가장 전형적인 사례가 바로 유살가가 사람들에 의해 "소하성蘇何聖"으로 일컬어지게 되었다는 점이다. 당대의 하승가何僧伽 역시 신단 위에 모셔져 사람들로부터 부처 혹은 성인으로 일컬어지게 되었으며, 불교 문헌에서도 그가 승가문불僧伽文佛(중국의 수신水神) 등으로 등장하면서 광범위한 남방 지역의 사람들로부터 공양을 받게 되었다. 또한 이러한 신을 찬양하고 널리 알리기 위해 돈황의 『승가화상욕열반설육도집경僧伽和尙欲涅槃說六度集經』이나 막고굴 제72호의 『유살가화상변상도劉薩訶和尙變相圖』 등과 같은 경전들이 출현하였다. 이렇게 신격화된 중국 승려의 출현은, 이미 석가모니의 존귀한 지위를 대체하게 되었다는 사실과 함께 불교가 철저하게 중국화 되었다는 사실을 설명해 준다고 볼 수 있다. 그러나 오늘날 일부 서적 중에는 중국의 승려와 관련된 경전을 위경僞經이라고 부르기도 하는데, 이것은 이와 같은 경전들이 인도에서 전래된 것이 아니라는 이유 때문이다. 하지만 필자는 불교가 중국에서 유전되는 과정에서 승려들이 중국의 신을 알리기 위해 경전을 편찬하고 자신의 사상과 주장, 그리고 학설을 반영했다는 사실은 전혀 부끄러워할 만한 일이 아니라고 본다. 따라서 필자는 불경의 진위를 판단할 때, 어떤 지역에서 발생했는가 하는 것보다는, 그 내용이 불교의 요지에 부합되는가 하는 문제가 우선 고려되어야 한다고 본다. 그러므로 위에서 열거한 불경과 변상變相 역시 당연히 진정한 불전佛典으로 받아들여야 한다고 보며, 인도의 불경과 구분하기 위해서 "중국의 불경"이라고 일컫는 것이 합당하다고 생각한다.

위의 내용을 종합해 보면, 중국 승려의 신격화와 중국 불교 경전의 등장, 그리고 중국 불교 고사에 의해 만들어진 불교 예술과 문학 작품 등등이 모두 거짓된 것이 아니라는 점을 알 수 있다. 또한 당대 이후 중국이 세계 불교문화의 중심으로 발전하였는데, 이는 불교의 발전과 세계 불교문화의 발전에 중요한 의미를 지니고 있다고 볼 수 있다. 더욱이 이 발전 과정에서 돈황이 매우 중요한 작용을 했다는 사실을 간과해서는 안될 것이다. 따라서 돈황은 중국 서북쪽에서 가장 먼저 불교문화를 받아들여 적극적으로 수용하고 개조하는 과정에서 커다란 작용을 했다는 점에서 그 가치를 되돌아볼 수 있을 것이다.

2절 인도의 의학醫學 영향

인도 불교의 전래는 중·서 문화의 교류 촉진에 중요한 역할을 하였다. 불교와 불교 예술이 중국에 전해지면서 인도의 의학도 함께 중국에 전해져 중국의 의학 발전에 커다란 영향을 주었다.

일찍이 인도의 방사方士 나라이사파매那羅邇娑婆寐가 당 태종을 위해 장생약長生藥을 제조하였으며, 당 태종이 이 약을 먹고 중독되어 세상을 떠났다고 한다. 당 고종 때도 북인도 계빈국罽賓國에서 방사 노가일다盧伽溢多를 초청해 병을 치료하고자 했다가 조정의 대신 학처준郝處俊의 간언으로 인해 중지되기도 하였다. 이후 사람들은 인도의 의학과 방사의 치료를 기피하는 태도를 보였다. 그렇지만 사실 인도 의학이 불교와 함께 중국에 유입되면서 수많은 중국인들의 병을 치료해 주었던 까닭에 사람들로부터 대

환영을 받았다. 『수서隋書·경적지經籍志』에 이와 관련된 상황이 보이는데, 그중에서 의학과 관련된 서적을 소개하면, 『석도홍방釋道洪方』 1권, 『석승의침구경釋僧醫針灸經』 1권, 『용수보살약방龍樹菩薩藥方』 4권, 『서역제선소설약방西域諸仙所說藥方』 23권, 『향산선인약방香山仙人藥方』 10권, 『서역파라선인방西域波羅仙人方』 3권, 『서역명의소집요방西域名醫所集要方』 4권, 『파라문제선약방婆羅門諸仙藥方』 20권, 『파라문약방婆羅門藥方』 5권, 『기파소술선인명론방耆婆所述仙人命論方』 2권, 『건타리치귀방乾陀利治鬼方』 10권, 『신록건타리치귀방新錄乾陀利治鬼方』 4권, 『용수보살화향법龍樹菩薩和香法』 2권, 『용수보살양성방龍樹菩薩養性方』 1권 등 모두 십여 종에 이른다. 이외에도 불교 경전 속에 사람의 병을 치료하는 내용이 기록된 경서가 있다. 예를 들면, 『금광명최승왕경金光明最勝王經·제병품除病品』에서는 의서醫書처럼 의과醫科를 8개의 과科로 나누고, 병의 원인과 치료 방법을 상세히 기술해 놓고 있다. 또한 『화엄경』, 『열반경』, 『법화경』, 『유마경』, 『제일체질병다라니경除一切疾病陁羅尼經』 등에도 병을 치료하는 방법을 소개하고 있다. 이외에도 어떤 특별한 병을 전문적으로 치료하는 방법을 기술해 놓은 경서로 『불설주치경佛說呪齒經』, 『불설료치병경佛說療痔病經』, 『불설주목경佛說呪目經』, 『불설소아경佛說小兒經』 등이 전해 오고 있다. 여기에서 필자가 소개하고자 하는 흥미로운 고사는 바로 『아육왕경阿育王經』과 『아육왕전阿育王傳』에 보이는 내용이다. 어느 날 아육왕이 기생충으로 인해 배가 아파 치료를 받았으나 백약이 무효라 죽을 날만 기다리고 있었다. 이때 왕비가 자신이 치료할 수 있다고 하자, 아육왕이 바로 치료를 지시하였다. 왕비는 아육왕의 허락을 받고 전국에 아육왕과 같은 병을 앓고 있는 자들을 모두 잡아서 수도로 보내라고 통지하였다. 병자들이 수도에 도착하자 왕비는 의사에게 명하여 그들의 배를 갈라 자세히 살펴보도록 하였다. 조사를 통해 뱃속의 촌충이 병을 일으켰다는 사실을 발견하고, 의사에게 명하여 치료하도록 했으나 아무런 효험도 보지 못하였다. 이때 어떤 사람이 파의 밑동이 촌충을 죽일 수 있다는 상주문을 올렸다. 하지만 파를 먹는다는 것은 불교의 계율을 어기는 일이었다. 그러나 아육왕은 치료를 위해 불교의 계율을 깨고 파를 먹었다. 파를 먹자 아육왕 뱃속에 있던 촌충이 죽어 몸에서 배출되었고, 아육왕의 병도 완쾌되었다고 한다. 이것은 불교 경전에서 말하고 있는 것처럼 직접 실험을 통해 얻은 처방이며, 이 처방 역시 후에 중국에 전래되었다.

불교 신앙은 중생에 대한 자비를 기본으로 삼고 있는 까닭에 환자에 대해서도 많은 관심을 가지고 있었는데, 이는 의술의 사회적 참여라는 측면에서도 매우 긍정적이었다고 할 수 있다. 당대에 가장 유명한 의승醫僧으로 홍방선사洪昉禪師가 있었다. 무측천 때 홍방선사는 섬주성陝州城 용광사龍光寺에 환자를 치료하는 건물을 짓고 항상 수백여 명의 환자를 치료하였다고 한다. 환자에게서 나는 악취가 너무 심해 사람이 다가갈 수조차 없을 지경이었으나 홍방선사는 아무렇지도 않게 환자를 받아들였을 뿐만 아니라, 직접 환부를 씻고 치료해 주었다고 한다. 당대 초기 익주益州 복성사福成寺에 촉승蜀僧 도직道稷과 석두성石頭城의 지엄智嚴, 포주蒲州의 인수사仁壽寺 지관志寬 등 역시 당시에 유명한 의승醫僧으로, 모두 이름이 높았으며, 일본에 건너가 율종律宗을 전파한 감진화상鑒眞和尙 역시 유명한 의승이었다. 『일본견재서목日本見在書目』 가운데 『감상인비방鑒上人祕方』이라는 서목에서 엿볼 수 있듯이, 에도시대江戶時代 이전의 일본 약상藥商들은 모두 그를 시조始祖로 섬겼다고 한다.

인도는 중국과 마찬가지로 발달된 의학뿐만 아니라, 인도만의 완전한 의학 체계를 가지고 있었다. 『아달파폐타阿達婆呋陀』와 『정사론政事論』에 이미 의약과 관련된 기록이 보이며, 일찍이 『오왕경五王經』에서는 "사람은 사대四大(지地·수水·화火·풍風) 4원소가 화합和合해 이루어진 것이므로, 일대一大가 고르지 않으면 백 한 가지의 병이 생기며, 사대四大가 고르지 않으면

〈그림 56〉 막고굴 제296호 굴 천정 북쪽 경사면 동쪽에 위치한 복전경변福田經變의 역병치료 北周

사백 네 가지의 병이 동시에 생긴다.", 또한 "천天, 지地, 인人, 물物은 하나 같이 사기四氣를 따른다. 일지一地, 이수二水, 삼화三火, 사풍四風"이라고 병리와 생리학적 이론을 설명하였는데, 이것은 바로 사람의 몸이 "사대四大"로 이루어졌기 때문에 "사대"를 잃으면 병이 생긴다는 것을 설명한 것이다. 이처럼 인도의 의학 이론은 중국에 전해져 중국 의학에 커다란 영향을 끼쳤으며, 중국의 의학과 융합되어 중국의학 발전에 커다란 공헌을 하였다. 그래서 『보궐주후백일방補闕肘後百一方·서序』에서 이미 "사람은 사대四大로 몸이 구성 되었다."는 이론이 제기되었으며, 수대 말기에서 당대 초기에 활약했던 명의 손사막孫思邈이 저술한 『천금요방千金要方』에서도 이미 인도의 "사대四大" 이론을 받아들여 "지地, 수水, 화火, 풍風이 화합하여 사람이 되기 때문에 무릇 사람의 기가 조화롭지 못하면 몸에서 증열蒸熱이 나고, 풍기가 조화롭지 못하면 몸이 강직되어 모공이 막히게 되며, 수기水氣가 조화롭지 못하면 몸에 부종이 생기고 숨이 차게 된다. 그리고 토기土氣가 조화롭지 못하면 사지四肢를 들지 못하고 말에 힘이 없다.……무릇 사기四氣가 덕에 알맞으면 사신四神이 편안하고, 만약 한 가지라도 고르지 못하면 백한 가지 병이 생기고, 사신四神이 움직이면 사백 네 가지의 병이 동시에 생기게 된다."는 주장이 보인다.

그래서 손사막의 저서 중에는 『복창포방服昌蒲方』, 『유황전주각약련굴허랭방硫黃煎主却弱連屈虛冷方』, 『소밀전주소갈방酥蜜煎主消渴方』, 『양수전주소갈구간유인방羊髓煎主消渴口干濕咽方』, 『소밀전주제갈방酥蜜煎主諸渴方』, 『고삼소석주방苦蔘消石酒方』, 『만탕방漫湯方』, 『치십종대라방治十種大癩方』 등과 같은 인도의 방제方劑가 많이 수용되어 있다.

당대 초기 조성된 막고굴 제323호 굴 북쪽 벽에 보이는 불도징고사佛圖澄故事를 통해서도 엿볼 수 있듯이, 당시에 이미 결장結腸을 절제하는 외과 수술이 행해졌다는 사실을 알 수 있다. 북주北周 때 조성된 제296호 굴 천장에 보이는 『복전경변상福田經變相』에는 호상胡商이 병을 앓자, 동행하던 일행이 야생 약초를 뜯어서 찧은 다음 병을 치료하는 화면이 그려져 있다. 수대에 조성된 제302호 굴의 "인人"자 위에 『복전경변상도福田經變相圖』가 그려져 있는데, 그림 가운데 말을 타고 손을 바꿔 가며 부상당한 사람을 접골接骨하는 화면이 보인다.

위의 내용을 종합해 보면, 인도 불교가 중국에 전래됨에 따라 인도의 의학 역시 실크로드를 따라 서역을 거쳐 중국에 전해졌으며, 중국인들은 광범위한 실험을 통해 인도의 의학 이론과 의술 등을 전면적으로 검증하고 흡수하여 중국의 의학 발전을 크게 촉진시켰다는 사실을 알 수 있다.

3절 인도의 제당법制糖法 전래

주지하다시피 인도의 시라일다 왕이 인도를 통일한 후, 당나라에 사신을 파견하여 조공을 받치자 당 태종 역시 친절하게 사절단을 맞이하였다.

이로부터 중국과 인도 양국 간의 우호적인 교류를 위한 역사적 토대가 마련되었다. 당 태종은 조공 사절단으로부터 인도에 석밀石蜜 제조 방법이 있다는 말을 듣고, 사절단을 인도에 파견해 그 방법을 구해 오도록 하였다. 『신당서·서역전』 권221상의 기록에 의하면,

> "정관 21년(647년)에 마가다 왕국의 사신이 태종을 알현하고 바라수波羅樹를 진상하였는데, 백양나무와 비슷하였다. 태종이 사신을 파견해 제당법制糖法을 구해 오자 양주揚州에 사탕수수를 진상하도록 하여, 사탕수수의 즙을 내어 사탕을 만들었는데, 그 색깔과 맛이 모두 서역의 것보다 훨씬 뛰어났다."

왕부王溥의 『당회요唐會要·잡록雜錄』 권100의 기록에 의하면, "서번西蕃 호국胡國에서 석밀石蜜이 나는데, 중국에서는 이를 귀하게 여긴다. 태종이 사신을 마가다 왕국에 보내 제당법을 구해 온 다음 양주에서 진상한 사탕수수의 즙을 내어 사탕을 만들었는데, 그 색과 맛이 모두 서역의 것보다 뛰어났다."고 하며, 도선道宣의 『속고승전·현장전玄奘傳』의 기록에 의하면, "사절단이 서역에서 돌아오자 또 다시 왕현책 등 20여 명을 파견해 귀국하는 인도 사절단을 호송하는 동시에 대하大夏에 가서 능백綾帛 천여 단을 기증하도록 하였다. 왕과 승려 등에게는 그 수량에 차등을 두었다. 아울러 보리사菩提寺에 가서 석밀을 제조하는 장인을 모아 장인 2명과 승려 8명을 데리고 당으로 귀환하였다. 월주越州에서 진상한 사탕수수에 즙을 내어 사탕을 만들었는데, 결과가 성공적이었다."고 소개해 놓았다.

돈황에서 발견된 문서 가운데 석밀 제조와 관련된 유문遺文이 하나 보존되어 있는데, 현재 그 유문에 B3033이라는 번호가 붙여져 있다.

이상의 여러 자료를 통해 제당법 역시 당대 초기 인도에서 중국에 유입

된 과학 기술 가운데 하나였다는 사실을 알 수 있다. 제당법이 전래됨에 따라 중국인들의 물질적인 문화생활도 크게 향상되었다. 또한 이를 통해 외부에서 유입된 과학기술도 발전과 개선을 통해 새롭게 발전나갈 수 있다는 사실을 새삼 깨닫게 한다.

위에서 언급한 자료를 근거로 제당법의 중국 전래 과정을 아래와 같이 정리해 볼 수 있다. 당 태종은 정관 21년(647년) 이전에 이미 인도에서 석밀石蜜이 제조되고 있다는 사실을 알고 있었던 까닭에 칙사 왕현책을 마가다 왕국의 마하보리사摩訶菩提寺에 파견해 석밀 제조법을 구해 오도록 하였다. 정관 22년(648년) 당의 사절단이 마가다 왕국에 도착하였으나 약탈을 당하자 칙사 왕현책이 토번과 니파라 등의 군사 지원을 받아 아라나순을 격파하고 그를 비롯한 왕비와 왕자를 생포하여 당 조정에 바쳤다. 그리고 이듬해인 정관 23년(649년) 왕현책이 마하보리사에서 석밀 장인 2명과 승려 8명을 데리고 당에 귀환함으로써 이후 석밀 제조 방법이 중국 전역에 널리 전파되는 계기가 되었다고 하겠다.

4절 인도의 칠요역법七曜曆法 전래

불교 전래와 함께 인도의 수많은 과학 기술 역시 중국에 전래되었는데, 그중에서 칠요역법七曜曆法과 산학算學 역시 우리가 주목해야 할 내용 가운데 하나라고 하겠다.

아득한 옛날 중국인들은 태초 우주에 관한 여러 가지 다양한 의견과 학설을 주장하였는데, 그중에서 삼국三國 시대와 진대晉代 초기에 널리 유행했던 학설은 "태초에 우주는 마치 계란처럼 생겼으며, 그 둘레를 물이 에워싸고 있다."라고 하는 주장이었다. 이러한 주장과 인도 브라만의 "금태

金胎"설 사이에 일정한 관련이 있음을 볼 때, 이 학설 또한 인도에서 전래된 것이라고 볼 수 있다.

고대 중국인들은 인도 문화에 대해 많은 흥미를 가지고 있었기 때문에 불교나 불경뿐만 아니라, 인도의 천문, 역산曆算 등에 대해서도 깊은 관심을 가지고 있었다. 예를 들어, 유송劉宋 시대의 하승천何承天이 일찍이 동안사東安寺 승려 혜엄慧嚴에게 인도의 역법을 가르쳐 달라고 부탁하자, 혜엄이 하승천에게 일영日影(해의 그림자)의 길이를 측량하는 방법과 일력日曆, 도량형度量衡 등을 전수했다고 한다. 하승천은 혜엄으로부터 배운 지식을 다시 파리국婆利國에서 온 승려와 함께 대조 확인하였다고 하는데, 이는 중국인들이 인도의 역법 등의 지식을 배운 중요한 사례 가운데 하나라고 볼수 있다.

인도의 천문과 역산에 관한 서적은 인도에 유학한 중국 승려나 포교를 위해 중국을 찾아온 인도 승려들에 의해 지속적으로 중국에 전해졌는데, 이와 관련된 수많은 서적이 『수서隋書·경적지經籍誌』에 수록되어 있다. 예를 들어, 『파라문천문경婆羅門天文經』 21권, 『파라문갈가선인천문설婆羅門竭伽仙人天文說』30권, 『파라문천문婆羅門天文』 1권, 『칠요본기七曜本起』 3권, 『칠요소갑자원력七曜小甲子元曆』 1권, 『칠요력술七曜曆術』 1권, 『양칠요력법梁七曜曆法』 4권, 『칠요요구七曜要求』 1권, 『칠요력법七曜曆法』 7권, 『추칠요력推七曜曆』 1권, 『칠요력경七曜曆經』 4권, 『칠요력수산경七曜曆數算經』 7권, 『칠요력소七曜曆疏』 1권, 『칠요의소七曜義疏』 1권, 『칠요술산七曜術算』 2권, 『파라문산법婆羅門算法』 3권, 『파라문음양산력婆羅門陰陽算曆』 1권, 『파라문산경婆羅門算經』 3권 등과 같은 서적들이며, 돈황 막고굴의 장경동에서 출토된 문헌 중에서도 이와 관련된 문서들이 여러 건 발견되었다. 예를 들어, P3081호의 『칠요일길흉추법七曜日吉兇推法』, P2693호의 『칠요력일七曜曆日』 1권 등과 같은 문서들이다.

중국 역사에 널리 알려진 고승 도안道安, 승범僧范, 승화僧化 등 역시 모두 천문학과 칠요력에 정통한 고승들이었으며, 또한 담영曇影을 비롯한 초길 肖吉, 위원숭衛元嵩 등은 산학算學에 정통하였다. 『북사北史』에 따르면, 북위 태무제太武帝 때 산학박사를 역임한 은소殷紹는 자신의 천문학과 산학 지식이 모두 승려인 담영과 도목道穆으로부터 배운 것이라고 황제에게 아뢰었다고 한다.

인도의 계수법計數法은 중국과 달리 백진법百進法과 배진법倍進法을 사용하였는데, 『불본행집경佛本行集經』 권11에 이와 관련된 설명이 자세하게 기록되어 있다. 또한 이 두 가지 계수법은 『수술유기數術遺記』, 『오경산술五經算術』, 『손자산경孫子算經』 등과 같은 중국 고대 전적 중에서도 그 내용을 찾아볼 수 있다.

위에서 언급한 내용을 종합해 보면, 불교의 전래에 따라 인도의 칠요역법七曜曆法 역시 중국에 유입되었다는 사실을 알 수 있다. 그 가운데 비록 미신적인 요소가 보이기는 하지만, 대부분의 내용이 과학적인 요소로 구성되어 있어 중국의 역법에 커다란 영향을 주었다. 위에서 열거한 서명書名을 근거로 살펴보면, 인도의 역법이 이론이나 실용적 기술 측면에서 모두 완전한 형태로 중국에 전해졌다는 사실을 알 수 있으며, 또한 이에 대한 학습과 연구를 통해 중국인들이 한 차원 더 높은 단계로 발전시켜 나갔다는 사실 또한 엿볼 수 있다. 이러한 사실은 『수서隋書·경적지經籍誌』에 수록된 서명書名을 통해서도 충분히 증명되고 있다.

그림 출처

〈그림 1〉 行走新疆张骞与丝绸之路. (n.d.). [고대 실크로드]
https://www.meipian.cn/28si8grz

〈그림 3〉 匈奴人是现在的什么人. (n.d.) [흉노]
https://inews.gtimg.com/newsapp_bt/0/13422062695/641

〈그림 6〉 河西走廊位置图. (n.d.) [하서주랑]
https://img0.baidu.com/it/u=1167954262,3275675649&fm=253&fmt=auto&app=138&f=JPEG?w=939&h=500

〈그림 9〉 佛经写本时代的余晖. (n.d.). [속고승전].
https://n.sinaimg.cn/sinakd20211120s/533/w800h533/20211120/964b-6b53f2c3ef504637302283438b0df4e9.jpg

〈그림 12〉 唐蕃古道. (n.d.). [당번고도].
https://nimg.ws.126.net/?url=http%3A%2F%2Fdingyue.ws.126.net%2F2021%2F0329%2F41885722j00qqphnh000oc000hs00apm.jpg&thumbnail=660x2147483647&quality=80&type=jpg

〈그림 16〉 大唐西域求法高僧传. (n.d.). [대당서역구법고승전].
https://img0.baidu.com/it/u=158211880,1597687796&fm=253&fmt=auto&app=138&f=JPEG?w=400&h=310

〈그림 17〉 唐朝疆域圖. (n.d.). [당대 강역도].
https://gimg2.baidu.com/image_search/src=http%3A%2F%2Fc-ssl.duitang.com%2Fuploads%2Fitem%2F201702%2F12%2F20170212005146_jdQAi.thumb.1000_0.jpeg&refer=http%3A%2F%2Fc-ssl.duitang.com&app=2002&size=f9999,10000&q=a80&n=0&g=0n&fmt=auto?sec=1693956852&t=20ba5b0827877403b29a7cd2a735f6c4

〈그림 18〉 突厥族. (n.d.). [돌궐족].
https://img2.baidu.com/it/u=2741047194,3683948021&fm=25
3&fmt=auto&app=138&f=JPEG?w=748&h=500

〈그림 23〉 文成公主與松贊干布. (n.d.). [문성공주와 송찬간].
https://inews.gtimg.com/newsapp_bt/0/14775182719/1000

〈그림 24〉 安史之亂. (n.d.). [안사의 난].
https://www.laogsc.com/uploads/2022/1222/044hulimw4j.png

〈그림 26〉 唐蕃会盟碑. (n.d.). [당번회맹비].
https://5b0988e595225.cdn.sohucs.com/images/20190206/b4
47c99030b54ef193a24bfb3ae67134.jpeg

〈그림 28〉 那爛陀寺. (n.d.). [나란타사].
https://img1.baidu.com/it/u=552775090,2135818479&fm=253
&fmt=auto&app=138&f=JPEG?w=500&h=354

〈그림 29〉 唐蕃古道图. (n.d.). [당번고도 노정 약도].
https://gss0.baidu.com/70cFfyinKgQFm2e88IuM_a/baike/pic/
item/bd704260b3d75e8d8cb10d76.jpg

〈그림 35〉 吐蕃西部交通干线勃律道. (n.d.). [토번 서부 경내 발률도].
https://nimg.ws.126.net/?url=https://crawl.ws.126.net/img/c9
c7ef5907043599ebe911bea036262e.jpg&thumbnail=650x2147
483647&quality=80&type=jpg

〈그림 36〉 吐谷浑人开拓的丝绸之路. (n.d.).
[토욕혼 시기의 청해 실크로드 일명 토욕혼도].
https://img3.jiemian.com/jiemian/original/20170227/1488187
54732710700_a700xH.jpg

〈그림 45〉 日本僧人圆仁曾在中唐时代入唐朝求法. (n.d.). [일본 승려 원인 화상].
https://dingyue.ws.126.net/dN4A3RwWXgzHGiMKmczPxZAPL
xT2mYyVSSP4SIkDJ3Iaq1570286406627compressflag.jpg

〈그림 53〉 班超像. (n.d.). [반초의 화상.]
https://i0.hdslb.com/bfs/article/7eb7eb0389cc20c87355d4d8d
0f32ea1ffd8ee78.jpg

〈그림 54〉 王玄策像. (n.d.). [왕현책의 화상].
https://pics0.baidu.com/feed/908fa0ec08fa513ddae159ef8c48
d1f7b2fbd96e.jpeg@f_auto?token=cad935f89ed07804fab4fb6c
7adecafe

〈그림 55〉 莫高窟 第254窟. (n.d.). [막고굴제254굴]
https://pics5.baidu.com/feed/5d6034a85edf8db1021a630c710
2ee53564e744e.jpeg?token=bd8690963d5e190e7ba0fc356c735
5c9

저자 / 손수신 孫修身

1935년 하남성 형양현榮陽縣에서 출생하여 돈황학의 연구와 발전, 보호사업에 일평생을 헌신한 돈황학의 대표적인 학자이다. 선생은 일찍이 1959년 서북대학교西北大學 고고학과를 졸업하고 서북민족대학교에 재직하다 1963부터 1998년까지 돈황문화재연구소(현 돈황연구원)로 자리를 옮겨 석굴 고고학 및 불교미술 연구 분야에 종사하였다. 한편, 선생은 서북대학교, 난주대학교 겸임교수 및 석·박사 지도교수 역임을 역임하였으며, 1993년 일본 도쿄예술대학 객원교수를 역임하였다. 선생의 주요 연구 성과로『왕현책 사적 후침鉤沉』,『돈황석굴 전집·불교 동전 이야기 그림집』,『돈황과 동서 교통 연구』등의 저서와「과주瓜州 조씨曹氏 연표 보정」,「과주와 사주沙州의 조씨와 돈황 막고굴 연구」,「장회심張懷深 사망의 재의再議」,「과주 조씨 세보世譜와 관련된 몇 가지의 문제점」,「오대五代 시기 감주 회홀과 중원 교통」,「돈황유서 P.2992호 권 과주와 감주 회홀 칸[回鶻可汗]의 문서에 관한 문제 논의」,「오대 시기 감주 회홀 칸의 세계世系 고증」등 90여 편의 논문이 있다.

역자 / 임진호任振鎬

현재 초당대학교 국제학과 교수로 재직하고 있으며, 주요 연구 성과로『신화로 읽는 중국 문화』,『갑골문 발견과 연구』,『문화 문자학』,『길 위에서 만난 공자』,『1421년 세계 최초의 항해가 정화』,『중국 고대 교육사』등의 저서와「설문해자에 인용된 시경의 석례 연구」,「시경에 대한 유협의 문심조룡의 인식 연구」,「한대의 사부 창작과 경학」등 50여 편의 논문이 있다.

역자 / 은풍리殷風利

현재 중국 연태직업대학 경제무역학부 교수로 재직하고 있으며, 주요 연구 성과로「한류의 형성과 변화 과정에 대한 연구」,「상품적 시각에서 바라본 직업대학 응용한국어 과정의 문제점」,「직업대학 한국어 전공의 어법 과정 개설 필요성 연구」등의 논문과「문화와 관광의 융합적 측면에서 연태지역 종교문화관광에 대한 연구」,「연태문화 발굴을 통한 연태문화 경쟁력 제고 연구」등 다수의 연구프로젝트를 수행하였다.

돈황과 중서교통사

2023년 10월 25일 초판인쇄
2023년 10월 30일 초판발행

저   자 손수신
역   자 임진호, 은풍리

펴 낸 이 한 신 규
본문/표지 이 은 영
펴 낸 곳 **문현**출판
          05827 서울특별시 송파구 동남로11길 19(가락동)
          전화 02-443-0211 팩스 02-443-0212 메일 mun2009@naver.com
등   록 2009년 2월 24일(제2009-14호)

출력·인쇄 GS테크 · 수이북스   제본 보경문화사   용지 종이나무

ISBN 979-11-87505-60-0 93820   정가 26,000원